Della stessa Autrice

KING – *Midnight Mayhem Vol. I*
KILL – *Midnight Mayhem Vol. II*

AMO JONES

SICKO

VIRGIBOOKS

Tutti i personaggi di questi racconti sono immaginari e ogni rassomiglianza con persone realmente esistenti o esistite è puramente casuale.

VIRGIBOOKS
An imprint of Virginia Creative Studios Ltd.
www.virgibooks.com
www.virginiacreativestudios.co.uk
20 - 22 Wenlock Road, N17GU London

Prima edizione: Luglio 2021

ISBN: 978-1-9196503-1-9

Nota dell'Autrice

Come la maggior parte di voi saprà, di solito non metto delle avvertenze nei miei libri. Il mio genere primario è dark romance, quindi ho modo di presumere che i miei lettori sappiano già che andranno incontro a qualcosa di oscuro e di perverso, una volta che gireranno la prima pagina di un libro di Amo Jones.

Questo libro è diverso. Questo è il *mio livello* di Dark Romance. È dark. Vi farà contorcere in alcuni punti, ma probabilmente non nel modo a cui siete abituati o che vi aspettate.

Ci sono delle scene all'interno di queste pagine che vi metterà a disagio leggere. Non ho annacquato nulla. Ho scritto di questi personaggi nella maniera più autentica possibile, perché voi, lettori, ve lo meritate. Non ho glassato qualcosa per farlo digerire più facilmente, ho affogato ogni scena nella tequila e, proprio come uno shot di Patron, lo devi buttare giù tutto prima di sentire i suoi effetti.

Per favore, non prendete questo avvertimento alla leggera. Questi personaggi non sono in alcun modo assimilabili a ciò di cui ho scritto in passato, e questa non è una storia che ho mai sperimentato.

Questo libro è DARK, ma ogni singola parola ed ogni scena che troverete qui dentro ci sono per un motivo. Non sono qui per volervi scioccare. Questa è solo una storia che aveva bisogno di essere raccontata nella forma in cui è stata esposta.

Se siete ancora qui, immagino che abbiate ancora voglia di leggerla… di conseguenza...

Alla mia oscurità.

Perché, con questo libro, la puttana
è uscita davvero fuori per divertirsi.

Ringraziamenti

Dunque, di solito io mi spertico in questa parte. Verrebbe quasi da pensare che ho appena vinto un Oscar, ma *ragazza*, sono sfinita.

Questo libro mi ha succhiato via l'anima.

E così, voglio solo dire grazie. A te, che stai leggendo questo libro. Grazie per aver concesso una possibilità al mio mondo, e per avermi permesso di intrufolarmi nella tua mente per otto ore.

Quando ci incontreremo, ti offrirò un drink.

\- A

AMO JONES

SICKO

PROLOGO

ROYCE

C'era una donna.

Era alta almeno una trentina di centimetri in meno rispetto al mio metro e novanta. Avrei voluto esaminarla più da vicino, per capire perché mi affascinasse tanto, ma il fruscio delle foglie che mi cadevano attorno ai piedi mi distraeva abbastanza da farmi dimenticare di fare domande. Ero troppo occupato a ripensare alle circostanze che mi avevano portato a questo punto della mia vita.

Fino a quel cazzo di fondo, senza fondamenta su cui ricostruire.

Ho stretto forte il tubo del gasolio. Chi cazzo era quella donna? *Una felpa extralarge cadeva addosso alla sua figura delicata con una certa sciatteria. I suoi lunghi capelli scuri le scendevano sulle spalle in onde raffinate. Non riuscivo a guardarla per bene in faccia. Stava facendo evidentemente tutto il possibile per nascondere il viso. Ho dedotto che volesse qualcosa, visto che continuava a fissarmi nella stessa posizione, col corpo sensibilmente rivolto verso di me.*

Le ho fatto un cenno educato con la testa, quando mi sono reso conto che non sembrava intenzionata a smetterla di guardarmi a bocca aperta. Io pure ero un bel cazzo di paranoico. Dopo quello che era appena successo e tutto quello che avevamo dovuto patire, dovevo solo andarmene da quel cazzo di posto, alla svelta.

Sono rimasto a guardarla, quando il suo viso ha fatto capolino da sotto l'orlo del cappuccio ed i suoi grandi occhi verdi si sono concentrati su di me. Ha dato una rapida occhiata ai sedili posteriori della mia auto, prima di riportarmi lo sguardo addosso. "Stai scappando, bello?" Aveva la voce roca, come se avesse passato tutta la vita a fumare sigarette. Non c'era nulla di sospetto in lei, a parte quella felpa.

Ho ridacchiato. "Una cosa del genere."

Per un secondo - dico sul serio, solo per un fottuto, fugace secondo - un'ombra le è passata momentaneamente davanti agli occhi. Come se una nuvola avesse offuscato il sole in una tersa giornata d'estate. Si è dissolta con la stessa velocità con cui era apparsa.

Le si sono incurvati gli angoli delle labbra in un sorriso. "Beh, c'è un posto nella periferia della città di Los Angeles. È un bar di nome Patches." Mi ha soppesato con lo sguardo. "Non posso prometterti che faranno restare un bel giovanotto come te, ma puoi sempre provarci."

Sono rimasto in piedi lì, col bip *del distributore*

di sottofondo e la bocca mezza aperta. Sono entrato per pagare il mio rifornimento e, quando sono tornato fuori per ringraziarla, se n'era già andata.

1

JADE

Vorrei ricordare il giorno in cui sono stata accolta nella famiglia Kane, ma ero talmente piccola che a stento ero in grado di creare delle immagini nitide nella mia testa. Avevo pochi giorni di vita. Ero stata abbandonata e scaricata davanti all'ingresso dell'orfanotrofio di zona, in un quartiere malfamato di San Francisco. Non so molto di quello che è successo, non perché i Kane non me ne volessero mettere a parte, ma perché non mi è mai venuta voglia di indagare. Mi basta sapere che sono stata gettata via appena nata dai miei genitori. Sono stata fortunata che il signore e la signora Kane si siano ritrovati lì il giorno seguente, desiderosi di dare a quel viziato del loro figlio un fratellino con cui farlo giocare.

E invece gli è toccata una sorella.

Royce aveva due anni quando sono arrivata a casa, e ragazzi… non rimase particolarmente entusiasta di ricevere una sorella al posto di un fratello.

Pare che gli ci siano voluti tre quarti d'ora solo per rivolgermi parola, anche se, da quel momento in poi, non abbiamo mai più smesso. Ora ho quindici anni. E diciamo che le cose sono cambiate.

"Royce!" grido al mio frustrante fratello, che continua a girare in tondo attorno al campetto da basket sul retro di casa nostra, brandendo in aria il mio telefono. "Ridammi subito il mio cazzo di cellulare!"

Ride così di gusto che vorrei dargli un bel calcio in bocca. Nel corso degli anni, Royce è diventato sempre più insopportabile, anche se so - senza la minima ombra di dubbio - che, se avessi bisogno di qualunque cosa, sarebbe il mio fratellone quello a cui andrei a chiedere in prima battuta.

Dev'essersi fermato a metà corsa, perché gli vado a sbattere addosso, spiaccicandogli la faccia contro la schiena prima di cadere a terra. Il cielo azzurro nuota sopra di me, in mezzo all'estasi dorata del sole.

Un braccio mi aggancia a metà della schiena e mi riporta al sicuro, in piedi. "No no, non ti posso ancora lasciar morire così, Duchessa. Mi devi ancora quei venti dollari."

Mi spingo via dal suo petto, ignorando quanto siano duri i muscoli sotto la sua maglietta. "Dammi il mio telefono!" Sporgo una mano verso di lui, mentre mi punto l'altra su un fianco.

"Ho sentito dire che una di quelle matricole a scuola vuole portare fuori mia sorella per un appuntamento galante..." mi sfotte, ed è allora che sento un'altra voce alle mie spalle.

Il fischio di Orson mi trafigge i timpani. "Accidenti. Qualcuno che non conosce ancora le regole? Non sa che non si può portare Miss Jade Kane ad un appuntamento galante senza vedersela prima coi suoi fratelli maggiori?" Naturalmente, il mio irritante fratello maggiore ha degli irritanti amici che pretendono di vantare anch'essi un irritante diritto sul mio - così dicono - irritante culo. A scuola sono intoccabile. E non è una cosa che torna particolarmente utile, quando non ti darebbe poi così fastidio se qualcuno ti toccasse.

"È nuovo. Ci penserò io, in maniera carina, a fargli capire che non è il caso" imploro Royce, mentre osservo il suo pollice sospeso sullo schermo del mio cellulare. So che non controllerebbe mai sul serio il mio telefono, ma se dovesse spuntare una notifica mentre ce l'ha in mano, allora sono quasi certa che... *Ding*.

Cazzo.

Inclina la testa da un lato. Ed io rimango a guardare in preda al puro orrore mentre i suoi occhi scorrono qualunque parola sia appena apparsa.

Mi lancia un'occhiata torva. "Chi è questa

piccola testa di cazzo?"

"Che ha detto?" si informa Orson, passandosi le dita fra i capelli scuri e ricci. Orson è un dio del basket di due metri, per metà francese - dal lato del Mediterraneo - e per metà americano, ed è anche uno dei migliori amici di Royce. Non so bene come abbiano fatto a diventare così affiatati, dal momento che Orson è pieno di talento ed è riuscito a diplomarsi al liceo coi voti più alti di tutta la sua classe. Royce non è stupido, ma a volte sa essere un grosso idiota. Sì, c'è una differenza. Fra l'altro, Orson di recente è stato perfino chiamato a giocare nella NBA, e questo ha contribuito ad allungare la lista sempre più infinita dei motivi per cui ci sono così tante ragazze che lo vogliono. Per la maggior parte della mia vita ho avuto una bella cotta per lui, finché non ho capito il tipo di ragazze a cui lui andava dietro. Tutte così belle. Così fuori dalla mia portata. La sua pelle bruna e levigata e i suoi occhi verde scuro sono sempre stati micidiali ma, quando sfoderava il suo bel sorriso, non c'era ragazza che non stramazzasse a terra. Senza dubbio lui e Royce hanno sempre avuto quest'aspetto in comune, ma più o meno le loro somiglianze finiscono qui.

"Ha detto che vuole che Jade esca di nascosto," sbotta Royce, facendo correre le dita sulla mia tastiera.

"Royce." Scuoto la testa, rimproverandolo. "Ho quindici cazzo di anni. È molto meno di quello che facevi tu alla mia età, lo sai fottutamente bene."

"Non è questo il punto." Mi lancia un'occhiataccia, tenendo il pollice ad un soffio dal tasto *invia*. "Mi sono sorbito io tutta la merda, così da evitarla a te." Mi fa l'occhiolino. "Sono un bravo fratello."

"Royce," frigno, sbattendo la suola delle mie Vans sul cemento.

Orson fa rimbalzare la palla da basket in mezzo alle gambe e la punta verso il canestro, lanciando un tiro da tre.

"Voi ragazzi non smetterete mai di starle addosso." Un'altra voce familiare proviene di nuovo dalle mie spalle, e mi volto per trovarmi di fronte il terzo ragazzo che completa il fantastico trio - Storm Mitchell.

Royce, Orson e Storm sono migliori amici dai tempi delle elementari - il che significa che sì, li conosco praticamente da sempre. Storm Mitchell non c'entra proprio niente con Orson e Royce. Storm era il ragazzo più brillante di tutta la nostra scuola, ed aveva un Q.I. che lo sosteneva. Non ha mai avuto una ragazza - anche se erano in molte a volerlo - ed aveva sempre, *sempre,* il suo laptop a fianco. Vedete, un giorno Storm avrebbe risolto tutti i problemi del mondo. Doveva solo inventare l'app giusta per poterlo fare. Storm ha i capelli biondi, gli occhi grigi - che si abbinano ai cieli rabbiosi - e la sua pelle è bianca come la neve. Ha le ciglia folte e i denti dritti. È un particolare assemblaggio di elementi insoliti che lo rendono perfetto. Volevo un gran bene a Stormy, anche se non sorrideva mai. Dopo un po' ci si fa il callo.

"Già," commento a Storm, mentre si arrotola le maniche della camicia. "Royce sta provando a spaventare un ragazzo a cui ho già detto che dirò di no."

"Perché il suddetto ragazzo sta provando a farti uscire di nascosto di sera." Royce mi fa un sorrisetto beffardo. Il modo in cui gli si increspano le labbra mi fa partire per la tangente. Non riesco a pensare ad altro che a quanto vorrei dargli un cazzotto dritto in faccia. "Ti ridarò il tuo telefono più tardi."

Mi dà le spalle per allontanarsi da me.

"Royce!" strepito, ma lui non si ferma. "Dico sul serio! Oggi ti seguirò dappertutto, finché non mi ridarai il mio maledetto cellulare!"

Royce si volta e si passa la lingua sulle labbra. Le sue labbra sono sempre state una distrazione. Scommetto che sono sul serio fottutamente morbide. Mi ricordo che l'anno scorso Jessica Rueben è stata a letto con Royce, e poi è andata in giro per tutta la scuola a decantare le sue... ehm... doti. Ha pianto per mesi, visto che lui non le ha mai più telefonato dopo quell'unica sera.

"Ah sì?" Sta tornando verso di me, con un insopportabile ghigno stampato sulla bocca. Il fatto che mio fratello sia così attraente da far male è del tutto irrilevante, ma non mi è per niente d'aiuto quando lui ed io ci ritroviamo a litigare. "Allora immagino che verrai anche tu in barca."

"Cazzo!"

Sparisce in casa, ed io mi volto per guardare Orson che fa un altro tiro da tre punti. Oggi non mi andava di uscire con loro in barca, perché, in verità, stasera volevo *davvero* provare a sgattaiolare fuori di casa e vedermi di nascosto con Colson.

"Sai, dovresti smetterla di giocare con lui..." mi stuzzica Orson, facendo palleggiare con maestria la palla in mezzo alle gambe. Solleva le braccia, dà un leggero colpetto col polso e lancia la palla dritta nel canestro. "Stai danzando col Diavolo."

"Il Diavolo non danza." Gli faccio la linguaccia prima di precipitarmi verso casa. Le feste in barca sono qualcosa che organizzano tutti i ragazzi ricchi, e che finiscono sempre con qualche tragedia. Io detesto andarci. Non bevo. Non vado a letto col primo che mi capita - anche se, per questo, non posso che dare la colpa a Royce - e mi considero perlopiù una bravissima ragazza.

Specialmente a paragone con la mia migliore amica Sloane.

Saltello su per i gradini di marmo che portano al secondo piano e mi fermo fuori dalla mia camera da letto. C'è la mia stanza, e poi c'è, a fianco, la stanza di Royce. Due poli opposti, ma nessuno dei due potrebbe davvero vivere senza l'altro. La sua porta è leggermente socchiusa, ed in qualche modo la mia rabbia si è affievolita.

Litigare con Royce mi fa questo. Spesso.

Poggio una mano sulla maniglia e la spingo leggermente per aprire la porta. La stanza di Royce è cupa, eccentrica e pacchiana. Le pareti sono del colore del sangue appena versato, con delle modanature di seta bianca, mentre i mobili sono di legno verniciato per dare un effetto invecchiato. Il suo letto sembra uscito dritto dritto da un porno ambientato in epoca vittoriana e, a proposito di pornografia, ne ha in abbondanza appesa alle pareti.

Mi avvampano le guance, e mi prudono i palmi delle mani. "Posso riavere il mio cellulare per favore?"

Royce è appoggiato contro la testiera del letto, senza camicia, con un piede a penzoloni fuori dal letto, mentre sull'altra gamba, tirata verso il petto, tiene poggiato il gomito. I suoi occhi, socchiusi e gelidi, sono puntati nei miei. Questo è Royce. Spavaldo, arrogante, e così fottutamente conscio di tutti i suoi punti di forza, che usa volutamente a scapito *tuo*. Perché lui sapeva esattamente quello che faceva al sesso opposto, che era *esattamente* il motivo per cui lo faceva. Solo che non so davvero cosa gli dia l'ardire di credere di poter provare a fare lo stesso con me.

"Roy?" mormoro, implorando me stessa di non consentire al mio sguardo di cadergli sul petto. Non ci sarebbe niente di strano. Mi è capitato qualche volta di vederlo nudo - e per svariate ragioni. La prima è che gli capita di rado di indossare dei vestiti, e la seconda è che abbiamo un bagno in comune. Un piccolo stereo in un angolo della sua stanza sta mandando di sottofondo *Blueberry Yum Yum*, a volume basso. Tipico. Lui ha una passione viscerale per i pezzi più vecchi di Ludacris.

Piega la testa da un lato. "Vuoi uscire di nascosto con lui?" Il suo tono minaccioso è cosparso di seduzione. Si passa una mano sui suoi muscoli tonici, e la fa scendere fino al bottone dei suoi jeans. Lo slaccia prima di alzarsi e di gettare il mio telefono sul letto.

Mi sporgo appena dallo stipite, pronta ad avventarmi sul cellulare.

"Allora avanti, Duchessa." I suoi occhi tornano sui miei, mentre le sue soffici labbra turgide si incurvano su due file di denti incredibilmente dritti. Mi fa un cenno di incoraggiamento col capo, e si infila una mano nei pantaloni. "Vieni a prendertelo."

Il mio cervello va in cortocircuito. Provo a ragionare fra me e me del perché il suo invito non dovrebbe suonarmi così ambiguo.

Fratello.

Faccio due passi e mi tuffo sul suo letto, atterrando a pancia in giù, con il cellulare in una mano ed un sorriso compiaciuto e trionfante sulla bocca. Quello stesso sorriso vacilla quando Royce, con un gesto fulmineo, mi afferra i capelli in un pugno e mi strattona la testa all'indietro. Deglutisco, nonostante l'improvvisa costrizione della mia gola. Mi guida la testa verso l'alto tirandomi per i capelli, ed io spero davvero - *davvero* - che nessuno entri in camera in questo momento, perché so che sembrerebbe tanto cinquanta sfumature d'incesto.

Lancio un'occhiata di traverso a Royce, che mi sta guardando a sua volta da dietro, con la testa ancora inclinata da un lato.

"Mmm. Ora, vedi, il fatto è che non voglio pensare che qualche piccolo pezzo di merda goda esattamente di questa visuale." I suoi occhi mi strisciano lungo la schiena, e mi finiscono sul fondoschiena. Si ferma. "È una cosa che mi farebbe parecchio incazzare." Riporta l'attenzione sul mio viso, e la lingua gli scivola fuori per leccarsi il labbro inferiore. "E tu sai come divento quando mi incazzo, Duchessa." Gli si increspano le sopracciglia.

Gli allontano il braccio con un ceffone. Lui getta la testa all'indietro e scoppia in una risata fragorosa che si riverbera in tutta la stanza. Si tiene stretta la pancia. "Scusa, Duchessa. Non lo faccio più."

Rotolo fuori dal suo letto. "Sei un coglione! E per rispondere alla tua domanda..." Lo guardo in cagnesco, una volta che sono di nuovo in una zona sicura - vale a dire accanto alla porta. "Non mi darebbe alcun problema se mi guardasse da quella visuale." La sua risata si interrompe di scatto, e la temperatura nella stanza crolla ad un livello che dev'essere quello all'interno degli igloo.

Fa un passo verso di me. "Rimangiati quello

che hai appena detto."

Ora sono le mie sopracciglia ad increspàrsi. "Mai!"

Si lancia addosso a me, ma io sono troppo veloce. Giro sui tacchi e mi metto ad urlare, mentre faccio quei due passi che portano alla mia camera da letto. Mi ci infilo dentro ma, quando provo a chiudere la porta, il suo braccio si insinua in mezzo e la blocca.

Grido di nuovo. "Royce!" Il mio cuore mi sta saltando in giro per il petto, mentre il calore mi divampa in tutto il corpo. "Scusa!"

Royce si scaraventa in avanti, il suo braccio mi avvolge la schiena ed il suo corpo pesante impatta contro il mio. Affondo sul mio letto con un tonfo, atterrando sul morbido piumone giallo.

"Royce!" Spingo contro il suo petto, mentre una risata mi vibra nel petto.

Lui mi afferra i polsi con entrambe le mani e me li inchioda sopra la testa. "Dimmi che non te lo scoperai."

Alla fine, la mia risata si stempera, ed i miei occhi si scontrano coi suoi. È così vicino che riesco a sentire il calore che gli si irradia dalla punta del naso.

"Che?" gli domando, cercando il suo sguardo. "Ma come ti viene in mente?"

Il muscolo della sua mandibola si tende. "Tu promettimelo e basta, Duchessa." Il suo tono è dolce, ma la sua voce è ammantata di tormento. Perché questo fatto ha tutta questa importanza per lui?

"Royce." Sbuffo divertita, esaminando il suo viso, dalla sua pelle leggermente abbronzata alla mandibola affilata. Sulla sua pelle non c'è alcun tatuaggio, ma parla spesso di volersene fare qualcuno. Visto che non sorride, né sogghigna, né mi toglie gli occhi di dosso, scuoto la testa. "Te lo prometto. Ma Roy, non devi preoccuparti di questo." Spalanco gli occhi davanti al mio fratello invadente.

"Oh, davvero." I suoi occhi azzurri si spostano lungo la mia gola e sul mio seno, prima di tornare ad incrociare il mio sguardo. "Mi permetto di dissentire."

"Royce..." lo ammonisco.

"Jade," sussurra lui, imitando il mio tono.

"Ti ho detto che non devi preoccuparti. Ma proprio *per niente.*" Sgrano di nuovo gli occhi, sperando che lui capisca il reale significato delle mie parole.

"Che c'è, pensi che non sappia che sei vergine?" Finalmente gli si distende il viso, ed un sorrisetto gli spunta sulle labbra. "Bambina, chi cazzo pensi che li spaventi tutti a morte?" Mi si spegne il sorriso ma, prima che possa rispondergli, si toglie da dosso a me e si avvia verso la porta. "Fatti trovare pronta fra due ore, e non portarti dietro Sloane." Sì, certo. Sa benissimo che non lascerò mai Sloane a casa.

Si richiude la porta alle spalle con un tonfo, ed io sollevo idealmente il medio verso di lui, mentre scorro rapidamente i contatti nella rubrica del mio telefono. Apro la chat con Sloane ma, prima ancora che cominci a scrivere il testo, mi spunta un messaggio sullo schermo.

Royce: Non sto scherzando. Non invitarla. Altrimenti la butterò giù dalla barca.

Scuoto la testa, rotolando sul letto a pancia in giù e sfogliando i brani della mia playlist. Mi connetto col Bluetooth al mio sound dock e spingo *play*, per mandare in riproduzione "Sacrifice" di Jessie Reyez.

Io: Ho bisogno di un'amica con me.

Royce: Da quando hai mai avuto bisogno di un'amica? E comunque non ti servono degli amici, quando hai i tuoi fratelli grandi. Un'ora e un quarto.

Lancio il telefono sul letto ed impreco sottovoce. Royce ha ragione, ma dall'altro lato non capisce il mondo delle ragazze. Soprattutto delle ragazze come Sloane, che si incazzerà e lo vedrà come un completo tradimento sul piano della fiducia.

Camminando avanti e indietro per la stanza, comincio a raccogliere tutto quello che mi servirà. In definitiva, a me piace molto uscire in barca, è solo che preferirei uscire quando l'unico scopo non è quello di ubriacarsi fino a perdere i sensi con un branco di idioti. Anche se… sono riuscita a riprendermi il mio cellulare. Forse potrei saltare il giro in barca e svignarmela adesso…

La porta si spalanca, sbattendo contro la parete della mia camera. Royce è in piedi sull'uscio, e sta sogghignando. "Non ci pensare nemmeno."

Con un sospiro, afferro il mio bikini. "Dammi qualche minuto."

Mi sbatto la porta del bagno alle spalle e mi infilo un costume rosa pastello ed un paio di shorts. Non mi preoccupo di mettermi anche una camicia, visto che le mie tette non stanno esattamente sbucando fuori dal reggiseno. Apro l'ultimo cassetto in fondo sotto il bancone, tiro fuori la mia sciarpetta bianca, che mi faccio passare dietro al collo, e mi lego i lunghi capelli castani in un *bun* sulla sommità della testa.

"Muoviti!" Royce prende a pugni la porta. Io sobbalzo e punto il medio in sua direzione.

"Sto arrivando!" Acchiappo alla svelta un asciugamano e spalanco la porta del bagno, per tornare nella mia camera. "Usciamo con la barca di chi?"

Gli occhi di Royce mi scivolano sul corpo. Altre ragazze arrossirebbero davanti alle attenzioni di Royce Kane. Io non le voglio. Perché? Perché so che sta solo guardando con occhio critico quello che non gli va bene. Scommetto che abbia già sancito che dovrò mettermi un sacco di iuta addosso. Le sue ciglia folte si abbassano sugli zigomi alti, quando il suo sguardo atterra sui miei piedi, prima di farlo risalire verso il mio viso. "Scende l'umido di sera vicino all'acqua, lo sai."

Abbranco una felpa e gli sfilo davanti. "Va bene."

Royce a quel punto mi si accoda e ci avviamo giù, al piano di sotto, in direzione della porta d'ingresso.

Siamo proprio sull'uscio quando il signor Kane spunta dalla cucina.

"Ehi, ragazzi, portate Green Stone a fare un giro?" domanda il signor Kane ad entrambi, sebbene la sua attenzione sia rivolta solo a Royce. Green Stone è il nome del Nautique G25 nero brillante e verde giada di Royce, meglio noto come *la sua bambina*.

Ora gli occhi del signor Kane incrociano i miei. Sono due macchie del colore dell'oceano, talmente abissali che sento che potrebbero inghiottirmi.

Generalmente non ho grossi scambi col signor Kane e, quando ci troviamo soli lui ed io, l'atmosfera è in un certo senso un po' tesa. Non ho capito se non avesse voglia di adottare un bambino in generale, o se in particolare non fossi *io* la sua scelta preferita.

"Sì, ne è passato di tempo dall'ultima volta." Royce dà una spallata amichevole a papà. "Vuoi unirti a noi? O stai diventando troppo vecchio per lo sci d'acqua?"

Papà risponde alla spallata, ridacchiando e contraendo al contempo i muscoli rigonfi del suo braccio. "Guarda che posso alzare di panca te, Orson e quello stronzetto di Storm." Il suo sguardo si sposta di nuovo su di me. "E mettici sopra pure Jade."

Royce ride, mi prende per mano e mi attira a

fianco a sé. "Naa, Jade potrebbe cadere e rompersi questa sua bella testolina."

Papà fa una risata e se ne torna in cucina, mentre noi ci avviamo verso il garage da dieci posti auto. Il sole mi bombarda la pelle. Non c'è una nuvola in cielo a disturbarlo. Nel frattempo Royce solleva il coperchietto del quadro elettrico per aprire il portello del garage. Da quello che mi hanno raccontato, questa casa appartiene ai Kane da diverse generazioni, e vi sono state apportate solo delle aggiunte e qualche piccola modifica nel corso degli anni. Il garage è stato uno dei supplementi di papà e mamma. Si è rivelato necessario quando Royce ha scoperto di avere una passione per tutte le cose veloci, incluse macchine e barche. E quello che Royce vuole... Royce ottiene. Ovviamente, lo stesso discorso vale anche per me. Se me la fossi sentita, avrei potuto prendere qualunque macchina di mio gradimento. Ma ci ho sempre trovato qualcosa di sbagliato, e così, finora, ho tergiversato. Ma mamma ha già detto che la BMW spetterà a me, che lo voglia o no.

Royce lancia le sue chiavi nella Ford Raptor ed io monto sul sedile del passeggero, richiudendomi lo sportello alle spalle.

Tiro fuori il cellulare e scrivo al volo un messaggio a Sloane. Ero pressoché sicura che ce l'avrebbe avuta a morte con me per il fatto che non me la sono portata dietro.

Ma Sloane è amica di tutti. Troverà sicuramente qualcosa di alternativo da fare stasera.

Sono stata trascinata di peso in quest'uscita in barca. Scusa! Ci vediamo dopo?

Mi sporgo per girare la chiave nel quadro sul cruscotto, prima di scorrere i titoli della mia playlist, mentre Royce sta agganciando la barca alla macchina. Un quarto d'ora dopo, Orson e Storm sono sui sedili posteriori, e siamo finalmente in marcia.

Faccio partire un pezzo di Tech N9ne. Ho bisogno del suo tono aggressivo per placare i miei pensieri.

Abbasso il finestrino ed allungo i piedi sul cruscotto, mentre Orson mi passa una borraccia termica da dietro.

Scuoto la testa. "Cos'è? Purple Jack Daniels?"

Orson fa scattare il coperchio e beve un sorso. "Sì, pensavo ti piacesse."

Royce mi stringe una coscia dal posto di guida, ed io resto ad osservare il sole che brilla da dietro la sua testa. Porta il suo cappello da baseball al contrario, e le labbra gli brillano ancora per colpa della sua lingua. Se la teneva premuta contro il labbro superiore, qualche minuto fa. Le sue fossette mi distraggono per una frazione di secondo, non appena svoltiamo in direzione del porto, dove sono già radunate un po' di facce che girano a scuola. Royce, Orson e Storm regnano ancora come divinità su tutta la scuola, ma loro sono diversi. Non sono delle teste di cazzo, o dei boriosi, e non hanno affatto un atteggiamento snob. Anche se ne avrebbero ben donde. Orson è il figlio di Larken, che è al quarto posto nella lista di Forbes degli uomini più ricchi del mondo, seguito a stretto giro da Bessen, la mamma di Storm, salda in decima posizione. E poi c'è Royce, o meglio, Royce ed io, il cui padre è al secondo posto. Non ci sarebbe da stupirsi se fossero degli stronzi che trattano tutti con sufficienza. Ma loro non sono fatti così. Si prendono cura dello Stone View High come se fosse casa loro. Sono tutte brave persone.

Ognuno di loro.

Non faccio in tempo a saltare giù dal pick-up, che Orson mi solleva e mi issa su una spalla, prima di sbattere il mio sportello alle nostre spalle.

"Mettimi giù!" Gli prendo a pugni la schiena muscolosa, ma non serve a niente. Sono tutti talmente abituati a vedermi sbatacchiata dai miei tre fratelli che nessuno si cura nemmeno di battere ciglio. Le ragazze, che ci fanno più caso, sono anche quelle che muoiono d'invidia. Non c'è un solo individuo di sesso femminile che non vorrebbe questi tre ragazzi e, a volte, hanno avuto la loro dose di fortuna. Specialmente con Royce e col suo pene scostumato. Ma non durano mai a lungo. Nessuna ragazza è mai rimasta, né ha mai fatto un secondo giro.

"Sin, mettimi giù, per favore! Ho fatto quello che voleva Royce! Sono venuta!"

Sento le spalle di Orson che vibrano sotto il mio peso. "Lo so, ma vedi? Abbiamo un piccolo problema..."

"E sarebbe?" gli domando, mentre in realtà mi guardo attorno per farmi un'idea di chi c'è e chi non c'è. Riesco a vedere molte persone già divise in gruppetti, e sono praticamente tutti già a bordo, sulle loro barche ormeggiate. Nella baia sono state allestite banchine molto lunghe, che al momento sono gremite di imbarcazioni, attraccate in ogni pertugio libero. Dalle varie imbarcazioni viene pompata musica a tutto volume, che si mescola al tintinnio delle bottiglie di vetro e al brusio delle risate. La guardia costiera ci odia tutti quanti. Mediamente, tuttavia - anche se dipende un po' da chi è in servizio - nessuno ci viene mai a rompere le scatole.

"Beh, dobbiamo assicurarci che tutti i presenti qui sappiano che tu sei già impegnata."

Alzo gli occhi al cielo. Alla fine, mi incastrano sempre ad uscire. Anche se non sono abbastanza grande per poter prendere la patente nautica, so navigare, e non bevo mai, quindi fa comodo a tutt'e tre portarmi con loro. E, di solito, rimedia un'uscita anche Sloane.

"Duchessa!" mi chiama a gran voce Royce, con un fischio.

Do un ennesimo pugno sulla schiena di Orson, il quale, alla fine - e aggiungerei *finalmente,* per la puttana - mi poggia su un terreno solido. "Che c'è?"

Il sorrisetto di Royce spunta da sopra il suo braccio, mentre continua a calare la barca in acqua dalla rampa. "Potrei aver bisogno che monti su e mi urli qualche ordine." Ci sono persone che rimangono senza fiato davanti alle battute di Royce, ma io alzo gli occhi al cielo e mi sfilo le infradito, prima di lanciare tutte le mie cose sul retro della barca. Scivolo in acqua e mi arrampico sulla scaletta a poppa. Royce continua a trainarsi la barca all'indietro, nell'acqua, finché non gli do indicazione di fermarsi. A quel punto si dà da fare per sganciare l'imbarcazione dal suo veicolo mentre Orson, Storm ed un altro paio di ragazze montano a bordo.

Io digrigno i denti e butto la mia borsa sottocoperta, dove ci sono un letto, un cucinino ed un piccolo bagno. Royce sale a bordo per ultimo, e mi lancia in faccia la sua camicia.

"Sorridi, Duchessa." Si china su di me e mi preme il labbro inferiore col polpastrello del suo pollice. "Non vorrai permettere a questo bel faccino di restarsene così imbronciato."

"Royce!" Annette Bird, per la gente comune *il giocattolino attualmente in uso di Royce,* si sbraccia dai divanetti a prua, dove lei, Bianca e Natasha Daniels sono già appollaiate, coi lacci dei bikini abbassati per non farsi venire il segno ed i corpi cosparsi di olio solare.

Mi passo la lingua sui denti. "Ti dico la verità, avrei davvero preferito restare a casa." Magari a scambiarmi qualche messaggino piccante con Robbie. Sarebbe stato decisamente meglio che starmene seduta qui a reggere il moccolo a questi tre con le loro Barbie più recenti.

"Dai!" Royce mi arruffa i capelli. "Ora ti metti veramente a fare la parte di quella che non aveva voglia di un bel giro sulla tavola?" Non riesco neanche a soffocare un sorriso. Mi indica il wakeboard verde fluo. "Monta."

Mi avvio ballando fino a poppa e mi sistemo sulla tavola.

Sono agganciata alla corda da traino, Royce ha mandato a tutto volume dagli altoparlanti della barca "Rockstar" di Cypress Hill, e siamo quasi nel nostro posto preferito – che si trova più o meno nel bel mezzo di Ocean Tavern. Avviso con un cenno che sto per staccarmi e mi butto all'indietro. La cresta dell'acqua si crepa sotto il mio peso ed io avverto l'adrenalina della natura che mi penetra nei polpastrelli, e mi pompa nelle vene. Sono sempre stata una ragazza che ama le attività all'aperto. Non sono mai stata il classico tipo super femminile, quindi diciamo che, in un certo senso, Royce ha comunque avuto da me il fratello che avrebbe voluto. Almeno fino ad ora. Col passare del tempo, però, stanno cambiando le cose. Anche se mantengo la mia avversione per il rosa.

Torno a galla con un sorriso stampato in faccia e mi scosto i miei lunghi capelli castani dalla faccia.

"Che stronzetta che sei!" mi urla Royce, alzandomi il medio dalla barca.

"Che ho fatto? Mi stacco sempre così!"

Mi sventola la mano in segno di stizza, con la

bocca contratta in una linea severa. Nervoso bastardo. Diventa sempre scontroso quando facciamo sci nautico. Beh, specialmente quando sono io a montare sul wakeboard. Mi lancio un'occhiata attorno e scopro che ci sono già altre quattro o cinque barche ancorate nei dintorni, da cui altre persone si stanno già tuffando in acqua, facendo una nuotata, bevendo qualcosa e rilassandosi un po'. Solitamente è questo il modo in cui ci ritroviamo con gli altri. Anziché spostarci con le macchine, usciamo tutti in barca. È una specie di attività extracurriculare per ragazzi ricchi ed annoiati.

"Duchessa." Orson mi manda un bacio, mentre mi lancia il manubrio in acqua. "Vedi di non romperti un osso stavolta, okay?"

"Smettila di portarle sfiga!" Storm dà uno spintone ad Orson. Ha la camicia sbottonata, ma se la tiene comunque addosso. Storm non va mai in giro a torso nudo. Non parla del motivo, e Royce mi ha fatto chiaramente intendere che è meglio che io non indaghi. Fatto sta che lui porta sempre addosso una maglietta. Anche mentre fa il bagno. Anche quando fa sci nautico.

Afferro il manubrio e sollevo di nuovo in aria pollice e mignolo, come ho fatto poco fa, prima di fare la linguaccia a Royce.

"Visto che oggi fai particolarmente la spiritosa, vorrà dire che andrò piano!" strilla, mentre la barca si allontana lentamente da me.

Sento il manubrio che mi tira fra le dita e ridacchio. "Ah sì? Me ne ricorderò, quando toccherà a te!"

"Perché non puoi essere come tutte le altre ragazze e startene seduta su questa cazzo di barca a fare la fighetta? Eh?" Royce mi sfodera un ghigno. Non posso ribattere adesso perché è troppo lontano per sentirmi. Ma ha ragione. Io sono l'unica ragazza che fa wakeboard coi maschi, ma è colpa loro. Sono stati loro a creare il mostro, e adesso si chiedono perché morda. La barca prende velocità ed io mi sollevo, con la tavola che sguscia sul pelo dell'acqua come burro. Una volta che Royce accelera ancora, io faccio delle torsioni per compiere qualche figura acrobatica, con un sorriso rilassato sul volto. Adoro stare in acqua, a largo. La ragione per cui non avevo voglia di uscire oggi non era perché non volessi fare un po' di wakeboard, ma perché non mi andava di dover partecipare alla festa che si terrà più tardi nella grotta di Orson.

Eh già. Una vera e propria grotta.

Royce dà ancora più gas ed io spingo la tavola all'insù, compio qualche rotazione in aria e faccio un bel Big Worm. Passiamo così un'altra ventina di minuti, mentre io provo tutte le mie acrobazie e do libero sfogo alla mia energia, prima di venire issata di peso a bordo, con un broncio sul viso.

È Orson che mi acchiappa da sotto le braccia. "Smettila di mettere il muso, bambina. Lo sai che ti diamo sempre più tempo a disposizione di tutti noi."

"Questo è vero," ammetto con una risatina,

sbottonandomi il giubbotto salvagente e rimanendo in bikini. Mi tampono i capelli con un asciugamano, mentre Royce mi allunga una bottiglietta d'acqua.

"Stai bene?"

Annette sbuca alle sue spalle e lo cinge da dietro con le sue braccia ossute.

"Sì." Annuisco e mi avvio a prua, per andare a prendere il sole sui divanetti. Il resto della giornata scorre via alla svelta, mentre ognuno di loro fa il proprio giro sulla tavola e Storm si mette a pescare. Il sole sta sprofondando dietro le nuvole in cielo, quando Royce si decide a stappare il suo primo drink.

So che non dovrei, ma un po' lo invidio. Almeno oggi. È vero, non mi sono mai ubriacata sul serio, com'è altrettanto vero che Royce non mi permetterebbe mai di ingurgitare troppo alcol. Ma ad una ragazza è pur consentito sognare, giusto?

Torno a prua, e guidiamo il convoglio alla volta di Mount Aetos. Orson fa Aetos di cognome, quindi sì, siamo diretti alla montagna di Orson. È un semplice isolotto sperduto in mezzo all'oceano, dove i suoi genitori posseggono una villa miliardaria arroccata in cima alle scogliere.

Visto che, per arrivare a casa di Orson, occorre andare in barca, a lui capita spesso di fermarsi da Royce - ecco perché abbiamo un campo da basket. La grotta è un anfratto naturale ricavato in un'insenatura sinuosa che si estende appena prima di arrivare sulla spiaggia di sabbia bianca. L'acqua è una tavola immobile, ed i granelli di sabbia sono talmente sottili che ti si infilano fra le dita dei piedi.

Attracchiamo proprio al momento del tramonto. Storm tira fuori la sua attrezzatura per il tiro con l'arco, dà fuoco alla punta di una freccia e mira alla catasta di legna secca sulla spiaggia. La scocca, e dal falò si levano alte le fiamme.

Tutti a scuola conoscono il nostro punto di ritrovo del week-end, e chi partecipa di solito a queste feste. È esclusivo, ma non perché altre persone non siano invitate. È solo perché non tutti hanno una barca, e chi ce l'ha può far salire a bordo solo un numero massimo di persone. Quando Orson sfodera la barca di suo padre, allora è tutta un'altra storia. Lo yacht a motore da svariati milioni di dollari di nome "Vegas" rende perfettamente giustizia al suo nome. E quello che salta fuori è un party in piena regola su una barca arredata e verniciata con dei colori che si ispirano a Sin City. Il papà di Orson è greco, mentre sua mamma - che non è più fra noi - era americana. Da quando la mamma di Orson è morta, il padre non viene quasi mai in questa casa, in cui ormai non vive che Orson da solo.

Afferro infradito e felpa e mi immergo in acqua per raggiungere la riva, nel bisogno disperato di aumentare il più possibile la distanza fra me e Royce, finché ha Annette abbarbicata addosso. Non so perché, ma non riesco proprio a mandarlo giù. Mi sfugge il motivo per cui mi si aggroviglia lo stomaco ogni volta che lei gli mette una mano addosso, visto che comunque lui non la tocca nemmeno. Quella che si spertica in tutte quelle effusioni è lei, non lui. Non so nemmeno perché mi ci sto soffermando col pensiero.

"Ehi!" Una ragazza con dei lunghi capelli ricci ed un paio di piercing in faccia mi saluta con la mano. Indossa un paio di shorts di jeans tagliati, una camicia a quadri e... *quelle sono delle Dr. Martens?* Io le adoro, ma vicino all'acqua?

"Ciao!" Mi avvicino al punto in cui è seduta da sola, e sta fumando una sigaretta. È uno schianto, su questo non ci piove, ma non l'ho mai vista qui prima d'ora. In verità non l'ho mai vista da nessuna parte. Nemmeno a scuola.

"Sei nuova?" le domando, accomodandomi su uno dei ciocchi che circondano il falò acceso. Scoppietta di sottofondo, e mi stiepidisce un lato del viso.

Lei annuisce, sollevando una bottiglia di champagne. "Puoi scommetterci, e devo ammettere..." Si guarda attorno, indugiando qua e là ogni manciata di secondi. "... che non c'è una sola ragazza qua in mezzo con cui avrei voglia di fare amicizia."

Ridacchio, infilo le maniche della mia felpa di Calvin Klein e tiro su la zip. Sono grata di essermi messa addosso i miei shorts neri poco fa, anche se adesso mi pento di non essermi portata dietro un paio di jeans attillati. Quando in spiaggia si alzano un po' troppo i gomiti, e i toni, di solito mi ritiro in casa - su ordine di Royce - e quindi confido sul fatto che non me ne dovrò restare qua fuori troppo a lungo a congelarmi le tette. "Non sono poi così male."

"Io sono sicura di sì, invece..." ribatte la ragazza, picchiettando sulla sigaretta per far cadere la cenere, prima di tendermi la mano. "Io sono India. Tu sei?" mi domanda, ed io sposto lo sguardo dal suo viso e lo abbasso sulla sua mano. Sono una che non fa amicizia facilmente. Non perché non mi vada, ma semplicemente perché di solito nessuna vuole essere amica mia. Non ne ho mai capito il motivo e, quando Sloane si è resa conto che ero una tizia un po' stramba, ormai era troppo tardi, ed eravamo già diventate amiche.

Stringo la mano di India. "Adoro il tuo nome. La gente dice che sembro in parte indiana. Me lo sento ripetere da tanto di quel tempo che ormai vado in giro a dire che ho un nonno che viene dall'India. Mi fa sentire più fica."

India scoppia a ridere, gettando la testa all'indietro, prima di incrociare il mio sguardo. "Sì, un po' hanno ragione. Hai la pelle abbronzata, i capelli scuri e..." Mi si avvicina finché le punte dei nostri nasi non si toccano. "Di che colore sono i tuoi occhi?"

Mi scosto appena, leggermente tramortita dalla sua intrusione nel mio spazio personale. "Ah, giada. Infatti, mi chiamo Jade."

"Wow! Questo sì che è un nome figo!"

"Beh, se vuoi possiamo fare a cambio." Mi infilo le mani nelle tasche della felpa, e devio lo sguardo verso il fuoco. La musica mi romba alle spalle, e non occorre che mi volti per sapere cosa stia succedendo. Il chiosco con le bevande sarà in pieno fermento, le luci saranno tutte sfavillanti e i graffiti che Royce ha dipinto sulla parete rocciosa alle spalle saranno in bella mostra, perché possano ammirarli tutti quanti. Lascio vagare lo sguardo sui suoi murales, con tutte le loro sfumature di verde. Lime, foresta, oceano, turchese, *giada*. Il numero 2000 campeggia col tipico font che si usa per i graffiti. È l'anno in cui sono nata io, ed in cui sono stata adottata dalla famiglia Kane. Non penso che qualcun altro sappia il significato di quel numero, a parte Orson e Storm. Tutte le volte che me lo trovo davanti, il mio cuore perde diversi battiti. Non c'è mai stata ombra di dubbio su quello che io significo per Royce, e lui per me. L'amore è amore e, quando è incondizionato, dura per tutta la vita.

"Non esiste proprio. Il tuo nome ti calza a pennello. Allora, che ci fai qui?" mi domanda India, facendo cadere altra cenere nella sabbia. "Senza offesa, ma ad occhio mi sembri più piccola di tutti gli altri a questa festa."

Non appena apro bocca, Orson mi poggia entrambe le mani sulle spalle, e me le strizza con vigore. "Duchessa, stai facendo nuove amicizie?"

"Proprio così." India sfodera un sorrisetto ad Orson. È sempre la solita solfa. Le ragazze si eccitano alla vista dei miei fratelli e, un attimo dopo, io mi ritrovo al punto di partenza, sola con la mia amica Sloane. La maggior parte delle ragazze della mia età sono delle opportuniste. Poggiano gli occhi sui miei fratelli e decidono che gli piacciono più di quanto non gli piaccia io.

India si pulisce la mano e la porge ad Orson con un sorriso amichevole. "Sono India." Orson le lancia un'occhiata di traverso proprio nel momento in cui Royce e Storm sopraggiungono alle sue spalle.

"Orson."

Fanno tutti la conoscenza di India, ed io resto ad osservarla mentre sposta ad intermittenza lo sguardo su tutti i miei fratelli, senza mostrare un particolare interesse verso nessuno di loro. *Curioso,* mi dico fra me. Non è così che va di solito.

Forse India è diversa dalle altre?

Il falò si rinfocola quando Royce mi si mette seduto accanto e mi fa passare un braccio attorno alla vita. Mi strofina il naso nell'incavo del collo, mentre tiene nell'altra mano un bicchiere rosso. "Mmm, hai sempre un profumo così buono?" La sua voce profonda mi vibra sulla pelle, e va a percuotere ogni singola terminazione nervosa.

"Ah, quindi ti piacciono i tipi un po' più grandicelli?" India inarca un sopracciglio in nostra direzione.

"Che?" Spalanco gli occhi per l'orrore e

spintono Royce via da me. Lui ride così di gusto che gli cade la testa all'indietro. "No! Lui è mio fratello."

La confusione si impadronisce del viso di India. "Davvero?" Gli angoli della bocca le si incurvano, non per il disgusto, ma per lo shock.

"Sì, il mio fratello adottivo. Ma comunque mio fratello."

"*Fratello adottivo* è un sinonimo per *scappatoia,* tanto per chiarire," mi sfotte Royce, tirandomi fuori la sua lingua sfacciata.

Alzo gli occhi al cielo. "Lascialo perdere. È evidentemente ubriaco. O fatto."

Royce scoppia di nuovo a ridere proprio nell'istante in cui Annette gli spunta alle spalle, chinandosi su di lui e gettandogli le braccia attorno al collo.

"E tu?" indaga India, inclinando la testa da un lato. "Bevi? Fumi?"

"No," risponde Royce al posto mio, affondando gli occhi nei miei. "Lei è troppo piccola."

Stringo i denti. Non è che non sia abituata alla sua natura dispotica, o che non sia avvezza a queste scene del cazzo, che mi fa ogni singola volta che andiamo insieme a qualche festa. Il fatto è che, ogni volta che si comporta così, mette la mia pazienza a dura prova.

"Ha quindici anni, mica dodici." India fa roteare gli occhi e, prima che io possa ribattere qualcosa a Royce, mi piazza in mano un bicchiere rosso, da cui tracima dell'alcol che mi si versa sulla mano. "Un drink non può farti male, e poi sei sicura di averlo preso da me, e non da qualche losco figlio di puttana al bar."

Royce si sporge per togliermi il bicchiere di mano, ma io mi scanso, inarcando le sopracciglia in segno di sfida. "Sai una cosa? Non ha torto. Voglio dire, in quali guai posso davvero cacciarmi, quando ho tutt'e tre i miei fratelli grandi, grossi e iperprotettivi attorno, che non fanno altro che spaventare a morte chiunque provi ad avvicinarsi a me?"

"Duchessa..." mi ammonisce Royce, con la mandibola tesa.

"Lasciala in pace," frigna Annette, sbaciucchiandogli il collo. "Nessuno la tocca comunque." Emette un risolino, ma Royce le scaccia via le mani bruscamente.

"Royce, solo per questa volta, non ti sto chiedendo il permesso." Stringo gli occhi in due fessure provocatorie. So che ha voglia di discutere e, per com'è fatto, terrebbe il punto fino alla morte. Non gliene frega un cazzo che ci stiano guardando tutti.

Ma, prima che possa dirmi qualcos'altro, do le spalle sia a lui che ad Annette e mi rivolgo ad India. "Allora..." mormoro, sorseggiando il mio bourbon e Coca Cola - o almeno credo - anche se, ora che ho raggiunto il mio obiettivo, non me ne frega più un granché di bere. "Come mai non ti ho mai vista prima d'ora ad una di queste feste?"

India fa una risatina, ma la sua espressione si

incupisce prima che riesca a nasconderla. Resto ad osservare la tiepida sfumatura arancione che le fiamme scoppiettanti del falò le accendono su due guance altrimenti pallide. "Penso di essere una specie di novellina. Lunedì in verità sarà il primo giorno del mio ultimo anno di liceo. Non sprizzo gioia da tutti i pori."

Poggio il mio bicchiere pieno sulla sabbia e mi accoccolo nella mia felpa. "Stone View non è male. È più o meno l'equivalente di Hogwarts, solo che sono tutti babbani e, al posto di Hagrid, abbiamo Hagdid. Te lo giuro, non ti sto prendendo per il culo, il nostro preside si chiama Hagdid."

Scoppiamo entrambe in una risata fragorosa, e continuiamo a chiacchierare per un po' del più e del meno. Dopo esserci scambiate il numero di telefono, io mi alzo dal mio ciocco e mi spazzo via la sabbia dal sedere. "Ti scrivo domenica. Magari ci vediamo da qualche parte. Così ti presento anche Sloane. So già che andrete disgustosamente d'accordo."

India affonda nei miei i suoi occhi nocciola, che sembrano celare in profondità un mare di segreti. Ho come la sensazione che abbia vissuto mille vite. Come ci è finita a Lake View?

"Certo!" Mi strizza l'occhiolino. "A dopo, Piccola J." Detesto quel nomignolo, ma adoro lei.

Mi faccio largo fra la fiumana di corpi sbronzi, avanzando a testa bassa. Sono quasi arrivata all'inizio del sentiero ripido che collega la spiaggia al giardino di casa di Orson, quando una mano mi afferra il braccio.

"Royce." Mi volto verso di lui, già presagendo il ghigno sfrontato che gli leggerò sulla faccia, e magari qualche strigliata per aver bevuto, e invece mi ritrovo i suoi occhi intensi addosso, che mi corrono lungo tutto il corpo.

"Vuoi andare a casa?"

Mi accarezzo i denti con la lingua. "Si è fatto tardi. Per me possiamo anche restare a dormire nella dependance accanto alla piscina, come facciamo sempre." Crescendo, il nostro rapporto, o meglio il nostro legame si è fatto sempre più stretto. E questa è solo la conferma della sua intensità perché, fin dalla prima volta che abbiamo poggiato gli occhi l'uno sull'altra, siamo stati spacciati. Da quel momento in poi, è sempre stato come se l'universo cambi la sua cazzo di direzione ogni volta che siamo vicini. Lui si è incastonato nel mio cuore, ed io gli ho cucito il mio nome sul corpo. Litighiamo un sacco, ma ci amiamo brutalmente e, quando entriamo in ballo noi due, nessuno è in grado di vivere senza l'altro.

Royce Kane è indiscutibilmente il mio migliore amico.

Mi fa un cenno della testa in direzione dell'oceano. "Mi sono fatto solo un paio di bicchieri. Ce la faccio a portare la barca." La sua mano mi scivola lungo il braccio e le sue dita si intrecciano alle mie. Davanti a quella connessione repentina, è come se il mio cuore abbia cominciato a battere per la prima volta in assoluto. Mi ronza il sangue nelle orecchie, e mi avvampano le guance. Sono grata - così fottutamente grata - che la notte mi ammanti con le sue tenebre. "Vieni, Duchessa..." Io ho quindici anni, lui diciotto. Non mi sento mai a disagio con lui... in quel senso... ma... *aspettate un attimo.* Fermi tutti per un cazzo di secondo. Perché sto valutando quanti anni ha lui, e quanti ne ho io?

Scossa da un brivido dettato dalla repulsione per ciò che mi è appena passato per la mente, mi ritraggo da lui e mi porto le braccia attorno alla pancia, in un gesto protettivo.

Come se serva a qualcosa.

Come se Royce non strapperebbe qualunque cosa gli si pari di fronte pur di ottenere ciò che vuole, se dovesse rivelarsi necessario.

"Non mi va di dover affrontare le domande di tutti." Non è del tutto una bugia, perché non mi va sinceramente per niente di dovermi sorbire tutte le sopracciglia inarcate e le facce interrogative della gente che vedrebbe che ce ne andiamo lui ed io sulla Green Stone.

"Che si fottano," dichiara, scrollando le spalle.

Apro la bocca, e sto per dirgli che potremmo anche restarcene a dormire a bordo, anziché nella dependance a bordo piscina, quando delle dita ossute e delle unghie smaltate di rosso fanno la loro apparizione, serpeggiando lungo lo stomaco di Royce. Annette mi sbircia da dietro il braccio di lui. "Ehi, tesoro, sono stanca. Ce ne possiamo andare sulla tua barca come hai detto?"

Mi si contrae lo stomaco, mentre tutta l'aria mi viene risucchiata via dai polmoni.

Ha invitato lei sulla barca prima di me. Una rabbia concentrata prende a ribollirmi sottopelle. Mi volto di scatto e mi metto a correre su per le scalette che conducono all'edificio principale. Di solito le salgo con calma, perché sono tante e perché la vista di cui si gode man mano che si sale è mozzafiato, ma ho bisogno di allontanarmi il più possibile e quanto prima da entrambi. Cinque minuti dopo sono in cima, ma non mi fermo. Continuo ad attraversare di corsa il prato ben curato, sfilo accanto alla piscina illuminata e mi lancio verso la porta della dependance che vi sorge proprio accanto. Apro la porta, mi ci fiondo dentro e me la sbatto alle spalle, prima di chiuderla a chiave. Il cuore mi martella nel petto, e le lacrime mi si stanno aggrappando al fondo degli occhi. *Ma per quale cazzo di motivo sto piangendo?* Nella parte più profonda di me, so che sto avendo una reazione insensata anche perché, in tutta franchezza, Royce ha sempre qualcuna che gli ronza attorno. Che c'è di diverso adesso? Perché sto cominciando a provare qualcosa di inedito nei suoi confronti?

Mi sfilo la felpa e la lancio sul pavimento, asciugo le mie insensate lacrime e mi trascino fino al capo opposto della casetta, dove mi aspetta il mio letto singolo.

2

JADE

Un braccio mi passa attorno alla vita, attirandomi verso un corpo duro e caldo. So già chi è, prima ancora di voltarmi a guardare. Potrei riconoscere il suo odore in qualunque stanza. Senza pensarci, mi crogiolo nel suo abbraccio, quando il mio sedere preme contro il suo membro. È duro - come una fottuta roccia - e so bene che tutto dentro di me mi sta gridando che è sbagliato. Non ci siamo mai trovati in questa situazione. Mai. Lui ha dormito nello stesso letto con me, ma eravamo bambini all'epoca. Ora non lo siamo più. Mi stende la mano sulla pancia ed io resto in apnea. Ho paura che, se dovessi respirare, farei troppo rumore. E che il mio respiro sarebbe troppo affannoso. Troppo disperato. E troppo rivelatorio dell'effetto che lui ha su di me. Fa scendere le dita verso il basso, mentre mi preme le labbra contro la nuca.

"Sei una bambina viziata, lo sai questo, giusto?" La sua voce è bassa, eppur distante. Non fa niente, poiché i miei fianchi cominciano a cercare il suo tocco, come se si siano riuniti ad esso per la prima volta dopo secoli. Mi blocca i movimenti con un gesto repentino, forzandomi a restare immobile, mentre mi preme il palmo sulla parte bassa dell'addome. Deglutisco con grande fatica, provando con tutta me stessa ad ignorare la sagoma del suo pene duro che mi pigia contro il sedere. *Oh, cazzo.* Oh cazzo, oh cazzo. Questo segnerebbe un punto di non ritorno. *Non mi importa.* Non capita di rado che lui mi provochi in questo modo, ma si ferma sempre prima di toccarmi.

Non ci siamo mai toccati, mai baciati. Non abbiamo mai fatto nulla che potesse superare quel confine, a parte qualche flirt superficiale che, il più delle volte, sono convinta che sia tutto nella mia testa.

Mi fa rotolare a pancia in su, e mi tappa la bocca con una mano. Fa forza sulle mie gambe, finché non sono ben divaricate. Nel buio della stanza, riesco a delineare solo il contorno dei suoi capelli. Siamo ancora nella dependance a bordo piscina. *Mi ha seguita?*

"Devi fare silenzio, Duchessa." Volta la testa, ed io seguo il suo sguardo nel punto sul pavimento in cui Annette sta dormendo beatamente, accoccolata fra le coperte. Royce si è intrufolato nel mio letto mentre lei dormiva.

Non mi importa.

Faccio cenno di sì con la testa, e lui allenta appena la presa, ed è allora che avverto il calore del suo petto contro il mio. Fa scorrere lentamente i suoi fianchi sui miei, e mi sfila via la mano dalla bocca, per rimpiazzarla con le sue labbra. Il mio petto prende fuoco, e la mia pancia si incendia subito dopo, non appena le nostre labbra si uniscono. La sua lingua lecca la mia con la solita possessività che lo contraddistingue, ma poco dopo la sua testa comincia a scendere sotto le coperte.

"Roy!" sussurro, affondandogli le mani nei capelli. Lui mi scansa le mani e sposta gli slip da un lato. Avrei davvero fatto meglio ad indossare dei pantaloni. "R..." La sua bocca calda racchiude la punta del mio clitoride, mentre la sua lingua vi passa sopra e vi compie dei piccoli cerchi.

"Oh mio D..." Una delle sue mani è di nuovo sulla mia bocca, mentre la sua lingua continua a rotearmi sul clitoride. Alle mie gambe bastano due secondi per cominciare a tremare e al mio sesso per contrarsi, e subito dopo l'orgasmo si abbatte con le sue ondate sul mio corpo innocente. Royce si arrampica di nuovo sopra di me, facendomi spalancare le gambe.

"Vuoi farlo?" Mi sfiora il naso con la punta del suo, mentre le nostre labbra si lambiscono appena. "Guarda che poi non si torna più indietro."

"Io non voglio tornare indietro. Prenditela."

"Perché?" mi chiede, stringendo la presa con le dita attorno alla mia clavicola. La punta turgida del suo pene preme contro la mia fessura bagnata. Non servirebbe altro che una piccola… spingo i fianchi verso l'alto, e la sua erezione entra di due dita, stirando le mie pareti strette. Sussulto. "Perché, Duchessa?" mi sussurra contro le labbra.

Gli passo un braccio attorno al collo e gli mordicchio il labbro inferiore. "Perché ho sempre voluto che fossi tu." Affonda dentro di me tutto in una volta, riempiendomi fino al limite, finché non mi sento come se la mia anima stia volando via dal mio corpo. E un urlo si strappa dalle mie labbra…

"Duchessa!"

Orson? Qualcuno mi sta scuotendo per una spalla.

"Svegliati! Subito!"

"Che c'è?" Sbarro gli occhi e mi ritrovo immersa nel buio della stanza, fatta eccezione per una piccola lampada.

Orson è in piedi sopra di me, col cappuccio della felpa calato sulla testa. "Royce è stato coinvolto in una rissa con Derek Chambers. Torniamo a casa vostra."

"Cosa?" domando, poggiandomi sui gomiti. "E chi se ne importa se ha fatto a botte con Chambers?" Fottuti maschi idioti, e a proposito di idioti… il mio sogno è stato… *no comment*.

"In realtà importa, perché Royce l'ha sfondato di brutto, e per poco non l'ha ammazzato. Dobbiamo andare… ora."

"Che?" Sguscio fuori dalle coperte in un lampo e mi comincio subito a mettere la felpa addosso. "Dov'è Royce?" Mi tolgo i capelli dal viso e tiro su la zip. L'ha quasi ucciso? Non va affatto bene. A Royce non serve un altro periodo di lavori socialmente utili.

"Royce sta bene, è già a bordo. Chambers è riuscito a malapena a rispondere all'aggressione."

Non ho chiesto ad Orson perché sia venuto lui qui, e non Royce. Acchiappo al volo il telefono e me lo infilo in tasca prima di tornare con Orson giù in spiaggia. Gli altri invitati se ne sono già andati da un pezzo, e l'unica barca ancora ormeggiata è quella di Royce. Quei pochi che sono rimasti sono addormentati qua e là sulla spiaggia ma, per la maggior parte, quello che resta in giro è solo un gran casino. Mi sento uno schifo per il personale di servizio di Orson, a cui toccherà ripulire tutto.

Allungando il passo, entro in acqua e salgo a bordo. Ed è allora che vedo Royce sdraiato sulla schiena su uno dei divanetti, col braccio buttato sulla faccia. Tiene una gamba tirata su, e l'altra poggiata su una sedia.

"Si è addormentato. Guido io." Orson comincia a mollare la cima, mentre io avvio il motore. Storm riemerge da sottocoperta con una faccia bianca come un cencio.

"Cosa c'è che non va?" domando a Storm, che mi sembra più a disagio del solito.

Lo vedo scuotere la testa. "Ci è mancato poco che lo uccidesse."

Mi passo la lingua sul labbro e ruoto la testa per gettare un'occhiata da sopra la spalla a Royce, che ancora non si è mosso. Vorrei poter dire che non penso che Royce l'abbia colpito col reale intento di uccidere qualcuno, ma la verità è che, se a Royce venisse dato un valido motivo per cui morire, sarebbe disposto ad uccidere pur di difenderlo.

Mi schiarisco la voce, mentre i miei pensieri vagano sul sogno che ho fatto non più tardi di qualche minuto fa. Era tutto così vivido. Fin troppo vivido. Rivederlo subito dopo quelle immagini così realistiche, che sono ancora fresche nella mia memoria, mi fa venire la pelle d'oca e mi fa battere il cuore più forte che mai.

Storm appoggia la testa contro la sua spalla. "Guido io. Tu va' a fare le tue cose." Lascio il timone ed arretro passo dopo passo, finché non sono di nuovo vicina a Royce. Sia l'interno che l'esterno della barca sono illuminati dalle luci a LED, la cui tonalità blu scura accentua i contorni della sua figura. I suoi jeans scuri, i suoi stivali in stile militare lasciati laschi ai piedi, la felpa calata sulla testa.

"Vuoi restare tutto il tempo lì in piedi a fissarmi o ti vuoi mettere a sbraitare così ci togliamo subito il pensiero?" Si toglie il braccio dalla faccia e, finalmente, riesco a scorgere i suoi zigomi alti e scolpiti e le sue labbra soffici. Le stesse labbra che ho sentito nel mio sogno. *Fin troppo vivide*. Per quale fottutissimo motivo erano così realistiche? "Vieni qui." Il modo in cui la sua voce si aggrava nel pronunciare quelle semplici parole è la vera ragione per cui il cuore mi affonda nello stomaco. Tira fuori la lingua e si inumidisce il labbro inferiore. "Adesso, Duchessa..."

Mi decido infine a sedermi accanto a lui e mi lascio uscire un bel respiro profondo. Royce mi passa il braccio attorno alla vita e mi strattona verso il basso, facendomi crollare sul suo petto, mentre mi tiene stretta contro il suo fianco. Ora mi avvolge con entrambe le braccia e mi attira ancora di più a sé, affondandomi il naso nei capelli. Se una persona esterna alla nostra comitiva ci guardasse ora, da fuori, potrebbe prenderlo per un atteggiamento intimo. Ed è esattamente così che lo percepisco io, alla luce del mio sogno recente. Ma so, senza la minima ombra di dubbio, che per Royce si tratta di un mero abbraccio fra un fratello maggiore e la sua sorella minore.

"Royce?" gli sussurro, giocherellando con le maglie della catenina d'oro che porta al collo.

"Mmmm?" grugnisce.

Mi mordo nervosamente il labbro inferiore. "Che è successo fra te e Chambers?"

Percepisco il suo corpo che si irrigidisce sotto il mio, e mi sento quasi in colpa per aver tirato fuori l'argomento. "Non lasciare che la tua bella testolina si preoccupi di questo."

Ma io mi preoccupo. Mi preoccupo

parecchio.

"L'hai quasi ucciso?" Mi sollevo facendo leva sul suo petto e portando i miei occhi allo stesso livello dei suoi. I suoi lineamenti sono induriti, talmente affilati da tagliarmi in due. I suoi occhi mi intrappolano momentaneamente come in una rete piena di nodi, ma poi il mio sguardo gli cade sulla bocca. Su quelle labbra morbide, delineate da un contorno spigoloso.

Senza nemmeno rendermene conto, mi bagno le labbra con la lingua.

Lui inspira sonoramente, e la mia attenzione si sposta di nuovo sulle sue sopracciglia increspate e i suoi occhi, che adesso stanno fissando la mia bocca.

"Roy?"

Si lascia uscire lentamente l'aria che aveva inspirato, mentre sulle labbra gli si forma un ghigno minaccioso. "Mmmm, Duchessa. Tu stai cercando guai, non è così?" Mi si avvicina finché le sue labbra non mi sfiorano il lobo dell'orecchio. "Farai meglio a stare attenta al modo in cui mi punti addosso quei tuoi begli occhi."

Trasalisco, e gli smonto di dosso. Non appena sono di nuovo in piedi, le sue mani riprendono le mie, ed io mi trovo a guardarlo di nuovo in faccia. Royce è talmente perfetto che fa male. Sono sicura di averlo sempre saputo. È solo che ultimamente le cose fra di noi stanno andando in una direzione che non sono sicura che, in questo preciso momento, sarei in grado di imboccare a cuor leggero.

"Ehi!" Mi tira le dita, e a me cade lo sguardo sulle sue nocche tutte abrase. Insanguinate, e rovinate da crepe profonde come quelle che spaccano il mio cuore. "Stavo scherzando, Duchessa. Lo sai."

"Che vuoi dire?" gli mormoro, scostandomi dal viso i capelli arruffati, quando la barca rallenta in prossimità del pontile. "Su quale parte?"

Comincio a sentire papà dalla distanza che impreca, nell'esatto momento in cui attracchiamo. Royce mi fa l'occhiolino. "Dimmelo tu." Scatta in piedi e si porta le mani allo stomaco. "Questo farà venire senza dubbio un'ernia a papà," scherza e, non appena mi passa accanto, mi accorgo della chiazza umida al centro della sua pancia. Scaglio una mano in direzione del suo braccio per fermarlo. È abbastanza piazzato da potermi spintonare via, ma non lo fa.

"Royce…" bisbiglio, facendolo arretrare.

Barcolla all'indietro ed il colorito gli si drena via dal viso. "Che c'è, Duchessa? Ora che sto per morire ti sei decisa finalmente a baciarmi?"

Prima che riesca a registrare le sue parole, o a processarne il significato, lui mi caracolla addosso, buttandomi per terra. Ci sono delle urla di sottofondo, mentre sia mamma che papà stanno accorrendo a bordo.

È tutto una macchia sfocata attorno a me. Il mondo mi sta girando vorticosamente intorno.

Qualcuno sta gridando a voce così alta da farmi sanguinare le orecchie. Ed è solo dopo che sfilo via la felpa di dosso a Royce, e mi rendo conto dell'entità della ferita d'arma da taglio al centro del suo stomaco, che realizzo… che… quel qualcuno che grida… sono io.

3

Jade

Mi si sta scavando il mondo attorno. Da quando siamo arrivati in questa sala d'attesa, non ho fatto che dondolare il corpo avanti e indietro. Non ci hanno fatto vedere Royce perché, a quanto pare, è ancora sotto i ferri. Mi affondo le mani nei capelli e continuo ad ondeggiare furiosamente, continuando a ripetermi delle frasi per tenere a bada la crisi isterica che sento che mi sta montando dentro.

Non è stata colpa di nessuno. *Nessuno è in grado di fermare Royce, quando è in preda alla collera.* Peccato che, quando mi dico quelle parole, so benissimo che sono una menzogna. Esiste una persona che avrebbe potuto fermarlo. Che avrebbe potuto placarlo.

Io.

Lui mi ha detto che voleva andarsene, ed io ho preso e l'ho mollato lì per quale motivo? Per il mio orgoglio? Per fargli una ripicca, piuttosto che strapparlo da una che so che per lui non conta un cazzo?

Un pungente tanfo metallico mi riempie le narici e mi costringe ad abbassarmi le mani sulla faccia. Ho i palmi delle mani incrostati di rivoli di sangue scuro, intrappolato fra le mie dita. Mentre ne esamino furiosamente ogni singola goccia, mi tremano vistosamente le mani.

Il sangue di Royce.

Balzo in piedi e mi sfilo la felpa, prima di abbassare lo sguardo sulla maglietta che indossavo sotto e rendermi conto che anche questa è chiazzata di sangue in più punti. La sua vita è proprio qui. Su di me. Una macchia. E se non dovesse restarmi che questo di lui? Mi tiro via la maglietta con foga e la lancio a terra insieme alla felpa.

"Jade, tesoro." Mamma mi viene incontro e mi poggia una mano sul braccio. Io mi scosto di scatto da lei. Le lacrime, che mi riempiono gli occhi, mi offuscano la vista. Non riesco nemmeno più a sentire se mi colano sulle guance, perché mi sento totalmente intorpidita. *Non sento più niente. Niente.* "Tuo padre ti accompagnerà a casa per fare una doccia e cambiarti. Del resto, è inutile che tu stia qui..."

Scuoto la testa. I miei capelli secchi mi grattano le spalle.

"Duchessa..." mi fa Orson, nello stesso momento in cui sento una felpa che mi si poggia sulle spalle. "Mettiti questa addosso. Faremo lavare i tuoi vestiti da mamma più tardi."

Prima che Orson possa andare a prendere i miei abiti dismessi, mi chino, li raccolgo, corro verso il cestino e ce li getto dentro. Le fitte di dolore mi attanagliano nuovamente il cuore, iniettandovi il loro terribile veleno e rifiutandosi di lasciarlo andare. Ma non voglio neanch'io che se ne vadano, perché il senso di colpa è insopportabile.

"Sarei dovuta andare. Avrei dovuto dargli ascolto e tornare sulla barca." Non appena quelle parole lasciano la mia bocca, Storm è al mio fianco, per proteggermi. In giro per la sala d'attesa ci sono degli agenti di polizia. Li scruto con la vista annebbiata, mentre parlano con papà, in piedi accanto a loro. Anche se so già che non ci dovremo preoccupare di nulla. Kyle Kane ha tutte le fottute forze armate stipate nella tasca posteriore dei pantaloni. Il giorno in cui mi sono accorta di questo è stato anche il giorno in cui ho conosciuto il lato brutto di Royce. Non avrei voluto vederlo mai più, perché avevo paura. Paura che potesse ricapitare una cosa del genere.

"Vedrai che se la caverà, Duchessa. Stiamo parlando di Royce. Non è uno che molla così..."

Stringo forte le palpebre, mentre davanti agli occhi mi si proiettano tutte le scene della serata appena trascorsa. Dalla festa, a me che mi sono addormentata, ad Orson che è venuto a svegliarmi. *Porca puttana!* Perché non ho realizzato subito che c'era qualcosa che non andava? In condizioni normali, sarebbe venuto

Royce a riprendermi. Perché non sono riuscita a cogliere l'urgenza di Orson, o le rughe di preoccupazione di Storm?

Scatto di nuovo fuori dalla mia sedia. "Per quale cazzo di motivo nessuno mi ha detto che era ferito in barca?" Gli agenti di polizia smettono di parlare con papà, mentre mamma lancia delle occhiate apprensive in direzione delle infermiere che stanno passando in questo momento.

Ha sempre il timore del parere degli altri.

Trafiggo con lo sguardo Orson e Storm, dalle cui facce trapela tutto il loro rimorso. "Avreste anche potuto dirmelo, tutt'e due!"

"E a che pro, Duchessa?" Orson si alza in piedi e si infila le mani in tasca. "Royce non voleva che tu lo scoprissi, perché sapeva che ti avrebbe solo fatta stare male. Non avremmo comunque potuto fare nulla, finché non fossimo tornati sulla terraferma. Ha chiesto..." Orson fa una pausa, affondando i suoi occhi nei miei. "Lui ha chiesto solo di te."

Mi metto sulle difensive ed incrocio le braccia. Il dolore è ormai ancorato al mio cuore, e da lì non si vuole spostare. "Lui mi avrà sempre. Sempre. Rig..." Mi si spezza la voce e mi cedono le ginocchia. "Oh mio Dio, e se lo perdessi?" Il solo pensiero di poter mai perdere Royce è sufficiente a provocarmi del dolore fisico. Non potrei mai, e non sopravvivrei di sicuro al vuoto che lascerebbe dietro di sé.

Orson e Storm si chinano entrambi a terra,

uno da un lato ed uno dall'altro, e mi gettano le braccia attorno al collo.

"Ehi," mi sussurra Orson all'orecchio. "Vedrai che si rimetterà. Lo sai che quel cocciuto figlio di puttana non ti lascerà mai e poi mai camminare sulla faccia della terra senza essere in grado di proteggerti."

Mi fremono le labbra, e mi palpita il cuore attorno alla nuova cicatrice che vi è stata appena inferta, e che riporta due iniziali:

R. K.

"Signori Kane?" Un dottore con un camice bianco entra nella sala d'attesa, e per l'ennesima volta balzo in piedi.

"Sì?" risponde mamma, ma io spingo tutti via e mi piazzo in prima fila. Mamma annuisce. "Sua sorella. Per favore, ci dica tutto."

Papà è accanto a me, e mi tiene un braccio poggiato sulle spalle, mentre mamma è dall'altro lato. I miei altri due fratelli sono dietro di noi.

Ci siamo.

Mi accelera il battito cardiaco, ed il sangue mi schizza nelle orecchie. Questo momento potrebbe segnare la fine della vita per come la conosco.

"Si rimetterà. Per la verità è già sveglio, e sta chiedendo di una… Duchessa?" farfuglia il dottore, confuso. Il sollievo che mi inonda è talmente possente che mi tiene i piedi inchiodati a terra. Congiungo le mani e mi concedo qualche minuto per riprendere fiato, prima di seguire il dottore fin nella stanza di Royce, lasciando tutti gli altri ad aspettare nella saletta.

Leggere il suo nome, Royce Kyle Kane, inciso sulla piccola targhetta all'ingresso della sua camera mi fa divampare una nuova fiammata nelle vene. Me lo voglio portare via da qui.

Il medico apre la porta e mi fa cenno di entrare. "Potresti trovarlo un po' tramortito, perché sta ancora smaltendo l'effetto dell'anestesia. Prova a non dare troppo peso a quello che gli esce di bocca. Potrebbe essere dettato dal cocktail di farmaci che ha in corpo."

Arriccio le labbra dietro i denti, mentre le mie spalle si afflosciano per la disfatta. Apro la porta ed entro. I segnali acustici continui e penetranti. L'odore acre di candeggina. *I bip*.

"Roy?" sibilo. Lui ruota la testa e stende un braccio verso di me. Non ha una brutta cera. La sua faccia è sempre la stessa. Ha un aspetto normale, se non fosse per i tubicini che lo collegano ad una macchina.

"Vieni qui. Subito." È ancora prepotente.

Non riesco a fermare le lacrime che mi sgorgano dalle guance, mentre mi fiondo verso di lui.

"Smettila di piangere, Duchessa," mormora roco, contorcendosi per tirarsi più su.

Mi asciugo rabbiosamente le lacrime e lo guardo in cagnesco. "Io non posso credere che tu non mi abbia detto che eri ferito!" Si allunga per prendermi una mano, ma io mi ritraggo. "Sono furiosa con te. Pensavo che saresti morto!"

Mi cattura la mano e mi strattona verso di lui. È mostruosamente in forze, per essere uno che è appena uscito da un intervento chirurgico. "E che avresti fatto, mmm?" Infine, mi sdraio, mi sfilo le Vans con un calcio e mi accoccolo accanto a lui. "Ti devi fare una doccia, e devi ridare ad Orson la sua felpa del cazzo."

"Sta' zitto," bofonchio contro il suo corpo, lasciando che le mie lacrime inzuppino tutte le lenzuola. "Non ti azzardare a farlo mai più."

"Mmmmmm." Riesco a percepire dal suo tono che è assonnato. Probabilmente sta per crollare. "Duchessa?" Non gli rispondo. Mi limito a stritolare le lenzuola bianche nel palmo della mia mano. "Ti amo. Lo sai, vero?"

"Ti amo anch'io," mormoro con un filo di voce e, prima che riesca a formulare un'altra sola parola, il sonno si impossessa dei miei muscoli, e mi appesantisce le palpebre.

"State scherzando? Ma guardate come sono carini!" Sento di sottofondo la voce di Sloane, mentre riprendo i sensi, strofinandomi via il sonno dagli occhi. Una volta che mi si abitua la vista, mi accorgo della quantità di persone che si trovano in questo esatto momento nella stanza di Royce.

Mamma, papà, Sloane, ma anche Orson, Storm, Annette - *bleah* - ed il papà di Orson e la mamma di Storm, che è anche il procuratore distrettuale della Bay Area.

"Perché siete tutti qui?" mi informo,

simulando un sorriso.

"Bellezza, ti prego. Lascia che ti porti a casa per fare una doccia." Sloane mi afferra senza lasciarmi il tempo di obiettare, ma io non mi scosto di un millimetro da Royce. Non riesco a sopportare l'idea di stargli lontana. Né ora, né mai. Probabilmente è una cosa che mi farà passare per pazza, e non è escluso che io sia in parte – *completamente* – dipendente da lui. Ma è una cosa poi così brutta? Royce ed io siamo sempre stati un tutt'uno. Prima di formulare la mia protesta, colgo lo sguardo di papà, che ci sta perscrutando con le labbra contratte e la fronte leggermente aggrottata. I suoi occhi, stretti in due fessure sinistre, non smettono di spostarsi fra Royce e me. Io non ho mai avuto alcuna forma di scambio con papà. Mi interfaccio quasi solo con mamma. Ma non c'è storia col legame che intercorre fra lui e Royce. Loro due hanno un rapporto solido, incentrato sull'amore e sulle battute. Una sensazione molto prossima alla paura mi graffia con le sue unghie affilate lungo la spina dorsale, mentre papà continua a soppesare me e la situazione in cui mi trovo. Mi ha sempre guardata così? O ci sto facendo caso solo ora perché ho tutti i sensi in allerta? O si tratta di qualcosa di nuovo, alla luce di quello che è successo ieri sera? In verità non mi sono ancora fatta chiarezza su quello che è realmente successo ieri sera, né su come Chambers abbia finito per accoltellare Royce.

Mi balena un'idea per la testa, scatenata

dalla furia incontenibile al solo pensiero che qualcuno volesse - no, abbia *provato* - ad uccidere mio fratello ieri sera.

Scendo dal letto con una rinnovata determinazione ed agguanto la mano di Sloane, dimentica all'improvviso del modo in cui papà mi stava scrutando fino ad un attimo fa. "Hai ragione. Dovremmo andare." Nella stanza cala il silenzio, ed io so cosa stanno facendo: stanno tutti aspettando il mio crollo nervoso.

"Duchessa," tenta Orson, guardingo. "Tutto okay?"

Solo Royce, Orson e Storm mi chiamano Duchessa. Nessun altro. Una volta, quando avevo dieci anni, Trevor Maxwell ha provato ad usare quel soprannome durante la lezione di educazione fisica. Gli ho dato un pugno dritto nel naso. Quella è stata la prima ed unica volta che sono finita nell'ufficio del preside, ma non la prima che ho rotto il naso a qualcuno. I miei fratelli mi hanno sempre protetta. È arrivato il momento che io faccia lo stesso per loro.

"Sto bene. Mi serve una doccia. Torno fra un po'." Sloane ed io ci avviamo verso la porta della camera ma, prima di varcarla, lancio un'ultima occhiata da sopra la spalla in direzione di Royce. Sta ancora dormendo profondamente, con le labbra socchiuse. Ha un aspetto così sereno. Qualcuno ha provato a fargli male. Molto male. Ed ora, per quanto suoni sciocco, io voglio la mia vendetta. E so qual è il primo posto in cui andarla a cercare.

4

JADE

La prima cosa di cui, in tutta franchezza, avrei dovuto fare menzione è la mia totale mancanza di notorietà e di amici. La quale, però, non è dovuta al fatto che io non attraggo le persone o che nessuno vuole essermi amico - cosa di cui, peraltro, la storia mi renderà giustizia. Il reale motivo è che i miei fratelli, di solito, terrorizzano a morte chiunque provi ad avvicinarsi. Che è esattamente la ragione, ora che ci rifletto, per cui ho le palle di fare quello che sto per fare.

Dopo aver fatto una doccia ed essermi infilata addosso degli abiti puliti, torno con Sloane al piano di sotto, diretta in cucina. Apro uno dei mobiletti, e mi ritrovo di fronte una distesa di chiavi, che mi fissano di rimando. Non ho ancora preso la patente, ma so guidare.

Dovrei optare per una macchina anonima. Qualcosa che non dia nell'occhio. Quindi sicuramente non mi orienterò sulla Porsche di papà, né sulla Tesla di mamma. Non ha nemmeno senso che prenda il Range Rover o la Ford di Royce. Le mie dita si flettono attorno alle chiavi della Camaro 1969 nera di Royce.

Sogghigno, mentre sfilo il mazzo dal gancetto.

"Ehm, tu sei proprio sicura che sia una buon'idea?" Gli occhi azzurri di Sloane saltellano tra me ed il mazzo di metallo fra le mie dita.

Le faccio ruotare di scatto per avvolgerle nel palmo della mia mano ed annuisco. "Sì, e smettila di fare l'isterica."

Arriviamo giù in garage ed io scivolo sul sedile del passeggero dell'immacolata automobile vecchio stile di Royce. I sedili di pelle sono nuovi di zecca, sul cruscotto tirato a lucido è stata passata una mano di un olio che emana un dolce profumo. Nell'abitacolo si avvertono l'odore del cuoio appena cucito, un sentore dell'acqua di colonia di Royce, con una nota di sottofondo di fumo di sigaretta.

Mi si costringe il petto quando sento il suo profumo, e debbo chiudere gli occhi, prima di infilare le chiavi nel blocco di accensione e ruotarle, finché non avverto il rombo viscerale del V8, che mi vibra sotto al sedere.

"Senti," bofonchia Sloane, sporgendosi per afferrare la cintura di sicurezza, prima di allacciarla. "Tu hai il cento per cento del mio appoggio..." Con un gesto della mano, mi indica da capo a piedi. "Ma sarò molto sincera con te: mi sto anche cagando sotto. Voglio dire, è di Royce Kane che stiamo parlando, e tu stai giocando col fuoco. Per carità, lo capisco. Tu sei la sua sorellina viziata, che non commette mai nessun errore, ma lasciatelo dire..." Fa un fischio sommesso e, prima che possa uscirgli altro di bocca, io ingrano la prima e schiaccio l'acceleratore fino in fondo. La macchina schizza fuori dal garage con un ruggito fumante ed uno stridio acuto di pneumatici. "Oh mio Dio!" esclama Sloane, aggrappandosi alla maniglia della portiera. La sua risata è contagiosa, mentre sfrecciamo sulla strada principale. I capelli mi frustano la faccia, smossi dal vento che entra dai finestrini abbassati. "Devo fare assolutamente un video."

"Va bene." Scoppio a ridere. "Ma non postarlo da nessuna parte. Non voglio mettere Royce ancora di più in agitazione."

"Promesso." Sloane ridacchia e fa scorrere le dita sullo schermo del suo cellulare. Anche i suoi capelli biondi sono tutti scompigliati, e le finiscono davanti al viso. Senza togliere lo sguardo dal telefono, mi domanda: "Allora, dove siamo dirette?"

"A casa di Matty."

Sloane si pietrifica, come la sua mano, che resta premuta sullo schermo. "Perché?"

Mi infilo i capelli dietro l'orecchio e tiro dritta verso casa di Matty McAlister. "Perché so che ieri sera lui era proprio lì, e so anche che mi dirà per filo e per segno tutto quello che è successo."

Sloane annuisce. "Mi sembra più che legittimo."

Proseguiamo per quel breve tragitto che ci separa da casa di Matty, e si è fatto quasi buio, ormai, quando svoltiamo davanti al cancello del suo complesso residenziale. La guardia all'ingresso ci lascia passare, ed io imbocco il vialetto circolare a bordo della Camaro di Royce.

Sbatto lo sportello della macchina e mi avvio su per le scalette che conducono a casa di Matty. Non appena arrivo davanti al portone d'ingresso, mi si apre davanti, e mi ritrovo Matty in piedi sull'uscio, coi suoi capelli naif tutti scarmigliati, ed i suoi occhi azzurri e perlacei imbevuti di tristezza.

"Che è successo?" gli domando senza fronzoli.

Fra Matty e me è una lunga storia. Ci siamo scambiati dei baci rubati fin da quando eravamo bambini, ma fra noi è sempre stato tutto molto innocente. Sono anni che Sloane mi ripete che, secondo lei, lui è innamorato di me, ma io non ne sono convinta.

Matty si passa le sue pallide mani fra i capelli e, con quel movimento, gli si flettono i muscoli delle braccia. "Senti, io penso che faresti meglio a chiederlo a Royce."

"Io invece lo sto chiedendo a te..." Provo prima con le buone, visto che mi pare di capire che sia visibilmente turbato.

Matty si mette seduto su un gradino. Si tiene la bocca coperta dietro le mani, mentre incrocia il mio sguardo. "Chambers ha detto qualcosa su di te, Royce è partito di testa come fa sempre lui, solo che Chambers, stavolta, anziché rimangiarsi le stronzate che aveva detto, ha provato a reagire. Sono volate via le magliette, Royce era su di giri, smaniava di prendere a cazzotti un po' di carne… e di gustarsi il suo pestaggio… cosa che ha fatto. Ci è andato giù piuttosto pesante con Chambers. Però, quando si è voltato per andarsene, Chambers se n'è uscito con quella frase…" Matty fa una pausa. Nei suoi occhi passa una scintilla furiosa, e stringe forte i denti.

"Quale frase, Matty?" La mia pazienza è agli sgoccioli. Sento che la frustrazione sta cominciando a tentennare, e che mi si stanno contraendo tutti i muscoli.

"Ha detto che, non appena Royce se ne andrà, lui infilerà il suo cazzo talmente a fondo dentro di te da farti passare una volta per tutte la voglia di Royce."

Resto immobile, a bocca aperta. "E?"

Gli occhioni azzurri di Matty si spostano fra Sloane e me. "E cosa? È quello che ha detto, e Royce ha perso totalmente il controllo. Gli ha stretto una mano attorno al collo, e ha cominciato a soffocarlo. Ha sollevato Chambers da terra con una sola mano, Jade. Una sola cazzo di mano. Il difensore della nostra squadra di football. Con una mano."

"Sì, sì, ti ho sentito. Con una mano. E poi che

è successo?" Sto sbattendo furiosamente il piede a terra, perché non sono convinta neanche un po' che la reale giustificazione per cui Royce ha quasi perso la vita sia stata una battuta di Chambers sul mio conto. Anzi, adesso sono ancora più incazzata di com'ero prima di venire qui. Ci dev'essere un'altra ragione sotto.

"Non ho altro da dirti. Ha continuato a strozzarlo finché Chambers non è diventato violaceo. A quel punto Chambers ha tirato fuori un pugnale e lo ha accoltellato nello stomaco. E dopo quello ce la siamo data tutti a gambe."

Mi lascio cadere all'indietro e collasso sui gradini, coprendomi il viso con le mani. "Perché Royce è fatto così?"

"Perché?" Matty sussulta e sgrana gli occhi, apparentemente stupefatto davanti al mio commento. Come se io fossi tenuta a sapere il motivo, o se la risposta fosse lampante. "A parte il fatto che Royce è tuo fratello... voglio dire, sei cieca?"

Scuoto la testa, asciugandomi le lacrime dalle guance. "Che vuol dire *sei cieca*? Avrebbe potuto morire. E tutto questo per cosa?" Mi volto in direzione di Matty. Mi tremano le labbra, e mi debbo strofinare il naso che mi sgocciola. "Per proteggere la mia virtù?"

Sloane mi dà una pacca affettuosa sui capelli. "So che non è una cosa che vuoi sentirti dire in questo momento, ma quei ragazzi... Royce, specialmente... ti hanno messa su un piedistallo talmente alto che niente o nessuno potrà mai toccarti."

Un trillo acuto mi ronza nelle orecchie, quando la realizzazione del senso delle sue parole mi colpisce. Dovrei cominciare a tenere alla larga Royce, per evitargli di commettere di nuovo lo stesso errore. Quando entro in ballo io, Royce non sa usare la testa. Si comporta in maniera irrazionale, impulsiva, ai limiti della psicopatia. Eppure, anche mentre ripenso a quelle parole, so di non poter dare a Royce quello di cui ha bisogno. Potrà anche essere egoista da parte mia, ma io non ce la faccio. Non adesso.

Matty mi passa una mano dietro al collo e mi attira a sé. "Ho sentito dire che Chambers è al fresco, e che suo padre si rifiuta di pagare la cauzione per farlo uscire."

"È sempre stato un brav'uomo," singhiozzo. Il padre di Chambers è anche l'allenatore della nostra squadra di football. È una persona perbene. Non so come mai Chambers sia uscito così.

Mi alzo dai gradini e mi riavvio verso la macchina di Royce. "Grazie, Matty," gli dico dalla distanza, aprendo lo sportello dell'auto. Avevo in progetto di fare un salto anche da Chambers ma, visto che è rinchiuso nella cella di una prigione, penso che dormirò sonni tranquilli stanotte.

"Sempre a disposizione. Ehi, Jade?" Si appoggia alla ringhiera del portico. "So che il tempismo è davvero di merda, ma fra due sabati è il mio compleanno. Non so se te lo ricordi..."

Gli regalo un piccolo sorriso. "Me lo ricordo."

Sbarra per un istante gli occhi, come in preda allo sgomento. Ed io vorrei immediatamente prendermi a schiaffi per avergli concesso anche il minimo barlume di speranza. Devo andarci coi piedi di piombo, quando si tratta di maschi. Se mai decidessi di fare sul serio con un ragazzo, dovrebbe trattarsi di qualcuno per cui valga la pena scatenare l'ira funesta di Royce. E quel qualcuno non è Matty.

"Ad ogni modo, darò una festa. Andiamo a sciare tutti insieme. Che ne dici, ti potrebbe fare piacere unirti? Ovviamente, tu e tutto il seguito."

Stringo le dita attorno alla maniglia della portiera. *È del tutto escluso*. "Ma certo, ci farò un pensierino. Vediamo come si sente Royce."

"Si capisce." Mi fa l'occhiolino. "Ci vediamo, Sloane." Ci saluta entrambe con la mano, e noi montiamo in macchina.

"Dio, è così carino. Perché i ragazzi non possono essere tutti come Matty?" Sloane si accascia sul sedile.

"Probabilmente perché a noi non interesserebbero."

Scoppiamo entrambe a ridere e ce ne torniamo a casa mia.

5

JADE

"Royce..." frigno. "Non puoi startene qua fuori. Devi rientrare in casa." Mi strofino freneticamente i palmi delle mani sul corpo, spalmandomi un olio scivoloso su tutta la pelle.

"Ha ragione lei, testardo del cazzo." Storm si cala gli occhiali sul naso e smette per qualche secondo di scrivere al computer, per lanciare un'occhiataccia a Royce.

"Sono passati undici giorni. Non mi rompete il cazzo." Lui ed io non abbiamo ancora parlato un granché di quello che è successo la sera della festa. Non solo di quello che è successo prima, quando lui voleva che tornassi in barca con lui, ma neanche di quello che è successo dopo. È stata dura, perché io per prima mi sono accorta del cambiamento di Royce. È diventato un po' più teso del solito. Non solo con me, ma con chiunque.

"Sai, Jade, secondo me dovresti accettare l'invito alla festa di Matty!" esclama candidamente Sloane, orientando la testa verso il sole e lasciando che la sua pelle già abbronzata si scurisca un altro po'.

"Cosa?" interviene Storm, battendo Royce sul tempo.

Penso che Sloane si sia appena resa conto delle implicazioni di quello che ha detto, perché incurva le dita e si infila le labbra fra i denti. "Oh, ehm..." O forse l'ha fatto apposta.

Alzo gli occhi al cielo, proprio nel momento in cui mi squilla il cellulare poggiato accanto alla mia bottiglietta d'acqua. Lo prendo e sblocco lo schermo per leggere un messaggio di India.

India: Ehi, ragazza. Spero che tuo fratello si senta un po' meglio.

Le scrivo via messaggio che è tornato lo stronzo di sempre, poi poggio a terra il telefono. Quando mi volto a guardarlo, scopro che Royce mi sta fissando con degli occhi freddi e distanti, e le sopracciglia inarcate.

"Che ho fatto adesso?" gli domando, già consapevole di essere nei guai. "Era India."

Royce solleva il medio verso di me. "Non è quello di cui sto parlando, e tu lo sai benissimo."

Lo guardo in cagnesco. "Guarda che non ho intenzione di andarci."

"Andare dove?" domanda Orson, facendo rimbalzare il pallone da basket in mezzo alle sue lunghe gambe. "Ho appena incrociato Matty B e gli ho detto che adesso carichiamo i bagagli e andiamo tutti a festeggiare il suo compleanno."

Scoppiano tutti a ridere, tranne Royce. Proprio quando Royce sta per interrompere le nostre risate, papà esce dalle porte scorrevoli, e fa un fischio.

"Roy, devo parlarti un attimo." Alla sua presenza, incrocio le braccia davanti al petto. Avverto un'immediata sensazione di disagio, e non so perché. Royce si alza dalla sua sdraio e si avvia dentro casa. Resto ad osservarlo mentre si allontana con una fitta di tristezza in mezzo al petto. Aggrotto profondamente la fronte.

"Ehi." Orson si mette seduto alla fine del mio lettino. "Cos'è questa faccetta imbronciata?"

Gli sfilo il pallone di cuoio dalle mani e mi esercito per farmelo girare sulla punta dell'indice. "Si tratta di Royce." Lancio un'occhiata verso la porta, per assicurarmi che non stia tornando, prima di riportare la mia attenzione sugli occhi nocciola di Orson. "È un po' giù da dopo l'incidente, e non so se è per colpa di qualcosa che ho fatto io, o se è una cosa sua."

Gli occhi di Storm cercano quelli di Orson, ed io resto ad assistere al loro scambio silenzioso. "Ragazza, datti una calmata. Gli hanno appena sventrato le budella, ed è sempre stato di natura un tipo a tratti lunatico. Dagli il tempo di riprendersi."

Sloane si risistema nella sua sdraio e si copre gli occhi chiusi coi suoi occhiali da sole di Versace. "E comunque non aiuta che tu, crescendo, stia diventando questa cazzo di bomba sexy e che lui sia costretto a stendere a pugni tutti i coglioni che girano a scuola nostra."

"Ma se lui non viene neanche più nella nostra stessa scuola!" controbatto, riferendomi al fatto che tutt'e tre i miei fratelli si sono diplomati qualche mese fa. Fra un altro paio di mesi, Orson e Storm cominceranno la loro nuova vita senza la loro piccola Duchessa. "Sentirete la mia mancanza, quando ve ne sarete andati?"

Storm andrà alla Brown University, mentre Orson è diretto a Los Angeles, dove giocherà nella squadra di basket locale.

"Ma per favore." Orson mi dà una spintarella con la mano.

Storm continua a fissarmi severo. "Io non potrei mai dimenticarti, nemmeno se ci provassi, Duchessa. E te lo dico dal profondo del mio cuore." Pronuncia quelle parole con un'espressione irremovibile sul volto, solenne e priva di emozioni.

"Beh, non è una grande rassicurazione, visto che non ce l'hai."

Storm si picchietta la tempia con un dito. "Ah. La ragazza sta cominciando a capire."

"Mi ci sono voluti solo dieci anni," borbotto, rilassandomi sul mio lettino.

"E comunque, parlando seriamente, io penso che Royce si stia solo rimettendo. E, per una volta, Sloane ha ragione." Orson si alza in piedi, si sfila la maglietta e la lancia sulla sua sedia. La sua pelle scura brilla sotto il sole, ed i suoi zigomi prominenti campeggiano su delle labbra carnose che si incurvano su dei denti dritti e bianchissimi. Orson è molto bello. Follemente attraente. Il classico tipo di maschio che quasi tutte si fermano per strada a guardare.

Si strofina gli addominali scolpiti col palmo della mano. "Ci faccio due chiacchiere io."

Storm inarca un sopracciglio folto. "Davvero?"

Rimango di nuovo ad osservare lo scambio di occhiate fra di loro e, per la prima volta, mi sembra che mi stia sfuggendo qualcosa, o che qualcuno mi stia deliberatamente omettendo qualche informazione.

"Perché mi tenete dei segreti?" domando, quando Orson si tuffa in piscina e Storm chiude il suo laptop e lo mette via.

"Noi non abbiamo segreti, ricordi?" annuncia Storm a chiare lettere, mentre ripone con cautela tutta la sua vita nella borsa per il computer.

Io resto in attesa di Royce. Ma lui non torna.

Più tardi, quella stessa sera, sono nella mia stanza, e sto ascoltando la musica dai miei altoparlanti. Non ho ancora rivisto Royce, da quando è sparito nel pomeriggio, mentre eravamo a bordo piscina. Un minuto era con noi, e quello dopo papà lo ha portato via. È cambiato qualcosa in casa, e non ho ancora capito bene come sia successo, né perché. Dopo essere rimasti a farmi compagnia per qualche altro minuto, anche i ragazzi sono rientrati in casa. Ho dedotto che stessero andando a fare quella chiacchierata con Royce. Non mi va di mandare un messaggio a loro, né di bussare alla porta di Royce. Non voglio essere assillante, anche se loro assillano me regolarmente.

Rotolo su un fianco e mi infilo le mani sotto la guancia. Sarà meglio che la giornata di domani si riveli migliore di questa.

Perché oggi è stata davvero una giornata di merda.

6

Royce

Lei non può saperlo. Lasciarla mi annienterà, ma non ho altra scelta.

Né adesso, né mai.

E non se in ballo c'è *lei*.

7

JADE

Mi sveglio al mattino seguente con gli arti tutti anchilosati, e stiracchio le braccia sopra la testa. Spero che Royce abbia sbollito, qualunque fosse il motivo per cui era contrariato. Voglio dirgli che non dobbiamo andare davvero al compleanno di Matty… che era solo un invito. Avverto il bisogno costante di calmarlo a parole, ma è solo perché, in un certo modo, lui è diventato una mia responsabilità, esattamente come io sono la sua. Ci prendiamo entrambi cura l'uno dell'altra. Lo abbiamo sempre fatto.

Sto saltellando giù per le scale, diretta in salone, quando colgo mamma e papà in piedi di fronte al camino, intenti a sussurrarsi delle parole clandestine. Non appena entro io nella stanza, si zittiscono all'istante.

"Giorno," li saluto nervosamente, spostando lo sguardo ad intermittenza su entrambi. Ed avverto nuovamente quella sensazione sgradevole. Sento che c'è qualcosa di strano.

Mamma si volta verso di me. "Tesoro, non voglio che tu..." La voce le resta strozzata in gola, e le scivola una lacrima lungo la guancia. Inspira, poi espira. "La polizia sarà qui a momenti, ed io preferirei che tu non ti sottoponessi a questo stress."

"È un po' difficile per me, visto che tu te ne stai in piedi laggiù in un evidente stato di ansia, mamma..." Mi aumenta il battito cardiaco e mi sudano i palmi delle mani, quando incrocio le braccia davanti al petto. Mamma è sempre composta e misurata, intrappolata in una società in cui è convinta che la perfezione sia l'unico stile di vita ammissibile. Ma questa non è perfezione: è fragilità. Se non ti aspetti altro che perfezione, stai dando all'umanità un'arma da poter usare contro di te.

Mamma si cattura il labbro inferiore coi denti e si infila una ciocca bionda dietro l'orecchio. La guardo giocherellare nervosamente coi suoi anelli ed il suo braccialetto, prima di tornare a toccarsi i capelli. "Riguarda Royce. Ci siamo svegliati stamattina e lui se n'era andato. La sua camera da letto è tutta sottosopra..." Le si spezza di nuovo la voce, e va dal capo opposto del salone a prendere una manciata di fazzoletti. Se li preme contro il naso e soffia rumorosamente.

Qualcuno bussa alla porta.

Papà passa in mezzo fra mamma e me, senza

togliermi gli occhi di dosso. La solita scarica gelata mi corre lungo la spina dorsale. Quando mi sfila accanto, si muove come al rallentatore. Il suo petto tronfio è proteso in avanti, le sue labbra serrate sono incurvate in un sorriso appena accennato. Presumo che sia il suo modo di provare a rassicurarmi, ma non sta funzionando.

Mamma mi prende la mano fra le sue, ma si sta muovendo tutto troppo piano. Gettata nella più totale confusione, mi aggrappo al palmo della sua mano. "Che sta succedendo?"

"Si tratta di Royce," ribadisce con un filo di voce, asciugandosi col fazzoletto le lacrime che le sono sfuggite. "Se n'è andato, tesoro."

8

Jade

Quattro anni dopo

"Per me è come una famiglia." Penso che sia una delle locuzioni più inflazionate della storia. Famiglia. Otto lettere, con un solo significato, ma una doppia accezione. Famiglia potrebbe rappresentare il motivo per cui ti fidi di qualcuno, ma potrebbe anche essere la ragione per cui, di quel qualcuno, non ti fiderai mai più. Ed io so già l'accezione per cui propendo.

Se la sera fatichi a prendere sonno, allora vuol dire che c'è qualcuno che ti sta pensando. Come un'àncora, che ti strattona l'anima, cercando di trattenerla in questo mondo, anziché lasciarla vagare sperduta nel purgatorio. Del resto, non è questo che accade mentre si sogna? Non è un purgatorio per la testa e per tutto il cazzo di casino che vi si scatena all'interno? Il sonno è il luogo in cui i tuoi demoni incontrano la tua salute mentale, e lottano per scoprire chi avrà la meglio. Saranno i tuoi incubi a vincere o la concretezza della quiete? Mi piace pensare alla mia vita come ad un purgatorio, un posto in cui cerco di barcamenarmi tutti i giorni fra entrambi gli estremi. Il bene, il male, ed i demoni di cui non riesco a liberarmi.

Ahimè. Vorrei poter dire che ho trascorso gli ultimi quattro anni in purgatorio a cercare di guarire dalle mie ferite, ma mentirei. La mia anima è intrappolata all'inferno, e si rifiuta di voltare pagina. Ho tagliato fuori le persone, mi sono sigillata dentro, e mi sono buttata su cose che avrei dovuto evitare per placare la fame brutale che sento di una persona che non avrei mai dovuto perdere.

Sloane sprofonda sulla sedia di fronte alla mia, nel nostro bar preferito nel cuore di San Francisco, dalle parti di The Market. Non vedo l'ora di andarmene finalmente da questa città. Di scappare da questo ciclo infinito del mio incubo personale.

"Che ne dici di uscire questo week-end?" mi propone Sloane, nascondendosi il viso dietro una cortina di capelli rossi, freschi di tinta. "Sai, un ultimo *hurrà* nella Bay Area prima di concederci una dose massiccia di altri *hurrà* al college. *Insieme,* stavolta."

La sua logica non ha alcun senso, visto che, ogni volta che è tornata a casa, siamo comunque già uscite una marea di volte per festeggiare. Negli ultimi quattro anni sto recuperando tutto il tempo perduto. Mi sono occupata il tempo in tutti i modi possibili e ho fatto tutto quello che mi pareva. Sloane è rimasta la ragazza più popolare dello Stone View, anche dopo che se n'è andata a studiare alla UCLA. Anche a me non è andata male, ma sappiamo tutti che è per via di… lui.

"Sì," rispondo alla svelta. "Mi serve una distrazione questo week-end." È venerdì sera, ma non è questo il motivo per cui mi serve una distrazione. È per via della data in cui cade questo venerdì in particolare.

Allunga le mani verso le mie, e gli angoli dei suoi occhioni azzurri si increspano.

Sloane non è più la ragazza di un tempo. È cresciuta, è più formosa, e più sexy. Non è più il cucciolotto ingenuo che sbava dietro a tutti i fighi della scuola. Ora li fa cagare sotto, tirando fuori i denti. "Mi dispiace. Quanto tempo è passato?"

La cameriera viene al nostro tavolo.

"Quattro anni," mormoro, prima di distrarmi col caffè. "Per me un cappuccino al caramello, per piacere."

Sloane ordina il suo caffè prima di rivolgere di nuovo la sua attenzione a me. "Vuoi parlare di altro?"

Annuisco. "Sì. A proposito di questo fine settimana…" Non mi va mai di parlare di lui. Per la verità, ho passato gli ultimi quattro lunghissimi e fottutissimi anni senza nemmeno bisbigliare il suo nome.

Sono furiosa. Ferita. Ma più che altro furiosa.

Sloane comincia a ciarlare dell'uscita che ha in mente e di come dovremmo organizzarci. Non sono sorpresa di scoprire che anche Matty è tornato e darà una festa nella casa sulla spiaggia dei suoi. Non ci sono grosse novità per quanto riguarda Matty. Sta ancora con la stessa ragazza, va alla UCLA insieme a Sloane ed è ancora quello che organizza i party più in grande di tutta Stone View. Continuiamo a pianificare la nostra uscita mentre sorseggiamo i nostri due cappuccini, una vaschetta di patatine piccanti ed una fetta di torta al cioccolato. Quando scatta per entrambe il momento di tornare a casa, la saluto con un bacetto e mi avvio verso la mia macchina.

La distrazione è la chiave che spana un'anima crepata. Sento a tutto volume la musica nella mia BMW, per tutto il tragitto fino a casa. *Casa.* Le massicce colonne bianche reggono elegantemente in piedi l'imponente villa in stile coloniale. Uno stile decisamente vecchio ed inusuale in un contesto architettonico come quello di San Francisco. Le aiuole perfettamente curate sono verdeggianti e disseminate di fiori dai colori sgargianti, che conferiscono un tocco vitale ad un immobile, altrimenti insipido, da svariati milioni di dollari. Da quando lui se n'è andato, guardo questa casa con occhi diversi.

Con un sospiro, afferro la mia borsa e scendo dalla macchina. Non vedo l'ora di andarmene da questo posto.

"Jade? Sei tu?" mi chiede mamma, quando richiudo la porta d'ingresso. Speravo di passare inosservata, ma mi perseguita la solita sfiga del cazzo.

Lascio la borsa a terra accanto alla porta d'ingresso e mi sfilo la sciarpa. Mamma ha subìto qualche cambiamento negli ultimi quattro anni. È diventata più materna. Penso che si penta di molte cose che sono successe con lui, e che adesso stia provando a farsi perdonare con me. È un atteggiamento sfinente.

Quando entro in cucina, me la trovo con un cucchiaio di legno stretto nella sua manina delicata, intenta a mescolare l'impasto di una qualche torta in un paio di grosse ciotole. Ora porta i capelli corti, tagliati perfettamente dritti, in un caschetto biondo che le incornicia la mandibola. "Sei a casa stasera per cena?"

"Mmm." Mi cadono gli occhi sulle dita dei piedi. Ho uno smalto blu brillante. Mi piace il blu. Mi rievoca l'oceano, la serenità ed il fragore delle onde rabbiose che si infrangono sulla sabbia bagnata, da cui vengono accolte di buon grado. Ho sempre amato l'atteggiamento sprezzante dell'oceano. È lunatico, mozzafiato, e potrebbe anche ucciderti, se non ti mostrassi abbastanza sveglio da sapere come affrontare le sue correnti. "Penso di sì."

So di essere fortunata di aver ricevuto accoglienza in una famiglia che mi ha effettivamente sfamata, lavata, e che ha tirato fuori i soldi per soddisfare ogni mio possibile desiderio. Loro avevano denaro. Mi hanno offerto una dimora calda e del cibo da mettere sul mio stomaco affamato. Mi sono sempre considerata una privilegiata. Sono sempre stata ben consapevole delle sorti che sono toccate ad altri bambini adottati. Ma dobbiamo davvero sempre paragonare le nostre vite a quelle di coloro a cui ha detto peggio di noi? Io penso di no.

"Splendido!" Mamma spezza la spirale dei miei pensieri. Ha gli occhi luminosi e le guance arrossate.

C'è qualcosa che non va. Non c'è traccia della mestizia che l'ha sempre offuscata. I suoi movimenti non sono svogliati come al solito e, anziché camminare, saltella. È quasi come se… "Royce viene a casa."

Mi pietrifico, e le mie mani rimangono fossilizzate attorno alla mia bottiglietta d'acqua. Mi sento come se tutto il sangue mi si sia prosciugato via dal corpo, e resto a bocca spalancata. *Non ha appena detto quello che pensi che abbia detto, Jade. Il tuo cervello è finito un'altra volta in purgatorio.* Il cuore mi galoppa talmente alla svelta che non riesco ad immettere abbastanza ossigeno. Sto per smettere di respirare.

"Cosa?" Il mio tono è acuto, e le mie sillabe talmente affilate che potrebbero infilzare chiunque osi pronunciare di nuovo quel nome. Scuoto i pensieri che mi sono appena passati per la mente e torno a concentrare la mia attenzione sugli occhi di mia madre. "Viene a casa?" Butto giù delle lunghe sorsate d'acqua per impedire al panico di disegnarsi sul mio viso. *No. No. No.*

"È il suo compleanno, Jade. Pensavo che te lo ricordassi. È tuo fratello. Sì, sta venendo a casa. Io sono solo..." Le lacrime annaffiano le sue guance. "... così felice, Jade. Pensavo che se ne fosse andato via per sempre!"

Lo pensavo anch'io. Mio fratello, che mi ha lasciata. *Mi ha lasciata, cazzo.* Mi ha abbandonata, proprio come tutti gli altri. Non si è dimostrato meglio di loro.

Soffoco i ricordi che cominciano a risalire a galla nel mio cervello. La malinconia che il suo nome ha lasciato depositata sul mio cuore è troppa, perché la mia anima friabile possa affrontarla in questo preciso istante. Ho eretto una facciata nel corso degli anni, una cazzo di facciata che funziona alla grande, e faccio un sacco di cose per distrarre la mia mente e proibirle di prendere atto dei miei sentimenti. Ma non c'è niente - e ribadisco niente - che si avvicini anche lontanamente al tocco di Royce fottutissimo Kane. Anche quando non è qui fisicamente, è comunque dentro di me. Vivo. Vegeto. *Traditore.*

"Non lo vedo da tanto di quel tempo," è l'unica cosa che riesco a dire. Sono del tutto incapace di processare quello che sta accadendo in questo momento. *Mi ha lasciata. Cazzo.*

Mamma fa un entusiastico cenno di assenso col capo, prima di tornare a mescolare la torta. Alla vaniglia, senza dubbio. La preferita di

Royce. "Lo so. Sono passati quattro anni. È per questo che vogliamo dargli tutti il benvenuto a braccia aperte. Dio, Jade." Torna a posare su di me uno sguardo traboccante di lacrime. "Sono così felice che stia venendo a casa."

Anche io vorrei essere felice. Se solo lui non fosse stato un simile pezzo di merda ad andarsene. Ero solo una bambina quando sono stata adottata dalla famiglia Kane. Mi hanno accettato come se fossi figlia loro, e perfino Royce mi ha accolta e mi ha trattata come se fossi la sua vera sorellina. Lui era tutto per me e, siccome era di tre anni più grande di me, io l'ho sempre guardato con ammirazione. Si è preso cura di me ogni singolo giorno che ho trascorso in questa casa. Sono stata tutta la mia vita a guardare il modo in cui tutti gli altri ragazzi lo veneravano, e tutte le altre ragazze gli andavano dietro. Io non facevo nessuna di queste due cose, ma era la mia anima ad aver bisogno di lui. Finché non mi ha lasciata. Da sola. In questa casa. *Lo odio.*

Trascino me ed il mio malumore al piano di sopra. Vorrei essere in grado di spostare in avanti le lancette del tempo e far finire subito questa giornata. O magari riportarle indietro, al giorno in cui sono nata, e non nascere affatto.

Non appena raggiungo la porta della mia camera da letto, la spalanco e collasso sul letto. Le piume che imbottiscono il mio piumino si incurvano sotto il mio corpo esile, mentre la mia lunga chioma castana si sparpaglia tutt'attorno alla mia testa. Questa stanza conserva tanti di quei ricordi di lui e me. Tutta questa casa ne è zeppa. La sua camera da letto è rimasta inviolata, e alle volte, quando si mette male, vado a dormire nel suo letto.

La sua camera da letto è una specie di caricabatteria per la mia anima, quando qualcun altro me la prosciuga.

Vedrò Royce, stasera.

Io non voglio vedere Royce, stasera.

L'ho desiderato per tanto di quel tempo, ho pianto tutte le sere, finché le lacrime non mi hanno arso gli angoli degli occhi e le labbra non mi si sono screpolate per la disidratazione. Ed ora che so che sta venendo a casa… non lo voglio. Sono arrabbiata con lui. È come se gli ultimi quattro anni non siano serviti in alcun modo a smorzare il mio rancore. Il tempo è riuscito solo a sommergerlo, a tenerlo sotto controllo.

Faccio un respiro profondo, tiro fuori il cellulare e scorro i titoli delle canzoni. Faccio partire un pezzo degli albori dei Guns N' Roses e mi avvio in bagno, per lavarmi via la giornata di dosso.

Nero. È il mio colore preferito. E non perché sfina – non ho bisogno di apparire più magra. Ma perché è il colore che puoi indossare quando non hai bisogno di stare lì a scervellarti troppo. Come adesso. Non ho voglia di sprecare tempo e fatica a pensare a cosa indossare, anche se posso scommettere che mamma vestirà Prada. Il figliol prodigo torna a casa. Mi infilo in un paio di jeans neri attillati ed in una canottiera morbida dello stesso colore. Le bretelle sottili si appendono alle mie clavicole gracili. Sono sempre truccata. Adoro tutto ciò che riguarda il make-up, ed i mille modi ingegnosi in cui si può applicare per sfoggiare un look completamente diverso. Ma stasera opto per un fondotinta leggero ed un filo di mascara, e mi lego i capelli in una coda di cavallo alta. Voglio solo sbrigarmi a chiudere questa faccenda.

Mi vibra il cellulare sul comodino, ed io vado a prenderlo per rispondere. "Che c'è?"

"Okay, devo farti una domanda..." Sloane fa le fusa dall'altro capo del telefono. Probabilmente è già ubriaca.

Esito un attimo. "Sicura?"

"Matty e Rachel si sono lasciati. Passerei da stronza se ci provassi, anche se lei non è mai stata una nostra amica?" È decisamente ubriaca. "So che fra te e Matty c'era quella specie di cosa strana..."

Fra Matty e me non c'era assolutamente niente, ma so anche che Sloane ha cominciato a provare qualcosa per Matty più o meno da quando... Royce se n'è andato.

"Non c'è mai stato nulla di quello che tu pensi, e poi eravamo dei ragazzini, Sloane. E per rispondere alla tua domanda, fa' come ti senti, se hai la certezza che non stiano più insieme." Sta per entrare al primo anno di college e chiede ancora di Matty. "Se lo vuoi, è tutto tuo."

Sloane sospira. "Okay. Penso. È solo che sappiamo tutti che ha sempre avuto una cotta per te." Alzo gli occhi al cielo, e mi poggio il telefono sulla spalla. Sloane continua. "Ci andiamo a prendere delle patatine fritte con qualche condimento extra sopra?"

"Ehm, mi sa che non posso." Guardo il mio riflesso allo specchio, e la presa di coscienza mi si abbatte di nuovo addosso.

"Perché?"

Avverto il ringhio profondo di un motore assordante che svolta sul nostro vialetto di casa – *è una cazzo di motocicletta?*

"Ci sentiamo più tardi."

È un rombo cavernoso, che rimbomba fra le pareti della mia stanza come una sinfonia sommessa e martellante. È sufficientemente intensa da opprimerti.

"Jade!" grida mamma a gran voce, dalla cucina. "Scendi!"

Mi infilo al volo le UGG e mi lancio un'ultima occhiata prima di sistemare il cellulare nella tasca posteriore e di avviarmi al piano di sotto. Quando arrivo in fondo alle scale, scorgo con la coda dell'occhio un assembramento davanti la porta di casa, ma non alzo gli occhi fino all'ultimo istante.

"Scusate, stavo…" mi blocco.

E lì, in piedi di fronte a me, si trova Royce Kane. Il mio stomaco picchia contro il pavimento, e le guance mi avvampano. Riesco a sentire il sangue che mi defluisce via dal corpo e si va a concentrare giù, nelle punte dei piedi, nell'esatto momento in cui i nostri occhi si incontrano. Il mio cuore rallenta i battiti nel petto. L'odio, la rabbia ed il dolore sono ancora lì, ma adesso c'è anche qualcos'altro. Qualcosa con cui non sono ancora pronta a fare i conti. I suoi occhi azzurri e glaciali. Sono più gelidi dell'Oceano Atlantico, e allo stesso tempo più roventi delle fosse dell'Inferno. Sembra che le sue mani siano passate una volta di troppo nei suoi capelli scuri e scarmigliati. Il suo corpo muscoloso e slanciato torreggia su tutti gli altri presenti in questa stanza - perfino sulla stanza stessa. È ricoperto di tatuaggi su ogni lembo di pelle visibile. Royce Kane non ha solo l'aspetto di un ragazzo cattivo. Royce Kane ha l'aspetto di un *uomo* cattivo. Non è più il ragazzo ricco e viziato che si prendeva gioco di tutte le femmine della scuola. Lui è... diverso. La rasatura impeccabile della sua mandibola tagliente gli mette in risalto ogni singolo lineamento del viso perfettamente modellato. Il suo naso dritto, le sue labbra morbide. Cazzo. *Stramaledetto cazzo.* È diventato perfino più fico di com'era da giovane.

Indossa dei jeans sbiaditi di marca, che gli cadono larghi sulle gambe, degli stivali militari ed una maglietta casual nera. Ma c'è qualcosa sulla sua maglietta che attira la mia attenzione. Beh, in verità sono due le cose che mi catturano lo sguardo...

La prima è una scritta ricamata all'altezza del pettorale sinistro:

Wolf Pack Motorcycle Club.

E la seconda… è che sono pressoché certa che Royce Kane mi odi.

Gli occhi mi bruciano, a forza di non sbattere le palpebre.

Adesso, al suo broncio si mescola un ghigno tenebroso che gli increspa le labbra turgide. "Beh, non sei cresciuta…"

9

Royce

Non mentirò, vederla sulle spine in mia presenza mi affascina. Lei è stata il mio cazzo di mondo dal giorno in cui la sua piccola anima triste ha varcato la soglia della nostra casa. Voglio dire, io avrei voluto un fratello, ma Jade non si è rivelata affatto male, rispetto ai miei timori iniziali di avere una sorella più piccola. Detestava le Barbie, e preferiva giocare coi Transformers. Non ho mai avuto un granché di cui lamentarmi, finché non le sono cresciute le tette.

"Duchessa." Sogghigno, nel pronunciare il suo soprannome. Amavo questa stronzetta quando era una ragazzina. Ora non posso. E non lo farò.

Sussulta nel sentire quel nomignolo. Se è per questo, non mi è sfuggita nemmeno la radiografia che mi ha fatto da capo a piedi appena mi ha visto, né com'è sbiancata in viso quando ha letto la scritta ricamata sulla mia maglietta.

"Benissimo!" esclama mamma, battendo le mani. "La cena è pronta." Mi prende sottobraccio, come se io sia appena tornato dopo un semplice week-end passato fuori di casa, e non dopo quattro fottutissimi anni. "Royce, ti prego, dimmi che non ti sei unito a qualche banda di motociclisti..."

Mi sciolgo dalla sua presa e, mentre papà mette a tacere gli sproloqui di mamma, io mi accodo a loro, seguito ad un passo da Jade.

Quando i nostri genitori sono troppo lontani per sentirci, ruoto appena la testa per lanciarmi un'occhiata da sopra la spalla, accompagnata da un sorrisetto beffardo. "Che ti prende, Duchessa, non ti sono mancato?"

I suoi occhi incontrano i miei, e vi scorgo una fugace scintilla di sfida, che scompare quasi all'istante. "Mai."

Ridacchio, e mi volto per guardarla meglio in faccia. Proprio quando stiamo per svoltare in cucina, pianto entrambe le mani contro il muro, facendola arretrare verso la parete ed ingabbiandola fra le mie braccia. Le sfioro la guancia con la punta del naso, inalando il dolce profumo della sua carne innocente. Lei è come una ventata d'aria fresca, dopo essere stato con la faccia sprofondata nella fica di una qualche tipa da discoteca. Già soltanto i suoi capelli sono imbevuti di un fottuto veleno. "Dovresti avere paura, Duchessa. Non sei più al sicuro da me." Mi cadono gli occhi sul suo corpo esile, e studio una ad una le sue morbide curve, che spiccano su una corporatura altrimenti delicata.

"Voi due!" ci chiama papà dalla sala da pranzo. "Perché ci state mettendo tanto?" Nervoso bastardo.

Mi spingo via dal muro, anche se so fin troppo bene che nessuno può vederci. Ce l'ho a morte coi miei genitori ricchi sfondati, e con la loro casa ricca sfondata.

"Può darsi che tu abbia ragione, Royce." Drizza le spalle ed affonda il suo sguardo dritto nel mio. "Ma nemmeno io sono più la stessa ragazza che ti sei lasciato alle spalle."

"Ah sì?" Le faccio un sorrisetto e mi passo la lingua sul labbro inferiore. "Ed in che senso?"

"Ora ho i denti." Mi sguscia accanto e si allontana.

Prima che possa afferrare quel suo culetto e risbatterlo contro la parete, mi vibra il telefono nella tasca posteriore dei jeans. Non mi preoccupo di avvisare mio padre che li raggiungerò nella sala da pranzo fra un secondo, perché lui sa che li raggiungerò nella sala da pranzo fra un secondo.

"Che vuoi?"

"Ah," mormora Fluffy. "Ti ho beccato in un brutto momento?" C'è un brusio di sottofondo. "Scusami, Sicko, è stato Lion che mi ha detto che potevo chiamarti per..." Fluffy, il nostro ultimo, potenziale membro del club, balbetta dall'altro capo del telefono.

Io provo a contare fino al fottuto dieci, perché, una volta, la psicologa da cui andavo mi ha detto che aiuta. Era la stessa psicologa che piegavo a novanta tutti i mesi sulla sua scrivania, finché non sgocciolava sul mio cazzo e mi chiamava papi, quindi… probabilmente aveva torto. Nessuna donna dotata di un minimo di intelligenza mi lascerebbe mai girovagare a piede libero nei pressi della sua fica. Sa che le spezzerei il cuore, subito dopo averle spezzato le ovaie.

"Di che si tratta?" sbotto. "Lo sai che sono fuori, quindi mi auguro per te che si tratti di una fottuta emergenza."

"Oh, lo è. Scusami."

"E smettila di chiedere scusa, cazzo."

"Oh, certo. Ah. Quindi, hanno sparato a Roo, e ci stavamo domandando cosa dovremmo fare."

Mi si contrae la mandibola. "È una ferita mortale?"

Sento altro chiacchiericcio in lontananza, e poi quel culo raggrinzito di Lion viene al telefono. Lion è il presidente del nostro club. Perché gli sia stato affibbiato quel nome è una storia fottutamente lunga. Il mio nome è Sicko, e anche quella… è una storia fottutamente lunga.

"Posso sempre contare sul mio vicepresidente per instillare la paura di Dio nelle nostre nuove leve." Lion ridacchia nell'altoparlante.

"Forse dovremmo riconsiderare le persone a

cui permettiamo di entrare nel nostro club."

"Secondo me Fluffy è un buon elemento. Sei tu che devi essere più gentile."

"Io non sono mai gentile. Lo sai."

Lion ride di nuovo, ed io riesco già ad immaginare il sigaro che gli starà penzolando dalle labbra smunte.

"È fatale?" domando di nuovo, tirando un sospiro.

"No. Volevo solo spaventare un po' Fluffy. Tu gli metti ansia. Per la verità penso che si caghi addosso ogni volta che deve parlare con te. Come stanno i tuoi?"

"Come sempre. Torno domattina."

"Sì, d'accordo," borbotta Lion. "C'è qualcosa di cui debbo essere informato?" La sua domanda non mi coglie alla sprovvista. Lion la fa in continuazione. Fottuto coglione ipersensibile.

"Se ci fosse stato, saresti già stato informato." Attacco il telefono e vado in cucina. Scosto la sedia di fronte a Jade e sprofondo sulla pelle morbida. I miei occhi non la mollano nemmeno per un istante.

Prende in mano un bicchiere d'acqua e lo scola tutto d'un fiato, compiendo ogni sforzo possibile, nel frattempo, per evitare di guardarmi.

"Figliolo, come te la sei passata?" indaga mio padre, seduto a fianco a me, mentre affonda il coltello nella sua bistecca. Ci perdiamo in merdose conversazioni su questioni banali, che un tempo mi facevano piacere. Ma adesso mi sento male. Fottutamente male. Sono stato di merda il giorno che me ne sono andato via da tutti loro, determinato a non tornare mai più. Quel ragazzo con un carattere difficile si è trasformato in un uomo con dei problemi. Dei cazzo di problemi veri. Ma questo fino a poco fa, quando mi sono trovato a dover riportare il mio culo qui, in questa casa, per lo stesso identico motivo per cui me n'ero andato.

Lei.

"Royce," mugugna mia madre, tamponandosi le labbra col suo tovagliolo di lino e riponendolo con garbo sul tavolo. "Per piacere, dimmi che non ti sei iscritto davvero ad un club per motociclisti."

Papà si ammutolisce accanto a me.

I miei occhi incrociano quelli di Jade, che non mi sta guardando in maniera compiaciuta. Sembra più che altro annoiata. Spenta, e priva di emozioni. È solo una cazzo di ombra della ragazza che conoscevo un tempo. Non ha voglia di stare qui più di quanta ne abbia io. Quando eravamo bambini, brillava di luce propria, anche quando litigavamo. C'era del fuoco che rischiarava la sua aura. Adesso sembra che quel fuoco si sia smorzato.

"Invece sì. Ci sto dentro da quattro anni ormai, Ma."

"Dove si trova, e perché, Royce?"

Scaravento il mio tovagliolo sul piatto. Ora ci tocca fare questa scenetta. "Los Angeles. Non troppo distante da voi." I miei occhi trafiggono

Jade. "Ma abbastanza lontano."

"Ma tu non hai nulla da dire, Jade?" Mia madre le rivolge dei rantoli acuti. "Voi due eravate sempre così uniti..."

Jade si strozza con l'acqua che sta bevendo. Non è mai stato un segreto quanto Jade ed io fossimo un tutt'uno. Tutti chiamavano Jade il mio cagnolino. Mi stava sempre attaccata al braccio, voleva sempre fare tutto con me, Orson e Storm, ed era l'unica persona a cui fosse concesso. Dava fastidio ad un sacco di ragazze che a loro fosse precluso uscire con noi, mentre alla mia sorellina adottiva no. Ma se ne sono dovute fare una ragione. Ed ogni anno Jade mi preparava anche la torta di compleanno. Lei e mamma combinavano un gran casino in cucina, mentre papà era sempre via per qualche cazzo di impegno di lavoro.

"No, non ho nulla da dire," ribatte fra i denti Jade. "Anzi, volete scusarmi?"

Mamma sventola il polso in segno d'assenso, e Jade fila via dalla sala da pranzo. I miei occhi non se la perdono un solo istante. Quando si avvia su per le scale, resto a fissarle il culo, che rimbalza ad ogni gradino.

Mi mordo il labbro e ghigno. Se non fosse la mia sorella adottiva, le avrei parcheggiato quel culo sul mio cazzo per almeno un paio di giorni lavorativi.

"Kyle?" Mia mamma si rivolge a mio padre.

Lui guarda me, ed io guardo lui. E cominciamo con tutte le solite stronzate imbarazzanti che si generano ogni volta che qualcuno ha qualcosa che non va.

"Mamma? Io ho ventidue cazzo di anni. Non mi serve che ti agiti. Per quattro anni, sono sopravvissuto per fatti miei, coi miei fratelli."

"Non è questo il punto, Royce! Io sono stata così in pena. Tu hai…" Cominciano a scenderle le lacrime e, per la prima volta, la guardo in faccia. Voglio dire, la *osservo* per davvero. Si è invecchiata drasticamente da quando me ne sono andato. Si è fatta i capelli corti, che le circondano la mandibola. Ha le rughe attorno agli occhi, anche se sappiamo tutti che, sulla fronte, si fa delle punture.

"Mi dispiace, Ma… non era questo il piano."

"E allora, che è successo?" mi chiede mamma, degnandosi finalmente di incrociare il mio sguardo.

"Non te ne posso parlare."

Emette un sospiro, e si alza per sparecchiare la tavola. "Beh, spero almeno che ci verrai a trovare più spesso."

Mi alzo con lei, lanciando un'occhiata a mio padre, che mi sta scrutando attentamente. "È stata una casa molto vuota senza di te, ragazzo…"

Papà, dal canto suo, si porta molto bene i suoi anni. Ma c'è anche da dire che è sempre stato così. Se solo il bell'aspetto e lo charme potessero occultare quello che aleggia sotto lo spietato uomo d'affari che è Kyle Kane.

Gli do un pugno sul braccio, leggermente

più forte del dovuto. "Quanti sollevamenti stai facendo?"

Lui scuote la testa e ride. "Più di te."

Vado in cucina ed aiuto mamma coi piatti. "Dov'è Louise?" indago, domandandomi che fine abbia fatto la donna di servizio. È sempre stata lei a trascinare quelle sue vecchie chiappe in giro per casa per sbrigare tutte quelle faccende che in realtà sarebbero toccate a mia madre, se non se ne fosse andata in giro a fare shopping con le amiche.

Mamma sospira, caricando un piatto dopo l'altro nella lavastoviglie. "L'ho fatta andar via non molto dopo che te ne sei andato tu. Non volevo commettere con Jade gli stessi errori che ho fatto con te."

Il suo sguardo vaga verso la parte frontale della casa, da dove si snoda il garage spropositato. "Per il primo anno, ha gridato il tuo nome tutte le sante notti, prima di svegliarsi in un bagno di sudore. Poi si è fermata, di punto in bianco. È come se si sia arresa."

Stringo le labbra. Vorrei poter dire che sono mortificato, ma non è così. Mi dispiace per la giovane Duchessa, ma non per quella che sta tenendo il suo piccolo culo impertinente seduto al piano di sopra in quest'istante.

"Sì, beh, sono cambiate parecchie cose…"

Mamma mi poggia entrambe le mani sulle guance. "Non fare l'estraneo. Questo è un ordine. E, quando te la sentirai, sarò qui, se avrai voglia di parlare di quello che è successo."

"Sicuro, Ma."

Col cazzo che le parlerò di quello che è successo.

Dopo aver aiutato mia madre a sistemare la cucina, saluto i miei e mi avvio fuori, verso la moto. Monto sulla mia Dyna Glide, avvio il motore con un calcio e resto ad ascoltarla, mentre mi romba sotto. Mi infilo una sigaretta in bocca e, con la coda dell'occhio, intravedo le luci della camera da letto di Jade. È l'unica finestra illuminata su quel piano. Lascio uscire una nube di fumo dalle mie labbra.

Un giorno non lontano, il tuo culo si ritroverà nel mio club, e non sarà per scelta.

10

JADE

"Sei felice che finalmente frequentiamo lo stesso college?" mormora Sloane, inforcando gli occhiali da sole e galleggiando sul pelo dell'acqua, su gentile concessione del nostro unicorno gonfiabile. Avevamo in progetto di uscire stasera, ma io ho mandato tutto a monte, dopo l'apparizione di Royce di qualche giorno fa. Mi ha completamente destabilizzata.

"Certo." Sgambetto in acqua per allontanarci ulteriormente dal bordo della piscina.

Sloane si sfila gli occhiali e lancia un'occhiata alla grossa villa alle mie spalle. "Questo posto mi fa venire i brividi."

Faccio spallucce. "Non dirlo a me. Andiamo a prendere qualcosa da mangiare?"

"Dico sul serio. Non vedo proprio l'ora di mollare questa cazzo di San Francisco e di tornarmene a Los Angeles."

Scoppio a ridere e la schizzo con l'acqua. "Non è così male..."

Ma Sloane ha ragione. Non ne posso più nemmeno io. Usciamo entrambe dalla piscina e prendiamo i nostri asciugamani. Io me ne avvolgo uno attorno al corpo, prima di strizzare la mia chioma lunga e folta dall'acqua in eccesso. Ho lasciato crescere moltissimo i capelli da quando Royce se n'è andato. Non so perché, ma il suo nome mi è rimasto intrappolato nel cervello e non se ne vuole andare. Non che sia mai svanito del tutto negli ultimi quattro anni, ma era rimasto a sobbollire.

Diciamo.

"Okay, allora. Non so se ti va di parlare del trio, ma hai visto la partita di Orson ieri sera?"

La mia mente comincia a fluttuare nello spazio cosmico alla sola menzione di uno dei miei fratelli.

Annuisco, mentre svito il tappo della bottiglietta per bere un sorso d'acqua. "Non mi perdo nessuna delle sue partite."

"Cavolo, è fenomenale. E un gran pezzo di figo come sempre... e..."

"... quasi sposato." Le lancio un'occhiata torva. Orson sta per sposare India, la nostra vecchia amica di scuola. Per uno scherzo del destino, è uscito fuori che lei era la figlia del cuoco che il padre di Orson aveva appena assunto, motivo per cui, quella sera, aveva fatto la sua apparizione alla festa. E, a quanto pare, sono anche finiti nella stessa scuola. Che carini.

Per alcuni, le cose funzionano.

Sloane geme e sbatte il piede a terra, mentre rientriamo in casa. "Ma dici che sta davvero per sposarsi? Cioè… non vedo perché debbano sposarsi per forza, solo per il fatto che stanno per avere un bambino insieme."

Scuoto la testa e rimprovero Sloane. "Lui è follemente innamorato di lei. Non fa che ripetermelo, e lei è una brava persona. Piantala. E lascia perdere Orson."

Uno, perché non mi va di parlare di lui in un modo che potrebbe farmi tornare alla mente il fatto che abbia rivisto Royce non più tardi di qualche sera fa. E due, perché ho ricominciato a parlare con Orson e Storm da pochissimo, da quando si sono trasferiti per iniziare le loro nuove vite. Non avrebbero voluto lasciarmi così poco tempo dopo che Royce se n'era andato, ma non hanno avuto scelta. Anche loro dovevano andare avanti con le loro vite, e fare quello che gli era richiesto. E comunque non sono così sicura che né l'uno, né l'altro mi sarebbero stati di grande aiuto. Volevo molto bene ai miei fratelli, ma di certo averli attorno avrebbe finito solo per amplificare il dolore che Royce mi aveva inflitto con la sua assenza. Sarebbero stati un promemoria costante di quello che avevo avuto, e che avevo perso.

"D'accordo." Sloane ridacchia e dà un calcetto alla porta della mia camera da letto per richiudersela alle spalle, prima di incamminarsi verso il borsone poggiato sul bordo del letto.

"Ma manda un messaggio a Matty per vedere che fa, perché mi sto annoiando a morte. Dobbiamo organizzare un'ultima bevuta a San Francisco, dal momento che non ci metterò mai più piede."

Dopo che Royce se n'è andato, di me non è rimasto che il guscio vuoto della ragazza che ero un tempo. E non penso che tornerò mai ad abitarlo nuovamente. I miei amici hanno fatto del loro meglio, ma il meglio non mi è comunque servito a nulla, visto che io volevo soltanto lui.

11

JADE

"Andiamo, Jade!" mi urla mamma dal piano di sotto. "Faremo tardi se non ci mettiamo in macchina immediatamente. Abbiamo molta strada da fare." Io voglio bene a mia mamma. Ho acconsentito di restare qui e di fare il mio primo anno di college a Stanford, dopo che ha avuto il suo primo attacco di panico. Mi ci è voluto un bel po' per convincerla che non stava perdendo 'entrambi' i suoi figli, e che frequentare la UCLA era sempre stato il mio obiettivo finale.

Avevo voglia di stare con Sloane, e di spingermi *lontano* dalla Bay Area. Alla fine, mia madre è entrata in quell'ordine di idee, anche se è stata irremovibile sulla sua intenzione di accompagnarmici personalmente in macchina.

"Arrivo!" grido di rimando, gettandomi lo zaino in spalla. Lancio un'ultima occhiata alla mia camera da letto. Le pareti viola scuro, col passare del tempo, hanno virato verso un lilla bruciato. Il letto è sfatto. Non mi mancherà per nulla. Dei flash mi passano davanti agli occhi della mente.

Il letto.

Le pareti.

Il profumo.

Quando arrivo al piano terra, vado ad aprire lo sportello della mia macchina e lancio un'occhiataccia a mamma. "Tu sei consapevole che sono perfettamente in grado di guidare da sola, sì? È per questo che mi hai comprato questa splendida BMW M8 Gran Coupé. Lo sai. Quindi, posso benissimo portare questa macchina esageratamente costosa e restare al sicuro."

Mi liquida con un gesto della mano, mentre allaccia la cintura al posto del passeggero. "Non dire scemenze. Prenderò un aereo per tornare a casa. È un programma perfetto."

Sull'autostrada, abbiamo incrociato un tamponamento a catena che ha ulteriormente allungato la nostra tabella di marcia. È stato un lungo tragitto. Talmente lungo che abbiamo finito per fare una sosta di una notte, per spezzare il viaggio in due. Ma è domenica, e adesso sono qui. Finalmente.

Sbatto lo sportello e sorrido a mamma.

"Sono così fiera di te, tesoro," sussurra, senza mai staccare gli occhi da me. Io voglio bene a mia mamma. È tutto quello che una ragazza potrebbe mai desiderare in una mamma, ma non è perfetta. Nessun genitore lo è, solo che la mia mi ha deluso un po' di più della maggior parte di quelli altrui.

"Grazie, mamma. Vogli..."

Avverto il rombo cavernoso di alcune motociclette alle mie spalle, ma non mi volto. Non c'è motivo. Non sarà lui. Fra l'altro, anche i motociclisti, ovviamente, vanno al college. Le moto parcheggiano proprio accanto alla mia macchina e mia madre impallidisce, prima di sfoderare un ampio sorriso. So già quello che sta per dire, prima ancora che il nome di lui le sfugga dalle labbra.

"Royce?"

Ostinandomi a non voltarmi, chiudo la bocca e tengo gli occhi puntati sulla musica.

"Non mi aspettavo che tu... che tutti voi..."

"Ehi, Ma. Ho pensato di passare a fare un saluto alla mia sorellina, oggi che è il suo primo giorno in un college tutto nuovo. Sai, per metterci un po' in pari con gli ultimi anni..." La sua voce è come seta all'interno di un brutto sogno.

Sai benissimo che non dovresti stare ad ascoltare il fruscio che produce nel vento, ma non puoi far altro che restarne ipnotizzata.

Infine, mi giro verso di lui, ma resto momentaneamente tramortita dal numero di motociclisti che si accalcano alle sue spalle, oltre ad un uomo più grande che siede su una moto accanto alla sua. Indossano tutti gli stessi giubbotti di pelle.

"Grazie, Royce, ma non era davvero necessario..." Provo a vellutare il mio tono mordace, ma non stavo scherzando quando gli ho fatto quella battuta a proposito dei denti... io non ho più il minimo, fottutissimo bisogno di lui. È troppo tardi. Una scarica di rabbia mi si propaga dentro, fino alla punta delle dita.

Royce infila una sigaretta fra le sue labbra beffarde, inclinando la testa da un lato, per scrutare gli studenti che si stanno ammassando davanti al college. "Naaa, Duchessa, lo era..."

Faccio un sospiro perché, in tutta onestà, non ho la benché minima voglia di mettermi a litigare con lui in questo momento. "Sì, beh, grazie..." I miei occhi guizzano sul resto dei ragazzi. "Ora ve ne potete anche andare."

Lui si sfila il casco, getta a terra la sigaretta e la spegne. "Ti accompagno di sopra."

"Royce," interviene mamma. "Mi permetti una parola?"

"Non ora, Ma. Te l'ho detto. Verrò a trovarti il prossimo week-end. Sono qui solo per assicurarmi che Jade si ambienti bene."

Mi passo la lingua sulle labbra ed alzo gli occhi al cielo. "Va bene." Gli lancio il mio zaino sul petto. "Puoi portare questo." Si levano alcune risatine e qualche borbottio dai suoi amici, ma io ignoro tutti quanti e mi dirigo verso il portone d'ingresso. C'è un'altra ragione per cui Royce è qui. Non gliene frega un cazzo di come io mi ambienti o meno. Lui non è più Royce Kane. Ora è il grosso motociclista cattivo coi suoi grossi amici cattivi e con un buco delle dimensioni di Marte al centro del petto, nel punto in cui un tempo c'era il suo cuore.

Dopo esserci fatti dare tutte le indicazioni sul mio nuovo alloggio nel dormitorio dalla tizia snob nell'atrio principale, saliamo le scale per trovare la mia stanza. Gli amici di Royce, ovviamente, sono voluti restare tutti al piano terra, tranne uno. Si chiama Gipsy, e deve avere più o meno la mia stessa età, o forse è a metà fra l'età mia e quella di Royce. Dopo le incontrovertibili avances da maniaco che ha fatto a tutte le ragazze che ha incrociato, è altrettanto incontrovertibile il motivo per cui è venuto qui. Per rimorchiare.

"Sicko, tua sorella è un tocco di fica. Con quest'aria esotica che ha addosso..."

Mi volto verso entrambi, trafiggendo Gipsy con lo sguardo. Proprio quando sto per insultarlo e dirgli di andare a farsi fottere, gli rivolgo la prima occhiata della giornata. È giovane, ha delle ciocche di capelli castano chiaro che gli incorniciano il viso ed un sorrisetto impertinente. È il classico ragazzo della porta accanto con un giubbotto di pelle da motociclista. Non fatico a credere che riceva più attenzioni di quelle che dà.

"Non sei il mio tipo." Ruoto di nuovo verso la porta del mio alloggio, ed infilo la chiave nella toppa. "E chi è Sicko?"

"Ci siamo assicurati che tu avessi una stanza tutta per te..." dichiara mamma, intromettendosi nella mia domanda e puntando il dito verso il letto matrimoniale.

"Come?" domando, sorpresa.

Mamma fa spallucce. "Ci siamo assicurati."

Ho un tonfo al cuore. "Oh." Ma certo. *Soldi* vogliono dire *potere,* ed i Kane ne hanno a profusione.

"Ehi." Royce mi prende da sotto il mento, e me lo solleva perché lo guardi negli occhi. "Verrò a controllare come stai tutti i fine settimana."

"Royce?" sussurro, sebbene la sua presa sia talmente salda che mi sta facendo sporgere in avanti le labbra.

"Che c'è?" mi incalza, mente i suoi occhi cercano i miei. Questa cosa deve cessare. Io lo odio. *Mi ha lasciata.*

"Davvero, non è necessario. Ho anche Sloane qui con me, e Matty. Non serve che stai qui a trattarmi come il tuo cagnolino, come facevi a casa."

Ride, e si allontana da me. "Non hai neanche idea di come tratto i miei cagnolini adesso."

Inarco un sopracciglio in segno di sfida, e incrocio le braccia davanti al petto. "E come li tratti?"

Mi inchioda con un semplice sguardo. "Non ne ho." Poi i suoi occhi si spostano su mamma, a cui sfoggia un sorriso palesemente falso. "Baderò io a lei."

Mamma annuisce, e mi attira a sé per darmi un ultimo abbraccio. "Okay. Sarà meglio che mi avvii in aeroporto. Avevo messo in conto di passare tutta la giornata con te, ma tutto quel traffico ci ha fatto fare tardi."

"Non ti preoccupare, mamma. Ti voglio bene," le sussurro, stringendola forte.

"Te ne voglio anch'io."

Prima che cominciassi le lezioni a Stanford, quando ho comunicato ai miei che avrei voluto studiare medicina, mi aspettavo in parte che sollevassero delle perplessità. Parecchie. Ma non hanno battuto ciglio. La scelta era fra questo o scienze politiche. La politica era il mio piano B, qualora non fossi entrata a medicina. Sapevo che sarei potuta diventare anche un'ottima consulente politica, ma non era quella la materia per cui il mio cuore e la mia passione ardevano. Sono grata di aver superato il test d'ingresso a medicina e, anche se so che sarà un percorso lungo e noioso, resta comunque la strada che voglio intraprendere.

Mamma se ne va, ed io resto in camera da sola con Royce e Gipsy. "Roy, sono seria. Non occorre che tu stia qui."

Royce affonda sul mio letto, e si poggia sui gomiti. È infinitamente più bello di quanto ricordassi. I suoi lineamenti sono sempre stati notevoli, ma poi è arrivato qualcuno e ha smussato tutti gli angoli più spigolosi. I tatuaggi non fanno che enfatizzare la sua personalità. È come se Royce fosse stato da sempre destinato ad avere dei tatuaggi addosso. I suoi occhi azzurri vagano sul mio viso, mentre le sue ciglia, che ricordano quasi delle piume, si muovono leggiadre al di sopra dei suoi zigomi alti. Non è giusto, per la puttana. Perché Royce deve avere quest'aspetto? E Cristo santo, è evidente che abbia passato parecchio tempo in palestra da quando se n'è andato. È sempre alto e slanciato, ma le vene in rilievo sulla pelle del collo e delle braccia mi suggeriscono che, negli ultimi tempi, ha preso gli allenamenti più seriamente.

"Ah, e invece sto qui."

"Perché?" gli domando, cominciando ad aprire il primo dei miei sei scatoloni. Ho bisogno di tenermi occupata con qualcosa, pur di non stare a fissare Royce a bocca aperta. "Che te ne frega?"

Lui sembra riflettere sulle mie parole, mentre i suoi occhi mi scannerizzano da capo a piedi. "Perché sei nella mia città adesso, quindi è giusto così. Ma questi sono i patti..."

Rido. "Io non scendo a patti con te, Royce."

"Oh, lo farai..." Mi fa un sorrisetto. "Allora, questi sono i patti. Ora sei nella mia città, ed io ho dei nemici. Gente cattiva. Non mi serve che prendano te per arrivare a me."

Alzo gli occhi al cielo, lasciando cadere lo scatolone a terra e passando in rassegna le fotografie che ho sparpagliato sul letto. "Perché ti importa?"

Ribatte all'istante: "Non mi importa. Ma non ho tempo di venirti a salvare se dovessero prenderti, e a quel punto dovrei anche andare a spiegare a mamma e papà che la loro brava bimba adorata è stata catturata dai cattivi."

Sbuffo in segno di scherno, e mi faccio correre la lingua sul labbro, incontrando il suo sguardo. "Scusa, hai appena detto *brava bimba adorata*?" So che dovrei tapparmi la bocca, ma sono troppo infervorata. "Io non sono più una *brava bimba adorata* da, più o meno… mmm…" Faccio una pausa, portandomi un indice sulla tempia e crogiolandomi nel suo silenzio. Mi pare di sentire un *oh, merda* di Gipsy di sottofondo ma, ribadisco, sono troppo furiosa per lasciarmi sfuggire un'opportunità del genere. "Quattro fottuti anni, Royce. E questi *cattivi* di cui parli?" Digrigno i denti, mentre arriccio il labbro in un ringhio e stringo gli occhi in due fessure. "Sono piuttosto sicura di aver visto di peggio. Ma va bene, fratellone." Gli do le spalle, raccolgo da terra un altro scatolone e, nel poggiarlo sul letto, mi volto di nuovo verso Royce. "Come vuoi tu, purché tu dorma sonni tranquilli."

Sarei orgogliosa di questa mia sfuriata, se i retroscena non fossero così fottutamente tristi.

Royce si alza dal mio letto, e mi si para praticamente di fronte. "Controlla sotto il tuo letto stanotte, Duchessa." Si china, finché le sue labbra non sono vicine al mio orecchio. "Perché io sarò il mostro che si nasconde là sotto. Sarò ovunque andrai. Saprò con chiunque parli." Si scosta di nuovo. I suoi occhi cinici e glaciali mi guardano con spregio, come se non fossi altro che uno scarafaggio da schiacciare. "E comunque ti stai sbagliando…"

"Su cosa?" gli domando, voltandomi per seguirlo con lo sguardo, mentre attraversa la mia stanza per andare a prendere il mio cellulare ed infilarci qualcosa dentro.

Mi scaglia un'altra occhiata torva ed il cellulare contro il petto. "Non hai mai visto il peggio. Perché quello sarebbe provenuto da *me*. E fidati sulla parola, se ti dico che ti ho tenuta al riparo dal quel lato di me per tutta la tua fottuta esistenza." Ha la mano poggiata sulla maniglia della porta, e la ruota per aprirla. Gipsy gli sguscia sotto il braccio e lascia la stanza. "Ho cambiato i numeri di telefono. Vedi di usarli." Poi si sbatte la mia porta alle spalle, provocando uno schianto più violento di quanto non sia stata la sua riapparizione nella mia vita.

Mi ci sono volute un paio d'ore per sistemare tutte le mie cose nella stanza, poi, annoiata a morte, ho fatto uno squillo a Sloane.

"Ehi!" sibila al telefono. "Sei arrivata? Matty non torna prima della settimana prossima, ed io sono stufa!"

"Sì!" Le do le indicazioni per raggiungermi e resto in attesa che venga su da me.

Non le ho ancora detto nulla di Royce. E non è che mi vada più di tanto. In primo luogo perché lei si era presa una bella cotta per lui quando eravamo piccoli, e poi perché non ho ancora capito che ruolo stia giocando realmente Royce, ora che è tornato nella mia vita. Mi sembra quasi troppo bello per essere vero. Non posso fidarmi di lui come all'epoca. Non è più lo stesso ragazzo. Ora ho la sensazione che ogni sua mossa sia calcolata. Come un serpente acquattato nell'erba, in attesa di sferrare il suo attacco.

Qualcuno bussa alla porta e mi trascina fuori dai miei pensieri su Royce. Vado ad aprire a Sloane e ad un'altra ragazza. Ha i capelli scuri e gli occhi a mandorla, che mi portano a presumere che abbia una qualche ascendenza asiatica. Ma potrei anche sbagliarmi, così evito di esprimere le mie supposizioni a voce alta.

"Yuhuuu!" Sloane mi attira a sé per abbracciarmi. Io glielo lascio fare, anche se sappiamo entrambe quanto a me dia fastidio l'invasione della mia sfera personale. "Wow, il tuo alloggio è molto più bello del mio!"

"Sì, anche se non ti nego che mi avrebbe fatto piacere avere una compagna di stanza."

"A proposito," annuncia Sloane, facendo un cenno verso la ragazza accanto a lei. "Lei è la mia nuova compagna di stanza. Jade, questa è Nellie. Nellie, Jade."

Nellie china la testa verso di me. Esamino il suo aspetto. Le punte dei capelli sono di un porpora brillante, mentre alla radice sono neri, e ha uno stile di abbigliamento davvero eccentrico. Porta delle parigine a strisce, una minigonna di pelle ed un top senza bretelle, che le sta strizzando le tette fino a farle quasi scoppiare.

"Ciao..."

"Allora." Sloane si accascia sul mio letto.

"Com'è andato il viaggio in macchina con tua madre? Alla fine, ha digerito il fatto che starai lontana da lei?"

"Ah," replico. "In realtà sta molto meglio. Il viaggio è andato bene, ma poi si è presentato Royce e..."

"Aspetta un attimo!" Sloane scatta in piedi dal mio letto. "Royce è tornato?"

"Chi è Royce?" chiede Nellie da dietro a me, trafficando con la foto che ho già sistemato sul mio comodino, che ritrae noi cinque in barca, quando eravamo più piccoli.

"Ehm," ribatto alla svelta ma, prima che io riesca ad aggiungere altro, Sloane mi tiene premute entrambe le mani sulle guance e mi impone di riportare la mia attenzione su di lei.

"Raccontami tutto."

Le scosto via le mani bruscamente. "Non c'è niente da raccontare. È venuto a casa lo scorso week-end, per il suo compleanno, e ci ha detto che sono quattro anni che è iscritto ad un club di motociclisti."

"Oh mio Dio..." Sloane sta già sbavando, a bocca spalancata. "È più sexy di com'era quand'eravamo ragazzini?"

"Cosa? A questo non rispondo. È mio fratello."

"Fratello adottivo, e sappiamo tutti che lui..."

"Mi sa tanto che dovrei fare la sua conoscenza." Nellie fa un sorrisetto e si mette seduta sul *mio* letto. Non le faccio presente che la

conosco a malapena e che sarebbe davvero molto meglio se non si sedesse sul mio letto. E, comunque, complimenti per la sua sfrontatezza.
"A che club è iscritto?" continua ad indagare Nellie.

"Che? Ah, non me lo ricordo." Non voglio rivelare a loro niente più di quanto non abbia già fatto. Non che mi importi se dovessero considerare Royce sexy, è solo che non ho voglia di parlare di lui in questo momento. "Possiamo cambiare argomento?" mormoro, tirandomi su i capelli in una coda di cavallo alta. "Tipo il cibo. Dove possiamo prendere qualcosa da mangiare?"

Scoviamo un posticino fuori dal campus. È il tipico ristorantino da quattro soldi, coi divanetti di pelle rossa e lucida, il pavimento a quadri ed i camerieri indolenti. Scivolo su un divanetto e do un'occhiata al menu.

"Senti, e che altro ha fatto Royce in questi anni?" indaga Sloane. La ignoro. Non posso permettere che la mia vita ruoti tutta attorno a Royce. Né ora, né mai.

Quando la cameriera arriva al tavolo, le sfodero un sorriso di gratitudine, per essere intervenuta come distrazione. "Io vorrei un doppio cheeseburger con l'aggiunta di bacon, per favore."

"E va bene," borbotta Sloane. "Ma questo week-end usciamo. Giusto, Nellie?"

Nellie annuisce. "Yessss. C'è un posto in cui vado tutti i fine settimana. Passiamo a prendere anche Jade."

Io mi tuffo nel mio panino, ignorando i loro pettegolezzi sui ragazzi dell'università e su cosa fanno. Affermare che non mi interessa probabilmente non rende neanche l'idea. La mia vita sessuale è qualcosa che io salvaguardo, quindi mi chiamo fuori e mi butto sulle mie patatine fritte.

"Sai dove hai lezione lunedì, Jade?" mi domanda Nellie, con la cannuccia fra le labbra.

"Penso di sì." Mi infilo un'altra patatina in bocca. Con la coda dell'occhio, intravedo che si apre la porta d'ingresso, ma non vi presto alcuna attenzione. "Nel senso, ho la cartina della scuola e tutti i numeri delle aule in cui ho lezione, quindi penso che non mi risulterà difficile scoprirlo."

Guardo verso Sloane, che sta tenendo gli occhi puntati al di là della spalla di Nellie, in direzione del gruppetto che è appena entrato nel ristorante. Mi affaccio anch'io per cercare di capire chi stia fissando con tanto interesse.

"Sloane…" le do una piccola spallata. La mia amica non si fa scrupoli, quando si tratta di ottenere ciò che vuole. Tutta la parte posteriore del locale è ora occupata da un gruppo di ragazzi. Si riesce a sentire l'odore del testosterone praticamente da qui. Non ho dubbi che Sloane sarebbe in grado di fiutare tutta la squadra di football della scuola come una cagna in calore.

"Sì?" Mi sbatte le ciglia e, quando mi volto di

nuovo verso la comitiva, scorgo un paio di ragazzi che ci stanno già guardando. Beh, probabilmente stanno guardando Sloane, più che me. È lei la bomba sexy coi capelli rossi e le tette grandi, mentre io sono la castana dall'aspetto bizzarro e gli occhi inquietanti. Sloane mi ha sempre accusata di essere totalmente inconsapevole dei miei pregi fisici. A detta sua, io sono il sogno proibito di tutti i ragazzi. Ma io non ci casco. Lei è la mia migliore amica… è ovvio che dica una cosa del genere.

Ridacchio e scuoto la testa. "Sei terribile." Lancio un'occhiata pigra ai ragazzi, quando uno di loro in particolare, che mi sta fissando attentamente, cattura il mio sguardo. I suoi capelli biondi tutti arruffati mi ricordano una specie di cenere antica, mentre i suoi occhi scuri sono come delle sfere magnetiche, che mi stanno calamitando. Ha una carnagione abbronzata, le spalle larghe e la struttura del viso di un modello di GQ.

È attraente. Anzi, *attraente* è un'iniqua sottostima. È sexy come un cazzo di peccato, ed io mi inginocchierei volentieri in chiesa la domenica per essermelo divorato. Accantono all'istante i miei pensieri, e la direzione che hanno intrapreso. Non posso permettermi di avere delle sbandate. Né ora, né mai.

"… Jade!" Adesso è il turno di Sloane di richiamare la mia attenzione.

"Mmm?" Mi porto la mia bevanda alle labbra.

Sloane alterna lo sguardo fra me ed il ragazzo, e sogghigna. Distogliere l'attenzione da un ragazzo sexy non è una cosa così atroce ma, quando hai una migliore amica che non te ne manda liscia una, lo è.

"Ah, ecco. No no, non smettete di scoparvi con gli occhi per colpa mia..."

Nellie si getta un'occhiata da sopra la spalla, rendendosi finalmente conto di cosa stiamo fissando. Noto che si pietrifica visibilmente, scurendosi in volto prima di voltarsi di nuovo verso di me. "Io non ci proverei nemmeno. Mia sorella li conosce, e non sono come sembrano."

"Non era mia intenzione provarci."

Finiamo di mangiare, ci alziamo e ci avviamo verso la porta. E per tutto il tragitto - una mera manciata di passi - avverto il peso dei loro occhi su di noi. È per via di Sloane. Lei fa sempre quest'effetto, e a me manda letteralmente fuori di testa. Odio andare in qualunque posto con lei. Come attratta da un magnete, mi volto mentre sfilo accanto al gruppetto, ma i miei occhi incrociano di nuovo quelli di Biondo Cenere ed il cuore prende a battermi più veloce nel petto. Nessun sorriso, nessun broncio. Mi scruta e basta. Non ho capito se mi sento più intimidita o eccitata, ma decido per la prima opzione perché, come ho già detto, non posso concedermi di essere eccitata. L'aria fredda mi schiaffeggia la faccia quando ci ritroviamo all'aperto, mentre scendiamo le scalette e ce ne torniamo verso la Honda tutta scassata di Nellie. È una piccola utilitaria compatta che, a occhio, probabilmente quattordici anni fa valeva pure qualcosa. Io ho detto che avremmo potuto spostarci con la mia macchina, ma Nellie ha insistito per prendere la sua.

"Sapete, mia mamma e mio papà sono quel genere di genitori disgustosi che stanno insieme tipo da, boh, troppo..." ci fa sapere Nellie, Dio solo sa perché. "È così rivoltante in realtà perché si mettono ancora a limonare a colazione."

"Ah, mon Dieu..." sospira sognante Sloane, aprendo lo sportello del passeggero e spostando in avanti lo schienale del sedile per farmi montare dietro. "Voglio anch'io, un giorno, una cosa del genere."

"Beh," borbotta Nellie, agganciando la sua cintura di sicurezza e mettendo in moto la macchina - dopo il primo tentativo andato a vuoto. "Di sicuro non potrai mai averlo da nessuno dei ragazzi là dentro..." Ah, quindi era questo il punto a cui voleva arrivare.

"Non ti stanno particolarmente simpatici, eh?" La mia intenzione era farle una battuta scherzosa ma, non appena quelle parole lasciano la mia bocca, mi accorgo che contengono una nota sarcastica.

"No," conferma Nellie, svoltando sulla strada principale. "Non mi stanno simpatici."

"Perché?" insisto, incapace di trattenermi.

"Diciamo solo che è nel vostro interesse non andarci."

Domenica, passo la giornata a racimolare tutti i libri che mi serviranno per l'indomani, fra i quali si contano anche dei ricettari. Adoro il cibo d'asporto, e le abbuffate di patatine fritte e cioccolata ma, per sopravvivere, al mio corpo occorrono carne, verdure e carboidrati. Sì, ho detto carboidrati.

Mi sto infilando a letto, a fine giornata, quando mi si illumina il cellulare sul comodino. Lo afferro alla cieca, certa che sarà Sloane. È probabile che sia ubriaca.

"Pronto?"

"Jade..."

Il terrore mi subissa il corpo. "Sì?"

"... ho bisogno di te. Ci vediamo giù, adesso."

"Non posso... Ho..."

"Adesso."

"Okay," sibilo. La mia voce è crollata ad un livello cadaverico. Dopo aver riattaccato, mi stringo il cellulare al petto e rimango immobile per qualche secondo. Non mi libererò mai di questa esistenza.

Ammanettata dalle sue iniziali. Non sarò mai libera di vivere la *mia* vita. Lui è sempre stato cristallino in proposito: non sarò mai libera. Sarò per sempre in debito con lui, e mi dovrò rendere per sempre disponibile a lui.

Mi scaglio via la coperta di dosso e vago in punta di piedi in giro per la mia stanza, come facevo quand'ero a casa, ogni volta che dovevo svignarmela.

Riprendo il cellulare e gli mando un messaggio.

Mi vuoi elegante?

Mi mordo nervosamente il labbro, in attesa della sua risposta.

No.

Mi strozzo col mio stesso respiro. La consapevolezza che lui sia proprio qua sotto, ad aspettarmi nel suo SUV lussuoso, è sufficiente per drenarmi via tutta la forza vitale. Mi infilo al volo un paio di pantaloni della tuta attillati ed una canottiera, prima di buttarmi addosso una felpa e tirare su la zip.

Respira. L'hai già fatto migliaia di volte, Jade. Datti un contegno.

Mi infilo cellulare e chiavi di stanza in tasca e scendo al pianterreno. Non volevo cominciare il mio anno accademico così. Non volevo.

Mi ci vuole un secondo per trovare la sua macchina, a folle accanto al marciapiede. La raggiungo difilata ed apro lo sportello del passeggero, prima di montare sul sedile di pelle, morbido e tiepido. "Ciao, James."

"Jade," ringhia James, voltandosi verso di me. Non appena i suoi occhi si connettono ai miei, svaniscono tutta la paura e l'incertezza che avvertivo fino a qualche secondo fa. Drizzo le spalle, ed una rinnovata forza mi scorre nelle vene.

Mi lecco le labbra. "Non mi aspettavo che venissi qui stasera."

Mi poggia una mano sulla guancia,

accarezzandomi il labbro col pollice, prima di tirarmelo delicatamente. "Non potevo lasciare che la mia Coniglietta cominciasse il suo anno al college senza una bella botta."

Mi schiarisco la voce, ma il vomito mi risale quasi in gola, così mi forzo di deglutire per tenerlo a bada. Sono avvezza a questo. Mi è capitato ogni singolo giorno della mia vita, praticamente da subito dopo che Royce se n'è andato. Non so perché sia iniziata. Io non glielo chiedo, e lui non ne parla. Sono intrappolata in una gabbia mentale senza via d'uscita. Ma in un momento non ben definito di questi ultimi quattro anni, le cose sono cambiate. Si è trasformato in qualcosa di più, senza che io dovessi metterci del mio. *Ci ho fatto il callo.* La prima volta che è successo, si è intrufolato in casa mia, nella mia camera da letto. Mi ricordo l'ora esatta, perché il mio orologio lampeggiava luminoso sul comodino. 3:05 del mattino. Io odio le 3:05 del mattino adesso. Lì per lì non ha detto nulla. Mi ha accarezzato una coscia con la mano da sotto le coperte. Il cinturino gelato del suo Rolex mi ha fatto venire la pelle d'oca su tutto il corpo. Mi ha scopata quella notte. È entrato a forza dentro di me con un solo affondo. Io ho guaito, ma lui mi ha piantato la mano sulla bocca, per impedirmi di fare altro rumore. Ero sotto shock. Non sapevo cosa fare. Avevo quindici anni e, fino a quella notte, lui aveva significato qualcosa per me.

Le tenebre mi hanno dato asilo in un

momento della mia vita in cui avevo bisogno di sentirmi al sicuro. Ora mi ci immergo per tenere al sicuro la mia salute mentale. Alla luce non frega un cazzo dei dannati e, così, coi dannati sono rimasta. Mi ricordo i puntini colorati che danzavano in giro per la mia stanza, mentre il dolore mi montava con le sue ondate in mezzo alle cosce. Ha lacerato le mie pareti con un singolo affondo, così io le ho suturate, col dolore ed il sangue che lui si era preso da me. Non ha detto una sola parola. Ho sentito il suo pene bagnato fare dentro e fuori da me, come un coltello, che si torce e ruota in una ferita aperta. I miei occhi versavano lacrime, ma lui non si è fermato.

Alla fine, ha rallentato abbastanza perché riuscissi a sentirlo pulsare dentro di me. Si è tirato su con una spinta, sfilandosi da me, e si è chinato in mezzo alle mie cosce, per baciare il sangue sulla mia nudità, ora esposta e violata.

"Ti insegnerò tante di quelle cose, Jade. Alla fine, imparerai ad apprezzarlo. A bramarlo. Imparerai a sottometterti a me, ogni volta che verrò a chiamarti. Va' a darti una pulita."

Ho sussultato, ma sapevo che era meglio non scostarmi dal suo tocco. La seconda volta che mi ha stuprata, io ho provato ad allontanarlo. Me l'ha fatta pagare, ma non nel modo in cui ci si potrebbe aspettare. James aveva una sua arte nel modo in cui abusava delle sue vittime, ed io ero il suo eterno pennello. Mi usava per dipingere le sue nuove leve, prima di passarmi in prestito al prossimo. Diceva che ero speciale, che le mie pennellate erano diverse da tutte quelle che avesse visto fino a quel momento. Io avrei voluto dar fuoco al suo atelier e a tutti quelli che c'erano dentro.

"Passa la notte con me. Ti riaccompagnerò qui domattina presto. Ho una camera d'albergo… pareti insonorizzate." Sogghigna e svolta fuori dal parcheggio. Io punto lo sguardo fuori dal finestrino, sui ragazzi che stanno sghignazzando coi loro amici. Non hanno nemmeno idea di quanto sono fortunati. Ignari del tipo di malvagità in cui esisto io, e che è anche il motivo per cui non mi potrò mai innamorare di nessun ragazzo. Non importa quanto sia sexy, né come mi faccia sentire.

La stanza d'hotel è bella, ma era abbastanza ovvio. Suite all'attico, arredamento sui toni vibranti del rosso e vetrate che danno su Hollywood Boulevard.

James mi allunga un bicchiere con un qualche alcolico ambrato, e si allenta la cravatta. I suoi occhi azzurri incrociano i miei. Sono così azzurri. Così familiari. Tracanno il contenuto del bicchiere, ignorando la fiammata che mi arde il fondo della gola.

"Grazie," gli mormoro, non appena ho la voce ferma.

"In ginocchio."

Obbedisco, accasciandomi sul pavimento.

"Togliti i vestiti."

Lui getta la cravatta sul pavimento, poi si

sfila la cintura. Se le fa schioccare diverse volte sui palmi delle mani, prima di incrociare il mio sguardo ed andarla a poggiare sul letto. "Tuo fratello è tornato."

"Sì," dichiaro con un filo di voce, sbirciando in direzione di James da sotto le ciglia. La sua mano torna sulla mia guancia, ed il suo pollice mi strofina le labbra.

"Sei così bella, Coniglietta..." Mi si aggroviglia lo stomaco. Si china alla mia altezza e mi solleva lentamente da terra, prima di poggiarmi sul letto e di fare qualche passo indietro, per ammirarmi nella mia nudità. Si affonda le mani nei pantaloni e si tira fuori il pene, cominciando a masturbarsi, senza staccarmi gli occhi di dosso. "Tutto il tuo corpo appartiene a me, non è così?"

Deglutisco e faccio un cenno d'assenso col capo. "Sì."

"Apri le cosce."

Eseguo, divaricandole finché lui non vi si piazza in mezzo e mi fa correre una mano su un capezzolo. Tutte le volte che il suo palmo mi sfiora delicatamente il seno, io mi mordo l'interno della guancia fino a che non mi si riempie la bocca del sapore metallico del sangue. Ho bisogno del dolore, per distrarmi dal modo in cui il suo tocco gentile violenta la mia anima.

James si abbatte su di me, sino a farmi sdraiare sulla schiena. La sua erezione è all'ingresso della mia vagina. I suoi baci soffici si disseminano sul mio collo, mentre mi scivola dentro. L'abuso sessuale si presenta in tutti i colori dell'arcobaleno, non solo in bianco e nero. Lui perpetra il suo stupro. La stessa danza che ormai ho imparato, ed in cui mi cimento con disinvoltura. Mi fa girare e mi prende da dietro, di lato, con me sopra, poi di nuovo sotto di lui. Cambiano le posizioni, ma una cosa resta sempre uguale: il temperamento del suo amplesso rimane docile, sensuale. È quel genere di rapporto sessuale che hai con qualcuno verso cui provi un amore incondizionato, con tuo marito, o tua moglie. È stato dopo la quarta volta che ho cominciato a realizzare perché si comporta così.

Perché lui non vuole avere soltanto il mio corpo. Lui sta combattendo per avere anche la mia anima.

Non l'avrà mai. L'ho nascosta in un posto in cui nessun uomo si avventurerebbe mai per reclamarla. Il problema ora, però, è che non la trova più nessuno.

***

Al mattino seguente, sono in piedi sotto il getto di una doccia calda, e l'acqua mi sgocciola sul corpo indolenzito. Potrà anche andarci piano, ma fa in modo di continuare per ore. Ed ore. E ancora ore. Uscendo dalla doccia sono scossa dai brividi e, non appena ritorno nella mia camera, sbatto la porta e mi stringo nel mio asciugamano.

Primo giorno del mio primo anno in un nuovo college.

Mi incammino verso il borsellino dei trucchi e mi metto all'opera. Questa routine è naturale per me.

Mi maschero, indosso un sorriso finto. Il make-up è la tenda dietro cui mi nascondo, come se possa disorientare le persone che provano a sbirciare dentro la reale me.

Se solo fossi in grado di disorientare anche me stessa.

12

JADE

La prima settimana di college è volata. Trovare le aule delle mie lezioni non è stato poi così complesso, sebbene il campus si sia rivelato molto più grande di quanto avessi presunto durante la giornata di orientamento. Ora è venerdì, e sono terrorizzata all'idea di prepararmi per uscire, qualunque sia la serata che Nellie ha organizzato per noi. In compenso, James non si è più fatto sentire per tutta la settimana, quindi già questo è un buon motivo in sé per festeggiare.

Siamo attraversando Los Angeles a bordo della macchina di Nellie, quando Sloane mi allunga una borraccia. Faccio un lungo sorso prima di ripassargliela. Da quando Royce se n'è andato, il mio rapporto con l'alcol è peggiorato. Ho scoperto che più bevevo, più a fondo cadevo in una voragine che inghiottiva completamente sia me, che il mio dolore. Io sono come una grossa ferita aperta, e si dà il caso che l'alcol sia il mio cerotto. Avrebbe potuto andare peggio. Avrei potuto buttarmi sulla coca.

Mi strofino le mani su e giù lungo le gambe. Stasera sono rimasta su uno stile casual. Jeans neri stretti con degli strappi sulle cosce ed un body bianco di pizzo che, sulle mie tette, fa un effetto che mai nessun reggiseno riuscirà ad avere.

"Dio, io non ce la faccio con le tue cazzo di tette perfette!" mugugna Sloane.

"Ma di che cazzo stai parlando? Le tue sono enormi!"

"Vero!" Mi mette le mani sul seno e me lo strizza. "Ma le tette finte sono sempre più belle a vedersi."

Le scaccio via le mani ed alzo gli occhi al cielo. Se solo sapesse *perché e come* sono arrivata a farmi delle tette finte.

"Allora, pensi di dirci dove siamo dirette?" domando, sporgendomi per poggiare i gomiti sul bracciolo centrale. Usando lo specchietto retrovisore per sistemarmi i capelli, gli do un po' di volume davanti, prima di picchiettare col mignolo le mie labbra rosse fiammanti.

"È una sorpresa." Gli occhi di Nellie incrociano i miei attraverso lo specchietto. Passano alcuni secondi di contatto fra di noi, prima che lei riporti l'attenzione sulla strada. Bizzarro.

"Ehi, Jade, ti ricordi quei ragazzi della

squadra dell'università che abbiamo incontrato la settimana scorsa al ristorante?" Sloane si gira sul sedile per guardarmi.

"Beh?"

"Uno di loro ha chiesto di te."

Mi paralizzo. "Cosa? E tu come lo sai?" Il mio cuore perde qualche battito. Sono in imbarazzo per come mi sento attratta da lui.

Sloane mi sbatte il suo cellulare in faccia. "Perché mi sto trombando il suo migliore amico, meglio noto come il difensore della squadra."

Faccio roteare gli occhi. "Non ci hai messo molto."

"Ti saresti aspettata qualcosa di meno?" domanda la pragmatica Sloane.

"In verità, no." I miei pensieri cominciano a divagare. Provo invidia nei confronti di Sloane. Lei conduce esattamente la vita che gli altri pensano che sia io a fare.

"Comunque," continua, ripassandomi la borraccia. "Si chiama Jensen Pracks. È il quarterback titolare. Dovresti aggiungerlo su Instagram. Lui segue già sia te che me, quindi facciamoci un bel selfie e postiamolo."

Bevo un lungo sorso di - qualunque cosa sia - e le lascio scattare delle foto, dandole indietro la borraccia, mentre Nellie svolta su una strada industriale. Tiro fuori il mio cellulare dalla tasca ed apro Instagram.

4 nuovi follower. 3 messaggi non letti.

Ignoro i messaggi e controllo i follower.

J_Pracks ha cominciato a seguirti.

Tengo il pollice sospeso sul pulsante *Segui anche tu*. "Fanculo." Premo il pulsante e mi rinfilo alla svelta il cellulare nella tasca posteriore.

La macchina comincia a rallentare quando passiamo di fronte a degli edifici commerciali. Alcuni sono officine, mentre altri mi sfuggono, a quest'ora della notte. Nellie si ferma davanti ad un'alta cancellata di metallo che occupa parecchio spazio. È l'area decisamente più estesa su tutta la via. Un giovane ragazzo magrolino ed uno più corpulento stanno a guardia dell'ingresso. Non riesco ancora a vedere un granché, e sono mezza distratta al pensiero di Jensen. Jensen. Perfino il suo nome è sexy. Magari mi ci posso divertire un po'. Ma le ragazze spezzate come me non ottengono la perfezione come Jensen. I ragazzi come lui sono riservati a ragazze come lui.

Ora la macchina sta varcando la cancellata. Si sente provenire della musica già da qui. Sulla destra, c'è una lunga area al coperto, dove sono parcheggiate delle moto. Parecchie moto. Alle spalle c'è un capanno con sei posti auto. Sulla sinistra, un'altra area coperta ospita un ring ottagonale per i combattimenti, tavoli e sedie, un sacco da boxe, ed altre persone. Al centro è stato appiccato un immenso falò, dietro al quale svetta una costruzione a due piani. È grande, dotata di portico e di un'altalena. Ha l'aspetto della classica casa che troveresti in periferia, e non in fondo ad una via industriale. Ci sono persone che sbucano da ogni angolo. I maschi vestiti di pelle e le femmine vestite di… praticamente niente.

Lì per lì non collego ma, quando mi rendo conto che indossano dei giubbotti da motociclista, resto di sasso. "Nellie!" Le batto sulla spalla. "Dove siamo?"

"Vedrai." Mi strizza l'occhiolino.

Scendono entrambe dall'auto come se niente fosse, mentre io scivolo esitante fuori, alle spalle di Sloane. Merda. I tacchi delle mie décolleté con la suola rossa tintinnano sull'asfalto, mentre la musica heavy metal mi devasta i timpani. *Unsainted* di Slipknot sta andando ad un volume talmente sparato da scatenare l'inferno. Faccio un altro passo. Tutti i pezzi del puzzle cominciano ad incastrarsi nella mia testa, non appena adocchio la scritta ricamata sul giubbotto di pelle di uno dei tizi. Ma è solo quando arriviamo in fondo al garage laterale che mi pietrifico, ed il sangue mi si drena via dal viso. La mia mano schizza verso Sloane.

"Non posso stare qui!"

Sloane si volta ed alza gli occhi al cielo. Mi prende sottobraccio e mi avvicina a sé.

Ed in quello stesso momento realizzo quello che sta accadendo all'interno dell'abitazione. Dei motociclisti ubriachi e delle donne nude si stanno succhiando a vicenda varie parti del corpo. C'è un'imponente placca di metallo appesa al di sopra del bancone che riporta la scritta:

Wolf Pack MC.

Cazzo.

Cazzo.

Cazzo.

Mi martella il cuore nel petto, ed ogni tonfo è sincronizzato con un mio respiro. Ruoto su me stessa per correre fuori dal garage e rimediare un'alternativa per tornarmene a casa, quando impatto contro un petto massiccio. Un inferno di fiamme mi lambisce la pelle, non appena mi si infiltrano nelle narici il profumo ricco di un'acqua di colonia, una nota discreta di sapone e l'odore bruciato di sigaretta e di cuoio consumato. Mi strofino la guancia. "Scusa." Poi i miei occhi si spostano verso l'alto, dove incontrano la medesima scritta del club e, al di sotto, la dicitura Vicepresidente… e continuano a salire, finché non incontrano… "Royce."

"Duchessa." I suoi occhi vagano al di sopra della mia spalla, e mi volto per capire chi stia guardando. Fa l'occhiolino a Nellie, che solleva il suo bicchiere in aria. E a quel punto il mio sguardo trova Sloane, che mi sta studiando con degli occhi impauriti. Prima che possa voltarmi di nuovo verso Royce, le sue labbra mi lambiscono l'orecchio, e la sua voce mi blandisce come una vecchia scatola di ricordi aperta. "Sono così contento che Nellie ti abbia portata qui sana e salva…" Mi allontano di scatto e gli punto gli occhi addosso. Si china su di me, finché i nostri occhi non sono alla stessa altezza. "Ho sentito dire che ti sei fatta delle nuove amicizie."

"Che?!" bisbiglio, scandagliando i suoi occhi. "Io me ne vado. Non intendevo venire qui."

"Naa." Ridacchia. Non mi sfugge la lieve ostilità nel suo tono. "Sei appena arrivata." Il suo sguardo cerca Sloane. "Trovo bene anche la tua amica."

"Me ne sto andando." Faccio per schivarlo, ma il suo braccio sporge repentino e, prima che riesca a spingerlo via, Royce mi issa in spalla. Mi manca il respiro, quando la sua spalla mi preme nello stomaco.

"No, Duchessa. Non te ne vai." Detto quello, mi butta su uno dei divani sistemati attorno al tavolo da biliardo. "Billie!" chiama a gran voce, senza togliermi gli occhi di dosso nemmeno per un istante. "Assicurati che Sloane abbia una sistemazione per la notte."

No. No. Provo ad alzarmi, ma lui mi scaraventa di nuovo all'indietro, ed i muscoli delle sue braccia potenti si contraggono, quando mi circondano da ambo i lati. "Tu non vai da nessuna cazzo di parte, Duchessa, e farai come ti viene detto."

"Altrimenti?" contrattacco, mentre sento che le lacrime mi stanno risalendo nel fondo degli occhi. Non gli mostrerò il dolore che soggiace al mio risentimento. Lo userebbe solo come arma.

I suoi occhi catturano i miei, mentre un sorrisetto gli spunta sulle labbra. "Altrimenti ti farò del male."

"Non lo faresti mai," ribatto, deglutendo,

malgrado la mia gola sia stretta da una morsa nervosa.

"Mmm, c'è così tanto che non sai su di me ora, Duchessa." Si sporge verso di me, e gli angoli della sua bocca si incurvano ancora di più. "*Così. Fottutamente. Tanto.*" Si spinge via dal divano. "Resterai con me stanotte. E non accetto discussioni." Sparisce nella massa di gente, e si dirige verso il bancone in fondo. I miei occhi cercano immediatamente Sloane.

"Mi dispiace tanto," le mimo con le labbra, scuotendo la testa.

Finalmente, Sloane mi viene incontro, divincolandosi dalla presa di non so chi, che la stava tenendo per un braccio. "Possiamo scappare." Affonda sul divano, premendo la coscia contro la mia.

Scuoto la testa, mentre la disfatta mi si insinua nelle ossa. "Non servirebbe a nulla. Ci inseguirebbe. Dobbiamo solo pazientare fino a domattina."

Il bancone in fondo alla sala è tutto in legno, sormontato dalla loro fiera scritta Wolf Pack MC, affissa alla parete. Al centro c'è un giubbotto di pelle, un'aquila con le ali spiegate. Vorrei studiare tutti i presenti, capire che aspetto hanno, ma l'atmosfera pesante mi porta a spostare frequentemente lo sguardo da una parte all'altra, non volendomi soffermare troppo a lungo in nessun punto.

"Cavolo," bofonchia Sloane, accavallando le gambe e svitando la sua borraccia. "Io pensavo che fosse ancora pazzo del suo cagnolino, e invece mi sbagliavo."

La ignoro, passando al vaglio tutte le opzioni che ho per tirarci – o almeno si spera – fuori da questo casino. "Resta qui." Mi alzo dal divano e mi fiondo in mezzo allo sciame di corpi. La differenza d'età è notevole – passano dalla mia a quella dei miei genitori, e anche qualcosa in meno o in più. Mi dirigo verso il bar, perché è in quella direzione che ho visto andare Royce, quando all'improvviso sbatto contro una schiena rocciosa.

"Scusa," mormoro, accarezzandomi la testa.

Un uomo che, ad occhio, avrà quasi una sessantina d'anni, è in piedi di fronte al bancone. Si volta per guardarmi, ed è allora che lo vedo nella sua interezza. La sua mandibola è un tantino troppo squadrata, e gli occhi sono vagamente a mandorla. Sulle prime mi è parso che avesse un'aria familiare, ma poi ho capito che era perché mi ricordava Chuck Bass, solo più vecchio, e con un gilet di pelle del club al posto del completo elegante.

"Tu devi essere Jade." Ha la voce roca di chi, da anni, ha le corde vocali impregnate di fumo.

"Sì," rispondo. "Ti chiedo scusa, stavo tentando di trovare Royce."

Fa finta di non sentirmi. "Mi chiamo Lion."

"Lion?" gli chiedo, quantunque non dovrei. Ha un aspetto spaventoso, e all'apparenza tutt'altro che incline a rispondere a delle domande.

"Jade!" sbotta Royce alle mie spalle, prendendomi la mano nella sua e tirandomi via. "Smettila di andartene in giro, cazzo." Non faccio in tempo ad obiettare, che mi sta già trascinando nel mare di corpi, prima di trainarmi lungo una scala che conduce al piano di sopra.

Sfilo bruscamente la mano dalla sua presa. "Chi ti credi di essere, Royce? Non puoi prendere e rientrare a gamba tesa nella mia vita così, e tenermi pure prigioniera!" Mi porto la mano in tasca nell'esatto momento in cui Royce si sbatte la porta di una camera da letto alle spalle. "Io chiamo mamma."

"Ah sì?" Il suo tono è minaccioso, ed il ghigno beffardo sulla sua faccia è fin troppo da spaccone per appartenere al Royce che conoscevo un tempo. Al Royce che teneva a me. Devo fare appello a tutta la forza che ho in corpo per non tremare di paura. "Fallo." Mi inchioda sul posto col solo sguardo. "Vedi se ti crede."

Mi si afflosciano le spalle per la sconfitta. "Che cosa ti è successo?" gli domando, setacciando il suo viso. Lo stesso viso, che un tempo guardavo per trovare conforto e forza, adesso è quello che so che dovrei temere. Ad alcuni tocca un solo mostro nella vita. Io, a quanto pare, ne ho due.

"Che cosa mi è successo?" Royce dà un calcio alla porta e, dopo un paio di passi, i suoi stivali da motociclista sbattono contro la punta delle mie Louboutin. "Sei *tu* quello che mi è successo, Duchessa." Non posso farci nulla e, ammesso che lo volessi, non sarei comunque in grado di scollare il mio sguardo dal suo. La profondità del blu dei suoi occhi è tale da farmi annegare. "Sali sul letto."

"E comunque che ci faccio qui?" gli chiedo, cadendo all'indietro sul materasso. Gli elementi d'arredo della sua stanza sono tutti neri. Ci sono dei poster della Harley Davidson alle pareti, e perfino il manubrio di una moto appeso alle spalle del suo letto. Nessun poster porno – per fortuna ha un po' di fottuto buongusto – e nessun preservativo usato, da quanto vedo. Per ora, almeno. Ma, in tutta onestà, non ne escludo la possibilità.

Royce sfila un pacchetto di sigarette dalla tasca posteriore e lo apre per tirarne fuori una. "Sei tu quella che è piombata qui. Tutta contenta all'idea di farti nuovi amici. Nellie è stata un test, per capire quanto fosse facile influenzarti. E devo dire, Duchessa, che sei stata bocciata."

Mi tiro su, gli sfilo una sigaretta dal pacchetto e, senza smettere di guadarlo in cagnesco, me la metto in bocca. Lui resta a contemplarmi ammaliato, mentre la accendo ed inspiro. "Mi sono fatta molti amici da quando te ne sei andato, Roy." Faccio una bella boccata, prima di lasciare che il fumo mi fuoriesca dalle labbra scarlatte. "Moltissimi."

Accende anche lui la sua sigaretta e inspira a fondo, senza ribattere nulla. Resto a guardare il fumo che gli si arriccia attorno alle narici, che gli risale fino agli occhi, e al di sopra della testa. "Mmm."

"Mmm?" Inarco un sopracciglio. "Tutto qui?" Le dita mi affondano nei palmi. "No, *con chi cazzo stai parlando Jade…*"

Royce trascina una sedia, che era infilata sotto la scrivania, si mette seduto e poggia i gomiti sulle ginocchia. "Te l'ho detto, non me ne frega più un cazzo di te, né di tutte quelle stronzate. Fa' come ti pare, ma non creare casini che potrebbero avere ripercussioni sul mio club. Per anni, le persone hanno creduto che fossi orfano, senza uno straccio di famiglia. Sei venuta nella mia città adesso? Allora rispondi alle mie regole."

"Ma come mi dispiace." Getto la sigaretta a terra, sul tappeto, e la spengo col tacco della mia scarpa. "Tu hai rubato la mia vita, ed io ho rubato la tua."

"Piantala di mettere alla prova la mia pazienza, Jade."

Inclino la testa da un lato. "C'è qualcosa che tu sai e che a me sfugge? Sei tornato nella mia vita dopo quattro anni." Sono in piedi, e cammino avanti e indietro per la stanza, toccando oggetti senza senso. Questa non è la sua camera. Cioè, lo è, ma lui non vive qui. È troppo impersonale per essere la stanza a tempo pieno di Royce.

"Duchessa…" mormora il mio soprannome, e le mie dita si bloccano momentaneamente su una pila di riviste di motociclette. "Duchessa," ripete, e stavolta mi volto per guardarlo.

"Che cazzo vuoi, Royce?"

Si alza in piedi - con tutto il suo metro e ottanta di altezza - e fa i due passi che gli servono per raggiungermi. Le sue dita si flettono sulla punta del mio mento, e mi sollevano la testa, di modo da far collidere i suoi occhi coi miei. "Io non sono più lo stesso ragazzo che conoscevi un tempo." Il suo tocco è docile, ma le sue parole brutali. "Per esempio..." Trattengo il fiato, quando i suoi occhi penetrano i miei. *Così, così azzurri*. La lingua gli sbuca fuori dalle labbra e gli accarezza i denti. "Ora sono più cattivo." Mi lascia andare, e mi dà uno spintone così forte da farmi cascare di nuovo sul letto.

Prima che io possa dire qualcosa, me lo ritrovo sopra di me, che mi copre la bocca con una mano. *Cuoio, sigaretta, acqua di colonia.* Non riesco a fermare la prima lacrima che mi sguscia fuori dall'angolo dell'occhio, perché lui ha ragione. Io non so chi sia l'uomo che mi sta fissando in questo momento. La custodia è la medesima, ma l'anima è cambiata. L'uomo che sta adesso di fronte a me mi sta tormentando con la somiglianza del ragazzo che conoscevo una volta.

I suoi occhi si stringono sui miei, poi si spinge via dal mio corpo e si rimette in piedi. Contrae la mandibola. "Puoi pure andartene, se vuoi. Penso di averti chiarito la mia posizione." Sono sempre stata capace di capire quando Royce sta mentendo. Le sue bugie restano appese fra le crepe che lui tiene nascoste a tutti.

A tutti, tranne me.

E così lo vedo. Vedo tutto quello che sta tenendo nascosto.

Mi rialzo in piedi. *Ricomponiti.*

"Beh, sei diventato teatrale con le tue tattiche. Questo te lo debbo concedere."

Qualcuno bussa alla porta. "Sicko!" Una voce giovanile sbraita al di là della vecchia porta di legno. "Oh, abbiamo un problema."

Royce esamina il mio viso, ed i suoi occhi cadono sulle mie labbra. "Vedi di non fare niente per farmi incazzare. Non sono più un bambino. Ti rompo il culo." Allunga una mano sulla porta della maniglia, ed il suo viso torna impassibile.

Mentre riscendo i gradini di legno, e mi riabituo al tanfo di whiskey e sigarette, non riesco a smettere di pensare a quanto Royce sia cambiato. Avrei preferito restare col ricordo che avevo di lui, piuttosto che essere tormentata da quest'estraneo. Era uno che rideva apertamente, adesso è sempre imbronciato, e guardingo. Le sue barriere non sembrano più girare attorno a me, e c'è qualcosa nel suo sguardo che mi grida di tenermi alla larga. Qualcosa di innegabilmente crudele. Passo davanti a lui e ad un altro motociclista che non ho ancora conosciuto, e torno nel punto di prima, per trovare Sloane.

Gli altoparlanti stanno mandando in diffusione *Playa* di Tech N9ne e, prima che i miei occhi comincino a vagare per la sala in cerca di

Sloane, lei mi prende sottobraccio. "Okay. Punto primo: non posso credere che stia per dirti questo..." Mi fa un cenno verso un divano di pelle accatastato in un angolo. Lo stesso su cui Royce mi ha sbattuta poco fa. Questo circolo di motociclisti non è affatto come me l'ero immaginato. Anche se non so dire con precisione cosa mi aspettassi. Non fraintendetemi, la loro nomea di gente minacciosa è più che giustificata, ma non posso dire che non siano attraenti. Perfino il tizio più anziano che ho incontrato prima, Lion, ha un bell'aspetto per la sua età.

"Cosa stavi per dirmi, Sloane?" le mormoro, afferrando una bottiglia poggiata sul tavolino di fronte a me. Vodka. Perfetta.

"Royce è di gran lunga più sexy di quattro anni fa... okay!" le sfugge in un sospiro, gettando la testa all'indietro per scolare qualunque cosa le restasse nel fondo del suo bicchiere. A che punto dovrei farla smettere? "Non riesco nemmeno a negarlo, e mi dispiace."

Fingo di non sentirla, e mi appoggio allo schienale del divano, lasciandomi uscire un sospiro sfinito.

"Royce ha detto che non siamo costrette a restare qui. È stato tutto uno stupido test per vedere quanto fossi ingenua." In quello stesso preciso momento spunta Nellie, che sta tenendo la faccia nascosta dietro uno shaker. La scruto con gli occhi stretti in due fessure. "Perché?"

Nellie fa spallucce, sprofondando sul divano accanto a Sloane. "Quello che Sicko vuole...

Sicko ottiene. È così che funziona da queste parti." Il suo sguardo fluttua alle mie spalle, e le sue labbra si increspano in un sorriso. "E comunque, tu com'è che lo conosci?" mi domanda Nellie, tornando a guardarmi. Sto provando a capire le sue mosse. Probabilmente va a letto con lui. Royce ha sempre fatto fatica a tenere il suo cazzo all'asciutto, e Nellie è una bella ragazza. Il fatto che lui stia continuando a fare i suoi soliti giochetti, anche se su un livello diverso, non dovrebbe darmi tutto il fastidio che, invece, mi sta dando.

La guardo in cagnesco. "È mio fratello, puttana ritardata." Mantengo un'espressione glaciale, annoiata.

"Grrr." Nellie ridacchia. "Voi due non vi assomigliate. Cioè, proprio zero."

Sloane sbuffa divertita e scuote la testa, poi si volta verso Nellie. "Domanda: fra te e Royce c'è qualcosina?"

Nellie scuote la testa. "No, ma qualcosina, o come la chiami tu, c'è fra lui e qualcun'altra." Si poggia contro lo schienale, e beve un sorso del suo cocktail. "Sono abbastanza sicura che lei sia convinta che si sposeranno, o qualche stronzata del genere."

Mi si contraggono i muscoli, proprio nel momento in cui Sloane ruota la testa di scatto, verso il punto in cui sono seduta io. "Sul serio?" Inarca le sopracciglia. "Ti posso assicurare che è molto probabile che le cose stiano per cambiare."

Sento l'avventatezza che comincia ad

infiltrarsi nelle mie ossa, mentre la testa prende a pulsarmi alla stessa velocità del mio cuore. Royce continua ad andare a letto con tutte quelle che gli capitano sottomano. Potrà anche essere fatto ancora così, ma si sbaglia di grosso se pensa che io sia rimasta la stessa ragazza disposta a tollerare le sue cazzate. Farò sdraiare un altro uomo sullo stesso pavimento su cui, un tempo, veneravo Royce. Mi alzo in piedi. "Nellie?"

"Sì, piccoletta?"

Vorrei prenderla a cazzotti. Debbo impormi di non raggiungerla e sferrarle un pugno dritto sulla mandibola. Decido di lasciar correre. "Accompagnami al bancone."

Sloane fa un sorrisetto da dietro il bordo del suo bicchiere. "Ben detto, ragazza."

Riesco a percepire lo sguardo di quasi tutti i presenti addosso a noi, mentre ci facciamo strada verso il bar. Non so dove sia andato a finire Royce, ma una cosa la so: qualunque cosa dica, non penso che permetterebbe mai a nessuno di farmi del male. Potrà anche essere un dio malvagio, ma non consentirà mai ai suoi discepoli di ferirmi. O, quantomeno, questa è la teoria che ho deciso di testare.

Nellie mi allunga uno shot di vodka - una buona dose di coraggio liquido - e mi indica varie persone in giro per la sala. "Quello è Lion," comincia, facendosi rotolare fra le dita un nuovo bicchiere. "È il presidente del club, ed il migliore amico di Sicko. Sono così uniti che mi eccitano." Fa una pausa, poi punta il dito verso un altro.

"Quello lì è Gipsy. È un coglione matricolato, che non so come si tromba le modelle di Victoria's Secret il week-end - e dico sul serio - e subito dopo si occupa degli affari del club. È un bravo ragazzo." Gli occhi di Nellie si posano sull'uomo accanto a Gipsy. "E quello laggiù è Wicked." Non appena quel nome lascia le labbra di Nellie, mi ritrovo a guardare la bocca di lui, che si sta muovendo.

Wicked.

Oh.

"Mmm," mormoro, inclinando la testa da un lato. "Interessante. Dimmi di più di Wicked..." Qualcosa che esuli dalle circostanze in cui l'ho conosciuto. Quando scruto i lineamenti duri di Wicked, ed i suoi occhi freddi come una roccia, mi si contorce lo stomaco. Come se riesca a sentirsi i miei occhi imbambolati addosso, ruota la testa, facendo brillare i suoi capelli neri come l'inchiostro sotto la luce. Indossa una maglietta bianca al di sotto del suo giubbotto di pelle, e dei pantaloni neri larghi, strappati sulle ginocchia. Ai piedi ha degli stivali da combattimento mezzi slacciati, i cui bordi di gomma sono tutti macchiati di fango secco, segno che è uno che si sporca sul campo.

Mmm.

"Wicked non è uno che ama parlare molto. Si rivolge agli altri più che altro a gesti, a meno che tu non sia uno dei pochi benedetti da Dio a cui lui si degna di parlare, che di solito è solo qualcuno dei suoi fratelli. Quello è uno che tratta realmente male le persone, quindi non ci proverei nemmeno, se fossi in te."

Ancora più interessante. Le mie pulsazioni ora vanno a ritmo con *Spend Some Time* di Eminem, che sta rimbombando contro le pareti.

"Ma non mi dire…"

Gli occhi di Wicked sono addosso ai miei e, quando le sue orbite cupe si spostano lungo il mio corpo, fino alla punta dei piedi, anche il mio stomaco si schianta a terra. Sento i brividi che mi frizzano nelle vene, quando fa risalire lentamente il suo sguardo azzurro ghiaccio verso l'alto, smuovendo le sue ciglia folte sui suoi zigomi pronunciati. Posso affermare, con un buon margine di certezza, che Wicked è uno degli esemplari di sesso maschile più belli che io abbia mai visto.

Royce è un incubo ammantato di un sogno. Ma Wicked è il braccio destro del Diavolo.

Butto la testa all'indietro per svuotare l'ultimo fondo di tequila, o di rum, o che so io, e risposto lo sguardo su Nellie, distogliendolo da lui. "Interessante."

"Wicked? No. Proprio no. È bello da guardare, ma Sicko è più nelle mie corde."

Non posso farcela. Con tutto l'alcol che mi pulsa nelle vene, non riesco proprio a trattenermi.

E scoppio in una risata fragorosa.

"C'è qualcosa di divertente?" scatta Nellie, come se si senta insultata. E a buona ragione. Sto ridendo proprio di lei.

"No." Guardo Sloane, senza prestare altra attenzione a Nellie. "Pronta ad andare?"

Lei mi scruta con un'espressione cauta. Non le è sfuggito il mio improvviso cambio di atteggiamento. "Okay."

Dopo essere sgattaiolate fuori dal club ed aver rimediato un passaggio con Uber, sono di nuovo al sicuro, sotto le mie coperte, nel mio alloggio dell'università. E adesso mi sento finalmente in condizioni di fare mente locale su tutto quello che è successo stasera. Ripenso a Royce che mi ha rapita. A Wicked. Mi vibra il cellulare sul comodino e, quando lo prendo, mi accorgo che ho un paio di messaggi non letti. Visto che ce n'è uno di un numero sconosciuto, apro quello per primo.

Numero sconosciuto: Non è finita qui.

Mi mordo il labbro inferiore. La luce intensa dello schermo mi distrugge la vista. Mi sposto dal suo messaggio ad un altro di James.

James: Fatti trovare pronta per le sei di domani. Riceverai un pacco.

Espiro, tenendo le dita sospese sul messaggio di Royce e, prima che riesca a fermarle, stanno già volando furiosamente sulla tastiera dello schermo.

Io: È finita il giorno in cui mi hai lasciata.

Rifletto se restare ad aspettare la sua risposta, con lo stomaco gravido di ansia. Ma non faccio in tempo a ripoggiare il mio cellulare sul comodino per concedermi un po' di sonno, di cui ho un gran bisogno, che lui mi risponde.

Royce: Ah sì?

Ignoro la sua risposta elusiva, infilo il cellulare sotto il cuscino e faccio finalmente riposare gli occhi.

Le mie gambe erano totalmente divaricate, tenute aperte da una sbarra di metallo che sembrava allungarsi ancora di più ad ogni mio movimento. Mi ha sfiorato l'interno coscia con le dita di una mano, mentre con l'altra teneva un tumbler, contenente verosimilmente il whiskey irlandese più costoso in circolazione. Quando ho fatto cadere lo sguardo sulla sua mano, lui mi ha afferrata per il mento e ha riportato la mia attenzione su di sé. Ero imbavagliata e legata ad un letto, in un hotel di lusso che probabilmente costa per notte più di quanto la maggior parte della gente guadagni in un intero anno di lavoro. Non ha lesinato.

Mentre mi stringeva con violenza, la cupidigia danzava nei suoi occhi scuri. Quella era la terza volta che accadeva, che lui mi metteva le mani addosso senza il mio consenso. Ogni volta che lo fa, James trafuga un pezzo della mia anima, lasciando al suo posto, quando se ne va via, una cicatrice emotiva.

"Tu sarai la mia piccola coniglietta perfetta, Jade. Lo sapevi?" Mi si sono riempiti gli occhi di lacrime, quando la sua mano è tornata giù, sul mio interno

coscia. Le mie ciglia bagnate sventagliavano sulle mie guance. No, non lo sapevo. Nient'affatto. Ma stavo cominciando a realizzarlo.

Ha poggiato il suo bicchiere a terra, prima di drizzarsi in piedi. Riusciva ad incutermi ogni briciolo della soggezione che mi aspettavo da lui. La mia mente non era attrezzata per affrontare quello di cui James era capace. Non ancora.

Le sue lunghe dita si sono flesse sulla fibbia della sua cintura, prima di sfilarla. Poi si sono spostate sui bottoni della sua camicia, da dietro a cui sono spuntati i suoi addominali in perfetta forma.

"Tu vuoi questo, Jade." Ha lanciato la camicia a terra prima di slacciarsi il bottone dei pantaloni. "Lo vedo dal modo in cui i tuoi occhi si muovono sul mio corpo. Lo vuoi con lo stesso ardore con cui lo voglio io, ed io te lo darò." Si è chinato, ha puntato i pugni sul materasso e ha serpeggiato lentamente lungo il mio corpo, finché non si è trovato proprio al centro delle mie cosce. Mi ha strofinato il collo con la punta del naso. "Mmm, hai un profumo così dolce, Coniglietta. Ti insegnerò ogni singola cosa che c'è da sapere su di me e su quello che faccio, e sai cosa farai tu?"

Non gli ho risposto. Uno, perché ero imbavagliata, e due, perché non ne avevo voglia. Mi sono sempre estromessa da queste situazioni. Lui potrà anche avere il mio corpo alla sua mercé, ma non avrà mai la mia mente.

La punta del suo grosso pene era premuta contro l'ingresso della mia fessura. "Tu mi darai una mano." Si è inabissato dentro di me, ed io ho cacciato un urlo acuto, anche se è rimasto ovattato nel bavaglio.

Ho perso la verginità con questo stronzo, e adesso mi usa come il suo giocattolo. Ho pensato svariate volte di rivolgermi alla polizia, ma mi ricordo che l'unica volta che l'ho fatto mi sono trovata James che stava chiacchierando con tutti gli agenti davanti al commissariato. Come se avesse intuito che, prima o poi, sarei andata quantomeno a cercare di parlare con qualcuno di quella faccenda.

Non c'era modo per me di emergere dalle sue tenebre, quindi il meglio che potessi fare era cercare di mimetizzarmici.

Mi ha baciato con passione, e ha fatto l'amore con me. Io sono rimasta passiva, ho lasciato chiuso fuori tutto quello che stava succedendo. Una volta che ha finito, ha staccato quel suo corpo appiccicoso dal mio ed è andato a tirar fuori il suo portasigari dalla tasca laterale dei pantaloni. Ne ha estratto uno, senza smettere di guardarmi, e l'ha acceso. Poi ha arroventato il fondo metallico del portasigari e, prima che riuscissi a comprendere cosa stesse facendo, ha pressato il metallo bollente contro l'interno della mia caviglia, ed io ho sbraitato di nuovo in preda all'agonia, sperduta nella nube del mio dolore.

"Ora sì che sarai per sempre mia. E quando le persone vedranno questo… capiranno di non poterti mettere un cazzo di dito addosso."

Passo da una lezione all'altra senza intoppi, anche se mi sento un po' scombussolata. Come se ci siano ancora molte questioni in sospeso da risolvere, prima di potermi concentrare al cento per cento sul motivo per cui sono qui. Pensavo che fra James e me sarebbe finita, una volta che avessi lasciato lo Stone View. Ma ho fatto male i miei conti.

Faccio correre le dita sul pacchetto che mi è stato recapitato alla reception. I nastri rossi e dorati mi scivolano sul palmo della mano. Perché. Perché mi fa questo? E perché, ormai, ho smesso di crucciarmene a questo punto? Il segreto di quello che c'è fra James e me è stato in assoluto il più grande che abbia mai tenuto nascosto. L'ho taciuto, anche se non so bene il motivo.

Sollevo il coperchio e scuoto la testa. "Verde. Figuriamoci." Sfioro il vestito di seta e lo tiro fuori dalla scatola. Non rimango affatto stupita neanche del logo PRADA che trovo stampigliato sul fondo del contenitore. James non bada a spese. Mai. Mi passo la lingua sul labbro inferiore e porto il vestito in bagno, prima di girare la manopola della mia doccia privata. Sono grata di tutti i comfort che mi sono stati concessi, ma non mi bevo il fatto che lui non vi abbia messo per niente il suo zampino, cosicché nessuno potesse insospettirsi dei miei spostamenti.

Mi insapono al volo sotto la doccia, prima di asciugarmi e di massaggiare a fondo la mia pelle con una lozione intensamente profumata. Ho solo un'ora per finire di prepararmi. Mi dedico al make-up e ai capelli.

Do una passata di fondotinta coprente, ed opto per un trucco smokey per gli occhi. Applico una matita verde militare sul contorno delle labbra, prima di abbinare un rossetto matte. Ammucchio tutti i trucchi da un lato e mi guardo allo specchio. Il corpetto mi stringe sotto al seno, facendolo sbocciare da sopra. È attillato anche in vita, e fa risaltare la mia corporatura a clessidra. Al posto delle bretelle, nella parte posteriore ci sono delle piccole piume nere. È un bel vestito. Gliene debbo rendere atto. Quando bussano alla porta, mi si intirizziscono tutti i muscoli. Drizzo le spalle di scatto. Si va in scena.

È una serata placida, ma il cielo della mezzanotte non serve ad occultare i nervi che mi stanno sconquassando il corpo, e che sfrigolano dalle estremità dei miei polpastrelli fino alla punta dei piedi.

"Nel posto in cui andiamo stasera," esordisce James, svoltando sulla statale alla guida della sua Maserati. Una soave musica classica riempie l'abitacolo. Io odio la musica classica adesso. "Mi occorre che ti comporti al meglio."

Mi strofino con la lingua l'interno del labbro inferiore e domando: "E dove stiamo andando?"

"Questo posto," mi spiega James, gettando un'occhiata da sopra al suo braccio in direzione delle macchine che viaggiano sulla carreggiata opposta. "Si chiama L'artisaniant. Solo persone selezionate ricevono un invito, e adesso è capitato che sia stato chiesto anche a me di unirmi. Mi serve che ti comporti per bene."

Sbircio con la coda dell'occhio i suoi pugni, che si stringono attorno al volante. Fa scrocchiare il collo e si volta a guardarmi.

"E loro chi pensano che io sia?" domando, facendo del mio meglio per non perdere la mia faccia tosta.

"Pensano che tu sia il mio giocattolo, che è esattamente ciò che sei."

Stringo la mandibola, mentre lui continua a guidare. Sento che sta vibrando il cellulare nella mia pochette *trunk* nera di Louis Vuitton, e debbo frenare l'impulso di rispondere. Dopo essere stata manipolata da James per quattro anni, lui è riuscito in qualche modo a far sì che io mi piegassi alle sue volontà. Ha governato su di me col pugno di ferro, ed io ho presto appreso sulla mia pelle che più duramente lottavo, più spietata era la sua punizione, il che significava un sesso ancora più moscio del solito. Se io sono il suo giocattolo, allora vuol dire che sono una leonessa in gabbia, senza la volontà di scappare, né di essere salvata.

"E posso chiedere chi sono gli invitati?" persisto, mettendo alla prova la sua pazienza.

James scuote la testa, svoltando in una buia stradina privata, prima di fermarsi davanti ad un grosso cancello di metallo. Delle oscure guglie in stile gotico svettano fino al cielo con la loro architettura aguzza, ma dei fitti arbusti e degli alberi impediscono alla vista di scorgere altro. Prima di abbassare il finestrino per parlare in un piccolo citofono bianco, James mi inchioda con uno sguardo dispotico. "No. È tutto confidenziale. Devi farti entrare in testa questo concetto, Jade. Essere invitati a far parte de L'artisaniant è un grande onore. Solo le persone più influenti al mondo vengono selezionate per essere ammesse."

Rifletto sulle sue parole, mordendomi il labbro inferiore. "Quindi, questa è la tua prima volta?"

Le labbra di James si incurvano, ed io resto ad osservare le piccole rughe che gli si formano attorno alla bocca, sulla pelle in tensione. Ho pensato e ripensato svariate volte al motivo per cui mi ha fatto quello che ha fatto, e continua a farmelo, ma tutte le mie congetture finiscono per convogliare su ciò a cui mi ha introdotta dopo avermi marchiato la caviglia, tanti anni fa. È una cicatrice piccola ed impercettibile ad occhio nudo, a meno che tu non la stia cercando. Ma quel piccolo segno ed il mondo di cui sono entrata a far parte sono ampiamente compensati da una cicatrice altrettanto invisibile, che mi è rimasta sul cuore. Sono sollevata che siano passati un paio di mesi dall'ultima volta in cui sono tornata lì, ma lui mi ha già avvisata che stanno organizzando un altro raduno, e che l'incontro avverrà prima di quanto pensassi io. Il che può voler dire una cosa sola.

Carne fresca.

"Sì. Dentro, girerai con una maschera sul volto." Tira fuori due astucci di pelle dallo scomparto laterale del suo sportello e ne passa uno a me. "Mettitela adesso e tienila addosso per tutto il tempo. Intesi?" Apre la sua custodia e si sistema la sua maschera sul viso. Gli aderisce alla faccia come una seconda pelle, e gli finisce sopra le labbra.

Quando estraggo la mia dall'astuccio, non resto sorpresa di scoprire che è di pelle. Non è quella che mi fa indossare solitamente, ma è comunque di pelle.

"Non riesco a capire cosa possano volere da te," sussurro e, prima ancora che riesca a soffocare quelle parole e ributtarle giù in gola, sono già fuori dalla mia bocca, all'aperto, respirate dal mio nemico. Temporeggio un po' nell'aggiustarmi la maschera sul viso, mentre lui mi dà le spalle e pigia il tastino per abbassare il finestrino. Forse non mi ha sentita, o forse la pagherò più tardi. Con lui non ci sono mai mezze misure.

"Tutte le volte che le tue cosce si contrarranno per un altro uomo, tu saprai sempre che sono stato io a mettere lì dentro quella brama. Sono stato io a squarciare la tua innocenza." James è stato un crudele bastardo, ma un bastardo che nemmeno io ero in grado di battere. Né allora, né mai. Non ha senso salvare coloro che sono maledetti, perché non sanno nemmeno come esistere senza

la maledizione che incombe su di loro, specie se ne sono caduti vittime da troppo tempo.

I cancelli si aprono con un cigolio, e James schiaccia il pedale dell'acceleratore per farceli varcare. Abbassa l'intensità dei fari, prima di avanzare a passo d'uomo su un lungo vialetto lastricato. Sento che mi si sta annodando lo stomaco, e che il mio cuore batte troppo veloce.

Mi strofino i palmi sudati sulle cosce, nel momento in cui la macchina si ferma. Il vialetto segue un percorso circolare, che culmina con dei gradini di legno scuro, in cima ai quali svetta un portone d'ingresso. Si tratta di una costruzione all'avanguardia, estremamente lussuosa. La facciata frontale è composta di sole lastre di vetro, ad eccezione di una singola porta d'ingresso in legno. Probabilmente è l'abitazione più particolare che abbia mai visto. Non c'è una sola punta di colore, né un pezzetto di legno. È tutta a vetri. In piedi, davanti all'ingresso, c'è un solo uomo, in uniforme militare, con un kalashnikov appeso ad un fianco.

Drizzo le spalle e mi volto. "È normale?"

Quando scendo dalla macchina, James mi viene incontro e mi si mette a fianco, prima di infilare il braccio sotto al mio. "Sì. Quello che succede al di là di queste porte lo rende necessario."

"E cosa succede al di là di queste porte?" indago, corrosa dalla curiosità. "Giusto per prepararmi."

James non mi risponde, e si limita a condurre

entrambi fin davanti l'ingresso. È un suo atteggiamento ricorrente. Che mi risponda o che mi ignori, riesce in entrambi i casi a grattugiarmi i nervi.

L'uomo alla porta non è giovanissimo, porta i capelli rasati e ha due occhi irrequieti ed arrabbiati. Mi ricorda un po' il Royce di adesso, traboccante di un'incertezza che scorre sotto la superficie di due meravigliosi occhi azzurri.

"Vada pure." Fa un passo di lato dopo che James sfila via la sua mano. Proprio quando sto per varcare il portone di legno alle sue spalle, una mano pesante mi si piantona sul petto, e mi blocca il passaggio.

Abbasso lo sguardo sulla mano. "Mi scusi?" Mi verrebbe voglia di dire a questo tizio di levare le zampe dalle mie tette, ma temo che, per una frase del genere, mi beccherei solo un ennesimo, ributtante festino a luci rosse, una volta rimasta di nuovo sola con James. E il mio limite di sopportazione di quel genere di feste è molto basso.

"La ragazza dev'essere contrassegnata," annuncia l'ufficiale - Nomad. *Nomad?* Si chiama così?

Perché non posso starmene semplicemente al college a troieggiare come fa Sloane? Impedisco subito ai miei pensieri di cominciare a sbattere i loro piedi furiosi in giro per il mio cervello.

"Che contrassegno?"

La mandibola di James si contrae più volte. "È necessario per lei? Lei è soltanto il mio *più uno.*" James si sbottona la giacca, e si accosta al tizio dell'esercito. Interessante. Non capita tutti i giorni che James debba usare la sua influenza per ottenere quello che vuole.

"Temo di sì. Le regole sono piuttosto chiare: nessuno mette piede all'interno de L'artisaniant senza il marchio."

"Il cosa?!" Vado nel panico, mentre continuo a spostare gli occhi su entrambi gli uomini.

James mi afferra la mano, la fa ruotare e mi solleva il braccio in aria. "Accanto all'ascella. Non ho tutta la serata da perdere."

Il militare tira fuori quello che ha tutta l'aria di un piccolo timbro. Ha l'impugnatura placcata d'oro, ed una scritta in corsivo che non riesco a leggere in rilievo sulla parte frontale. Il fuoco mi si propaga sulla pelle e mi incenerisce tutte le terminazioni nervose, quando mi molla il braccio. Punto gli occhi su quella che ora è una bruciatura nuova di zecca sotto la mia ascella. È piccola, su per giù delle dimensioni di un nichelino, ma le linee complesse che si intersecano, formando quello che sembra a tutti gli effetti uno scarabocchio, sono ben impresse sulla mia carne.

Ruoto la testa. "Che…?"

J mi sta trascinando attraverso l'uscio prima ancora che io riesca a raccapezzarmi di quello che è appena successo.

Era buio. Talmente buio che il lampadario appeso al soffitto di marmo era l'unico oggetto colpito dal bagliore della luna piena. Filtrava attraverso delle tende spesse, rosso sangue, che tenevano il salone nell'ombra. Quattro uomini erano seduti su delle poltrone, con le gambe accavallate.

Nessuno di loro ha catturato la mia attenzione. Non li avevo mai visti prima in tutta la mia vita. James mi aveva addestrata fino al mese precedente. Mi aveva spaccata in due, fottendomi fino a ridurre le mie parti interne a sushi. Fino a che l'unico nome che mi era uscito dalle labbra era stato il suo. Anche se non avevo pronunciato quelle sillabe in preda all'amore, o alla passione. Erano state intrise del veleno scatenato dall'odio che mi pulsava nelle vene.

Lui era convinto di avermi abituata a gestire la sua brutalità, che, in sostanza, era quello che aveva fatto. Ma aveva tralasciato uno degli elementi più importanti di tutti.

La crudeltà incallisce la pelle contro cui viene sferzata, con la conseguenza che lui non mi stava solo ammaestrando a diventare – a detta sua – la sua schiava sessuale. Mi stava anche fornendo i puntelli necessari perché potessi erigere le mie mura.

Il collare mi ha pizzicato il collo, quando James ha strattonato la catenella. "Signori..."

Ho avuto l'impressione che si fossero tutti scambiati di posto, prima che i miei occhi puntassero a terra. Sapevo che avrei fatto meglio a non prestare attenzione a niente di ciò che mi capitava attorno.

Non dovevo guardare nessuno.

Non dovevo toccare nessuno.

Dovevo solo permettere agli altri di toccarmi. A chiunque. Mi avrebbe potuto mettere una mano addosso chiunque fosse stato autorizzato da James.

Chiunque, ed in qualunque momento. Anche se non ci eravamo ancora spinti a quel punto – almeno fino a quella sera – ero stata ben addestrata su cosa fare o non fare al cospetto di chiunque mi portasse James.

"Un diamante..." ha mormorato uno degli uomini. Non riuscivo a vederlo, ma la sua voce rasposa tradiva la quantità di sigarette che doveva aver fumato nel corso della sua vita.

"Signori..." ha ripreso James, ma io ho tenuto gli occhi fissi sui miei piedi. Bianchi come la neve, a simboleggiare la purezza. Il giorno dopo che James si è preso la mia verginità, io ho cominciato a girare con lo smalto bianco.

"Ci hai portato un regalo? Non dovevi." Mi è venuta la pelle d'oca al suono della voce dell'altro uomo, che ha attraversato lo spazio fino a noi.

"Non stasera." Ha tuonato J con voce autorevole, ed è stato in quel momento che, per la prima volta, ho avuto il sentore – ma solo un sentore – che fosse attivamente coinvolto anche lui in tutto quel giro.

Ha dato uno strattone al mio collare, io sono inciampata in avanti e mi sono inginocchiata. Il bruciore del tappeto mi lacerava la pelle, mentre il suo pugno ha trovato i miei capelli, e li ha accarezzati docilmente. Come avrebbe fatto un innamorato. Come se in realtà lui non logori la mia mente ogni volta che siamo da soli.

"Stasera, verrà concesso a tutti voi il privilegio di

guardarmi, ma nessuno di voi potrà toccare." Ha fatto una pausa. Io non avevo ancora sollevato la testa per dare un'occhiata ai quattro uomini. Dopo una serie di brontolii e di mormorii di approvazione, J mi ha tolto la mano da dietro la testa. "Molto bene. Per prima cosa, occupiamoci degli affari."

In quel momento, ho percepito un movimento con la coda dell'occhio, e ho dato una sbirciata. Dietro una cortina, si riusciva a scorgere un'altra stanza, adiacente a quella in cui ci trovavamo. C'era un'altra ragazza raggomitolata in un angolo, terrorizzata. Evidentemente la stanza in cui si trovava lei doveva essere quella principale, mentre noi eravamo in un ambiente privato.

Nella stanza accanto, c'era un mare di corpi. Giovani donne, uomini adulti. La natura di quell'incontro era ovvia. Con la stessa repentinità con cui ho rubato quella sbirciata, ho riportato gli occhi a terra, e mi sono messa a tracciare i contorni della fantasia sul tappeto.

Ma chi diavolo è James?

Hanno continuato a conversare fra di loro e, ad ogni minuto in più che passava, i ghirigori indentati del tappeto mi si stampigliavano sulle ginocchia. Alla fine, dopo quella che è sembrata un'eternità, James ha scosso il collare, e mi ha fatto rimettere in piedi. I miei lunghi capelli castani mi sono caduti attorno alle spalle gracili. Le mie clavicole erano troppo sporgenti, la mia pelle di una tonalità troppo chiara. Mi gorgogliava lo stomaco al pensiero del cibo che non avevo ingurgitato nei tre giorni precedenti. Ero a metà della punizione che stavo scontando per essere andata ad un party con Sloane, al quale James aveva supposto che fossi andata a letto con qualcun altro. Se non gli avessi rivelato il nome di questo presunto uomo del mistero con cui, nella sua testa, ero andata, mi avrebbe tenuta a digiuno per una settimana. Mi era stata concessa l'acqua, ma solo dietro il suo controllo. C'erano giorni in cui me ne veniva data a stento una goccia. Oggi era uno di quei giorni. Avevo a malapena la forza di stare in piedi, così, per una volta, fui grata di avere il collare.

L'ho seguito nell'altra stanza. L'odore del sudore, mescolato a quello di un olio dolciastro, mi hanno annegato i sensi. Mi sono ritrovata quasi a tremare in quel punto, quando James mi ha condotta attraverso la marea di persone, fino al capo opposto della sala. Dalle pareti scure grondava la luce blu dei LED. C'era un bar circolare al centro, attorno al quale erano disposti diversi sgabelli, oltreché poltrone e divani allineati in giro per l'ambiente. Ad ogni angolo, c'era qualcuno che stava facendo sesso.

Avrei voluto sapere perché mi trovassi lì, e di che posto si trattasse. Ho alzato lo sguardo e ho rivisto la ragazza di prima, rannicchiata nell'angolo, con le ciocche di capelli biondi appiccicate alla fronte per il sudore. Il suo sguardo mi ha trovata all'istante. Il dolore baluginava nei suoi occhi da cerbiatta, e le tremavano le labbra. Ho aperto la bocca, con l'intento di tirar fuori qualche parola per lei. Nel bisogno di darle qualcosa. Foss'anche un semplice sorriso di conforto. Non sei sola, avrei voluto dirle. Ha poggiato la fronte sulle sue ginocchia, prima di cominciare a ruotare la testa da un lato all'altro. Stava messa male, persino io me ne sono resa conto.

"Vieni avanti, Jade. Non avere paura." Ma io ne avevo. Le sue parole non avevano alcun valore per me. Ad ogni lampo di luce, al ritmo di una qualunque canzone di sottofondo, ad ogni mio singolo respiro, io avevo il terrore di lui e di ciò di cui era capace. Ha aperto una porta, dipinta del nero più scuro e, mollando il guinzaglio, mi ha fatto cenno di entrare. "Va' dentro. Arrivo fra un secondo."

Io ho fatto come mi è stato detto. Mi sono abbassata e sono rimasta in ginocchio sul pavimento al centro della stanza.

Dei puntini neri danzavano attorno all'ambiente. Faticavo a respirare.

Qui dentro c'è una luce soffusa, abbastanza traslucida da placare i nervi di chiunque dovesse sentirsi inquieto. Mi domando se sia stata ideata a questo scopo. Per far sentire le persone a proprio agio, e benvenute. Non appena entriamo, James ci fa attraversare un lungo corridoio, alla fine del quale ci troviamo di fronte ad una porta a vetri, smerigliata sulla base, di modo da impedirci di vedere al di là.

"Funziona come il Complex?" domando distrattamente, esaminando la porta come se stessi davanti al test più difficile della storia. Dopo la mia prima notte di lavoro con James, ho compreso cosa facesse e dove lo facesse. Era un posto chiamato il Complex.

"No," mormora James. "Qui è diverso. Non ti servirà un collare, e puoi girovagare liberamente." C'è stata solo un'altra volta in cui mi è stato consentito di muovermi a mio piacimento. "Loro non operano nel mio campo."

La porta si apre, ed io vengo immediatamente risucchiata in un vortice oscuro di peccato.

Delle persone si spostano in giro per la stanza, accompagnate da una musica soft di sottofondo. Ma ogni battito ed ogni singola nota mi sfiorano il braccio per mettermi in guardia. È un ambiente sexy, e dark. Non certo un posto in cui ho una particolare voglia di trovarmi con James. Ci sono persone che stanno facendo sesso sui divanetti, qualcuna sta prendendo una consumazione al bar, mentre altre ancora sono proprio al centro della stanza, e si stanno sfregando le une contro le altre, formando un groviglio grondante di membra madide di sudore.

Mi si serrano le cosce. Prima che io riesca a piantonare i piedi a terra, James mi sta sbatacchiando in giro per l'ambiente, tenendomi la mano ben salda sulla parte bassa della schiena. "Nessuno sa chi gestisca questo posto. Non si fanno mai vedere in faccia, né si mescolano col resto degli invitati." Il collare che usa su di me per lavoro mi penzola di fronte al corpo, svincolato dalla sua presa. Se non sapessi di che si tratta, potresti presumere che sia solo un accessorio. Per una frazione di secondo, l'unico rumore che riesco a sentire sono solo i miei respiri affannosi, che faccio nel tentativo di riprendere fiato. L'atmosfera è carica.

James continua a farmi strada fra il marasma di gente, finché non raggiunge un'altra coppia di porte. Stavolta, non appena si aprono, mi ci spintona dentro, ed io cado in ginocchio, in una stanza immersa nel buio, impattando con un tonfo su un tappeto. La porta si chiude alle mie spalle, ed io provo rapidamente a mappare ciò che mi circonda. Ma è buio pesto. Non riesco a vedere un cazzo di niente. Stringo i pugni ed impreco fra i denti. I battiti del mio cuore impazzano. Mi pulsano i palmi sudati. La trama ruvida del tappeto mi gratta le ginocchia, ma so bene che non mi debbo muovere.

Avrei una gran voglia di infilare le dita sotto la maschera di pelle e grattarmi sotto l'occhio, ma non lo faccio. Ed è in quel momento che avverto un fruscio in un angolo.

Mi si gela il sangue. James mi lascia in una stanza al buio, in una casa che non conosco, durante un party che gronda stravaganza, e adesso sono pressoché sicura che ci sia qualcuno in questa stanza con me. Dovrei esserne sgomenta, ma non lo sono. Con James ormai so bene come funziona.

Mi formicolano le dita, mentre avverto il calore di un corpo che aleggia davanti a me. Se mi sporgessi in avanti, sono quasi certa che sbatterei contro chiunque mi si trovi di fronte. Sento il vapore tiepido del respiro di qualcuno che mi si poggia sulle labbra, e tutti i miei organi interni vanno in corto circuito. Schiudo lentamente la bocca. Chiederò solo chi ci sia qui con me. Con chi mi ha lasciata James. Proprio nel momento in cui sto per concedere a quella domanda di scivolarmi dalle labbra, percepisco di nuovo quello stesso umore, solo che, stavolta, me lo sento sulla nuca.

Oh, Dio santissimo. Ma in quanti sono qui dentro? Chiudo gli occhi e giro la testa da un lato. Il respiro mi si fa più corto, più disperato. Sono capitate delle volte in cui James mi ha condivisa, e c'è stata anche una volta in cui ha fatto perfino di più, ma nessuna di quelle è paragonabile a questa. Non so se è per via del fatto che sono arrivata qui dentro temeraria ed in vena di festeggiare, o se è questa casa che mi fa sembrare che sia diverso dalle altre volte. La persona alle mie spalle si abbassa, fino alla base del collo, mentre quella di fronte a me resta ferma. La punta di un dito mi scivola dal centro della gola verso il basso, e mi sfiora lentamente lo sterno. Non riesco a respirare. Trattenendo quel po' di ossigeno che mi è rimasto dentro, provo a rientrare in contatto con me stessa, magari a dirmi qualche parola distensiva, ma è troppo tardi. Mi si contraggono i muscoli in mezzo alle cosce, e mi trema la pancia, per colpa di una dose sgradevolmente massiccia di eccitazione.

Apro di nuovo la bocca, pronta a domandare chi ci sia qui con me, ma la mia voce viene interrotta da tre rintocchi che riecheggiano nella stanza.

Ding... Ding... Ding...

Ricordano il tintinnio arrugginito di una campana di una vecchia chiesa, che si sveglia a mezzanotte.

Subentra una voce subito dopo. È possibile che la campana sia stata fatta rintoccare attraverso un impianto di altoparlanti in giro per la casa? Maledetto James, che non mi ha rivelato nulla di più su L'artisaniant.

"Signore e signori." La voce suona del tutto estranea. Ogni sillaba è pronunciata attraverso un apparecchio che crea una distorsione sonora e produce un tono che assomiglia fin troppo a quello di Billy il Pupazzo. "Benvenuti a L'artisaniant. Se siete qui stasera, vuol dire che sapete già cosa siamo, ma non chi siamo. Nel momento in cui avete varcato le nostre porte ed ottenuto il vostro marchio, avete rinunciato al diritto di parlare. Prima di uscire, lasciate i vostri oboli all'ingresso, e ricordatevi di non avventurarvi troppo nella casa. Ogni piano è classificato sulla base di ciò che pensate di essere in grado di affrontare. Ogni livello ha il suo prezzo. Più andrete in alto, più alto sarà anche il prezzo da pagare.

"Ognuno ha le proprie perversioni, ma posso garantirvi che *niveau quatre* è tutta un'altra cosa. Ad ogni piano, ci sarà uno di noi a passeggiare fra di voi. Come sapete, nessuno ha mai visto dal vivo le *quatre sangs* finora, ed è così che continuerà ad andare." La voce maschile fa un breve respiro, ridacchiando. "E che le probabilità siano dalla vostra parte."

Perché quest'ultima frase mi è suonata come una sfida? Si avvertono di nuovo le campane. Ogni rintocco ha pizzicato le corde della mia anima e mi ha vibrato sulla pelle, prima di svanire. A quale piano mi trovo in questo preciso momento?

"Scommetto che si sta chiedendo a che piano si trova…" mormora la voce alle mie spalle, ed io mi pietrifico. Da qualche parte, in fondo alla mia mente, una parte occulta del mio cervello assorbe quella voce. Non sto a rimuginarci più di tanto. Quando si viene privati della vista, è sorprendente quanto tutto il resto risulti alterato. Sfocato. Confuso. Ci si aggrappa all'udito o all'olfatto? Il suo tono è oscuro, e roco. Come se sia uno che fuma troppe sigarette. Ma è anche un tono vellutato e sensuale. Il tono di chi, probabilmente, affoga le proprie corde vocali nel whiskey costoso. La persona di fronte a me non risponde.

Il cuore mi batte ancora più forte. Delle gocce di sudore mi colano sul petto.

"Perché sei stata lasciata in una stanza buia con due lupi famelici?" Delle labbra mi corrono lungo la parte posteriore del collo. "Dimmi." La sua lingua mi colpisce la nuca, ed io affondo i denti nel labbro inferiore, provando a soffocare il gemito affamato che minaccia di sfuggirmi. "Sei pronta ad essere scopata finché non sarai in fin di vita?"

Mi lascio uscire un respiro profondo, augurandomi che vengano fuori anche le parole. Ma non lo fanno. "Ho avuto di peggio." Il mio sussurro è quasi impercettibile.

"È una sfida?" mormora sulle mie labbra il tizio di fronte a me. "Perché io sono pronto a raccoglierla." È questo che fanno qui? Si scopano a vicenda in camere buie?

Mi tremano le gambe per il piacere, e loro mi hanno a malapena toccata. Inclino la testa da un lato, quando l'uomo alle mie spalle mi morde dove il mio collo incontra la spalla. Dal punto in cui si trovano i suoi denti si dirama una fitta acuta ma, anziché scansarmi per il dolore, mi ci crogiolo. Sento il desiderio di immergermi nel dolore, di annegarci. James non è mai stato brutale col sesso, e ha sempre detto alle persone a cui mi ha passata - tranne una - di andarci altrettanto piano. Ma qui è diverso. Sta appiccando un fuoco all'interno della mia anima stanca, sta rimestando una brama che tengo ben nascosta in fondo alla mia pancia, e che ha sempre avuto voglia di uscire allo scoperto.

"Cazzo, hai un buon sapore," grugnisce sulla mia carne. Io tremo sul posto. I brividi devastano ogni parte del mio corpo. Gli altoparlanti stanno mandando in diffusione della musica, a volume moderato, ma abbastanza alto da farmici smarrire dentro. Riconosco il pezzo all'istante. *Bad for Me* by guccihighwaters.

"Cazzo," mormora di nuovo la persona

dietro di me. "Come ti chiami?" Mi infila la mano sotto l'orlo del vestito. I suoi polpastrelli mi sfiorano l'interno coscia. In mezzo alle gambe mi si forma una pozza di piacere, e spingo il corpo in avanti. Sto ansimando, sudando. L'eccitazione sta montando in me, avvicinandomi all'esplosione.

"Io…" L'uomo di fronte a me si allunga e mi tira giù con uno strattone la parte frontale del vestito. Un tepore mi avvolge un capezzolo, quando la sua lingua comincia a compiervi sopra dei piccoli cerchi. "Oh, cazzo," gemo, gettando la testa all'indietro, sul tizio alle mie spalle.

"Toccami," sibila fra i denti da dietro. "Sei troppo timida. Conviene che cambi."

Io non rispondo, sopraffatta da tutti i punti sensibili del mio corpo che stanno prendendo vita.

Porto la mano dietro di me, ed il mio palmo sbatte contro un petto duro come una roccia. Degli addominali solidi come mattoni si increspano sotto la mia mano.

"Più giù," grugnisce con un filo di voce, schiudendo le sue labbra contro la pelle della mia schiena. *Gesù Cristo, chi è quest'uomo?*

Faccio correre le unghie lungo il suo addome, finché non incontro il bordo dei suoi jeans. Trovo il bottone e lo slaccio, mentre la bocca sul mio capezzolo prende a succhiarmi più forte, ed una mano dell'uomo davanti a me mi afferra l'altro seno. Gemo e premo il sedere contro l'uomo alle mie spalle. La sua sporgenza massiccia si infila nella fessura fra le mie natiche.

Le sue dita affondano nei miei slip. "Ti darò due opzioni." La sua voce rievoca tutti i miei fantasmi, e li fa risalire in superficie, arrapati e furiosi. "Vuoi fottere o essere fottuta?"

Rifletto sulle sue parole, giocandoci nella mia mente. Quando si tratta di soddisfare i miei bisogni, e quello che mi è piaciuto di tutta questa storia finora, si riduce tutto ad una cosa sola. "Voglio godere. Ma ho bisogno che mi faccia male."

L'uomo alle mie spalle non si tira indietro davanti alle mie parole, mentre quello davanti a me si stacca dal mio capezzolo e fa schioccare i denti, prima di sibilare: "Ah, quindi ti ecciti col dolore?"

Io sussulto, rifiutandomi di lasciarmi uscire quelle parole di bocca. Rifiutandomi di fare quell'ammissione.

Ma il modo in cui il mio clitoride pulsa a quelle parole basta a farmi sentire sporca e corrotta. E non è quel genere di sporcizia che mandi via strofinandoti sotto la doccia. È uno sporco che affonda i suoi artigli nella tua anima annacquata.

Visto che non rispondo, l'uomo dietro di me mi avvolge tutto il sesso nella sua mano, e mi fa rimettere in piedi insieme a lui. Il buio continua ad impedirmi di vedere. La musica sta pompando. Ed ora la mia pelle è madida di sudore.

Una volta che siamo in piedi, l'uomo davanti mi tira giù il vestito, finché non me lo sento ammassato attorno alle caviglie. Il mio stomaco è scosso da fremiti nervosi, la mia vagina sta pulsando. È così diverso da James. Esiste del sesso così? Prima che quel pensiero cominci a sobbollirmi nella mente, l'uomo alle mie spalle mi sta sollevando da terra e mi sta facendo girare, per avermi faccia a faccia con lui. È ingordo, lo sento, e mi piace. Emana una vibrazione dominante. Ci spostiamo in avanti, finché lui non colpisce una parete con un tonfo, senza smettere di avvolgermi la fica nella sua mano. Le mie dita cercano il suo viso. Capelli corti. Una struttura facciale forte e robusta. Seguo con le dita le curve dei suoi zigomi, le sue labbra soffici, che si gonfiano appena sopra il bordo. Lui non si muove. Il suo respiro non mi soffia più sul viso. È diverso stavolta, ora che siamo uno di fronte all'altra - pur se continuiamo a non vederci.

Sta tenendo il mio corpo nudo nelle sue mani… ma perché mi sento come se lui riesca a vedere attraverso la mia anima? Sposto il polpastrello più in basso, gli sfioro la mandibola squadrata, poi continuo a scendere fino al suo capezzolo sinistro, su cui ha un piercing. Un anello, con una piccola barretta che l'attraversa al centro e due gioielli appesi. Devo trattenere l'impulso di mordicchiarglielo. È solo quando l'altro uomo mi arriva alle spalle che ricominciamo entrambi a respirare, come se finora ci fossimo scordati dov'eravamo. Quando gli riporto il dito sulla bocca, sento che le sue labbra carnose sono incurvate in un sorrisetto, ed il mio stomaco collassa a terra. Ho le farfalle che mi svolazzano in giro per la pancia, che mi fanno scatenare una tempesta di vento che si riverbera fin nella punta dei miei piedi.

Quello era un ghigno inquietante.

Schiudo le labbra e mi sporgo in avanti, pronta a baciarlo. Non so perché ho voglia di baciarlo. Probabilmente è un gesto fin troppo intimo per quello che stiamo per fare... mi prende in braccio d'impeto, sollevandomi fino a che non gli devo avvolgere le gambe attorno al collo. Il tipo di forza fisica che occorre ad un uomo per sollevare una qualunque ragazza in questo modo è abbastanza da... *Oh santo Dio.* La sua lingua scivolosa mi lambisce il clitoride, ed il mio cervello va in cortocircuito.

"Oh!" Gli avvinghio le gambe attorno al collo, mentre affondo le dita nelle ciocche scompigliate dei suoi capelli. Una cosa del genere non mi era mai e poi mai successa. James si è sempre preso da me quello che voleva per compiacere sé stesso. Non è mai stato interessato al sesso orale su di me. Il fuoco mi avvampa nelle vene, mentre io mi inabisso sempre più a fondo nell'ignoto.

La sua lingua, bagnata e scivolosa, si muove con vigore. "Ti farò bagnare per bene, poi ti scoperemo entrambi. Mai fatto sesso anale?"

Annuisco, ma poi mi ricordo che non può

vedermi. "Sì. Diverse volte."

"Le puttane vengono fottute da puttane. Mai provato una penetrazione doppia?" Mi ci vuole un attimo di più per capire cosa mi stia chiedendo esattamente.

"Ah, no..."

"Mmm, forse non sei sporca come pensavo..." Mi succhia il clitoride con tanta di quella forza da farmi raggiungere l'orgasmo. "Purtroppo per te, è una cosa che sta per cambiare." La sua lingua affonda nella mia fessura, ed io getto la testa all'indietro. Il mio impeccabile chignon si è rovinato da un pezzo. L'orgasmo mi cola lungo le gambe, e sento la sua lingua che raccoglie ogni singola goccia di liquido, leccandole tutte, fino all'ultima. Si ferma un attimo, prima di sfiorare il mio punto più segreto, ed io resto momentaneamente paralizzata. Mi fa scivolare lungo il suo corpo massiccio, finché non mi ritrovo a terra, pressata fra due corpi che non riesco a vedere. Allungo una mano verso l'uomo con cui sono più in confidenza, mentre l'altra vaga distrattamente in direzione del secondo. *Ti prego, fa' che non sia grosso come questo.* Quando la mia mano incontra il suo busto, mi rendo conto di essere una cazzo di sfortunata, perché ogni singolo muscolo di questo tizio gli spunta turgido da sotto la pelle.

Cazzo.

Pensa, Jade, pensa.

Mi inginocchio e cerco alla cieca il pacco dell'altro uomo, prima di trafficare con la sua zip.

"Sei bella impaziente, eh?" borbotta, ma lascia che gli abbassi i pantaloni fino alle caviglie. Con l'altra mano torno verso l'uomo principale e faccio la stessa cosa, calandogli i jeans. Respirando a fondo, prendo fra le mani entrambe le loro erezioni e… *sto per morire.*

Tirando fuori il pene del primo nello stesso momento dell'altro, comincio a pompare quest'ultimo col palmo, e lo sento gonfiarsi sempre più e pulsare ad ogni secondo. Con quello del primo tizio, faccio correre la punta del pollice sulla cappella e raccolgo la goccia di liquido che è fuoriuscita, prima di portarmi il pollice in bocca e succhiarlo. Realizzo che non possono vedere quello che ho appena fatto, ma sono piuttosto brava coi pompini.

"Ha un buon sapore?" mi domanda, poggiandomi la mano sui capelli.

Mi blocco. Non voglio che lui mi accarezzi i capelli. È una cosa che fa James. Non appena quel pensiero mi balugina nella mente, lui mi strattona brutalmente i capelli, attirandomi verso il suo pene. Il retrogusto salato mi resta attaccato in fondo alla gola.

Mi schiaffeggia forte sulla guancia col suo membro pesante. "Mi scoperò la tua bocca più forte di come tu ti sei scopata la mia."

Abbasso la testa, appiattisco la lingua e gliela premo contro le palle, prima di farla scivolare per tutta la lunghezza del suo pene, senza smettere nel frattempo di masturbare l'altro uomo accanto a me.

"Picchiami di nuovo," gli dico, portandomi una mano in mezzo alle cosce. Mi stringe i capelli in un pugno, mentre mi colpisce un'altra volta sulla guancia. Mi si contrae il sesso, e mi scivola un gemito dalle labbra. Mi infilo un dito dentro, prima di riportare la mano sull'altro tizio, per usare i miei succhi come lubrificante per pompargli il pene.

"Cazzo."

L'uomo principale emette un sibilo - *un cazzo di sibilo* - e a me per poco non si ferma il cuore. È stato il suono più sexy su tutta la fottutissima terra. Voglio sentirlo ancora. Infilandomi il suo pene fra le labbra morbide, me lo faccio entrare più a fondo, finché non avverto la punta che mi sbatte contro le tonsille. La sua presa si fa più salda, mentre sull'altro aumento il ritmo con la mano. Mi spingo ancora oltre. Me lo infilo tutto in bocca, prima di fargli ruotare la lingua attorno, sfilandomelo dalle labbra. Glielo stringo in mano e comincio a pomparlo, prima di spostarmi sull'altro.

Da quello che riesco a sentire, hanno delle dimensioni simili - e sono delle dimensioni ragguardevoli - ma direi che l'uomo principale ce l'ha più massiccio, una punta più spesso. Più rabbioso. Mandarmelo in fondo alla gola mi ha soffocata.

Mi alterno fra i due, succhiandoli entrambi. Non passa molto tempo prima che l'uomo principale vada su di giri e mi tiri per i capelli, facendomi rialzare in piedi. È stato un gesto inaspettato ed eccitante, che mi ha fatto inzuppare di trepidazione e di desiderio in mezzo alle cosce. Potrebbe andarci giù più pesante, lo sento. Si sta trattenendo.

"Toccati i piedi."

Mi drizzo sulla schiena, mentre avverto entrambi gli uomini che incombono su di me. "Costringimi."

Delle mani mi abbrancano violentemente le guance, attirando il mio viso al suo. Di nuovo l'uomo principale. Il tizio ha dei problemi, è evidente, e si dà il caso che io glieli voglia risolvere.

"Probabilmente non dovresti superare i limiti con un uomo che non ne ha."

Mi martella il cuore e mi si contraggono le cosce. "Non.Ne.Ho.Nemmeno.Io."

Mi spintona in avanti fino a scaraventarmi contro un muro, sul quale sbatto di faccia. Mi tiene per la nuca, e stringe la sua presa così forte che devo incurvare il collo all'indietro, prima che mi schizzi fuori qualche muscolo. Mi fa correre l'altra mano lungo l'incavo della spina dorsale, prima di abbrancarmi il sedere da dietro. "Ti fotterò mentre penso ad un'altra."

"Divertente." Mi passo la lingua sul labbro gonfio, strizzando forte le palpebre quando sento il taglio che mi sono appena procurata ed il sapore acre e metallico sulla punta della lingua. "Anche io."

Spingendomi la testa in avanti, mi fa chinare

finché non tocco i cinturini delle mie scarpe col tacco. Aspetto un paio di secondi, prima di sentire una lingua che mi sta risalendo da dietro lungo l'interno della coscia. L'uomo mi fa arretrare ancora, finché l'altro non mi si para di fronte e mi intreccia le dita nei capelli, slegando le ultime ciocche e tirandomi verso il suo membro. Glielo afferro con una mano e, prima che me ne accorga, lui mi molla un ceffone pesante in faccia. Ho un fremito in mezzo alle gambe, che adesso sono appiccicose per i succhi della mia eccitazione.

"Ti ha fatto bagnare come si deve, eh?" mi dice il ragazzo principale da dietro, affondando le dita in mezzo alla mia fessura. "Tutto sommato, potresti riuscire a superare questa nottata." Mentre scopo il tizio di fronte a me con la bocca, quello da dietro tira fuori il suo dito, ed io aspetto *im*pazientemente che lui mi succhi il clitoride, di nuovo.

Qualcosa di caldo mi schiocca contro l'ingresso del mio sedere, e mi paralizzo per un istante. Non so come mi sento all'idea che lui mi stia leccando il buco del culo.

"Devo picchiarti fino a farti sottomettere?" mi chiede, continuando a darmi gli stessi colpetti struggenti con la lingua. Mi artiglia i fianchi con le dita, e la sua lingua mi affonda finalmente nel sedere. Non sono sicura se sia una sensazione che mi piaccia, o che mi dispiaccia, e non so perché lo stia facendo, e perché non si limiti a fottermi in quel punto. Credo che ad un certo punto si sia rialzato in piedi, perché uno schiaffo sonoro mi vibra su una natica, pizzicandomi all'istante. Mi piace, da morire, ma mi serve di più.

Più dolore.

"Vuoi che ti scopi?" mi chiede, ed io urlo quando mi schiaffeggia di nuovo, nello stesso punto di prima. "Rispondimi."

"Sì," sussurro.

Un altro schiaffone. "E vuoi che ti prenda anche il mio amico qui?"

Un ennesimo ceffone, e stavolta potrei giurare di aver sentito che mi ha lacerato la pelle. "Sì!" grido, mentre il sudore mi cola lungo le tempie.

"Bene," dichiara, con un altro schiaffo, ma adesso sulla mia fica, che pulsa all'istante, rilasciando delle gocce di eccitazione che mi scivolano lungo la coscia. "Perché non ci sono parole di sicurezza qua dentro." Mi strofina in mezzo alla fessura, facendomi un massaggio morbido, mentre sento la punta della sua erezione che mi preme contro l'entrata. Il mezzo al marasma, si deve essere messo evidentemente un preservativo. Mi avvinghia i fianchi ed affonda dentro di me all'istante, stracciando le mie pareti per far spazio alla sua circonferenza.

"Così fottutamente stretta." Tira fuori il suo pene bagnato e me lo fa scorrere su tutta la vagina ed in mezzo al sedere, prima di affondare di nuovo dentro di me e pompare a ritmo. Incapace di offrire a me stessa l'orgasmo di cui ho un disperato bisogno, tiro verso di me l'altro uomo, e gli succhio il pene fino in fondo, mentre il ragazzo principale mi martella da dietro. Mi dà delle spinte dure e profonde, talmente vigorose da sbattermi contro la cervice.

Si sfila di nuovo, ed io prendo a succhiare la cappella dell'altro tizio. Il suono dello sputo dell'uomo dietro di me è l'unica cosa che sento, prima che della saliva mi cominci a colare lungo la fessura in mezzo al sedere. Il suo dito segue lo stesso percorso della sua saliva. La punta del suo pene preme contro l'ingresso del mio didietro, ed io mi tendo appena. Sono intimorita dalle sue dimensioni notevoli, rispetto a quant'è stretto il buco del mio sedere.

Mi dà uno schiaffo potente su una natica con una mano, mentre si avvolge i miei capelli nell'altra. "Rilassati." Visto che non lo faccio, mi tira i capelli, ed il mio collo scatta all'indietro, impedendomi di deglutire lo sperma che mi sta colando lungo la gola. "Ho.Detto.Rilassati." I miei muscoli si allentano attorno alla sua erezione, mentre me la spinge dentro, centimetro dopo centimetro. Ho fatto del sesso anale. Parecchio. James ha per il sesso anale più o meno la stessa passione che nutre per quello normale, e non lo pratica soltanto col suo pene, motivo per cui, per me, prenderlo da dietro non è un problema - di solito. Ma quest'uomo ce l'ha grosso. Non so neanche il suo nome. Una volta che è entrato ben in fondo nel mio culo, esce di nuovo, mi solleva da terra, prendendomi per la vita, e mi fa girare per avermi di nuovo faccia a faccia con lui. Il modo in cui mi maneggia è allarmante. Mi solleva come se non pesassi nulla. Mi prende in bocca un capezzolo e mi penetra, mentre l'uomo alle mie spalle preme la punta del suo pene, sul quale ha infilato anch'egli un preservativo, contro l'entrata del mio sedere.

Faccio un respiro profondo, quando affondano entrambi dentro di me.

"Oh." Mi scappa un guaito dalle labbra, mentre mi stanno penetrando tutt'e due. Le mie braccia volano attorno al ragazzo principale, ed i miei denti affondano nel suo collo. Il liquido metallico lambisce la mia lingua, mentre deglutisco i suoi gemiti gutturali. Pompa dentro e fuori un paio di volte mentre, nel frattempo, l'uomo dietro di me grugnisce, sprofondando lentamente nel mio sedere. Mi sbattono entrambi senza tregua, e mi si girano gli occhi all'indietro per il piacere.

Per lo stordimento.

Attiro l'uomo principale verso di me e, senza riflettere, le mie labbra trovano le sue. Lui non apre la bocca, non la muove. Diventa quasi ridicolo che io continui a tenere le mie labbra sulle sue, visto che non sta rispondendo al bacio, così mi stacco e torno a succhiargli il collo. Non a tutti piacciono i baci. Capisco.

Mi tremano le gambe, mentre i due uomini continuano. È solo quando grido in preda al mio orgasmo che lui si lascia cadere all'indietro, ed atterra su un divano. Rimangono entrambi dentro di me, e stavolta sono io che cavalco l'uomo principale, con l'altro alle mie spalle.

Il primo uomo mi stringe le cosce con entrambe le mani, tirandomi verso di sé per farmi affondare meglio sul suo membro. Mi afferra per le guance e mi fa scendere il viso più in basso del suo. "Apri."

Lo faccio.

Della saliva mi scivola in bocca, mentre il tizio alle mie spalle mi scopa più forte. Io contraggo i muscoli attorno a loro. Il mio corpo si prepara di nuovo a cadere sotto le loro mani. Di già. Non so se sarei in grado di sostenere già un ennesimo orgasmo, ma lo rincorro lo stesso.

"Dammi uno schiaffo," gli sussurro, ruotando il mio corpo su di lui.

Mi dà un ceffone in faccia, prima di afferrarmi un seno e di portarselo alla bocca. Mi morde il capezzolo, ed io perdo la testa. L'uomo dietro di me si sfila dal mio sedere e, dopo qualche secondo, il suo seme caldo mi schizza sulla schiena, mentre l'uomo sotto di me grugnisce e mormora in preda al suo orgasmo, col mio capezzolo ancora stretto fra i denti.

Sono stata rovesciata, schiaffeggiata, strattonata e scopata finché mi hanno tremato le gambe, la mia pelle si è coperta di lividi - ne sono sicura - ed il mio corpo si è chiazzato di sangue in più punti.

Nessuno di noi dice nulla, ed io mi raggomitolo a terra, provando a riprendere fiato. Resto di nuovo sola col mio silenzio, una volta che entrambi raccattano le loro cose, ed una porta si apre e si richiude.

Sola.

Lasciata con nient'altro che il ricordo di quello che è appena successo. *È appena successo.* Sogghigno fra me, passandomi la lingua sul labbro inferiore. Riesco a sentire ancora il sapore di entrambi sulla mia pelle e l'odore del loro sesso nell'aria. Mi hanno lasciata con una fame addosso che non potrà mai essere saziata. *Li rivoglio.*

Facendo del mio meglio in assenza di luce, raccatto il mio vestito e me lo infilo addosso, quando la porta si riapre e viene accesa una luce. Sorrido, ora che finalmente potrò vedere chi sono questi due uomini ma, quando mi volto, mi ritrovo James. Il mio cuore caracolla a terra.

"Oh, ciao," lo saluto, finendo di sistemarmi addosso il vestito.

Lui fa un passo nella stanza, poi un altro. "Hai passato una bella serata, Jade?"

Ho la gola secca, la bocca arsa, così mi passo la lingua sulle labbra. "Io..."

"Jade..." mi ammonisce, mentre i suoi occhi guizzano di un gelo che mi si sgocciola lungo la spina dorsale, prima di fermarsi sulla parte bassa della schiena. "Ti ho detto che stasera saresti stata libera di vagare."

Si sfila la cravatta e la lancia a terra. Solo adesso, per la prima volta, posso dare un'occhiata alla stanza, e allo stato in cui è ridotto il mio vestito. È strappato in alcuni punti in fondo. I miei capelli sono un groviglio di nodi che mi cade attorno alle spalle. Le mie mani sono sporche di sangue. Faccio una smorfia quando mi tocco l'interno coscia. Mi sento come una bambina in un negozio di caramelle. Ho scoperto il sesso per la prima volta. Non avevo mai saputo che potesse essere così. Piacevole. Divertente. Gli occhi di J mi percorrono da capo a piedi. Il pensiero di averlo sopra di me così poco tempo dopo aver fatto sesso con due sconosciuti mi costringe la gola, e mi debbo forzare di trattenere dei conati secchi. *Non mi mettere una cazzo di mano addosso.*

La stanza è arredata sui toni scuri del blu, dalle pareti spillano delle ombre grigie. C'è un letto matrimoniale da una parte, tenuto in piedi da quattro pali agli angoli. Dal capo opposto del letto si trova un divanetto in stile vittoriano, con dei grossi bottoni cuciti in mezzo ai cuscini. In fondo alla parete c'è una vasta gamma di ornamenti ed accessori appesi, in stile decisamente BDSM.

"Questa è una delle quattro stanze de L'artisaniant." James siede su una poltrona con una spalliera alta, che svetta fino al soffitto, mentre i bordi laterali gli avvolgono sinuosi il corpo. Non so cosa stia facendo, né a che gioco stia giocando, ma James non si è fatto un nome per caso. "Sono quattro uomini a gestire tutto questo. Alcuni dicono che sono quattro degli uomini più potenti di tutta l'America, per altri sono solo dei criminali, che avevano più cervello che denari, e hanno creato questa setta di multimiliardari che custodisce tutti i segreti del gotha."

"Nel sesso? C'è ben poco di segreto," sussurro, arricciando le dita. So che non dovrei controbattere, ma qualcosa nelle due ore appena trascorse mi ha infuso una certa sicurezza, per quanto esista solo nella mia testa.

James mantiene il contatto visivo con me, mentre poggia una caviglia sul ginocchio. "Non è solo quello."

Infine, tiro su la zip del vestito, coprendomi il corpo. "C'è una ragione per cui mi hai voluta qui? Per cui hai voluto che ti accompagnassi?" gli domando, ed il modo in cui gli si contrae la bocca mi basta come conferma.

"Può darsi." Si alza in piedi, spazzando via la polvere dai suoi immacolati pantaloni del completo, prima di allungare una mano verso di me. "Ti riporto nel tuo alloggio al campus."

I miei passi vacillano. Il college. Le lezioni. Tutto ciò che dovrei fare anziché farmi scopare in ogni modo possibile e immaginabile in un sex club d'alto bordo.

Afferro la sua mano, e lui mi conduce fuori dalla stanza, riaprendo le porte. Stavolta, quando ripassiamo attraverso la sala di prima, sento che l'energia è scemata. Alcuni si sono addormentati in vari punti della stanza. Devo essere rimasta in quella camera per almeno un paio d'ore. Mi lancio un'occhiata da sopra la spalla, e scorgo le parole Niveau Un, scritte con la medesima font corsiva de L'artisaniant, solo in una sfumatura azzurra più accesa e delicata.

Livello uno? È questo che implica il dannato livello uno? Se devo essere onesta, mi è piaciuto un sacco, e provo disperatamente a reprimere la domanda che tenta di tracimare dalle mie labbra. "Quanto spesso si tengono questi… incontri?" Mi esce fuori lo stesso.

James ci riporta all'ingresso principale, finché non ci ritroviamo sul portico esterno di legno, dove porge il nostro biglietto al parcheggiatore. "Una volta al mese."

"E perché li fanno?" mi ritrovo a chiedere, anche se non voglio realmente sentirmi dare la risposta.

Tanto lui non me la dà comunque e, quando la Maserati ritorna di fronte a noi, io monto sul sedile del passeggero, con l'inquietante sensazione addosso che qualcuno - forse più d'uno - mi stia osservando mentre salgo in macchina.

Non ci togliamo le maschere finché non siamo di nuovo in strada.

13

Royce

Solo una volta nella vita ho avuto davvero paura. Jade aveva più o meno cinque anni, e cadde dalla bicicletta, mentre io stavo provando ad insegnarle ad andarci. Si è ribaltata, è caduta a terra e si è sbucciata le ginocchia, chiazzando di sangue il marmo bianco e immacolato del vialetto di casa dei nostri genitori. Mi ricordo di essermi sentito talmente impotente che mi ha bruciato lo stomaco per la rabbia. Ce l'avevo con me stesso, ma anche con mio padre. Lui le aveva comprato quella bicicletta, quindi, in sostanza, non era lui da biasimare. Ciononostante, tutta la mia ira era rivolta a lui. Ero irrazionale. Ho perso la testa di brutto e gli sono andato addosso, dandogli un destro dritto in mezzo alla mandibola. Vorrei poter dire che mi farebbe piacere tornare ad essere quello stesso ragazzo. Royce Kane. Il fratellastro possessivo che si faceva le seghe pensando alla sorella minore, dall'altro lato della sua porta chiusa. Ma non posso. Né potrò mai farlo. Il tempo non ci ha solo fatti crescere. Ci ha separati.

Qualcuno bussa alla mia porta d'ingresso, ed io raccatto la pistola dal tavolino e me la infilo nella tasca posteriore dei jeans.

"Resterai così incazzato per tutto il resto della settimana o…?" mi sfotte Gipsy, facendomi un cenno con la testa dal divano su cui è seduto. "Fottuto gangster."

"E tu resterai a casa tua questa settimana o…?" controbatto con un ringhio, andando a spalancare la porta d'ingresso, prima di poggiare gli occhi sulla persona in piedi sull'uscio.

"Figliolo," mormora papà, sbottonandosi il colletto della camicia sotto il completo di Armani.

Mi sposto di lato e gli faccio cenno di accomodarsi nella mia casa. È la prima fottuta cosa che ho comprato quando sono andato via. Si trova proprio di fronte all'oceano, ha un portico, delle vetrate a tutta altezza disposte a forma di diamante in salone, ed è arredata interamente in legno. Non ho mai desiderato stare al centro di Los Angeles. Se devo dirla tutta, io odio la fottuta Los Angeles. Il posto in cui devo stare è accanto all'oceano, di modo da poter prendere la mia barca, fare il pieno di natura e trovare la mia pace e la mia cazzo di quiete, quando non ho Gipsy o Wicked appesi al mio fottuto braccio. Di Wicked è ancora più difficile liberarsi, visto che vive con me.

Quando mio padre entra in casa, richiudo la porta con un calcio e supero il bancone di granito e gli sgabelli laccati, prima di scendere i due gradini che portano in salone. La casa è circondata dalle montagne, mentre, da lontano, si scorgono delle isole sparpagliate sulla distesa dell'oceano. "Tutto a posto?"

Papà si mette seduto su una delle poltrone, e poggia le braccia sulle gambe. "Sì, tutto bene." Slaccia il bottone della giacca e si poggia contro lo schienale. "Potremmo avere un piccolo problema."

"No," ribatto, puntandogli un indice con una mano, mentre con l'altra afferro il pacchetto di sigarette. Sprofondo sull'unica poltrona di pelle nera, ed accendo quel piccolo bastoncino cancerogeno. "L'accordo era che non ci sarebbe stato nessun cazzo di piccolo problema."

Papà mi osserva con degli occhi stanchi. Delle rughe gli circondano i bordi di una barbetta scura che sta cominciando a spuntargli sulla mascella. "Lo so, figliolo, ma abbiamo avuto un intoppo con uno dei trafficanti."

Affondo sullo schienale e mi lascio uscire una nube di fumo dalla bocca. Gipsy resta sempre in silenzio, quando viene in visita mio padre.

A Gipsy non va a genio mio padre. Non so bene il perché. In verità, non piace a nessuno dei miei fratelli, e questo dovrebbe essere un campanello d'allarme, ma io lo imputo sempre al fatto che mio padre non è un tipo adatto a tutti. È un pezzo di merda. Bello grosso, se è per questo.

"Uno dei miei fornitori principali sta avendo problemi a far passare il carico attraverso la frontiera."

Faccio spallucce. "Beh, vaffanculo, Gipsy qui è molto bravo a sfruttare il suo bel faccino del cazzo per fregare la polizia di frontiera."

Papà si sposta a disagio sulla sua sedia, lanciandomi un sorrisetto breve e nervoso. "Capisco, ma dammi solo due giorni. Ci penso io." Io digrigno i denti, leggermente in tensione. Questa non è la prima consegna che ha fatto per noi, anzi... "Figliolo, sai che ho tutto sotto controllo. Ho i miei agganci. Il carico sarà qui fra due giorni da adesso, pronto per tutti voi. Ormai quant'è che lo facciamo... quattro anni? Ed io non ti ho mai deluso, nemmeno una volta."

Grugnisco, spegnendo la sigaretta nel mio portacenere placcato d'oro che, un tempo, era il tappo della ruota della mia moto. "Due giorni, papà."

Sorride, e si accascia sulla sedia. "Andata."

Resto a fissare i suoi occhi, che si spostano nervosamente in giro per la stanza. Non so se sia sempre stato così, o se si tratti di un cambiamento recente. Lancio una rapida occhiata a Gipsy, e lo trovo già intento a fissarmi, con un viso impassibile, inespressivo.

Mi schiarisco la voce. "Tu e mamma?" Sondo delle acque in cui ho una fottuta voglia di immergermi. "Tutto bene?"

Scuote la testa, ridendo. "Chiedimi quello che vuoi sapere davvero."

Ora ho due opzioni. Posso far finta di non supporre che lui abbia la sua giovane amante, oppure posso svelargli le carte che ho in mano - con la consapevolezza che ho un nuovo, intero mazzo di fottute carte sotto al culo.

"Sai, sei arrivato più o meno a quell'età in cui trovare qualcuno della metà dei tuoi anni è..." Stringo i pugni.

Lui ridacchia. Riesco quasi a sentire gli occhi di Gipsy che mi penetrano. Lui non sa un cazzo di quello di cui sto parlando. Presume solo che io stia provando a scoprire chi è davvero mio padre. "Può darsi che l'abbia già fatto..." Papà ammette qualcosa che so già.

"Povera, piccola puttana. È fica?" Scherzo, stendendo una gamba di fronte a me. "Dille che, quando non le andrà più di montare sul cazzo sfinito di papino, può venire a mettersi in ginocchio qui davanti al suo padrone."

Papà resta palesemente di sasso, ed è la manifestazione emotiva più evidente che gli abbia visto da... sempre. In generale, è un uomo privo di sentimenti, che difficilmente cambia il proprio corso emotivo per andare incontro a qualcuno. Scarica la tensione con un semplice sorriso sulle labbra. "Mmm mmm, certo." Si alza in piedi e si passa il pollice sulle labbra. "Ci vediamo dopodomani." Quando arriva davanti alla porta, poggia la mano sulla maniglia e si lancia un'occhiata da sopra la spalla. "Oh, ragazzo, vuoi tenere d'occhio tua sorella?"

"È una cosa che avevo già in progetto, ma non per le ragioni che tu, in qualità di suo padre, probabilmente ti auguri."

Stavolta si gira e mi guarda in faccia, mentre si appoggia allo stipite della porta. "Spiegati meglio."

"Beh," faccio, alzandomi dalla mia poltrona. "Ti starai augurando che io la tenga al sicuro, sai, da tutti i ragazzini cattivi del college. Che è qualcosa che avrei sicuramente fatto in passato, ma di cui adesso non me ne frega un cazzo." Ghigno, risalendo i gradini e puntando dritto verso il frigo. "Ma le terrò gli occhi addosso. Solo che stavolta glieli terrò mentre mi stringo una mano intorno al cazzo." Gli strizzo l'occhiolino, serrando fra le dita una birra gelata e sbattendo lo sportello in acciaio inox del mio frigo.

Papà scuote la testa. "Vuoi davvero andare avanti con tutta questa storia dell'incesto? Voglio dire, so che hai sempre provato qualcosa per lei… ma questo?"

Ingoio la mia birra gelata, prima di asciugarmi le labbra col dorso della mano. "Rilassati, vecchio. Non ho intenzione di infilare le dita nella marmellata." Lo ignoro, sperando che sparisca, così posso tornare ai miei affari con Gipsy.

La porta si chiude alle mie spalle nell'esatto momento in cui Gipsy apre bocca. "Odio quello stronzo."

Ridacchio, torno seduto sulla mia poltrona e scuoto la testa. "Sei un paranoico."

Mi squilla il cellulare in tasca, lo tiro fuori e sblocco lo schermo per leggere un nuovo messaggio.

Nellie: È insopportabile. Perché devo stare a guardarla in continuazione?

Io: Perché l'ho detto io.

Lancio il telefono sul tavolino. "C'è qualcosa che non mi quadra con papà ed il suo carico."

Gipsy fa un fischio, mente io raccatto le chiavi della moto. "Accidenti, penso che questa non te la voglia perdere, fratello." Butto uno sguardo sul cellulare che mi sta passando, prima di tornare a guardarlo.

"Cos'è?" Gli strappo il telefono di mano ed osservo lo schermo. È una ragazza, nuda e legata, di spalle alla telecamera. I suoi capelli, lunghi fino all'osso sacro, le cadono morbidi su tutta la schiena. È il cazzo di corpo più sexy che io abbia mai visto, con delle curve che mi fanno prudere le mani dal desiderio di raggiungerla, ed un culo morbido che si avvalla nei punti giusti.

Quando realizzo che si tratta di un video, spingo *play*.

L'uomo che sta filmando spunta da dietro la fotocamera. Indossa un completo scuro, dei guanti ed un passamontagna. Quando su una catenina gli vedo scintillare il simbolo K Diamond, mi si ferma il respiro.

Sanno tutti chi cazzo sia K Diamond. Gode di una certa fama fra la feccia della peggior specie che si occupa della tratta di esseri umani. Il suo stesso nome deriva dal suo simbolo. Due lettere K disposte a specchio che, toccandosi alle estremità, creano la forma di un diamante.

"È il tuo telefono, amico," sussurra Gipsy, indicandolo.

Serro la mandibola. *Che cazzo vuole questo?* Sappiamo tutti come si muove. Sceglie qualcuno che sa che può permettersi di essere preso di mira, e comincia a stargli addosso offrendogli, ad un certo prezzo, qualcuno o qualcosa che sa che la persona in questione vuole. Se il tizio non gli dà seguito, K Diamond uccide la persona usata come merce di scambio – e, in tutta onestà, io non ho idea di chi sia questa puttana nel video, quindi non me ne potrebbe fregare di meno. Ma a quel punto mette una taglia su tua madre, tua nonna, la tua cazzo di sorella, tua zia, o su una qualunque altra femmina a cui tu sia legato. È così che sceglie le sue vittime. Nessuno sa il perché, né il modo in cui fa quello che fa. Tiene nascosta la sua identità dietro un passamontagna ed una fotocamera. Se paghi il prezzo per l'esca che ti ha offerto, te la fa recapitare col marchio di K Diamond stampigliato a fuoco sulla carne, a mo' di promemoria. È un serial killer, uno stupratore, ed un fottuto, disgustoso figlio di puttana.

Il suo corpo si muove davanti alla ragazza, mentre lei si dimena e torce i polsi nelle corde che glieli tengono legati. La ragazza porta un laccio rosso legato dietro la testa ma, al di là di quello, la sua pelle è pulita.

Non sembra sporca come le altre ragazze che mi è capitato di vedere nei suoi video. Ha la pelle dorata per il sole e, per una volta, mi secca il non riuscire a vedere la vittima in faccia. C'è una ragione per cui quest'uomo ha scelto me, ma finora non c'è mai stato un solo caso in cui K Diamond abbia selezionato una ragazza specifica da offrire alla sua vittima.

Si inginocchia davanti a lei, ed il suo passamontagna entra tutto nell'inquadratura dello schermo, spiccando al di sopra della spalla fragile della ragazza. "Questa è differente." La voce che si sente è registrata. "Sei pronto a scommettere su un diamante?"

Prima che io possa rispondere, o anche solo soffermarmi sugli elementi presenti nella registrazione in cerca di un indizio, il video si interrompe, ed io mi ritrovo a fissare uno schermo vuoto.

"Come sei riuscito a finire nel suo radar?" mi domanda Gipsy, tirando dalla sua canna come se non ci fosse un domani.

Le mie dita scorrono frenetiche sullo schermo e, quando me lo porto vicino all'orecchio, sento dall'altra parte la voce di Storm. "È martedì. Lo sai che di martedì ho da fare. Che c'è?"

"Mi serve il tuo cervello brillante."

Riattacco ed esco di casa. Monto in sella e mi

infilo il casco.

"Hai intenzione di comprare quella ragazza? Vuoi stare al gioco de L'Enigmista?"

Sbuffo. "Ma col cazzo. Quando mi manderà i pezzi del corpo della tizia, me li conserverò in freezer."

Svolto nel parcheggio del club e tiro fuori con un calcio il cavalletto della mia moto, proprio mentre Lion sta passeggiando con un sigaro che gli penzola dalle labbra beffarde.

"Che cazzo ti ridi?"

Si sfila il sigaro di bocca e scuote la testa. "Com'è andata col tuo ospite?"

Chiudo di scatto la bocca, quando Bonnie, la moglie di Lion, esce dalla clubhouse. La clubhouse è una vecchia casa, edificata negli anni '50, da uno dei membri fondatori del Wolf Pack MC. È di proprietà della famiglia di Lion da generazioni e generazioni. Gli edifici industriali che le sorgono attorno sono stati costruiti in un secondo momento. Davanti alla facciata frontale ci sono quattro piccole colonnine ed un portico che è stato calpestato fin troppe volte dagli stivali di qualche dannato motociclista. Ma, a parte quello, la vernice scrostata dai fori dei proiettili e i vetri oscurati nascondono tutta la merda che succede all'interno. Sei camere da letto, due salotti, una sala da pranzo, ed una veranda che si estende sul portico sul retro. C'è tutto quello che piace tanto ai vecchi. Ai bei tempi, questa casa sarebbe valsa un fottio. Sorge su un terreno di un paio di acri, circondati lungo tutto il perimetro da una recinzione metallica. C'è anche un garage in cui sono stati piazzati un bar, dei tavoli da biliardo, dei divani tutti sborrati su un lato ed un ring da combattimento sull'altro. In perfetto stile MC. Nella parte posteriore della proprietà, nascosto dietro la casa, c'è anche un campetto e, alle spalle di quello, il posto in cui seppelliamo i fratelli che ci hanno lasciato.

Lapide dopo lapide, arrivano fino alla recinzione sul confine posteriore. I ragazzi adorano quel posto quando ci capitano. Dicono che è infestato. Ed è così. Noi del MC viviamo e ci respiriamo l'un l'altro, e non è una cosa che si interrompe il giorno in cui moriamo. Continua attraverso il suolo su cui continuiamo a spassarcela.

"È andata di merda." Mi arrotolo le maniche della camicia fino ai gomiti.

"Devo convocare messa?"

Annuisco. "Sì."

"Che cos'è questa storia che ho sentito su una bella ragazza che è stata qui per conto tuo qualche sera fa?" mi stuzzica Bonnie, con le mani piantate sui suoi fianchi larghi. Bonnie ha circa la stessa età di Lion, quindi stanno più o meno entrambi sui cinquantacinque anni. Lei ha dei lunghi capelli biondi, due occhietti vispi marroni, e un'aria che ti fa capire a chiare lettere che non è una che si fa prendere per il culo.

"Tanto per cominciare, è mia sorella."

Il sorriso di Bonnie non fa che allargarsi

ancora di più. "Beh, io starei attenta a portarmela in giro. Lo sai che, se non è tua, finirà per prendersela qualcuno di questi figli di puttana."

Le sollevo il medio, mentre rientriamo tutti in casa.

Una volta che sono dentro, seguo Lion nella sala riunioni principale della casa, meglio nota come un salotto, dove noi teniamo quella che, in gergo, chiamiamo *messa*. Lo so che suona come un cazzo di cliché ma, dal momento che non esiste un posto equivalente alla chiesa dove ci si incontra all'inferno, continuiamo a chiamarla così.

Mi siedo alla destra di Lion, mentre il resto dei fratelli entra alla spicciolata. I miei occhi trovano subito quelli di Wicked, e sulle labbra mi si forma un piccolo sorrisetto, mentre mi strofino il labbro superiore col dito. Ha la mandibola tesa, e lo sguardo spento. Wicked è esattamente come lo fa percepire il suo nome, un cazzo di malvagio. È lui che scelgo di portarmi dietro, se mi serve che venga fatto qualcosa, e per lui vale lo stesso con me.

Prende posto accanto a me, mentre Gipsy va a sedere di fronte, dall'altro lato di suo padre, anche detto Lion. Quello stronzetto è una completa testa di cazzo vuota, e fa diventare matto suo padre. Non verrà mai preso sul serio al club, e sarà rispettato sempre e solo in forza del suo lignaggio all'interno del Wolf Pack. Il che lo rende un moccioso viziato. Accanto a

Gipsy si mette seduto Justice, il nostro ex-avvocato con la testa sulle spalle, che riesce a negoziare la via d'uscita da qualunque accordo in un fottuto battito di ciglia. Dall'altro lato di Wicked c'è Roo, l'australiano del club ed un cristone di trentatré anni con la faccia da figlio di puttana. Personalmente, io l'avrei voluto chiamare Thor, quando gli abbiamo fatto il giubbotto col suo nome, e invece si è beccato Roo perché, quando ha fatto a botte con Gipsy nel ring, Lion ha detto che sferrava calci come un canguro. Se vi è mai capitato di vedere una di quelle macchine piene di muscoli quando danno dei calci, capirete che non è un cazzo di complimento. Ha dei lunghi capelli biondi, due occhi azzurri da far schifo, ed una pelle dorata come la sabbia di Bondi Beach, a Sidney, che è da dove viene. Lo stronzo è capace anche di spaccarti il cranio con un singolo movimento del polso, quindi non è uno a cui andrei a rompere i coglioni.

Di fronte a Roo c'è Billy il Pupazzo, sì, sulla scorta del protagonista psicopatico di *Saw*, che gli assomiglia un sacco. Insomma, devo aggiungere altro? Billy è un pazzo svitato, e non lo dico tanto per. Gli piace fare dei giochetti con le sue vittime, il che significa che me lo porto dietro molto raramente, quando devo andare ad uccidere qualcuno. Ci gira attorno, gli piace tirarla il più possibile per le lunghe, prima di porre fine alle sofferenze del poveraccio che gli capita sotto.

Una volta, in Sicilia, ci siamo trovati in mezzo ad una guerra fra la mafia italiana e quella russa. Stava succedendo un cazzo di casino, ma Billy qui ha deciso di mandare un messaggio alla Bratva che, a quanto pareva, gli aveva fatto un affronto personale, decidendo di indossare il rosa. In verità solo uno dei loro uomini aveva addosso una cosa rosa, ma Billy si è comunque risentito. Ha preso quel povero coglione, lo ha sdraiato sotto una macchina idraulica e lo ha tritato lentamente. E, detta così, vi assicuro che non rende. Ci sono stati dei minuti, prima che spiaccicasse quel misero coglione come una cazzo di crêpe, in cui la carne del tizio gli schizzava fuori ai lati, tutta gonfia e pronta ad esplodere. Tutte le volte che il coglione dava una risposta sbagliata, Billy premeva il bottone. E voglio dire, Billy gli faceva delle domande davvero stupide, tipo *cosa c'è dopo la B?* Il tizio rispondeva *C!* e, a quel punto, Billy scoppiava a ridere come un maniaco, si grattava il tatuaggio sul collo con la scritta 'Fanculo la polizia' e faceva *Ehhh! Sbagliato!* e poi ripremeva il bottone. Siamo rimasti tutti seduti lì a guardarlo come dei cazzo di idioti, ma sapevamo che era quello il modo in cui gli piaceva giocare. Insomma, quella di Billy è una storia talmente assurda che ci si potrebbe scrivere un libro. Lui è anche l'eccezione alla regola per cui non si dovrebbe giudicare una persona sulla base del suo passato. Anche se adesso non vive più in quel passato, c'è stato un momento in cui ha deliberatamente scelto di viverci. Ed oramai ha il cervello fottuto.

Di fronte a Billy c'è Fury. Fury è un veterinario afroamericano con cui, davvero, è meglio non litigare. È della vecchia scuola, e non si fa scrupoli a porre fine alla tua vita a pugni. Fury è anche uno degli stronzi più svegli che abbia mai incontrato. In assoluto. Ed è anche il padre single della mocciosa più insopportabile al mondo, che però è la principessina del MC, il che significa che sono disposto ad uccidere chiunque si dovesse prendere gioco di lei.

Fluffy e Slim sono i nostri due ultimi arrivati - per ora - ma non siedono in chiesa con noi.

Lasciamo le matricole nelle mani di Billy. Con loro avrà divertimento a sufficienza per tutta la sua cazzo di esistenza. Poveri stronzi.

Lion sbatte il martelletto sul legno massiccio, producendo un battito che zittisce tutti quanti. "Sicko, che cazzo sta succedendo con tuo padre?"

14

JADE

Sto cominciando a percepire l'università sempre più come una prigione. Qui è peggio, perché non ho la sicurezza di mia mamma a cui appoggiarmi. Sono intrappolata fra la realtà ed il mio incubo, e non riesco a muovermi. Non riesco a respirare. Sono sola, anche se Sloane è sempre con me.

"Ehi, tutto a posto?" mi domanda la mia amica, allungandomi un bicchiere di plastica rosso Solo. È venerdì sera e, solitamente, mi vedo con James di sabato, ma non lo sento da martedì. Sono felice di non averlo più visto da allora, perché è stato strano.

Avanziamo in mezzo alla fiumana di gente, mentre mi rimbomba la musica nella testa e l'alcol che ho in circolazione mi riscalda il sangue. Mi rovescio il drink giù in gola. "Ho bisogno di andarmene via, Sloane," le grido all'orecchio, quando mi trascina sulla pista da ballo.

"In che senso?" domanda, cingendomi la vita col braccio e buttandosi addosso alla mia schiena. "Siamo appena arrivate!"

Ruoto per guardarla in faccia, e le poggio entrambe le mani sulle guance. "Nel senso che voglio lasciare il college. Non credo di essere nella condizione mentale adatta in questo momento per portarlo a termine. So già che non ci riuscirò."

Sloane mi liquida con un gesto, poi mi prende per mano e mi porta verso l'ingresso della casa. "Non dire sciocchezze!" Varchiamo la porta, finché non ci ritroviamo nel patio all'esterno. "Ma ti appoggerei in pieno, se volessi prenderti una pausa. È comprensibile, J. Sei stata un po' giù di corda negli ultimi tempi. Ti darò il mio sostegno su qualunque cosa tu abbia bisogno di fare."

Le mie spalle si rilassano leggermente, mentre le emozioni mi risalgono in gola. Voglio bene a Sloane. Sono fermamente convinta che ogni ragazza abbia bisogno di una migliore amica, mentre non è detto che abbiano tutte bisogno di un marito. L'amore di un coniuge è sempre condizionato, che uno se ne accorga o meno. Quando, agli inizi, ti sei innamorata del tuo partner, è stato per qualche ragione specifica. Ma una migliore amica ti vorrà bene per tutta la vita.

"Grazie..." Il rombo delle motociclette che si

avvicinano in strada mi blocca le parole. Scuoto la testa e, dentro di me, alzo gli occhi al cielo. Non c'è un cazzo da fare. "Grazie. Mi serve qualcos'altro da bere."

"Qualcos'altro da bere?" mormora una voce sconosciuta alle mie spalle, e mi volto per scoprire a chi appartiene. Un ragazzo mi sfodera, con un sorriso, i suoi denti bianchissimi, in netto contrasto coi suoi capelli neri. "Mi chiamo Jensen."

Gli faccio un sorriso timido, provando a non fare una smorfia. Non so perché i ragazzi del college non facciano per me, sebbene, per un brevissimo istante, ho pensato che questo potesse andare. Ma adesso che siamo faccia a faccia, so già che è l'ennesima delusione.

Gli sfilo il cocktail di mano. "Grazie."

"Jade, giusto?" mi chiede Jensen, appoggiandosi alla ringhiera. I suoi occhi restano su di me, mentre incrocia una caviglia davanti all'altra.

Annuisco. "Già," e bevo un sorso della sua birra sgasata. Fa schifo. Tutto quello che riguarda il college è sensibilmente sopravvalutato. Anche se sono un po' brilla, questo non basta a riempire il vuoto che mi sta facendo male nel petto.

"Ollie è dentro?" mi domanda Sloane, facendomi l'occhiolino. "Vado a cercarlo."

Da qualche parte in fondo alla mia mente, sta suonando un campanello d'allarme, ma io lo metto a tacere. Ho bisogno di buttarmi a capofitto nel college. Mentalmente, non ci sto. Sono di così tanti anni avanti rispetto a tutti i ragazzi di questa università. Faccio una gran fatica.

Gli occhi di Sloane mi volano sopra la spalla, mentre la musica continua a diffondersi fuori dalla casa. La vedo impallidire. "Oh, merda. Jade..."

Ruoto appena la testa e mi getto un'occhiata da sopra la spalla, per ritrovarmi Royce che sta poggiando il suo casco a terra accanto alla sua moto a folle. I suoi occhi sono furiosi, e puntati su Jensen. Contrae la mandibola e stringe i pugni. Come cazzo ha fatto a sfuggirmi che le loro moto si erano fermate? Mi gira tutto attorno, ho il cervello sfocato. Ah, ecco perché, probabilmente.

Aggrotto la fronte mentre Royce guadagna terreno ma, proprio quando sta per raggiungerci, un altro dei motociclisti gli si para di fronte, e gli poggia una mano sul petto. Quest'altro ha dei capelli corti ai lati e più lunghi nella parte superiore. Non sembra avere neanche l'ombra di un tatuaggio, ed è quasi fin troppo bello per indossare il giubbotto di un club per motociclisti. Senza offesa per Royce. Wicked. Wicked si accosta all'orecchio di Royce e gli sussurra qualcosa che possono sentire solo loro. E a quel punto vedo che l'espressione di Royce si trasforma, e diventa serena. Controllata. Tutta la sua rabbia, che non è sfuggita a nessuno dei presenti, svanisce.

Gli occhi di Royce trafiggono i miei, mentre la sua bocca è contratta in un ringhio. Si spinge via da Wicked e si lancia verso di me, solo che stavolta lo fa tirando fuori una sigaretta, infilandosela fra le sue labbra turgide ed accendendola con grazia.

Dio, Royce. È così bello che mi fa male all'anima. Quando ero un'adolescente, pensavo che il dolore fossero le farfalle nello stomaco ma, adesso, non sono le farfalle che sento. È la mia anima che sta esplodendo da sotto la pelle, senza che le sue schegge abbiano alcuna via d'uscita. È tutto ciò che dovrebbe ucciderti, e che invece non lo fa. Anzi, ti rimane nelle vene, diffondendo il suo veleno. L'arco al centro del suo labbro inferiore, la simmetria del suo viso, la solidità della sua mandibola, quegli zigomi meravigliosamente scolpiti ed affilati da uno scalpello. Perfino quei tatuaggi che macchiano la pelle al di sopra dei suoi muscoli a regola d'arte, ed il modo in cui le ciglia scure gli danzano sopra le guance. Il suo naso fastidiosamente perfetto ed impeccabilmente dritto, i suoi denti bianchi. Royce Kane non è per una sola ragazza. Royce Kane è per tutte. È la fantasia segreta di tua madre e l'insicurezza di tuo padre.

Ed è anche un gran puttaniere.

"Che ci fai qui?" gli sibilo a denti stretti, quando i suoi occhi si spostano su Jensen.

Mi devo reggere alla balaustra di legno per non perdere l'equilibrio. *Wooo.*

Fa l'occhiolino a Jensen. "In verità, non per

te. Dov'è Nellie?"

Provo a non lasciare che il modo in cui Royce liquida il mio incontro con Jensen mi faccia effetto. È quello che ho sempre voluto. Non avere la sua attenzione. E allora perché adesso mi dà tutto questo fastidio?

"È in casa." Mi appoggio alla ringhiera, ed in questo modo finisco proprio di fronte a Jensen. Se mi spostassi appena appena, la mia natica gli sbatterebbe contro il pacco. "E, comunque, cos'è Nellie per te?"

"Ahhh," esclama Jensen, poggiandomi una mano sul fianco. Gli occhi di Royce scattano all'istante sul punto in cui si sono flesse le dita di Jensen. Ma le linee dure attorno ai suoi occhi si ammorbidiscono quasi subito, e lui si ricompone. Fa un passo avanti, e i suoi sudici stivali militari sbattono contro la punta delle mie Givenchy. Il calore che promana dal suo corpo è sufficiente ad appiccarmi un inferno di rabbia. O forse sono ubriaca.

Si china su di me, fino a sfiorarmi la tempia con la punta del naso. La presa di Jensen si tende attorno al mio fianco ossuto. "Mmm," ringhia Royce, sottovoce. Il suo alito caldo lambisce la pelle della mia faccia. "Non credo che ti farebbe piacere saperlo, Duchessa." Alla semplice pronuncia del mio soprannome, mi si solidificano tutti gli organi interni.

Inspira.

Espira.

Perché la sua voce all'improvviso mi suona così

familiare?

Sei ubriaca.

Arretro di un passo, dimentica che Jensen sia proprio lì dietro e, com'era ovvio, il mio culo gli sbatte contro l'apice delle sue cazzo di cosce. "Nellie è in casa."

"Chi è questo?" mi sussurra Jensen all'orecchio, da dietro. Gliene devo rendere merito, è uno con le palle. Non sta arretrando in presenza di Royce.

L'avrebbe fatto praticamente qualunque altro uomo.

I miei occhi si incatenano con quelli di Royce. Mi porto il bordo di plastica alla bocca e, nello stesso momento, mi sale nelle narici il puzzo di birra stantia. "Solo mio fratello."

"E che cazzo, amico!" Jensen ridacchia, scostandomi da una parte. "Pensavo che fossi un ex ragazzo o qualcosa del genere, anche se mi sono detto che sei un po' troppo grande." Royce ha ventidue anni. Jensen è proprio un coglione. Il Royce che conosco io avrebbe già dato un cazzotto in faccia a Jensen, ma immagino che lui non sia lo stesso ragazzo che conoscevo io.

Questo Royce è più composto. Più controllato. È un'arma che è stata perfezionata e che viene utilizzata solo per causare una distruzione di massa. *Sono nei guai.*

Gli occhi di Royce restano su di me, ma le sue parole sono per Jensen. "Magari."

Se ne va, ed io posso finalmente tirar fuori il respiro che avevo trattenuto. Jensen mi tocca di nuovo, ma io non vorrei far altro che mettermi a correre. Non riesco a respirare. Essere soffocata da questa vita non mi è d'aiuto. Riesco a sentire che la mia mente sta sprofondando in un buco nero, e non penso che stavolta avrò il coraggio di tirarmici fuori. Tutto attorno a me rallenta, mentre accelera il battito del mio cuore. Compio quei pochi passi che mi servono per raggiungere il prato davanti alla casa. Distinguo a malapena le motociclette parcheggiare di fronte, ma non me ne curo. Voglio la sicurezza della mia stanza nel campus, voglio stare al chiuso, sotto le mie coperte morbide, e al sicuro. Al sicuro.

Prima di riuscire a fermarmi, sto già correndo. Il vento mi frusta i capelli, mi asciuga le lacrime che continuano a colarmi lungo le guance. La mia vita è fottuta. Sono distrutta. Vorrei poter tornare indietro di tutti quegli anni, ed impedirgli di andarsene. Ma, prima di ogni altra cosa, mi piange il cuore che Royce non abbia tenuto a me abbastanza da non lasciarmi. Il dolore stringe il suo pugno d'acciaio attorno agli organi del mio cuore, e li strizza.

"Jade!" Sento qualcuno che urla dietro di me, ma è troppo tardi. Ho bisogno di andarmene. Ho bisogno di stare lontana da tutto e tutti. Ho bisogno del silenzio, e di una scogliera col mare più blu possibile al di sotto di essa. Voglio restare ad osservare le onde scontrose che si schiantano contro le rocce scure. Così la mia anima non sarà sola.

Un braccio mi afferra per la vita, e vengo

sollevata da terra. Scalcio all'indietro. Ce l'ho con le mie lacrime. Col mio dolore. Con la mia debolezza. "Lasciami andare!"

"Jade!" urla di nuovo la voce, solo che stavolta mi suona fin troppo familiare. Come bile che mi risale in gola, il suo nome mi trilla nella testa. *James*.

Mi congelo fra le sue braccia, e mi butto in ginocchio. "Mi dispiace. Non sapevo che fossi tu." Non voglio essere punita. Sono stanca. Pensavo che fosse Royce. Mi sembrava Royce dalla voce. Ho la testa china in avanti, quando mi entrano nel campo visivo degli stivali scuri. Sento vagamente un'altra motocicletta di sottofondo, ma la ignoro.

Questi sono stivali, non mocassini. Prima che possa rialzarmi, Royce mi si mette di fronte, faccia a faccia, ed i suoi occhi cercano i miei. "Che stai facendo, Duchessa?"

Cerco di deglutire, malgrado abbia la gola ostruita da un sasso. *Non dovrà mai saperlo*. "Io..." Incontro la profondità blu dei suoi occhi, che basta a rievocarmi le onde che agognavo così disperatamente non più tardi di qualche secondo fa, mentre le sue pupille sono del colore delle rocce contro cui si sarebbero dovute infrangere. "Perché non mi hai presa?"

Royce sbianca. Tutto il sangue gli si drena via dalle guance. "Che?"

Non ripetere gli stessi errori. Te ne pentirai. A lui non importa più nulla di te. È stato piuttosto limpido al riguardo. "Perché mi hai lasciata lì?"

Dopo un attimo di silenzio, sbuffa col naso. "Restare lì per te è stato molto meglio che stare con me. Fidati." Si alza in piedi, e mi tira su appresso a lui. Senza darmi il tempo di protestare, ci riporta indietro verso la festa, facendo un segno a qualcuno che lo aveva seguito in moto.

"Ma il punto è proprio questo," mormoro, mentre mi rifiuto di scrollarmi dalla sua presa. Mi fa sentire così bene. È come se la parte vuota della mia anima abbia riconosciuto il pezzo mancante da quattro anni. "Io non mi fido più di te."

"Ascoltami bene," mi dice Royce, non appena raggiungiamo il margine del vialetto. Si volta verso di me, mi porta una mano alla gola e mi sbatte contro un muretto di mattoni. Infila una coscia in mezzo alle mie per tenermi inchiodata, e piega la testa da un lato per studiarmi. "Punto primo, a me non frega un emerito cazzo della tua fiducia. L'unica cosa che voglio è che tu stia fuori dai cazzo di casini e che tenga la testa bassa. Punto secondo? Piantala di farla sembrare qualcosa di diverso da ciò che è realmente. Tu sei mia sorella. Una sorella che non ho chiesto io di avere, ma che proteggo lo stesso. Non me ne fotte un cazzo di chi ti trombi nel tuo tempo libero, di dove stai, o…" Fa una pausa, e si lecca il labbro inferiore, prima di acchiapparselo fra i denti. "O di quanto cazzo mi piaccia vedere la mia mano attorno al tuo collo.

E adesso metti quelle cazzo di gambe sulla mia moto."

Mi spintona all'indietro, ed io mi porto la mano nel punto in cui c'era la sua, e me lo massaggio dolcemente. Riesco a sentire i pezzi di me stessa che si dissolvono lentamente. James si è preso tutto quello che avevo e l'ha rimpiazzato col dolore e con la sofferenza, e l'unica persona, a cui mi sono appoggiata per quasi tutta la mia vita, adesso mi odia.

"Posso trovarmi da sola un passaggio." Gli passo accanto e mi incammino lungo il vialetto. Le moto stanno rombando di sottofondo, mentre gli uomini che stanno in sella ci fissano tutti con occhi guardinghi e al contempo trepidanti. È come se siano affascinati da quello che hanno di fronte. La festa si sta svolgendo prevalentemente all'interno o fuori, nella parte posteriore della casa. Ciononostante, ci sono un po' di persone sul patio, fra cui Nellie, Ollie e Sloane. Nessun Jensen in vista. Grazie a Dio.

"Duchessa!" sbraita Royce, facendomi radicare i piedi a terra. "Sulla mia cazzo di moto. Ora." L'aria attorno a me cambia, e la rabbia mi ribolle lentamente in superficie. Non ho voglia di fare una scenata. Non mi piace mai, ma stasera Royce mi ha fatta incazzare più volte di quanto ne riesca a contare. E sì, può darsi che le mie emozioni siano state ferite qualche minuto fa, abbastanza da non farmi ribattere sul momento. Ma ora sono furiosa.

Ruoto su me stessa e faccio quattro passi

verso il punto in cui lui sta svettando su di me. Porto il braccio all'indietro, stringo forte il pugno e glielo sbatto dritto sulla mandibola. Lui si smuove appena, ma vabbè.

"Vaffanculo, Royce!" gli urlo in faccia, in punta di piedi – e comunque non gli arrivo neanche al collo. "Vaffanculo per avermi lasciata, e per poi essere tornato ed esserti messo in testa di potermi venire a dire quello che devo fare, come se fossi una specie di cucciolotto che tieni al guinzaglio. Tu!" Gli punto il dito in faccia, ed in quello stesso, preciso momento mi rendo conto di aver fatto una cazzata.

Mi acchiappa il dito nel palmo di una mano, mentre mi riporta di scatto l'altra sulla gola, ed io cado all'indietro, urtando la testa sul prato. Vedo doppio per qualche secondo, mentre Royce tiene salda la sua presa su tutto il mio corpo.

"Sei ancora una fottuta ragazzina viziata, eh?" Si china su di me, fino a toccarmi il lobo dell'orecchio con la punta del naso, di modo che solo io possa sentire quello che mi sta dicendo. "Te lo dirò quest'unica volta, Duchessa. Adesso sei maggiorenne. Io starei attento al cazzo di tono che usi." Si spinge via da me e si rialza in piedi, gettandomi addosso un'occhiata torva. "L'unica cosa su cui monterai stasera, che non sia io, è la mia moto. Ora sali su quella cazzo di sella e forse, ma solo forse, domani ti riporterò al tuo dormitorio." È come se sia riuscito a spurgarmi tutto l'alcol dal corpo. La sconfitta stringe la sua orrenda presa attorno alle mie ossa, ed i miei occhi restano inchiodati verso il cielo.

"Non dormirò alla tua clubhouse, Roy."

"Moto, Jade. Adesso."

Mi rialzo dal prato, sfilandomi di malagrazia dei ramoscelli dai capelli, e lo fisso col broncio, ignorando le risatine attorno a me. "Ti odio."

"È più di quanto io possa dire di te. Torno fra un secondo." Getta un'occhiata da sopra la mia spalla. "Se si muove, legatela alla mia moto."

Mi stringo le braccia attorno al corpo, mentre mi incammino diligentemente verso la Harley Davidson nero opaco parcheggiata a lato del marciapiede. Mi lancio un'occhiata da sopra la spalla, ed i miei occhi atterrano di nuovo sullo stesso ragazzo, Wicked. Involontariamente, ogni volta che mi sta vicino, lo cerco con lo sguardo. Lo stomaco mi esce dal culo quando scopro che mi sta già osservando attentamente. Nellie ha detto che è uno che non parla, e mi chiedo in che senso, e perché. Non riesco a non voler sapere di più sul suo conto.

"Sai," esordisce quello più giovane. Mi pare che si chiami Gipsy. Sogghigna da sotto le ciocche appese dei suoi capelli castani. I suoi occhi sono docili, i suoi lineamenti davvero belli. "Non fraintendermi, vedere Sicko sbattersi così per una ragazza, una volta tanto, è fottutamente divertente, ma devo dire..." Fa un fischio, scuotendo la testa.

"Non dirlo," borbotta uno degli altri uomini.

Ha la pelle più scura, la testa rasata e gli occhi marroni.

Gipsy continua. "Sei un gran bel pezzo di fica e, se non ti dà una botta lui, te la do io."

"Sei proprio un fottuto coglione." L'uomo di prima scuote la testa e strizza gli occhi.

Dopo aver scambiato due parole con Nellie e Sloane, Royce torna di nuovo davanti a me, e mi poggia il suo casco sulla testa. "In sella. Non toccare le marmitte con le gambe, e metti le braccia attorno a me." Dopo che monta lui, faccio come mi ha detto. Mette in moto, e il rombo del motore rabbioso vibra contro le mie parti intime. Chiudo repentinamente le cosce, il che significa che le stringo attorno a Royce.

Lui si volta da sopra la spalla, quanto mi basta per scorgere un sorrisetto compiaciuto sull'angolo della sua bocca ed una fossetta sulla sua guancia.

Manda il motore su di giri, ed io gli stringo le braccia attorno al torso, mentre lui ci porta fuori dal vialetto.

Ci vuole circa una mezz'ora di tragitto, prima che Royce svolti davanti alla sua clubhouse. Si apre la cancellata, e c'è gente che sbuca dalle porte d'ingresso. È venerdì sera, ed è abbastanza presto, quindi non resto affatto sorpresa di constatare la mole di persone che sta facendo baldoria, per quanto questo infranga le mie speranze di infilarmi al calduccio sotto le coperte e di lasciarmi cogliere dal sonno.

Si spengono i motori, e tutti gli altri

scendono dalle loro moto. Io faccio lo stesso, anche se mi sento le gambe molli come gelatina, non appena mi ritrovo coi piedi per terra.

Mi sfilo il casco. "Posso andarmene a letto e basta?"

Royce finge di non sentirmi e mi dà le spalle, per avviarsi dentro casa. Stanno facendo un combattimento, nell'angolo dove hanno allestito il ring ottagonale. Ci sono uomini ubriachi che sghignazzano e fanno il tifo, ed una musica rock a tutto volume, che proviene da dentro la casa e si diffonde per tutta l'area antistante. Mi sento come se un migliaio di occhi siano tutti puntati su di me, mentre io non vorrei averne neanche uno addosso.

So che questo è il suo territorio, e non voglio risultargli fastidiosa, standogli tutto il tempo appiccicata addosso. Né voglio che lui si senta come se debba badare a me, motivo per cui, una volta che è sparito in casa, io mi metto a scrutare con interesse tutte le persone presenti. Sono un miscuglio di giovani e vecchi, con qualcuno nel mezzo. Ci sono più uomini che donne. Alcuni sono grossi, altri smilzi. C'è chi è muscoloso, e chi nella media.

"Ti starai chiedendo perché lui ti abbia lasciata qui senza protezione," mi mormora una voce alle spalle, ed io debbo chiudere gli occhi per riprendere fiato. È una voce davvero bella. Suadente, e liscia come il velluto. Mi si avvolge come seta attorno al corpo.

Mi volto per scoprire a chi appartenga, e

resto di sasso quando vedo Wicked appoggiato alla sua Harley bianca, con una gamba accavallata sull'altra e le braccia conserte.

"In un certo senso."

Wicked non fa il minimo movimento, ed i suoi occhi restano immobili addosso a me. È snervante vedere come ci riesca.

Dice tutto, senza dirti niente. "Royce non permette a nessuna di montare dietro sulla sua moto. Tu sei stata presentata così." Pianta le gambe ben divaricate a terra, e a me viene l'acquolina in bocca. "Nessuno si azzarderà neanche a respirarti accanto adesso. Sa di non avere nulla di cui preoccuparsi."

"E tu?" mi ritrovo a chiedergli, e a quel punto vorrei prendermi a pugni in faccia da sola per averlo detto ad alta voce. "Lo faresti?" Sono sempre stata quella che preferisce danzare col pericolo, piuttosto che andare a spasso con l'ordinario.

Wicked inclina appena la testa di lato, studiandomi. "Immagino che questo spetti a Royce deciderlo." Si spinge via dalla sua moto e mi passa accanto.

Prima che possa allontanarsi oltre, lo chiamo. "Wicked?" Gli studio le spalle larghe, ed il ricamo sul giubbotto. "Tu l'hai chiamato Royce, non Sicko."

Sul momento le spalle gli si tendono, ma poi si rilassa e riprende a camminare in direzione della casa. Io non so che ci faccio ancora in piedi qui, ma la conversazione con Wicked è stata singolare. Tutti gli altri in questo posto chiamano Royce *Sicko*. Tranne Wicked. Curioso. O forse no. Mi incammino verso un lato della casa, dove imbocco un piccolo sentiero che conduce sul retro.

"Ehi!" mi fa qualcuno da un angolo buio di un piccolo capanno per gli attrezzi, prima di venirmi incontro, infilandosi nella tasca posteriore quella che ha tutto l'aspetto di una canna. "Sei la sorella di Sicko?" È una ragazza, è carina. Ha dei capelli castani che le arrivano alle spalle, ed una corporatura minuta e gracile. Indossa un paio di jeans skinny ed una maglietta larga della Harley Davidson.

"Ah. Sì?"

Caccia un urletto, e le sue braccia ossute mi volano attorno al collo, mentre mi attira contro il suo petto. "Io sono Everly, ma la gente mi chiama Silver, in onore di mia madre. Sono la figlia di Fury!"

Io non ho idea di chi sia Fury, ma annuisco, restituendole un goffo abbraccio. "Da paura!"

Fa un passo indietro. "Oh, mio Dio! Ho sempre voluto una sorella maggiore. È fantastico avere qualcun altro più o meno della mia età, visto che tutte le donne qui sono vecchie come il cucco!"

"Ehi! Stronzetta!" esclama qualcun'altra, sbucando da dietro la casa con una mano piantata sul fianco. "Un giorno o l'altro ti prenderò a calci nel culo."

"E dai, puttana. Lo sai che mi vuoi bene."

Silver fa un gesto verso di me. "È la sorella di Sicko! Guarda quant'è bella!"

La donna più anziana alza gli occhi al cielo, venendomi incontro. "Lascia perdere Silver. È talmente abituata a fare la mocciosa che si dimentica di avere diciassette anni."

Silver la manda a quel paese con la mano. "Mi sembra evidente che Lion non ti stia chiavando come si deve. O stai andando in menopausa?"

La donna la ignora, continuando a guardare me. Ha una bella pelle per la sua età, ma i suoi occhi raccontano la storia di tutto quello che hanno visto. "Io sono Bonnie, la moglie di Lion."

"Ciao," le rispondo, incrociando le braccia davanti al petto. Lion mette paura. Non ho idea di come faccia questa donna a sopportarlo.

Silver si infila sottobraccio a me. "Oh, ma questa cosa è meravigliosa. A Bea gireranno così tanto i coglioni quando ti vedrà! Voglio dire, ho capito che sei sua sorella, ma sei la sua sorella adottiva, e sei spaventosamente sexy! Bea ti odierà a morte." Non so di chi stia parlando, e non sono sicura di volerlo scoprire. In questo momento voglio solo un letto, e qualcosa da mangiare. Un po' di cibo mi farà bene. Ma dove cazzo è Royce?

Saliamo i gradini che conducono al portico ed alla veranda sul retro. Dalla casa rimbomba *Psychopath Killer* di Yelawolf, ed io mi volto per chiudere la porta dietro di me. Quando mi rigiro, mi paralizzo nel trovarmi di fronte Royce,

Wicked, Lion e Gipsy. Sono tutti seduti attorno ad un tavolino, con dei drink in mano. Royce ha l'aria nervosa. Ha una bionda seduta in grembo ed una canna stretta fra le dita. Ci sono anche un altro paio di ragazze qui dentro, vestite in maniera molto diversa da Silver e Bonnie. Più succinta.

"Oh, ora sì che ci divertiamo," mi sussurra Silver, accostandosi a me. "Io te lo dico, appena parti tu col primo cazzotto, mi butto in mezzo pure io." Vorrei stritolarla e dirle che io non prenderò a pugni proprio nessuno.

La bionda si butta i capelli lunghi - fasulli - sopra una spalla, e mi punta addosso i suoi occhi marroni. "Oooh, è questa tua sorella?" Il suo sorriso sembra sincero e, per una frazione di secondo, mi domando a che diavolo stesse alludendo Silver.

Finché Silver non apre bocca. Facendo un sorrisetto a - quella che suppongo sia - Bea, rettifica: "Adottiva."

Ed io resto ad osservare il sorriso della bionda che si trasforma in un broncio, ed il suo sguardo che mi punta con una rinnovata competitività.

Bonnie schiocca le dita alle tre ragazze. "Fuori di qui. Andate a strusciarvi addosso a qualcuno là fuori."

Bea fa correre le dita sulla faccia di Royce. "Ooh, io posso restare, giusto, baby?"

Gli occhi di Royce sono su di me, la sua mandibola è serrata quanto il mio pugno. Lui odia la parola *baby*. Lo so da sempre, ed è per questo che non riesco a trattenere il ghigno che mi si forma sulle labbra. Questa tizia non è altro che una scaldacazzi, altrimenti saprebbe che Royce detesta quella parola.

Quando Royce coglie il mio sorrisetto, stringe gli occhi in due fessure. Si lecca le labbra, sfodera i denti e le dà un morso sul collo. "B ha ragione, piccola. Tu va' intanto, ti passo a prendere quando vado a letto." Lotto contro l'ovvio disgusto che quella frase mi lascia in bocca, mentre Bonnie mi prende per mano e mi fa cenno di accomodarmi nella sedia vuota accanto a Wicked. Da quella posizione mi ritrovo proprio di fronte la faccia accigliata e al contempo compiaciuta di Royce.

Bastardo.

"Dimmi un po', sei più tipa da vodka, gin o rum?" si informa Bonnie, armeggiando con dei bicchieri in una credenza.

Royce mi lancia un ghigno. "Lei è tipa da acqua."

Inarco le sopracciglia in segno di sfida, mentre avverto il calore del corpo di Wicked accanto al mio. *Perché me lo sento così in profondità?* "In realtà, ora sono più tipa da whiskey." Sfodero un sorriso a Bonnie. "Royce dimentica che non sa più chi sono."

Lion ridacchia dall'altro lato del tavolo. "Questa ragazza ti manderà ai matti, figliolo."

Quando Bonnie mi poggia il bicchiere di fronte, io mi do un'occhiata in giro per l'ambiente. È strutturato un po' come una seconda cucina, più intimo rispetto al resto della casa. La vernice sui muri è datata, i mobili sembrano vecchi di un secolo, ma sono le foto incorniciate ed appese a tutte le pareti che attirano maggiormente la mia attenzione.

Bevo un sorso del mio whiskey e mi crogiolo nel bruciore che mi infiamma la bocca. Una foto alle spalle di Royce mi cattura lo sguardo, mentre mi lecco le labbra per succhiare l'alcol che ci è rimasto sopra. "Che buono. Grazie, Bonnie." È la foto di un uomo, con una bandana legata sulla fronte, che tiene in braccio un neonato. È in piedi davanti alla sua moto. Ha la faccia di un padre molto orgoglioso. È qualcosa che tutti i bambini vorrebbero avere, che probabilmente è il motivo per cui ha attirato la mia attenzione. È qualcosa che avrei voluto avere anch'io.

"E voi, ragazzi, avete deciso di restarvene tutta la serata seduti qua dietro o pensate di andare ad intrattenere i vostri ospiti?" bofonchia Bonnie, quando Silver viene a sedersi di fronte a me. Riesco a sentire l'ardore dello sguardo sia di Wicked che di Royce addosso a me. Sono diversi su tante cose, tranne che su una: formano una gang tutta loro. È una cosa a cui mi fa strano assistere perché, l'ultima volta che ho avuto davanti Royce, le uniche persone con cui lo vedevo avere questo tipo di legame erano Orson e Storm.

Wicked si sporge in avanti e poggia i gomiti

sulle ginocchia. Mi volto verso lui e verso i suoi occhi di pietra, puntati su di me, prima di spostare lo sguardo su Royce.

Royce si alza dal tavolo. "Torno domattina. Jade, andiamo."

"Non la vuoi mica far dormire qui, eh?" domanda Silver. "Cioè, se era quello che avevi in mente, me la porto a casa mia. Quei letti sono atroci." La sua faccetta deliziosa si contrae tutta, nel pronunciare quelle parole.

Royce non la degna di una risposta. "Andiamo."

"Aspetta!" Silver mi blocca, poggiando una mano sulla mia. "Mi dai il tuo numero?"

"Ma porca troia!" grugnisce Royce. "Sul serio?"

Bonnie ridacchia. "Lo voglio anch'io."

"Non mi sorprende affatto," commenta l'uomo più scuro, che assomiglia un sacco a Silver. "Sul serio, sei fortunato che non ci sia pure Swifty qui, o si farebbe dare il suo numero anche lei."

Royce alza gli occhi al cielo. "Veloci."

Silver non dà peso all'atteggiamento scontroso di Royce, mentre io detto il mio numero di cellulare ad entrambe. "Grazie per il whiskey, Bonnie."

Bonnie mi fa un sorriso e va a sedere in braccio a Lion. Sembra che Lion mi stia ancora studiando, con la testa piegata da un lato. I miei occhi guizzano di nuovo sulla fotografia che mi ha attirata quando sono entrata, prima che li riporti su di lui.

"Sì, sono io." Risponde alla mia domanda inespressa. È un uomo che nota tanto, e parla poco. Interessante. Un po' inquietante, ma interessante.

La mia bocca si curva all'ingiù per la malinconia. "Tuo figlio è fortunato." Mi rinfilo il cellulare nella tasca posteriore, ma le parole che mi dice subito dopo mi fermano.

"E tu che ne sai? Potrei anche essere la cosa peggiore che sia mai capitata a quella creatura."

Le mie dita si flettono fra i palmi. "Impossibile."

"Perché dici?" indaga, lanciandomi un sorrisetto obliquo.

"Perché io so com'è fatto il peggio, e ti dico che tu non hai il suo stesso sorriso."

La sua espressione si spegne, ma non perché si senta offeso. Più che altro scioccato.

"Scusatemi." Mi scosto dalla sedia e mi volto per fare un cenno di saluto a Wicked. Royce sta già uscendo dalla veranda. Ma Wicked? Mi sta fissando come se abbia appena visto un fantasma. La stanza è deserta, e silenziosa, a parte la musica che riecheggia da dentro la casa. C'è qualcosa che si sta muovendo nel cervello di Wicked, e non sono del tutto sicura di voler sapere di cosa si tratti.

Gli rivolgo un timido sorriso, prima di affrettarmi per raggiungere Royce.

Una volta che superiamo il mare di persone e varchiamo la porta d'ingresso, saltello giù per i gradini, per stargli al passo. "Dove stiamo andando?" Ero strasicura che mi avrebbe lasciata a dormire qui, così si sarebbe potuto andare a fottere Bea.

Si allontana da me, e rimane in silenzio finché non siamo abbastanza lontani dalla gente, e vicini alla sua moto. "Ti riporto al tuo dormitorio. Ho cambiato idea."

Mi blocco ed incrocio le braccia. "Perché questo cambio improvviso?" Ora che siamo soli lui ed io, senza nessun altro spettatore, sembra che tutto ciò che ci diciamo l'un l'altro sia reale. Grezzo.

Lui si ferma a lanciarmi un'occhiata da capo a piedi. "Che cos'era quella storia? Quello che hai appena detto?" La sua espressione si indurisce e, anche se qua fuori è buio, le luci che provengono dalla casa mi offrono un bagliore sufficiente perché possa scorgere il contorno del suo viso. "Jade."

Jade. Non Duchessa.

"Niente. È solo che so che aspetto ha la crudeltà, e lui non mi è sembrato affatto una persona crudele."

"Tu non sai un cazzo di niente a proposito di Lion." Le labbra gli si arricciano al di sopra dei denti, ma ho la percezione che quel ringhio sia diretto a me, e non ai suoi sentimenti nei confronti di Lion. È fin troppo palese quanto Royce sia affezionato a lui. "Te lo chiederò una volta sola."

Mi si gela il sangue, quando Royce fa un

passo verso di me. *Non chiedermi nulla, perché sarò costretta a mentire.*

"Qualcuno ti ha fatto del male?"

Chiudo la bocca e stringo forte la mandibola. Tengo lo sguardo fisso sul piccolo ricamo cucito sul suo giubbotto di pelle, su cui si legge *Rip*. Vicepresidente. Le sue dita mi abbrancano il mento. Il suo petto è premuto contro il mio. Mi fa alzare la testa perché i nostri sguardi si incontrino.

Le sue sopracciglia si intrecciano fra loro. "Dimmelo, Jade."

Io non dico una sola parola. Le sillabe mi sono rimaste incollate alla gola, e si rifiutano di uscire.

Mi strofina il bordo inferiore del labbro col pollice. "Se qualcuno ti ha fatto del male mentre ero via…" Chiude la bocca, ed i muscoli su ambo i lati della sua mandibola pulsano. "Io lo ucciderò. E questa non è una minaccia. È una fottuta promessa." Mi tremano le gambe sotto il mio peso. Il mio autocontrollo mi si ritorce contro. Ho voglia di dirgli tutto quanto.

Apro la bocca ma, quando stanno per scivolarmi le parole fuori dalle labbra, Bea ci interrompe. "Non rimani?" mugola, ed io mi scosto da Royce, prima di allontanarmi abbastanza da entrambi per lasciarli parlare. Mi ritrovo accanto alla moto di Wicked. *Non posso credere che stessi per dirglielo!*

Gli occhi di Royce si stringono su di me, prima di cadergli sulla moto vicino a cui mi trovo, quasi come se fosse per me un'àncora di salvezza. "Nah, per stasera te la caverai." Mi allunga il casco. Io faccio qualche passo avanti per prenderlo, sfiorando con le dita la vernice bianca e lucida della Harley di Wicked.

"Ma..."

Royce la guarda in cagnesco. "Vattene, Bea."

Gli occhi di Bea si spostano fra Royce e me, ed io vedo tutte le immagini che le stanno scorrendo davanti agli occhi senza che lei me le debba nemmeno illustrare. Siamo andati avanti così tutta la vita, con la gente che presume che fra Royce e me ci sia più di quanto non c'è in realtà.

"D'accordo. Mi chiami?"

"Mai," ribatte senza mezzi termini. Poi si volta verso di me e mi indica la sua moto. "Sali."

Sospirando, sollevo la coscia al di sopra del sellino e mi schiaccio contro la sua schiena. La sua moto fa tanto di quel fottuto rumore da assordarti. Royce esce dal cancello, non appena si apre, poi imbocca a tutto gas prima la strada del club, e subito dopo l'autostrada. L'aria mi frusta le ciocche svolazzanti dei capelli, e sul mio viso c'è un sorriso rilassato. Non lo ammetterò mai a Royce, ma adoro andare in moto dietro di lui.

Mezz'ora dopo, svoltiamo davanti al campus. Il rombo della moto riecheggia fra le stradine vuote, nel tragitto fino al dormitorio. Spegne il motore e si ferma, mentre io scavalco il sellino e mi sfilo il casco. Strizzo il cinturino nel palmo. Sono pronta a ridarglielo e ad andarmene. C'è un'atmosfera tranquilla. Ci siamo solo lui ed io, così vicini. Così intimi.

"Non ho potuto portarti con me." La sua voce è bassa, sommessa. Come se non volesse dirmi quelle parole, ma se sapesse di avere lui stesso bisogno di darmi qualche spiegazione. "C'è così tanto che tu non sai, Duchessa. Non potevo averti attorno a me. Non ho potuto prenderti. Sapevo che, a casa, saresti stata al sicuro."

Il cuore mi si spezza nel petto. "Oh, che coincidenza," sibilo, cercando di ricacciare indietro le lacrime che stanno minacciando di scoppiarmi lungo le guance. Se mi metto a piangere, so che sarà tutto finito, e che lui mi darà addosso finché non gli rivelerò quello che tengo nascosto. "Tu non sei l'unico con dei segreti, Royce."

Piega la testa da un lato e gli si gonfiano le vene sulla superficie del collo. "E questo cosa sta a significare, Jade?" Non mi sfugge l'aggressività nel suo tono. "Sai, quando te ne esci con delle stronzate del genere, mi fai venire voglie di uccidere della gente. Capisci qual è il mio problema qui?"

"Sei troppo bello per andare in galera?" scherzo tristemente, facendogli un sorrisetto.

"No." I suoi occhi si poggiano sulle mie labbra, quando ci passo sopra la lingua. "Non mi beccano mai."

Gli passo il suo casco, ed il mio cuore

esplode, quando la sua mano si posa sulla mia. Avrebbe potuto prenderla in qualunque altro punto, ma ha scelto la parte esatta in cui la mia mano va toccata. Mi affondo i denti nell'interno della guancia, e sento il sapore del sangue. Mi serve per distrarmi dal fare qualcosa come mostrare l'effetto che Royce ha su di me. "Notte, Roy."

Sfilo la mano per prima, facendola scivolare da sotto la sua, e urtando contro uno dei suoi anelli massicci.

I suoi occhi restano nei miei. "Notte, Duchessa."

Mi avvio a grandi passi verso il dormitorio, lottando contro l'impulso di tornare indietro e fare qualcosa di idiota come chiedergli di portarmi in qualunque posto che non sia qui. Ma non devo dimenticare che lui non è più lo stesso ragazzo. Alle volte, rivedo il vecchio Royce, ma poi mi ricordo dove siamo ora, quanto le nostre vite siano cambiate e che, perfino da bambini, lui non mi ha mai considerata niente di più che una dannata scocciatura.

Una volta che sono di nuovo al riparo nella mia camera, sento la sua moto che riparte, e che si allontana. E me ne vado a dormire quella sera col dispiacere addosso di non avere una vita differente.

15

JADE

Mi sveglio al mattino seguente coi ricordi di ieri sera che mi sfilano davanti alla mente, ed il cellulare che vibra sul pavimento. Lo afferro alla cieca e lo sblocco rapidamente per rispondere.

"Pronto?"

"Oh, grazie a Dio! Sei viva!" grida Sloane dall'altro capo del telefono. "Raccontami tutto."

Io grugnisco, schermandomi le palpebre chiuse col palmo della mano. "Non lo so. Siamo tornati alla clubhouse e poi mi ha riportata a casa. A te com'è andata ieri sera?"

Sloane espira. "Ollie ed io abbiamo scazzato."

"Non mi dire..." alzo gli occhi al cielo, prima di sporgermi verso la tenda per aprirla. L'unico modo in cui sarò in grado di uscire dal letto stamattina è col sole che mi trafigge dalle finestre. E invece ho una sfiga del cazzo, perché fuori sta piovendo. Faccio un sospiro e richiudo le tende. "Perché avete litigato?" Glielo chiedo anche se, in realtà, so già il motivo. Sono troppo simili.

"Lui si è solo ubriacato troppo e ha cominciato a prendersela con tutti, così io ho provato a fermarlo e… beh… per fartela breve… non avrei dovuto."

Sospiro di nuovo, mi massaggio le tempie ed accavallo le gambe sul letto. "Stai bene?"

"Sempre. Ehi, lavori stasera?"

"È sabato. Sai che lavoro sempre di sabato." Sono anni, ormai, che Sloane è convinta che io lavori da casa per i miei genitori. Se l'è bevuta. Mi sono inventata una marea di cazzate, dicendo che lavoro per la società, che traffico coi numeri per fare un po' d'esperienza lavorativa. Vorrei che fosse davvero quello che faccio.

Sospira attraverso l'altoparlante. "Vabbè, promettimi che domani stiamo a pranzo insieme però, così possiamo chiacchierare come si deve."

"Torna a letto!" Sento Ollie di sottofondo.

"Sloane!" la sgrido.

"Devo andare, ciao!"

Rido e scuoto la testa. È proprio inguaribile.

5 messaggi non letti

Li apro, partendo dal più recente.

Royce: La conversazione di ieri sera non è conclusa.

Chiudo il suo messaggio e passo al seguente.

Numero sconosciuto: Sono Silver! Questo è il mio numero. PS: Bea era super scoglionata

quando tu e Sicko ve ne siete andati.

Numero sconosciuto: Salvati il mio numero, dolcezza. Sono Bonnie.

Sloane: Fra te e Royce c'è l'accumulo di tensione sessuale più lungo della storia. Ho la sensazione che, quando finalmente scoperete, lui finirà per ucciderti accidentalmente.

Mi ruotano gli occhi dietro la testa. Sloane ha sempre fomentato la cosa fra me e Royce. È fuori di testa. Apro l'ultimo messaggio, che proviene da un altro numero sconosciuto.

Numero sconosciuto: Sì, lo farei.

Mi blocco, piegando le dita sulla tastiera del mio schermo. Ignoro tutti gli altri messaggi e, d'impulso, rispondo **Chi è?** prima di dare seguito agli altri messaggi precedenti. Mando affanculo Sloane con un emoji, ringrazio Bonnie, mando delle faccine divertite a Silver, e finalmente mi ritrovo qui, sul messaggio di Royce. Mi batte forte il cuore nel petto.

Non farlo.

Lancio il cellulare sul letto e mi aggiro per la mia stanza, raccattando tutto il necessario per una doccia. Visto che, verosimilmente, stasera mi toccherà indossare qualcosa di scomodo, tiro fuori un pantalone da yoga grigio ed una maglietta larga di Thrasher. Un abbigliamento abbastanza casual per rilassarmi. Dopo la doccia, riprendo in mano il telefono e trovo tre nuovi messaggi.

Apro per primo quello di Royce, visto che è lui quello che mi spaventa di più.

Royce: Sono lì fra tre minuti.

"Cazzo." Rifaccio al volo il letto e mi annodo i capelli in una treccia, che mi lascio cadere lungo la schiena. Dopodiché, vado a riaprire il messaggio successivo, ma qualcuno bussa con vigore alla mia porta. Stringo forte la maniglia ed apro la porta a Royce e Wicked.

"Davvero, non avresti dovuto," faccio a Royce, sbattendo le ciglia.

Lui mi scansa da davanti e, una volta che sono entrambi entrati, chiude la porta con un calcio. "Mamma ti dà tutta questa roba?" Royce fa un gesto in direzione della stanza. "Ce l'ha messa proprio tutta con te, eh?"

Mi stritolo il cellulare in mano, e gli occhi mi guizzano sulla foto di Royce, me, Orson e Storm in barca, quando eravamo ragazzini. "Eh, per forza. Immagino sia quello che succede quando un figlio abbandona l'altro."

Wicked va a prendere posto sulla sedia infilata sotto la mia scrivania, taciturno come sempre. Il suo silenzio non mi mette a disagio. Anzi, è rilassante. È la sua presenza, piuttosto, che è intensa.

Royce si siede sul mio letto. "Che fai stasera? Bonnie e Silver vogliono che venga su per una maialata."

Lancio un'occhiata al mio cellulare, immaginando che il numero sconosciuto debba aver risposto. Ma è solo quando leggo il messaggio sullo schermo che i miei occhi volano su Wicked.

Numero sconosciuto: Ce l'hai di fronte proprio ora.

Come ha fatto Wicked ad avere il mio numero? E Royce lo sa?

"Ah, non posso. Ho da lavorare. Ma che è una maialata?"

"Lavorare?" A Royce si contrae tutto il viso. "E da quale cazzo di momento i nostri genitori ti hanno lasciata lavorare? È un barbecue, Jade."

"Sta mentendo," interviene Wicked, con gli occhi su di me.

"Non è vero," sbotto a Wicked. "Lavoro tutti i sabati per i nostri genitori. Perché, che c'è?" Mi agito, a disagio. Non è l'ideale avere entrambi nel mio spazio personale, specialmente quando sto provando a mantenere il segreto più grosso di tutta la mia vita, con un Wicked che è fin troppo furbo. Merda. Sto già svelando le mie carte? Drizzo bene le spalle. "Faccio un po' di conti per lui e, in cambio, loro mi concedono tutto questo."

Gli occhi di Royce si stringono, mentre si passa una mano sulle labbra. Ha i capelli scombinati, gli occhi cupi. "Non ha alcun senso, Duchessa. Tu hai un conto fiduciario. Non ti serve lavorare per avere tutto questo."

Cazzo.

Faccio spallucce, buttandomi sul mio materasso morbido. "Non serve che abbia senso perché sia la verità."

"A che ora finisci?" mi domanda, rialzandosi in piedi. "Ti devo mettere uno dei fratelli appresso."

"Cosa?" Gli lancio un'occhiata accigliata. "Che vuol dire che mi devi mettere uno di loro appresso?"

Royce mi guarda in cagnesco. "Vuol dire che mi occorre assicurarmi che qualcuno sia costantemente al corrente di dove ti trovi."

"Perché!" sbotto. "Royce, ho appena cominciato una nuova università, tu non hai fatto più parte della mia vita per un'eternità, e adesso, di punto in bianco, mi stai col fiato sul collo!"

Royce fa una risata, ma quel suono agghiacciante scatena un fuoco che mi corre lungo la spina dorsale. Le sue gambe colpiscono il mio letto, le sue mani sono attorno alle mie cosce, e mi trascinano verso di lui, prima di inchiodarmi le mani sopra la testa.

"Royce," lo prego, lanciando una rapidissima occhiata a Wicked. "Davvero."

Anche lui si guarda da sopra la spalla, verso Wicked. "Oh, che c'è? Lui? Non devi preoccuparti di Wicked."

Stringo forte i denti.

"Non lo faccio per starti addosso, Jade. Sto solo provando ad assicurarmi che tu non muoia, e non perché me ne freghi un cazzo della tua esistenza, ma perché non ho intenzione di trasformare mamma in un'alcolizzata anche peggiore di quanto non sia già."

"Ah, ma davvero?" ribatto, mentre un'ondata di rabbia mi si abbatte addosso. "E allora che cos'era ieri sera tutto quel discorsetto su *chi ti ha fatto del male, Jade. Dimmelo, Jade. Andrei in prigio…*" Mi porta una mano alla gola, e le sue dita si flettono per stritolare la mia invettiva.

Si china su di me, fino a sfiorarmi l'orecchio con le labbra. "Di' le prossime parole e vedi che cazzo succede."

Mi sollevo, il mio naso sfiora il suo, e mi si incrociano gli occhi, talmente ce l'ho vicino. "Tu…"

Mi infila la lingua fra le labbra, e a me si cristallizzano all'istante tutti gli organi interni, non so se per lo shock o per un'emozione sconfinata. Probabilmente è per una combinazione di entrambi.

Royce ridacchia, e si spinge via dal letto. "Visto che non posso picchiarti e poi scoparti - in quest'ordine - non mi resta che leccarti ogni volta che ti verrà voglia di aprire quella cazzo di bocca. Ti metto dietro Slim," dichiara, avviandosi verso l'uscita. "Quindi cerca di non fare stronzate."

Quando Royce apre la porta, i miei occhi trovano Wicked.

Per un secondo, siamo soltanto lui ed io. Si alza in piedi, torreggiando sulla mia figura minuta. "Stai mentendo. Lui lo sa, anche se pensa che non gliene importi niente al momento. Ma Jade, quando scoprirà quello che gli stai tenendo nascosto, succederà una catastrofe. Quindi fammi un favore." Mi paralizzo, sbirciando verso di lui da sotto le mie ciglia. "Non glielo dire." Si volta e si avvia verso la porta.

Mi lascio uscire un lungo respiro, e mi getto all'indietro sul letto. La confusione mi deforma la vista. Non direi comunque niente a Royce, ma il problema è che Royce ed io, solitamente, captiamo a vicenda i nostri sentimenti. Siamo stati uniti dalla nascita, ed io ho il timore che più tempo passeremo insieme, più rapidamente le nostre anime se ne renderanno conto.

Riapro la schermata di messaggi con Wicked.

Io: Lui sa che mi stai scrivendo?

Probabilmente è una domanda idiota, ma lo devo sapere. Non riesco a leggere Wicked, né le vibrazioni che emana. Dall'altro lato non credo che farebbe alcunché per far stranire Royce. Non pensavo che avrei mai potuto dire una cosa del genere, ma ho la percezione che loro due siano perfino più stretti di quanto Royce non sia - o non fosse - con Orson e Storm.

Di tanto in tanto, Storm ed io ci teniamo ancora in contatto, ma con Orson non molto. Orson ormai è diventato ricco e famoso, e sta vivendo la vita dei suoi sogni con India a Hollywood Hills. Ciononostante, so che, se mi dovessi presentare davanti alla sua porta, o se avessi bisogno di qualunque cosa, lui sarebbe ancora lo stesso fratello a cui ero affezionata. Mi domando se Royce si senta ancora con entrambi, ma scommetto di sì.

Mi suona il telefono in mano ed apro il

messaggio

Wicked: No.

Rileggo la parola sullo schermo. E poi la rileggo. Forse ho letto male, o forse qualunque cosa ci sia fra Wicked e me è del tutto platonica. Non so che risposta scrivergli, così metto giù il telefono, tiro fuori i miei libri di testo e mi metto a sfogliarli.

Qualche ora dopo, mi stiracchio le braccia sopra la testa e controllo l'ora. "Merda." Il telefono comincia a squillarmi sul letto. Schiaccio il tasto di risposta.

"Jade," dice James. "Fatti trovare pronta fra quindici minuti."

"Sì," sussurro. Mi sono talmente immersa nel mio studio che ho perso la cognizione del tempo. Non è accettabile. Di solito mi ci vuole un'ora per prepararmi mentalmente a quello che sta per succedere. Da dopo l'ultima volta che James ed io siamo stati insieme, fra di noi c'è stato un qualche cambiamento. James sta diventando sempre più duro. Più arrabbiato.

Mi tolgo velocemente i vestiti di dosso ed infilo un top nero corto con le bretelle e dei pantaloni neri a vita alta, a cui abbino un paio di scarpe rosso sangue di Valentino ed una cintura di Gucci.

"Cazzo!" Prendo il telefono, trovo il contatto di J e spingo *chiama,* sperando che risponda in tempo.

"Sì?"

"Abbiamo un problema."

"Che problema?" mi chiede James. Riesco a sentire il rumore di macchine di sottofondo, quindi dev'essere già per strada.

"Royce ha messo uno dei suoi amici a piantonarmi. Non so perché, ma penso… beh, presumo… che questo tizio sia giù nel parcheggio. Non posso farmi vedere che esco. Mi farà delle domande."

"Sì, puoi farti vedere, Jade. Digli che hai una riunione di lavoro con uno dei tuoi capi che vive fuori città. Che è quello che hai davvero."

Mi sudano i palmi delle mani per il nervoso. "Dovrebbe andare."

"Ci vediamo fra un quarto d'ora." Riattacca, ed io mi lancio delle occhiate agitate in giro per la stanza. So che Royce uscirà di testa se penserà che io gli abbia mentito e, soprattutto, Wicked è più intelligente di quello che dà a vedere. E se cominciasse a rimettere insieme i pezzi del puzzle e scoprisse quello che sto nascondendo?

Apro la chat con Royce, sperando che sia troppo ubriaco per leggere il mio messaggio.

Io: Giusto per avvisarti, stasera ho un appuntamento di lavoro fuori, con uno dei miei capi che vive oltreoceano e la sua collega.

Poggio il telefono e mi trucco alla svelta, prima di darmi una spazzolata ai capelli.

Royce: Che? Dove?

Io: Roy, sono al sicuro con loro. Il tuo ragazzo può restare qui fino al mio ritorno.

C'è una lunga pausa, e sto proprio sull'uscio della mia stanza, quando mi arriva un altro messaggio.

Royce: Voglio che ti fai lasciare qui quando hai finito.

Le mie dita volano furiose sullo schermo, mentre entro in ascensore. Premo il tasto per scendere al pianterreno.

Io: Qui dove? E non so quanto farò tardi. E, fra l'altro, non ho voglia di andare alla clubhouse coi vestiti che ho addosso ora.

Fra parentesi, non so neanche di che umore sarà James. Potrebbe non volermi lasciare da Royce.

I miei tacchi tintinnano sul pavimento, mentre arrivo in fondo al corridoio.

Royce: Clubhouse. E non è negoziabile.

Attraverso le porte dell'ingresso e mi incammino verso la Maserati di J. Grazie a Dio ha i finestrini oscurati.

Mi cade l'occhio su una motocicletta parcheggiata in un angolo, su cui è seduto un ragazzo ancora più giovane di Gipsy, col cappuccio di una felpa calato sulla testa. Mi saluta, accendendo al contempo la moto.

Rispondo al suo saluto con un cenno della mano. Per quale cazzo di ragione Royce sta facendo lo psicopatico - più del solito - proprio adesso? Scivolo sul sedile freddo di pelle italiana, e mi richiudo lo sportello alle spalle. "Ciao."

James svolta sulla strada, riempiendo il vuoto del silenzio con una tensione imbarazzante. In passato ci è capitato di avere alti e bassi ma, per quanto in basso andassimo, c'era sempre un certo livello di sicurezza che mi ritrovavo a sperimentare ogni volta che ero in sua compagnia. Era sempre gentile, quando facevamo sesso. È stata proprio la sua mollezza che mi ha sempre dato la consapevolezza che non mi avrebbe uccisa. Ma in albergo, l'altra sera, si sentiva frustrato. C'è una nube oscura di incertezza che aleggia su di lui adesso, e che mi tocca i nervi più del solito. James continua a guidare fino ad uno degli hotel dal capo opposto della città. "Restiamo in camera stasera?" Faccio una domanda, che non è mai una cosa buona. Mi si rivolta il cibo nello stomaco, delle lacrime non ancora versate galleggiano in superficie.

"Sì, Jade. Andiamo." Si sbottona la giacca, spazientito. Una volta che sono scesa dalla macchina, chiudo la portiera e lo seguo nella hall, restandogli alle spalle mentre si fa dare la chiave.

Quando entriamo in ascensore, mi appiglio disperatamente a qualcosa, qualunque cosa che possa darmi la garanzia che uscirò viva da qua dentro. "Non c'è bisogno che vada alla clubhouse stasera."

Lui non mi risponde e, per un secondo, penso che non lo farà, finché l'ascensore non arriva in cima e lui si schiarisce la voce. "Oh sì, invece." Lo seguo in corridoio. Le pareti grigio scuro mi vorticano attorno in slow motion. Si ferma fuori dalla camera 445 e striscia la chiave magnetica nella fessura, finché la porta non si apre con un bip.

Poggia il tesserino sul tavolino accanto alla porta, tenendo stretta in mano la sua borsa da viaggio. La stanza è arredata nel tipico stile di un hotel a 5 stelle. Biancheria pulita, bicchieri di champagne, illuminazione soft.

"Va' in bagno, e aspetta lì finché non ti dico io di uscire. Togli i tuoi vestiti e metti l'abito che troverai pronto per te."

Annuisco. "Sissignore."

Entro in bagno dalla camera da letto principale, chiudo la porta e comincio a spogliarmi, quando mi cade il cellulare dalla tasca. "Merda." Mi sono dimenticata di lasciarlo accanto alle sue chiavi e, se dovesse accorgersi che ho commesso un errore, la mia punizione sarà perfino peggiore di qualunque cosa mi spetti fra poco.

Dopo aver indossato di nuovo lo stesso abito verde di seta che mi ha fatto mettere qualche giorno fa e, dopo aver piegato ed impilato tutti i miei vestiti, mi siedo sulla tazza del bagno ed apro la fotocamera per i selfie. Sono abbastanza attiva sui social, ma non sono proprio una tipa da selfie. Non ho niente in contrario con le ragazze che se li fanno, è solo che a me non viene proprio. Mi piace fotografare l'oceano, la natura. I fiori secchi mi intrigano più di un bel viso.

Sollevo la fotocamera ad altezza occhi e scatto una foto di me coi capelli spostati tutti da un lato, ancora mossi, visto che li ho tenuti tutto il giorno annodati in una treccia. Il mio trucco è ancora brillante ed intonso, con dei tratti impeccabili e delle sfumature senza la minima sbavatura. Guardo la foto e resto di stucco. È questa la mia faccia? Sembro… triste. L'abito di seta mi pende da una spalla sottile, le mie clavicole sono appuntite come gli zigomi di Royce, i miei occhi verde brillante sono circondati da piccole venuzze rosse attorno ai bordi. Infilo il cellulare in mezzo ai miei jeans ripiegati e mi schizzo il viso con un po' d'acqua fredda. "Okay. Ci siamo."

"Puoi venir fuori," dichiara James da una delle camere da letto al di là della porta.

La apro e seguo la sua voce fin nella camera padronale. Quando entro, scopro che ha ricoperto un intero angolo della stanza con delle lenzuola bianche, e ha sistemato al centro un supporto metallico improvvisato. A prima vista, potrebbe sembrare un set fotografico, con tanto di teloni e stand ma, quando vedo la telecamera poggiata sul treppiedi e gli strumenti che vi sono allineati accanto, capisco che non è con James che avrò a che fare stasera.

Questa è un'altra storia.

James mi viene incontro e mi sistema sul viso prima la maschera da coniglietta, poi la benda sugli occhi. È la stessa maschera che indosso tutte le volte che lavoro con lui. Non so bene il motivo per cui l'abbia scelta, né quale significato rivesta. Mi sono risolta che debba avere qualcosa a che vedere con la sua mente pervertita. "Mi dispiace, Coniglietta. Ero felice di averti accanto a me, come il mio giocattolo. Come la mia proprietà migliore, e la più splendida di tutte." Quando mi stringe i lacci dietro la testa, le mie lacrime cominciano ad intridere la benda.

"Mi ucciderai?" gli chiedo con le corde vocali lacere, sfilacciate come dei nastri che mi cadono dalle labbra.

"Sss," sibila, con le labbra poggiate sulle mie. "Non ancora, e non stasera, no." Fa una pausa, ed avverto un fruscio di sottofondo. "Sempre la ragazza più bella nella stanza. Una bellezza ed un potere sufficienti a far cadere qualunque uomo in ginocchio. Avresti potuto avere chiunque. Allora perché lui?"

"Perché chi?" Mi scende il muco dalle narici, man mano che le lacrime si fanno più dense. Quando faccio per pulirmi il naso, le mani di James sono sulle mie. Mi trascina. Sento il lenzuolo in mezzo alle dita dei piedi, e capisco in quale punto della stanza mi trovo. Le mie mani vengono sollevate sopra la mia testa, poi degli artigli di metallo mi si agganciano attorno ai polsi.

Parte di sottofondo *Inside of Fire* di Disturbed, nel momento in cui James mi divarica le gambe con un piede e le assicura a loro volta a delle fascette metalliche. Deve premere un pulsante, perché le cosce mi si allargano ancora di più. Ho una certa familiarità con la barra divaricatrice. C'è una lunga pausa di silenzio, prima che lui riprenda la parola, solo che stavolta parla attraverso lo stesso registratore vocale che ha usato quando ha fatto il suo ultimo video.

"Ad ogni settimana in più che lascerai passare, io la punirò."

Che cosa vuole?

"Probabilmente ti starai chiedendo cosa voglia, visto che di solito tratto solo con clienti che so già che sono prontamente in grado di fare uno scambio."

Di solito? Cosa? James non mi ha mai fatto questo in tutta la mia vita. Deve star parlando alla telecamera.

"La risposta è che io non voglio niente. Non è il giochetto mentale proprio per te? Non sai come salvare questa ragazza, ma ti posso assicurare che, una volta che avrai scoperto tutto, vorrai farlo. Per il momento, io non avrò altra scelta che porre fine alla sua deliziosa, giovane vita." Fa una pausa, ed io sento all'improvviso la freddezza di un palo che mi preme sul sedere. Ma James non mi colpisce. Il palo gelido scivola giù, in mezzo alla fessura delle mie natiche, fino all'ingresso della mia vagina. Urlo, e mi scappa un singhiozzo, quando me lo spinge dentro, lentamente. Mi si stringono le pareti, provando ad opporre resistenza al corpo estraneo.

Grido così forte che la mia gola riduce le mie urla a brandelli, e mi cade la testa all'indietro, quando le fitte di dolore mi si irradiano dal centro delle cosce. "È sempre stata lei la partita finale." Adesso comincia ad andare in riproduzione *Who's Ya Daddy?* di Necro. A quel punto, James estrae il palo, ed io sento delle goccioline viscose che mi colano lungo l'interno delle cosce.

"Mmm, sangue," piagnucolo. Il mio orgoglio ed il mio corpo sono strappati dalla loro innocenza, e scagliati dritti attraverso i cancelli dell'Inferno. Il mio sesso pulsa, tumefatto per l'abuso.

"Giochiamo alla roulette…"

"…russa." Scuoto la testa. Dei gemiti discreti mi vibrano nel petto.

Mi si sciolgono i muscoli, ed il mio corpo, alla fine, si rilassa. *Prendimi e basta.* Il Paradiso non mi accoglierà, mentre l'Inferno non darà il bentornato ai miei demoni. Sarò lasciata di nuovo in purgatorio, ma stavolta sul serio. *Prendimi. E. Basta.* Sono stanca. Il mio corpo assume consapevolezza, la mia mente si sforza di diventare lucida.

Proprio quando penso che stia per puntarmi una pistola alla tempia, sento la punta della canna che mi penetra, e delle pugnalate di dolore che mi trafiggono nuovamente. La canzone di prima ricomincia a suonare. *Ancora, e ancora.*

"C'è un proiettile in canna. Perché non tiriamo ad indovinare?" *Clic.* Ha premuto il grilletto. "Oh, non era mia intenzione farlo." Carica di nuovo la pistola, ed io mi contraggo attorno alla canna. La vacuità del mio cuore si propaga come una malattia infettiva, scavando sempre più a fondo, man mano che lui continua. "Cosa ti chiedo di fare?" *Clic*. Le mie spalle cominciano ad essere scosse dai fremiti, mentre le lacrime mi sgorgano a fiotti lungo le guance, ed attraverso la benda che mi copre gli occhi.

"Come ti chiami?" fa James, ed io mi fermo, lasciando cadere la testa in avanti.

La vergogna mi si abbatte addosso, insozzandomi con la sua sporcizia, mentre la canzone continua a suonare, ancora, e ancora, e ancora.

"Lei non vuole rispondere, perché è sveglia."

Sfila la pistola, e cade tutto nel silenzio. I suoi passi si fanno più vicini a me. "Sei fortunato che stasera ci sia bisogno di lei, altrimenti la sua punizione sarebbe stata molto peggiore." Preme qualcosa. "Ma c'è sempre la prossima settimana."

Finalmente, mi toglie la benda dagli occhi e mi slega polsi e caviglie. "Sul letto," ordina, ed io esamino l'area che ha allestito. È quasi come se stia provando a camuffare quello che sta facendo.

"James?" gli sussurro, disorientata. È vestito totalmente di nero, porta una catenina attorno al collo, da cui ciondola lo stesso simbolo che mi ha impresso a fuoco sulla caviglia.

"Il letto. Non abbiamo finito."

Mi sposto verso il letto, mentre lui piazza la telecamera accanto a noi. "Tieni lo sguardo rivolto a sinistra, e non spostarlo da nessun'altra parte. Se non mi darai ascolto, tirerò di nuovo fuori il palo. Intesi?"

Faccio di sì con la testa, mentre le lacrime mi rigano le guance, e tengo gli occhi fissi sul muro. Lascio vagare la mente. Chi c'è stato qui prima di noi? Sul comodino c'è un dépliant piegato, su cui campeggia una coppia di novelli sposi che mi sorride. *Mi state prendendo per il culo*. Questa camera probabilmente ha visto l'amore allo stato puro, visto che è una suite da luna di miele, eppure, eccoci qua. A dipingere le pareti col male.

James si muove sopra di me e mi schiaccia ulteriormente il viso contro il materasso, mentre sento la punta del suo pene che preme contro il mio ingresso. Il dolore ormai ha superato la mia soglia, al punto che il mio corpo è entrato in modalità sopravvivenza. James mi penetra ed io sussulto, ma non mi muovo. Pompa dentro di me incessantemente, senza posa. Geme, ma mi fa delle docili moine. Mi accarezza i capelli. Mi dà dei baci soavi.

"Mi piace fare l'amore con te, Coniglietta." Mi dice che sono la ragazza più bella al mondo. Fa avanti e indietro dentro di me, sprofondando con la stessa intimità di due amanti. Ingoio il vomito che mi risale in gola. A me non piacerà mai scopare in questo modo. Continua a sfiorarmi dolcemente. Prosegue, finché i suoi gemiti non mi si versano nell'orecchio assieme al suo alito caldo, ed il suo sudore mi resta appiccicato su tutta la carne. Quando mi smonta di dosso, io rimango ferma, aspettando che sia lui a dirmi di potermi finalmente muovere.

"Togliti la maschera e va' a farti una doccia. Renditi presentabile per tuo fratello. Non vorrai che scopra che ti stai trombando qualcun altro che non sia lui."

Ignoro quelle parole impietose, e trascino la mia anima sfibrata e spezzata fino in bagno. Giro la manopola della doccia sul caldo, senza guardarmi allo specchio. Ho paura di ciò che potrei vedere. Non rimarrei sgomenta di nulla, considerando l'empietà di cui sono stata testimone nel corso degli anni. Ormai dovrei esserci avvezza. Eppure, ha ancora un impatto sul mio spirito, ogni volta che lui mi prende. L'abuso sessuale non è qualcosa a cui né la mente, né il corpo umano potranno mai assuefarsi. Le vittime che lo subiscono escogitano dei meccanismi di difesa, finché o trovano una via d'uscita, oppure ci muoiono.

Mi infilo sotto la doccia, verso shampoo e saponi in testa e concedo finalmente alle mie lacrime di spillare liberamente. Mi gratto via con le mani tutta la sporcizia dal corpo, ma non so come fare col lerciume che mi chiazza l'anima. Ripongo i flaconi sulla mensolina, chiudo il rubinetto ed avvolgo il mio corpo fiacco in un asciugamano di cotone. Strofino via la condensa dallo specchio e, a questo punto, guardo la mia immagine riflessa. Se mi presentassi al club in queste condizioni, Royce capirebbe senza dubbio che c'è qualcosa che non va e, ammesso che sfuggisse a lui – cosa che non accadrà – se ne accorgerebbe di sicuro Wicked. Ho gli occhi infossati, cerchiati da aloni scuri. Le mie labbra sono gonfie per i baci rubati, le mie guance arrossate dalle lacrime salate. So il motivo per cui James ha fatto quello che ha fatto stasera. Mi ha annichilita da dentro. Perché procurare a qualcuno del male fisico, quando puoi benissimo mutilargli l'anima?

Prendo lo specchietto da trucco sul bancone, me lo oriento in mezzo alle cosce e studio i punti in cui sono gonfia. *Niente sangue.* Quelle gocce viscide che ho sentito dovevano essere un qualche lubrificante che James avrà spalmato attorno al palo. Il dolore è ancora vivido, anche se sono conscia che potrebbe essere più che altro psicologico. Raccolgo i miei slip di pizzo e me li faccio salire su per le cosce, prima di infilarmi nei miei pantaloni neri a vita alta. Racchiudo di nuovo i miei seni nelle coppe del reggiseno e scivolo dentro il top corto di pizzo sottile. Sono fragili ora i battiti del mio cuore molle e dolorante. Mi serve qualcosa da bere. Qualcosa di forte. Frugando negli armadietti, trovo il phon ed una piastra, e comincio a lavorarmi i capelli, prendendomi questo tempo per acquetare la mia mente e riscendere dal precipizio su cui mi sono arrampicata. I ricordi. I ricordi aiutano.

"Che fai?" mi ha chiesto Royce, lanciandomi un sorrisetto dall'altro lato della stanza. Era il giorno di Natale, e sapevamo tutti quanto ci tenessi a non mettere l'angelo in cima all'albero di Natale fino

all'ultimo. La spiegazione che davo era che, se l'angelo fosse stato messo su troppo presto, i demoni avrebbero potuto venircelo a rubare. Così, aspettavo sempre fino al mattino del giorno di Natale per metterlo in cima, e lo ritiravo giù la sera stessa.

"Sto appendendo l'angelo."

Royce era a torso nudo, con una tuta grigia annodata attorno alla vita asciutta, una scodella di muesli in una mano, un cucchiaio nell'altra, ed un sorrisetto stampato in faccia. "Ti do una mano." Ha poggiato la scodella sul tavolino e mi è venuto incontro. Da quando sono diventata adolescente, è sempre stato un po' come se, ogni volta che Royce mi era vicino, mi si allertassero tutti i sensi.

Mi sono sentita la sua pelle contro la schiena, quando mi ha raggiunto da dietro e le sue dita hanno avvolto le mie per prendere l'angelo. Il mio cuore è andato in corto. "Lascia fare a me." La sua bocca era ad un soffio dalla mia nuca, ed io ho chiuso gli occhi. Forse ero ridicola, o forse sono solo sensibile. Non ero pronta ad esplorare gli ulteriori motivi per cui stavo reagendo a Royce.

Mi tiro fuori dal mio ricordo. Quello è stato l'ultimo Natale che Royce ha passato con noi. Da quel momento in poi, abbiamo smesso di festeggiare, mentre mamma piangeva la "morte" del suo unico figlio maschio.

Finisco di truccarmi, faccio un respiro profondo e ripongo via tutta la roba. Mi rimetto il cellulare nella tasca posteriore ed esco finalmente dal bagno.

Il tragitto fino al capo opposto della città si è rivelato più lungo di quanto mi aspettassi. Penso che sia perlopiù dovuto al fatto che il silenzio che c'è nell'abitacolo è molto più che imbarazzante, o triste. È inquietante. Ci accostiamo davanti al marciapiede della clubhouse. Che devo dire? *Grazie, James, per avermi rovinata ancora di più. Proprio quando penso che tu non possa rivelarti peggio di così, vai oltre e mi dimostri che sbaglio.* Dal mio specchietto laterale, vedo Slim al cancello. Compie un paio di passi verso la macchina ed io cado nel panico. Devo scendere dall'auto.

James mi poggia una mano sulla coscia, ed io debbo lottare contro tutti i miei impulsi per non volare via da lui. "Occorre che ti minacci in merito alla rilevanza della nostra situazione? Di me e te?" *Me e te.* È quello che James ha sempre detto, nella speranza che, col passare degli anni, finissi per convincermi che è una cosa che stiamo facendo insieme. Classico comportamento messo in atto da coloro che abusano delle proprie vittime.

"No," sussurro, con la voce grave. Tutto il tempo che ci ho messo per prepararmi prima di venire qui mi è stato sufficiente per ricostruire il muro che mi occorreva per nascondere il mio dolore e la mia sofferenza. L'anima non si mette mai a nudo, a meno che non sia necessario. "Mai."

Mi lascia andare la coscia. "Ti chiamo in settimana. C'è di nuovo bisogno di noi a

L'artisaniant."

Chiudo la bocca di scatto, mentre un guizzo di luce mi scintilla nel petto. "Okay." Allungo la mano sulla maniglia. Ho le gambe impazienti di tirarmi fuori da questa macchina e lontano da James. Mi risale la bile in gola, ma la ributto giù. "Aspetto tue notizie." Scendo dall'auto, chiudo lo sportello e mi incammino verso il cancello, mentre la macchina di James si allontana. I luminosi fari posteriori svaniscono in lontananza.

"Tutto bene, Jade?" indaga Slim, con le sopracciglia incurvate per la preoccupazione.

Sfodero un sorriso, prima di sgusciare nel cancello che si sta aprendo. "Sto bene." Della musica rimbomba dalla distanza, e mi domando se questi non facciano altro che dare feste, ma poi mi ricordo che è ancora week-end. Ovvio che si stiano divertendo.

"Sei in ritardo," sbotta Royce nell'ombra. Io sussulto e mi volto in sua direzione. Sta venendo verso di me, con un cocktail in una mano ed una sigaretta fra le dita dell'altra. Sotto il giubbotto del club indossa una felpa, un paio di jeans scoloriti e strappati sulle ginocchia, e i suoi stivali militari. Il calore mi riempie il cuore alla vista di Royce, cosa che non ha alcun senso. Non dovrei essere piena d'altro che di odio, quando si tratta di Royce. La presa di coscienza imprime la verità nel mio cervello. *Le nostre anime si sono riconosciute*. Non è un segreto, fra l'altro, quanto Royce sia sexy. Quanto lo sia sempre stato.

Mentirei a me stessa se dicessi che non sono mai stata attratta da lui. È solo che… non l'ho mai voluto ammettere.

"Non avevo capito di avere un orario di rientro." Gli lancio la mia frecciatina drizzando per bene le mie spalle e puntando verso di lui. "Ho bisogno di bere."

"Mi debbo preoccupare del fatto che bevi?" mi chiede, buttando a terra la cenere della sua sigaretta, prima di riportarsela fra le labbra morbide. Il cuore mi martella nel petto. Oh, mio Dio. Non riesco a respirare. Socchiude gli occhi per via del fumo che gli sta fluttuando davanti alle pupille, ed io mi sporgo verso di lui, sfilo la sigaretta dalle sue labbra e me la infilo fra le mie.

Dalla casa proviene, a tutto volume, *Fuck You* di Dr. Dre, accompagnato dagli schiamazzi della gente, fra un sorso e l'altro d'alcol e qualche tiro di marijuana. La maggior parte di loro sta nei pressi dell'ottagono.

"No, non ti devi preoccupare di nulla." Lo supero, per mettermi alla ricerca di Bonnie e Silver, di modo da rimediare da loro qualcosa da bere, quando le sue dita catturano le mie, e Royce mi strattona verso di sé.

Gli cado addosso al petto. Ed il cuore continua a galoppare nel mio. Il suo odore familiare mi fa lo stesso effetto come se varcassi la porta di casa mia. Mi scosta i capelli dal viso, prima di stringermi le dita attorno alla nuca e di attirare di forza la mia faccia alla sua. Naso a naso. I miei occhi si tuffano sulle sue labbra, il mio respiro si ferma. Stritolo la sigaretta fra le dita, per aiutarmi a mantenere l'autocontrollo.

"Cosa credi di fare, presentandoti qui vestita da orgasmo?"

È *OT* di Niykee Heaton quella che stanno mandando in riproduzione? Quasi scoppio a ridere, perché riesco già ad immaginarmi Silver intenta a cambiare musica, passando a qualcosa di più sensuale come Niykee Heaton. Mi fa amare quella ragazza.

Lo fulmino con lo sguardo, provando nel frattempo ad ancorarmi al suolo, per evitare di perdermi nel labirinto di quei suoi profondi occhi azzurri. Le sue ciglia sono corpose come il peccato, i suoi occhi quasi troppo meravigliosi per appartenere ad un uomo. Royce è pura virilità: non gli piace essere bello. "Perché io posso?"

Le sue sopracciglia si inarcano appena, e gli si arriccia il labbro superiore. Mi sento temeraria. Questo continuo tira e molla fra di noi sta cominciando a diventare una droga di cui le spoglie della mia anima hanno bisogno. Sono dipendente dalle sensazioni che mi dà quando ce l'ha con me, quando è incazzato, quando mi è accanto. Sono drogata di Royce Kane e, se provassero a rinchiudermi in una clinica di disintossicazione, troverei comunque il modo di tornare da lui. Non puoi separare il destino, per quanto brutalmente te lo scopi.

Strofino la punta del mio naso contro il suo, chiudendo gli occhi. "Non ti piace, vero?"

Le sue dita mi attanagliano la nuca, attirandomi ancora più vicino a lui. L'altra sua mano mi scivola sulla parte bassa della schiena, fino ad atterrarmi sulla natica. *Oh, cazzo.* Si sfrega contro il mio stomaco, e sul mio corpo divampa un fuoco ardente. "Ti prendo e ti scopo su questo pavimento, Duchessa, se non stai attenta a come parli. E non provare a comportarti come se tu non sapessi che è da quando eravamo bambini che ho voglia di ficcartelo dentro quella fica."

Quando i miei occhi si riaprono - in parte per lo shock di quello che mi ha appena detto - me lo trovo che mi sta facendo un sorrisetto, con quelle labbra così vicine alle mie.

"Sei arrivato troppo tardi." Il mio sussurro è roco, incapace di celare il rammarico nella mia voce. Poggio delicatamente le mie labbra sulle sue. Il suo corpo si paralizza. Le sue dita si tendono sul mio sedere, seguite da quelle dietro la mia nuca.

Mi spingo via dal suo petto prima di fare qualcosa come baciarlo, e mi incammino a grandi falcate verso Silver, Bonnie e qualche altra ragazza, che sono sedute ad un tavolo da picnic, accanto ad un falò di fronte alla casa. Alcuni uomini sono disseminati qua e là attorno al ring, nel quale Gipsy - o almeno credo sia lui - sta facendo a pugni in faccia con qualche altro ragazzo che non ho mai visto. Altri sono seduti attorno, ubriachi pesti, e cantano le canzoni che Silver ha selezionato.

"Ma dai, ragazza," bofonchia Silver, inarcando un sopracciglio verso di me. È solo quando mi siedo accanto a lei che mi accorgo che, seduta dall'altro lato, c'è Nellie.

La licenzio con una sventagliata dei miei lunghi capelli. "Tu non mi piaci."

Bonnie scoppia a ridere, assieme alle altre donne accanto a lei.

Nellie mi guarda torva. "Sto solo facendo quello che mi è stato chiesto di fare. Piantala di fare la stronza."

Collasso sulla sedia e mi strofino il viso con le mani. "Ho davvero bisogno di bere qualcosa."

Bonnie comincia a versare, da una brocca di plastica, una specie di granita dentro un bicchiere rosso. "Beh, ti presento i Margarita al melone di Karli! Lei non è capace di regolarsi, quindi sta' attenta, sono belli carichi." Prendo il bicchiere di plastica che Bonnie mi porge, studiando la donna accanto a lei.

"Ciao, io sono Jade."

"Io so chi sei, bambina." Fa un sorrisetto, dando un colpetto alla sua sigaretta per far cadere la cenere. "Penso che ormai sappiano tutti chi sei, e non per via del modo sexy in cui ti sei conciata, ma per via di quel cazzone arrogante e notoriamente irraggiungibile di Sicko, che gira attorno a te come un lupo che sta morendo di fame. E io sono Karli."

Bevo un sorso del veleno che mi è stato versato e mi passo il polpastrello del pollice sul labbro. "Royce è solo protettivo."

C'è una lunga pausa, così butto giù un'altra sorsata. Il ghiaccio mi congela il cervello, ma ignoro la fitta lancinante e scolo il resto del mio drink, prima di versarmi una seconda mandata. Dopo stasera, voglio dimenticare tutto quello che è successo con James. Mi serve uno shot, non un cocktail zeppo di ghiaccio e zucchero.

"Mmm, non il Sicko che conosciamo noi. A quell'uomo non frega un cazzo di niente e di nessuno, ad eccezione del club."

"Domanda!" esclama Silver, facendo sbandare il suo drink e rovesciandoselo sulla mano. Il brano che sta andando adesso di sottofondo è *Chin Check* di NWA. "Quante volte avete scopato voi due quando eravate più giovani? Perché io ho il sentore che siano *taaaantissime.*"

Scoppio a ridere, seguita dal resto delle ragazze. Perfino da Nellie. Devo trattenermi dal lanciarle un'occhiataccia. "Ehm, quanti di quei drink ti sei fatta? E comunque non l'abbiamo fatto."

"Che?!" Bonnie sputa il suo Margarita, buttandosi in avanti col busto. "Mai?"

Io scuoto la testa, e mi rivolgo a Karli. "Posso rubarti una sigaretta?"

"Certo, tesoro." Mi lancia il suo pacchetto. "Quello che è mio è tuo. Specialmente se riesci ad accalappiare Sicko."

Tiro fuori una sigaretta, senza rispondere sul momento.

Bonnie la rimprovera: "Ma lasciala in pace,

ninfomane che non sei altro." Punta un dito verso Karli. "Lei e Justice, il suo uomo, sono scambisti. Non dar retta alle sue frecciatine, bambina."

Una volta che svanisce lo shock iniziale, mi vibra fuori dal petto una risata gutturale. Accidenti. Forse questi drink sono forti sul serio. Mi stringo le mani attorno allo stomaco e scuoto la testa. "Oh, mio Dio." Mi asciugo le lacrime dagli angoli degli occhi, rabbocco il bicchiere, sfilando da sotto a Silver il suo, senza che se ne accorga.

"Che c'è?" sbotta Karli, sulle difensive. "Che avete da guardarmi con quelle facce sorprese?"

Karli, a occhio, avrà più o meno quarantacinque anni, dei lunghi capelli castani ed una forma fisica per cui sarei disposta a morire. I muscoli torniti delle sue braccia rivelano che è una che ci va giù pesante con gli allenamenti.

"È solo che avevo dato per scontato che i motociclisti fossero, non lo so..."

"... dei trogloditi?" suggerisce Bonnie, con un ghigno stampato sulle sue labbra dipinte di rosso. "È così. Sono solo questi due che sono un po' strambi."

"Beh, buono a sapersi. Piacere di averti conosciuta, Karli."

Karli si sporge per farmi accendere la sigaretta. "Sempre a disposizione, tesoro. Io te lo dico, Sicko ha la testa totalmente presa da te."

"Oh, andiamo," ridacchia Silver, danzando

sulla sua sedia. "Lo sappiamo tutti che Sicko è uno che non si impegna mai seriamente con nessuna, ed è così anche con Bea. Ma volete sapere una cosa?" commenta, scrutandomi con attenzione. "Io penso che con lei sarà diverso."

"Mi serve alcol." Scuoto la testa e tiro una boccata dalla mia sigaretta. Ho sempre faticato a fare amicizia. Ad aprirmi e a concedermi di riporre in qualcuno una fiducia sufficiente per poterlo chiamare amico. Penso che sia questo il motivo per cui mi sono sempre limitata solo a Sloane.

"Eccoti servita." Nellie mi allunga una bottiglia di tequila. Stringo gli occhi sulla ciotolina col sale e sui lime accanto al suo braccio.

"Ci hai messo del veleno?"

Nellie alza i suoi occhi azzurri al cielo. "No, stronza. Preferirei non essere ancora seppellita nel cortile sul retro insieme ai miei avi, se a te non dà problema."

Prendo la bottiglia che mi ha offerto e svito il tappo. "Io non mi fido di te." Mi lecco il lato del pollice e lo cospargo di sale.

"Me lo sono meritato."

"E non mi stai neanche troppo simpatica." Mi lecco via il sale dalla mano e butto giù la tequila tutta d'un fiato, prima di spremermi una fettina di lime fra i denti, anche se non mi occorre.

"Ecco, questo non me lo sono meritato. Vedrai che ti scioglierai con me." Nellie mi sorride.

"Io non mi sciolgo, io sono un pezzo di ghiaccio. E una volta che qualcuno mi incula, io non me lo dimentico mai più." Avvolgo le mie labbra attorno alla bottiglia e succhio un'altra sorsata. Probabilmente mi sto comportando in maniera crudele, ma la tizia ci ha ingannate.

"Peggio per te, *bambina*," ribatte Nellie, incrociando le braccia sul petto. "Io sarò sempre qui."

Eh. L'alcol sta adempiendo il proprio scopo. Il calore che dicevo poco fa di non provare mai sta iniziando a farsi strada fra le mie vene.

Silver agguanta il suo bicchiere, si mette in piedi sul tavolo e comincia a sbatacchiare il suo culo per aria al ritmo di *So Good* di Big Sean. "Se voi due dovete mettervi a fare a botte, io mi metto a ballare. Tu balli, Jade? Hai l'aria di una che lo sa fare."

Ridacchio, versandomi altro Margarita nel bicchiere, e correggendolo con un po' di tequila. "Oh, ballare? Solo quando sono ubriaca..."

Anche Karli salta sul tavolo, in un accesso di risate, e si trascina dietro Bonnie.

Da quando le ho conosciute, tutte le volte che sono stata in compagnia di queste ragazze mi sono sentita felice. Con la quantità di tequila che mi scorre nell'organismo, il bisogno di mascherare quello che è successo stasera con James, e con tutte le endorfine che mi pompano nelle vene per colpa di quello che è accaduto fra Royce e me - di qualunque cosa si trattasse... -

mi metto a rappare le parole della canzone, mentre monto sul tavolo con le altre. Si mettono tutte ad esultare per il fatto che mi sono finalmente unita a loro. Mi appiccico la lingua sul labbro superiore, mentre mi metto a far roteare i fianchi. Conosco queste ragazze da non più di cinque minuti, eppure le sento persone di famiglia molto più di quanto non abbia mai sentito quelle della mia famiglia vera. E sento la clubhouse molto più come casa rispetto alla residenza da quaranta milioni di dollari in cui sono stata cresciuta.

"Ma che cazzo!" Qualcuno impreca di sottofondo, ma nessuna di noi gli dà peso. Sto cantando una frase nella strofa - quella che riguarda il fare qualcosa all'anima di lui - quando vengo tirata giù dal tavolo, col braccio di Royce agganciato saldamente attorno alla mia schiena.

"Ohhhh, Siiicckkoooo!" biascica Silver, e Gipsy la fulmina con lo sguardo da sotto.

"Devi metterti a fare l'ubriacona mentre tuo padre è via?" Gipsy la afferra per il polso e se la carica su una spalla, prima di trasportare il corpo floscio di Silver dentro casa.

"E questo, amiche mie, è il motivo per cui io non sono salita su quel tavolo." Nellie ridacchia, rivolta a Karli, che è rimasta a ballare da sola.

Ruoto nella presa di Royce, finché non siamo petto a petto. "Sto bene. Mi serve solo il mio drink." Mi reclino all'indietro per afferrarlo, ma Royce scaraventa il bicchiere via dal tavolo, schizzandone tutto il contenuto a terra.

Stringe la mandibola, mentre si infila le mani in tasca. Lancia le sue chiavi a Wicked, che sta scrutando attentamente entrambi. "Portaci a casa."

"Ma sono appena arrivata!" mi lagno, confusa. Mi piace la clubhouse.

"E adesso te ne vai." La mano di Royce affonda sulla mia. Le nostre dita si intrecciano, mentre mi porta verso il garage dove sono schierate tutte le moto. Alle spalle del parcheggio, ed accanto al capannone più grande dove si tengono di solito le feste e dove c'è il bar, c'è un secondo capannone, chiuso da una grossa serranda in lamiera.

Wicked mi spunta a fianco, mentre Royce fa scivolare la serranda per aprire il garage. "Tu davvero non pensavi che sarebbe successo?" mi chiede Wicked sottovoce.

"Lui ha detto che di me non gliene frega più un cazzo, quindi no, non pensavo che sarebbe successo."

"Per essere una all'apparenza così sveglia, sei davvero un'idiota," borbotta Wicked, seguendo Royce in garage.

"Royce!" chiama da dietro una voce femminile. Non ne posso più di tutte le vagine che lo vogliono. "Posso venire?"

Mi volto, e la studio da capo a piedi. "Posso risponderti io, e la risposta è no."

Royce mi si avvicina alle spalle, e mi fa correre le dita su tutta la pancia, prima di spingermi dietro di lui. "Sali in macchina." Poi si volta verso Bea. "No, non puoi."

"Ma io non sono mai stata a casa tua!" Bea lascia cadere il labbro inferiore.

Mi volto per aggiungere qualcos'altro, quando Wicked mi tappa la bocca con una mano e comincia a trascinarmi di peso nel capannone. Apre lo sportello di una macchina e mi lancia dentro, sul sedile posteriore, come se non pesassi nulla.

"Wicked!" gli urlo contro, mentre lui monta al posto di guida e fa partire il motore.

Resto di sasso. Il rombo familiare e viscerale di un V8 rabbioso mi vibra sotto al sedere, così comincio a cogliere i dettagli della macchina. Sedili di pelle tesa, volante invecchiato. "Questa è la sua Camaro."

"Già," conferma Wicked, appoggiando la testa contro il finestrino appannato.

"Eh," sbuffo, scuotendo la testa. "Certo che ha tenuto la sua macchina. Era me che non poteva tenere." I miei occhi trovano lui e Bea, che stanno ancora parlando di fronte a noi. Wicked non ha ancora acceso i fari, probabilmente perché sparerebbero un lampo di luce su tutta l'area.

"E, ad ogni modo, che cos'è lei per lui?"

Wicked ridacchia. "È solo una delle tante ragazze che Royce si tiene attorno, da fottersi finché non gli si sdoppia la vista. Tutto là." Si sporge, accende la radio e preme dei tasti sullo schermo touch per connetterla al Bluetooth.

Mi paralizzo quando Bea si mette in punta di piedi e fa correre le dita attorno al collo di Royce. Lo bacia con passione, ed io distolgo lo sguardo. Non voglio vedere oltre.

"Oh, la puttana l'ha appena baciato." Wicked scuote la testa. "Royce non bacia mai nessuna."

Adesso ignoro tutti quanti, tiro fuori il mio cellulare e do un'occhiata ai messaggi. "Perché mi hai scritto?" gli chiedo, incrociando il suo sguardo attraverso lo specchietto retrovisore.

"Vuoi davvero parlarne adesso?" Inarca un sopracciglio incredulo.

L'altro sportello posteriore si apre, e l'acqua di colonia di Royce si riversa nella mia sfera personale. Io mi scanso quanto più possibile da Royce, mentre la rabbia mi brucia nelle vene per colpa di lui e Bea. E poi mi ritrovo furiosa per il fatto che ce l'ho con lui.

Wicked fa rombare il motore della macchina talmente forte da far vibrare le pareti di lamiera del capannone, e ci guida fuori dal garage. Parte dagli altoparlanti *Rehab* di Machine Gun Kelly, mentre io continuo a scorrere le foto sul mio cellulare. Qualunque cosa, pur di non guardare Royce. La sua mano mi prende per il mento, e mi fa ruotare la testa per guardarlo. La mia mandibola è rigida, ma i miei occhi spenti. Wicked alza il volume della musica, ed io vorrei che non lo avesse fatto. Le parole mi colpiscono ad un livello che non dovrebbero essere in grado di raggiungere.

Royce tiene lo sguardo fisso su di me,

esaminando il mio viso, mentre sfiliamo accanto ai lampioni. Ogni volta che ne superiamo uno, il bagliore illumina solo i suoi lineamenti. Aspetto che lui dica qualcosa, qualunque cosa. Ma lui non dice nulla. Il suo sguardo scende sulle mie labbra, prima di proseguire giù sul mio seno, sulla mia pancia scoperta. Poi me lo ripunta negli occhi.

"Sei arrabbiata?" Le sue labbra mimano quelle parole, accompagnate da un ghigno. La musica è troppo forte perché io possa sentirlo.

Ora basta.

Mi strappo via la cintura di sicurezza e mi sposto sul sedile. Lui non sembra affatto turbato, né scioccato, quando gli avvolgo le gambe attorno alla vita e mi sistemo a cavalcioni sul suo corpo duro. Lui si sposta appena per allargare bene le gambe, e reclina la testa all'indietro, poggiandola sullo schienale. I suoi occhi non mi mollano, mentre il mio cuore batte furiosamente nel petto. "Sì, sono arrabbiata," gli dichiaro a voce alta, infilandogli il pollice fra le labbra. Lui me lo morde con forza, mentre mi afferra il sedere con entrambe le mani. Ed il mio cuore martella.

Mi fa salire una mano fin dietro la nuca, ed attira il mio viso a sé. "E allora smettila di allontanarti da me."

Le mie labbra affondano sulle sue, e lui le schiude appena, per succhiare il mio labbro inferiore nella sua bocca. Il mio bacio si fa più profondo, mentre mi porto Royce più vicino, finché i suoi fianchi non incontrano l'interno delle mie cosce. Il dolore che c'era prima si sta dissolvendo ad ogni spinta. Avere Royce sotto la mia presa è quanto mi basta per dimenticare, anche se solo per il momento. Proprio quando penso che stia per scostarsi da me, mi fa girare e poggiare di schiena, finché non mi ritrovo sdraiata sui sedili a cosce aperte, e lui vi affonda in mezzo, senza che le sue labbra si stacchino mai dalle mie. La sua lingua mi esplora la bocca, colpendola, sfregandola e massaggiandola. Wicked è costretto ad alzare ancora di più il volume della radio per tagliarci fuori, mentre accelera.

Quando si solleva per prendere fiato, Royce mi tiene una mano sulla gola, mentre i miei occhi cercano i suoi. Riesco quasi a sentire i pensieri che gli stanno vorticando per la testa. Gli porto una mano dietro al collo e lo attiro giù verso di me, sfiorandogli le labbra con le mie.

"Basta pensare."

Lui grugnisce contro le mie labbra e si ritrae, tornando al suo posto e lasciandomi a bocca asciutta.

Con un sospiro, mi ritiro su nel mio sedile e punto gli occhi sul retro della testa di Wicked.

Altri lampioni ci passano a fianco, ed io strizzo gli occhi per accertarmi se quello che mi pare di aver notato sulla sua nuca sia veramente lì. La cicatrice che gli sbuca appena da sopra la maglietta diventa più nitida.

Quando la luce gli guizza di nuovo sul collo,

il cuore mi pulsa nei timpani.

Non posso ammettere a voce alta di sapere cosa sia quella cicatrice, né cosa significhi realmente, per il semplice motivo che ne porto anch'io una, identica, sulla caviglia.

16

Royce

Baciare, per me, non ha mai avuto senso. È qualcosa che mi è sempre sembrato ridondante. Non ho mai voluto le labbra di qualche puttana sulle mie, le ho sempre di gran lunga preferite attorno al mio cazzo. Ma ho commesso un errore. Ho perso il controllo, per colpa di quelle stesse mani che hanno sempre voluto prendersi cura di me. Risolvere i miei problemi. Rivelarle i miei segreti, o cazzo, anche solo guardarmi dritto negli occhi ed evocare la mia anima per darli tutti a lei. Ecco cos'è Jade per me. È una cazzo di strega che parla e cammina, ed è tutto ciò che la mia anima vuole e desidera. Il mio corpo la brama, ma la mia anima ha un fottuto bisogno di lei. Avere le sue labbra sulle mie è stato esattamente come avevo immaginato che sarebbe stato, ed è questa la cosa che mi dà più al cazzo di tutte.

"È ancora a letto?" mi chiede Wicked, mentre si sta fasciando le nocche con del nastro.

Mi stiracchio il collo, e faccio ruotare le braccia per riscaldarmi. "Sì, è crollata appena ce l'ho messa ieri sera."

Wicked sembra sospettosamente interessato. "Nel tuo letto?"

Gli mostro il dito medio. "Abbiamo dormito nello stesso letto fin da quando eravamo bambini, cazzone. Non è cambiato niente."

"Hai ragione, fratello. Non è cambiato niente. Oh, hai ragione, a parte il fatto che adesso le vuoi infilare dentro il tuo cazzo."

Ridacchio e accendo lo stereo. Ho attrezzato il garage coperto all'esterno a mo' di palestra. Sacchi da boxe, pesi. Mi serviva per tenermi impegnato, ma adesso è più che altro una palestra del Wolf Pack. "Già, ma è una cosa che non può succedere." Comincio a prendere a pugni il mio sacco.

"Vuoi ricordarmi il perché?" indaga Wicked cautamente, tenendomi fermo il sacco. "Tu sei Sicko, la cazzo di leggenda in giro per tutte le strade che contano. Nessuno si permetterebbe mai di venire a fare lo stronzo con te. Quindi, perché?"

Stringo i denti. "È complicato."

"Che ha di complicato?"

"Fai un sacco di domande oggi, eh?" Continuo a picchiare il sacco da boxe, mentre Cypress Hill canticchia a tutto volume di sottofondo. "Perché la tua faccia è un po' troppo vicina, per fare tutte quelle domande."

Wicked fa un sospiro, prima di sghignazzare. "Sto solo dicendo che voi tre siete piuttosto misteriosi sul motivo per cui dovete stare tutti alla larga da lei. Ero solo curioso di capire il perché."

Smetto di sferrare i miei pugni, mi sfascio i polsi e lancio le bende a terra, prima di asciugarmi il sudore dai miei addominali. "Perché lei deve stare lontana da tutti noi. Era parte dell'accordo."

Impallidisce. "Sì, ora ho capito."

"Bene." Scaglio sul pavimento la mia bottiglietta d'acqua e mi passo la mano sulla cicatrice sul mio pettorale sinistro.

17

JADE

Sono irritata con me stessa per la velocità con cui mi sono addormentata ieri sera. Avrei voluto almeno fargliela sudare un po' di più, visto che prima mi ha baciata, e poi si è allontanato.

Tiro fuori il latte dal frigo e mi do un'occhiata attorno. Questo posto è esattamente come avrei immaginato la casa di Royce. Il punto forte sono le grosse finestre che danno sulla spiaggia, col loro arco acuto che si va stringendo verso il tetto e i loro montanti in mogano. Il salone è ammobiliato con dei divani di pelle lucida ed un grosso televisore appeso alla parete. La cucina è piena di elettrodomestici in acciaio inox, eppure, nell'arredamento, colgo un delicato tocco femminile. Penso immediatamente che, forse, Royce avesse qualcun'altra nella sua vita. Questa casa è stata indubbiamente abitata da un'altra femmina. Il teschio di bovino appeso sopra la porta d'ingresso, i tappeti persiani disseminati sul parquet. Questo posto è bellissimo. Mozzafiato. Ma il fetore di un profumo pervade tutto l'arredamento.

Porto il mio bicchiere di latte verso la parte frontale del salone. Ho bisogno di una visuale migliore dell'acqua. Rido fra me, quando adocchio il motoscafo ormeggiato al suo pontile privato. Dei fili di lucette si attorcigliano attorno alla ringhiera che conduce fino al molo. Sulla destra c'è un grosso albero, con dei rami che ricordano degli artigli. Sovrasta una buca per fare i falò, attorno alla quale sono sparpagliati, in cerchio, dei ciocchi di legno su cui sedersi. Lui si è davvero costruito la sua vita qui, ed ora sono tornata io e gliel'ho distrutta.

"Stavo per chiamarla Jade 2.0." Non mi volto per guardarlo, incapace di distogliere lo sguardo dal fascino dell'oceano.

"È uno spettacolo qui," sussurro, voltandomi finalmente. "Lo sai, vero?"

Il suo corpo si muove con attenzione. Mi si gonfia il petto, e mi collassa lo stomaco a terra. "Lo so, Duchessa."

Mi schiarisco la voce. "L'hai progettato tu? Perché devo dire…"

Gli scappa una risata, mentre scende quei due gradini che lo portano in salone, e più vicino a me. Stringo le dita attorno al bicchiere che ho in mano.

"Cazzo, no. Ci ha pensato India. È lei la

famosa interior designer di The Hills. Ci fa pure un programma in TV e qualche stronzata su Netflix."

Sbuffo col naso, mentre sorseggio il mio latte. "L'ho visto. È cambiata un sacco."

"È vero."

Provo a nascondere il dolore che ho nel petto davanti alla facilità con cui questi ragazzi abbiano tutti preso la propria strada. So che è così che dovrebbe essere, ma loro erano stati tutto ciò che avevo conosciuto per una vita intera e, nell'arco di sei mesi, se ne sono andati. Tutt'e tre.

"Mmm," mormoro, ed ignoro l'intensità dello sguardo di Royce voltandomi di nuovo verso la spiaggia.

"Jade," ringhia da dietro le mie spalle. "Girati."

"Mmm... no. Sto bene così." Non posso guardarlo in questo momento. Ho il terrore che lui possa vedere i segreti che sto tenendo nascosti in profondità, per quanto lo *vorrei* disperatamente. Voglio anche baciarlo di nuovo, e voglio che lui mi cinga fra le sue braccia e mi ricordi qual è sempre stato il mio posto felice.

Si schiarisce la voce, dopo un lungo momento di silenzio. "Mi ricordo che, quando avevi quattro anni, piangevi tutte le notti. Non sapevi bene il perché, ma piangevi. E così io mi infilavo di soppiatto nella tua stanza, e ti facevo dormire sul mio petto." Mi si spacca il cuore in mezzo al torace ma, anziché per il dolore, si apre una crepa per lasciar rientrare Royce. Un ronzio penetrante mi trilla nelle orecchie. Lui si mette a ridere. "È stato l'unico modo per riuscire a farti chiudere occhio per due fottuti anni. Ne sono uscito distrutto, ma è stata la mia parte preferita dell'essere tuo fratello."

"Dove vuoi arrivare, Royce?" A questo punto lo guardo in faccia, con le lacrime che mi si accumulano agli angoli degli occhi.

Lui ne raccoglie una col pollice e se lo porta in bocca, succhiandola via. Per il bene delle mie ovaie, ignoro il modo in cui le sue labbra soffici gli avvolgono il pollice. "Voglio arrivare a capire come sono passato da quello al volerti piegare in avanti su questo divano e fotterti fino a farti urlare. Mmm?"

"Non saprei," sussurro, sbattendo le palpebre. "Forse nello stesso modo in cui mi hai lasciata da sola in quella casa."

"Oh cazzo, Duchessa." Scuote la testa, portandosi le mani fra i capelli per la frustrazione. "Quando la pianterai di tirare fuori questa cazzo di cosa? Ho fatto quello che dovevo fare, e questa è l'unica risposta con cui dovrai imparare a convivere." Mi dà le spalle e si allontana. E quello mi fa solo infuriare di più.

"Non è una cazzo di risposta sufficiente, Royce!" sbotto. Lui continua ad ignorarmi ed io, prima di riuscire a fermarmi, alzo il braccio e gli scaglio il mio bicchiere vuoto dall'altro lato del salone, colpendolo in testa. Quando si volta, il sudore gli brilla sul petto nudo. Ero talmente presa dal mio scoppio d'ira che mi sono persa i tatuaggi che gli ricoprono tutta la schiena. Prima che possa inclinare la testa per cercare di studiarli, lui mi sta tornando incontro come una furia. Mi acchiappa per la gola e, chiudendo tutte le mie vie respiratorie, mi fionda sul divano di pelle.

"Ti sfido..." I suoi occhi sono sui miei, furibondi, mentre le sue labbra si sollevano, mostrando i denti. "... a colpirmi. E vedi che cazzo ti faccio."

Io mi contorco sotto la sua presa, e le sue mani mi volano attorno e mi afferrano i polsi, prima di spingermeli sopra la testa.

"Non sto scherzando. Io ti uccido, cazzo."

"Bene!" sbraito io, sopraffatta dall'emozione. "Almeno questo lo manderà via."

Gli si tendono i muscoli della mandibola. "Mandare via cosa? Vedi, tu continui a dire cazzate del genere, e questa cosa mi fa angustiare." Rinsalda la presa attorno ai miei polsi. "E sono piuttosto sicuro che tu non voglia che io mi senta così."

"Royce?"

"Che c'è?" dice, facendomi cadere gli occhi sulle labbra.

"Togliti di dosso."

L'angolo della sua bocca si increspa in un ghigno, mentre lui si leva di scatto dal mio corpo. Appena non ho più il suo peso addosso, faccio un sospiro, e stiracchio le gambe. "Mi puoi riportare al college? Devo rimettermi in pari con lo studio."

18

Royce

Faccio scattare il coltello fra l'indice e l'anulare, rotolandomelo fra le dita, mentre il vecchio orologio ticchetta di sottofondo, riempiendo il silenzio con le sue lancette chiassose ed arrugginite.

Tic.

Toc.

Tic.

"Sapete perché siete qui?" Al centro della stanza c'era una TV, sulla quale stava andando in riproduzione un video. Non riuscivamo a vedere il suo viso, ma era vestito totalmente di nero. "Ve lo dirò." Eravamo in una stanza. Fredda. Buia. Uno scantinato? I miei polsi erano legati dietro la sedia, la bocca imbavagliata. Ho scorto Orson e Storm accanto a me, tramortiti e confusi. La sera precedente era stata davvero una cazzo di gran serata. Di gran lunga migliore di quanto avessimo pronosticato. In verità,

O non avrebbe dovuto bere affatto, in vista della partita dell'indomani.

Ho dato uno strattone alle cinghie. Eravamo stati rapiti, cazzo. La rabbia mi si stava infiltrando in tutti i pori. I miei muscoli erano contratti per la tensione. Figlio di puttana.

Il video ha cominciato ad incresparsi, come fanno quelle vecchie televisioni col tubo catodico, poi è tornato nitido. Una sola poltrona nera, dei cuscini di pelle scura, una felpa e dei pantaloni neri, e dei mocassini tirati a lucido. Sono stato cresciuto in mezzo agli agi, parlavo fluentemente la lingua delle ricche teste di cazzo e, anche se questo pezzo di merda usava una felpa per celare la sua identità, sapevo per certo che anche lui conosceva la ricchezza. "Ognuno di voi partirà. Stasera stessa. È stato premuto l'acceleratore sulle vostre vite."

Ringhiando, ho provato a prendere a morsi lo straccio che avevo in bocca, per levarmelo, ma non è servito a nulla. Orson stava facendo saltare in giro la sua sedia, provando a liberarsi dalle sue cinghie, mentre Storm è rimasto tranquillo, a guardare il televisore, come se stesse cercando di studiarne ogni singolo dettaglio. Avevamo diciotto fottutissimi anni. Che cazzo poteva volere da noi? Evidentemente non del denaro, quindi doveva essere un favore da uno, o magari da tutti i nostri genitori. C'erano tre fra gli stronzi più ricchi di tutta l'America seduti in una sola stanza, legati e imbavagliati. Sapevi già che doveva avere qualcosa a che fare coi nostri genitori.

La sua voce è tornata, con quel tono robotico che era una prova inconfutabile che quel bastardo non voleva che sapessimo chi fosse. "Prima ancora che vi venga anche solo in mente di rifiutare, vi svelerò immediatamente che c'è una ragione veramente valida per cui tutt'e tre starete a sentire ogni singola parola che mi uscirà di bocca. E non soltanto mi obbedirete, ma avrete paura di me."

Improbabile, pezzo di merda.

"Verrete tutti rilasciati dalla vostra stanza con l'equipaggiamento che vi occorre per fare ritorno alla civiltà. Sono sicuro che, un giorno, avrete modo di ammirare la mia tecnica." Si è sporto in avanti, e la sua collanina ha attirato la mia attenzione. "Tornerete tutt'e tre a casa, ed ognuno di voi troverà una cartellina sul proprio letto. Ed in quella cartellina ci sarà il motivo per cui mi presterete tutti ascolto. Siete tutti pronti per andare al college. Partirete in anticipo. Dovrete essere fuori dalle vostre case non più tardi della mezzanotte di questa sera. Se proverete a farne menzione con chiunque. Un vostro amico. La vostra fidanzata. Un genitore. Una zia. Io li sventrerò, trasformerò i loro organi in vestiti e li metterò in vendita su Etsy." Ha fatto una pausa, e siamo rimasti tutti in attesa.

Era uno svitato del cazzo, eppure la stanza è rimasta pervasa da un'aria di terrore anche parecchio dopo che quelle parole erano state pronunciate. Una minaccia che non necessitava di armi.

"Se non ve ne andrete…" Eccoci qua. Il classico io vi ucciderò. *"Vostra sorella Jade Olivia Kane…" Il sangue mi si è drenato via dalle vene. Se non fossi stato un ragazzo perfettamente in salute, avrei sanguinato a terra al mero sussurro del nome di lei*

sulle labbra di quell'uomo. "... diventerà mia. E quando dico mia, dico che avreste preferito che io l'avessi uccisa, quando avrò finito con lei. Tormenterò ogni vostro singolo passo con lei, ve la farò penzolare davanti come la mia bambola di pezza, le strapperò le cuciture, e non gliele ricucirò mai più. E se pensate che io non abbia quel genere di potere, vi esorto ad andare a casa, controllare nelle vostre cartelline, aprire i vostri piccoli computer o cellulari, e digitare semplicemente le parole K Diamond."

Mi si è serrata la mandibola, mentre tutto all'interno del mio corpo ha preso fuoco.

L'uomo si è rilassato di nuovo nella sua poltrona. "Confido che farete la scelta giusta, signori e, una volta che vi sarete assestati nella vostra nuova vita, non mi rivedrete. Se così non sarà, vorrà dire che uno di voi ha fatto qualche cazzata durante il percorso. Ed il mio non sarà un arrivo che vi farà piacere." Si è aperto il soffitto, e ci sono caduti dei coltelli in grembo. "Siete congedati."

Noi siamo rimasti in silenzio, a fissare la televisione a lungo, anche dopo che la riproduzione del video si era interrotta. Ci abbiamo messo un po', contorcendoci, a riuscire a tagliare le corde che ci legavano ma, una volta che abbiamo liberato le mani, tutto il resto è venuto via da solo.

"Ma che cazzo era quello?" ho sbottato, fulminando sia Orson che Storm con lo sguardo.

Orson ha scosso la testa. "Non lo so, fratello. Non mi piace."

Ci siamo avviati verso la porta. Io l'ho aperta e sono sbucato fuori sul ponte di una nave, stordito.

"Siamo su uno yacht."

"Che?" Storm è spuntato dietro di me, seguito da Orson. La porta si è richiusa di scatto alle sue spalle e, quando sono andato per riaprirla, è rimasta bloccata.

"Cazzo." Ci siamo incamminati alla svelta lungo lo yacht a motore, abbiamo salito di corsa le scalette che conducevano nella cabina di comando ed io mi sono fermato a guardare l'oceano da un lato, e la linea costiera, a svariate centinaia di metri di distanza, dall'altro.

"Ma che cazzo sta succedendo?" Lo sgomento di Orson mi dava solo ai nervi. Nessuno di noi ne aveva la minima idea.

"Dobbiamo dargli retta." Avevo capito che era un uomo ricco, ma quello yacht era qualcosa che solo persone al livello delle nostre famiglie si potevano permettere. Quello non era un giocattolino del cazzo. Era una fottuta macchina da milioni e milioni di dollari.

"Perché?" ha chiesto Orson. "Potrebbe star bluffando."

Ho visto tre tavole da surf allineate sul retro della cabina, poggiate in piedi, coi nostri nomi scritti su dei fogli di carta, appiccicati su ognuna di esse con una dose generosa di cera da surf Sex Wax. "Perché io non sono disposto a scommettere su Jade."

Orson si è zittito.

Storm è andato a prendere la sua tavola. "Io sto con Royce."

"Non era quello che intendevo..." ha provato a chiarire Orson. "Avete ragione. Cercheremo di capire

che cazzo sta succedendo una volta che saremo tornati a terra."

Abbiamo preso tutt'e tre le nostre tavole, ci siamo calati nell'acqua gelida, nel silenzio della notte, ed abbiamo aspettato che arrivasse la prima onda buona da poter surfare per ritornare a riva.

Quando sono arrivato a casa, ho dovuto riconoscere, mio malgrado, che quell'uomo non stava bluffando.

"Che sta succedendo?" mi chiede Storm, entrando in casa e richiudendosi la mia porta d'ingresso alle spalle. "Bello, non puoi accendere il camino o qualcos'altro? Fa freddo qua dentro."

"È perché qui c'è stata Duchessa. Ecco perché." Lo guardo farsi strada nel mio salone, dove sprofonda su una poltrona, coi capelli ancora arruffati per il viaggio.

"Hai intenzione di spiegarmi il motivo per cui mi hai chiesto di incontrarci di persona? Ero nel bel mezzo di una cosa importante." Storm, fra tutti noi, è sempre stato quello con la testa più sulle spalle. Quello che ha sempre usato il cervello più della sua bocca. È sempre stata una cosa utile. Davvero, davvero utile.

Specialmente quando, in un gruppo di tre, gli altri due eravamo Orson ed io. Ma, col passare degli anni, Storm si è sciolto un sacco. Non voglio darne la colpa a sua moglie e al fatto che è diventato padre così giovane, ma so che in qualche modo c'entra. Ha ingravidato la prima puttana che si è trovato davanti subito dopo che ce ne siamo andati e, per quanto Storm sia uno degli ingegneri informatici più facoltosi degli Stati Uniti d'America e diriga una delle società informatiche più esclusive del settore, sua moglie non riesce a non starmi profondamente sul cazzo.

Essenzialmente perché è una puttana arrivista.

"Aspetto che arrivi O," dichiaro, indicandogli l'angolo dei liquori. Qualche minuto dopo, Orson varca la porta, con la sua valigia al seguito.

"Ehi, ho dovuto prendere l'ultimo cazzo di volo in partenza ieri sera per riuscire a stare qui in tempo. Meglio che sia qualcosa di importante," grugnisce, sbattendo la porta.

Gli verso un bicchiere di scotch e glielo passo, prima di togliermi il giubbotto di pelle e posarlo sul divano. Quando sono con loro due, quel lato di me viene messo da parte. Il mio club verrà sempre al primo posto, ma non quando si tratta di questo.

"Ho bisogno di fare ad entrambi una domanda, e mi occorre che mi rispondiate sinceramente."

Orson sospira, lasciandosi cadere sul divano a L che affaccia sull'oceano. "Non potevi farci questa domanda su FaceTime? Che cazzo, pure a me sei mancato, ma la stagione di campionato è ferma, ed io e la mia famiglia ci stiamo attrezzando per andare ad Aspen."

Lo ignoro, ed appoggio la schiena alla cappa del camino. "Qualcuno di voi è uscito dai binari?"

Si bloccano entrambi, ed i loro occhi incontrano i miei.

Storm è il primo a rispondere. "Per me non ce n'è stato bisogno. Lui non mi ha mai chiesto di fare altro che lasciare la città."

"Stessa cosa per me." Orson solleva il bicchiere e butta giù il whiskey costoso tutto in un sorso.

"Tu?" mi chiedono entrambi, con le sopracciglia inarcate.

"Neanche a me è mai stato chiesto altro." Strizzo forte le palpebre. "A qualcuno di voi è stato mandato qualche video?"

Rispondono all'unisono. "No."

Tiro fuori il mio cellulare e scorro fra le mie foto, finché non lo trovo. Poi lancio il telefono sul divano accanto ad Orson.

Lui lo prende ed io resto ad osservare mentre la sua faccia si contorce per la confusione. Stringe le labbra, socchiude gli occhi ed inclina la testa da un lato. "Chi è?"

Faccio spallucce. "Non ne ho una fottuta idea."

Storm si rifiuta di guardare. I suoi occhi restano fissi sulla parete di fronte a lui. "Forse ci sta mettendo alla prova usando un'esca stavolta, anziché usarci a vicenda."

Chiudo la bocca di scatto. Non ho voglia di riaprire quella ferita e dover raddoppiare il tempo di guarigione.

Lo fulmino con lo sguardo. "Sono piuttosto sicuro che il suo messaggio sia arrivato forte e chiaro già la prima volta." Scuoto la testa e mi siedo sul divano che ho di fronte, passandomi le mani fra i capelli. "Naa, questa è una cosa diversa. Ci sta sfuggendo qualcosa."

Il silenzio avvolge i nostri ricordi, che sono sicuro che tutti noi teniamo bloccati fuori dalla nostra mente. I ricordi sono la chiazza che il bene o il male lasciano sulla tua anima, e che rimane parecchio dopo che se ne sono andati.

E questa è una chiazza malvagia. Fottutamente malvagia.

"Che mi dici di Wicked?" domanda Orson, con lo sguardo puntato nel mio. "A lui hai chiesto?"

Il fottuto Wicked.

19

JADE

Portandomi i capelli da un lato del collo, ignoro la musica che sta andando di sottofondo ed il tanfo gravido di sesso. Delle dita mi si allungano sulla pancia, coprendo il vestito nero attillato che ho addosso. È lungo nella parte posteriore, mentre è tagliato corto sul davanti. L'ho abbinato con degli stivali alti fino al ginocchio, e mi sono sistemata i capelli in una treccia morbida. Non so perché siamo già tornati qui così presto.

L'artisaniant.

James ha detto che questi incontri si tengono solo una volta al mese. E allora perché adesso?

Mi porto il bicchiere alle labbra, e rinvengo rapidamente la stanza in cui sono stata l'ultima volta che ero qui. Tutto ciò che ho attorno mi sfuma in fondo alla mente, mentre la studio come se fossi davanti all'esame più complesso che esista.

Mi strofino le labbra col polpastrello del pollice, e mi vengono i brividi lungo la spina dorsale, quando mi si riaffacciano i ricordi nella mente. Con quei due ho provato sensazioni diverse. Il sesso non è mai stato così con James o con nessun altro degli uomini a cui mi ha data in prestito.

James mi fa ruotare verso di lui. Indossa la stessa maschera dell'altra volta. Un semplice lembo di pelle che aderisce ai suoi lineamenti. Copre quasi tutta la porzione di viso che camufferebbe, normalmente, una qualunque altra maschera. "Perché tu indossi una maschera ed io no?" gli domando, esaminando attentamente la sua reazione. Da dopo il secondo video che mi ha fatto in albergo, le cose fra James e me sono drasticamente cambiate. Prima riponevo in lui una certa dose di fiducia, che era probabilmente dettata da anni ed anni passati ad essere manipolata da lui. Ma adesso ho solo voglia di fuggire.

"Mmm." Fa un gesto in direzione degli ascensori che sono celati alle spalle del mare di persone. Mi mastico nervosamente il labbro, prima di seguire James verso le porte di metallo grezzo. È uno di quei vecchi ascensori che si aprono facendo scorrere a mano la saracinesca di metallo. Una volta che siamo dentro, e che non si sente più la musica del *premier niveau,* l'ascensore comincia la sua salita, ed i miei pugni si stringono. Resto ad osservare la vecchia lancetta che scatta sul piano *deux*. Mi comincia a colare il sudore lungo la nuca, quando la lancetta si sposta di nuovo. *Trois*. Non ci fermiamo. Non fino al *quatre*.

Ci ritroviamo immediatamente in una stanza immersa nel buio. Ci sono delle luci color foglia da tè disseminate qua e là per l'ambiente, non sufficienti ad offrire una buona visuale. La tonalità vagamente bluastra tende molto al verde, ed è una scelta cromatica singolare, che però si intona bene al design che sembra dipanarsi placidamente in giro per la stanza. C'è un divano di pelle nera proprio al centro, niente finestre, né tende. Nessun segno di luce, ad eccezione dei fili di LED che corrono lungo il bordo del battiscopa. Mi viene voglia di domandare che ci facciamo qui.

Perché questo posto?

Mi viene sistemata una maschera sugli occhi, mentre la bocca di James si abbassa, fino a lambirmi la nuca. "Ora ti serve."

Deglutisco, cercando di superare il groppo di nervi che ho in gola, e mi asciugo il sudore dai palmi delle mani. "Okay." La luce si fa ancora più fioca, mentre la musica aumenta di volume. Nell'altra stanza, l'atmosfera era intima.

Qui la percepisco più carica.

Solo… di più.

"Twisted Transistor" di Korn sta andando al massimo di sottofondo, mentre James si addentra nella stanza. Tenendo le mani in tasca, si ferma su un uscio che congiunge il salone con un altro vano.

"Ragazzi."

Oh, cazzo.

Muovo il passo che mi occorre per raggiungere la soglia su cui si trova lui e, quando punto gli occhi dritti di fronte a me, resto di sasso.

Quattro uomini.

Indossano tutti degli abiti scuri, e portano delle maschere di pelle nera che nascondono la metà superiore dei loro visi. *Il cazzo di livello quattro.*

Sono tutti disseminati in giro, seduti su diverse poltrone. C'è un piccolo palco improvvisato al centro della stanza e, quando James mi lascia lì in piedi, da sola, io realizzo ciò che si aspettano che io faccia.

James passeggia verso un piccolo angolo bar, dietro a cui si trova un cameriere in completo bianco. Ordina un drink e si volta verso di me.

Ricomincia a parlare, solo che adesso la sua voce suona distorta. A lui piacciono i suoi aggeggi per manipolare le sue parole. Come se sappia bene la ragione per cui fa ciò che fa, e le persone da cui si sta nascondendo.

Ora comincia ad andare in diffusione "Change" dei Deftones, a volume alto, ed io mi ritrovo ad occhieggiare tutti i presenti.

Due indossano delle felpe scure, e hanno le bocche nascoste dietro delle bandane bianche. Un altro porta un completo costoso ed una maschera nera di pelle che gli nasconde la metà superiore del viso, mentre l'ultimo ha indosso un giubbotto di pelle con una felpa sotto, con la medesima bandana bianca attorno alla bocca.

Mi passo la lingua sulle labbra, poggio il cellulare a terra e mi avvio verso il palco improvvisato. Non è una cosa nuova per me. James mi ha già fatto ballare per delle persone in passato, ma è stato sempre per un solo scopo. Per intrattenere degli uomini ricchi e grassi, che avevano troppo denaro, e non abbastanza umanità. Per stuzzicarli. James diceva che io ero l'immagine diretta del tipo di ragazze che lui aveva in vendita.

Io lo trovavo disturbante, ma non c'è mai stato nulla che potessi fare al riguardo.

Attacca il ritornello della canzone, e le mie dita si flettono attorno al palo freddo, mentre libero i capelli dalla mia treccia. Comincio a far strusciare il corpo lungo il palo, mentre lascio fluttuare la mente verso altri luoghi, e solo una volta che vengo portata via da essi… qualcuno è alle mie spalle, e tiene le dita ben aperte sul mio basso ventre.

Riconosco il suo tocco quasi istantaneamente e, prima ancora che ci debba rimuginare troppo, mi rendo conto che la ragione per cui l'ho riconosciuto è perché si tratta di uno dei due uomini della prima sera in cui ho partecipato.

Con un sospiro, premo la guancia contro il metallo freddo del palo, mentre le sue dita si inabissano sotto l'elastico dei miei slip.

Quando i miei occhi volano sopra la mia

spalla alla ricerca di James, scopro che se n'è andato.

Mi si rilassano le spalle e stringo la presa attorno al palo, strofinando con vigore il sedere contro il rigonfiamento nei pantaloni dell'uomo dietro di me. Le sue dita si muovono lungo i miei fianchi, poi mi fa girare di scatto per avermi di faccia.

Piega la testa da un lato.

Comincia a suonare "Lapdance" di N.E.R.D, quando una sua mano trova la curva della mia gola, mentre l'altra scende nella parte davanti dei miei slip. La frustrazione lotta contro il piacere, mentre io tento di trovare i suoi occhi. *Chi cazzo sei?*

Le sue dita raggiungono il mio sedere, mi solleva da terra, ed io gli avvolgo le gambe attorno alla vita, proprio nel momento in cui mi arriva qualcun altro da dietro e mi slaccia il vestito. L'abito mi scivola dalle spalle, e l'uomo me lo sfila da sopra la testa. I capelli mi ricadono lungo la schiena. Il tizio di fronte a me ondeggia, si abbassa, e mi affonda i denti nella pelle all'altezza delle clavicole.

Io gemo, piegando la testa per lui, mentre quello dietro di me mi infila le mani nelle mutande.

"Cazzo!" ruggisce qualcuno alle nostre spalle, a voce talmente alta da sovrastare momentaneamente la musica. "Oh! Fermi!" Delle mani volano sulla spalla dell'uomo che mi sta tenendo in braccio.

La voce mi sembra familiare.

Quando l'uomo che mi stava reggendo mi poggia a terra, e si volta di scatto per rivolgersi rabbiosamente al suo amico, io osservo al rallentatore quando gli strappa il mio cellulare di mano. Gli si contraggono tutte le spalle, mentre si volta di nuovo, lentamente, col mio telefono fra le dita.

Il mio telefono? Merda.

"Che c'è!" sbotto, seccata per il fatto che sono nel bel mezzo di un palcoscenico di fortuna in mutande e reggiseno, mentre mi stanno tutti fissando come se non abbiano mai visto prima nulla di simile.

L'uomo scaraventa il telefono dal capo opposto della stanza e fa tre passi furiosi verso di me, strattonandomi per le braccia e strappandomi la maschera dal viso.

Sussulto, con gli occhi furenti. "Ma che cazzo!"

Lui si toglie la bandana che aveva attorno al viso ed il mio mondo si ferma. Il mio stomaco precipita al suolo e si solidifica ai miei piedi.

"Che cazzo ci fai qui, Duchessa?" La sua faccia mi si rivela completamente, ed io sbatto le palpebre diverse volte per essere sicura che non si tratti di un'allucinazione.

Gli afferro il bordo del cappuccio e glielo abbasso dietro la testa, finché non gli cade attorno al collo tatuato.

"Oh, merda," sussurro, col sangue che si raffredda come il ghiaccio.

Mi fa arretrare finché non urto contro il petto dell'uomo dietro di me.

Gli occhi di Royce volano furibondi alle mie spalle, ed io resto a guardare la mandibola che gli si pietrifica, mentre il suo sguardo incendia tutta l'energia in giro per la stanza. "Allontanati. Da. Lei." Il suo tono è basso, pericoloso, e di un migliaio di gradi più rovente dell'Inferno. Si smorza la musica di sottofondo, mentre Royce raccatta i vestiti sparpagliati attorno ai miei piedi e me li scaglia sul petto. "Rivestiti. Ora, cazzo!"

Faccio come mi viene detto. *Che sta succedendo?* Mi infilo il top corto ed abbasso freneticamente la gonna. Il panico mi ghermisce i muscoli, mentre mi lancio delle occhiate concitate in giro per la stanza. Royce si infila le mani nei capelli per la frustrazione e va a sedersi su un divano, con una sigaretta infilata fra due dita.

"Roy, ma che diavolo?"

"Meeerda," mormora uno degli altri uomini, levandosi la bandana.

Io mi paralizzo. "Orson!"

Orson scuote la testa, passandosi entrambe le mani sulla bocca. "Come va, Duchessa?"

Io sbianco. Cammino verso di lui e gli getto le braccia al collo. "Tu sei sposato! Che cazzo ci fai qui?"

"Noi abbiamo un tipo di matrimonio diverso."

Mi si contraggono i muscoli. "L'artisaniant, è francese..." Faccio due più due. Orson è per metà francese. Mi lancia un sorrisetto colpevole. "Sì, Duchessa. Noi..."

"Chiudi quella cazzo di bocca!" ringhia Royce senza neanche guardarci. Quando mi giro per vedere in faccia anche gli ultimi due uomini che hanno tolto maschera e bandana, non rimango sorpresa, neanche minimamente, di scoprire che uno è Storm, mentre resto di stucco nel vedere che l'altro è Wicked.

Trasalisco, mentre i miei occhi cadono sul suo corpo. Visto e considerato che Storm è troppo magro, ed Orson troppo alto, deduco che siano stati lui e Royce quelli con cui ho fatto sesso la prima notte.

Oddio.

Mi sono scopata il mio fratello adottivo senza nemmeno accorgermene.

La stanza mi gira attorno, mentre mi accascio sul palco. Lo sgomento mi lascia senza parole. "Royce," mormoro, augurandomi che mi guardi.

Lui non si muove. Le sue spalle si alzano e si abbassano, mentre fa dei respiri profondi. Quando capisco che non dirà nulla, ed Orson sparisce per andare a prendere dall'angolo bar qualche bottiglia di whiskey di prima qualità, striscio sul pavimento finché non sono di fronte a lui, con le mani poggiate sulle sue ginocchia.

"Royce," insisto. "Guardami."

Gli si tendono i muscoli delle cosce. Mi strappa via le mani dalle sue ginocchia, si reclina sullo schienale del divano e si infila la sigaretta fra le labbra, strofinandosi gli occhi chiusi. Il cipiglio scolpito sulle sue sopracciglia mi incute talmente tanto terrore, fin dento al midollo, che i miei piedi fremono dal desiderio di mettersi a correre. E invece resto. Perché ho bisogno di fare questo. Perché so che mi sbraiterà addosso, e che proverà a farmi del male. È così che sfoga la sua emotività. Affronta le sue emozioni maniacali fingendo di non averne, ma dimentica che le nostre anime, un tempo, erano un'anima sola. Io sento ciò che sente lui.

Drizzo le spalle, auspicando che le lacrime non mi sfuggano.

Non mi mostrerò debole.

Non ho affrontato tutto quello che ho dovuto affrontare negli ultimi quattro anni per sgretolarmi nelle mani di Royce.

Lui mi fulmina con uno sguardo nuovo, lo stesso identico che mi ha mostrato la prima volta che è tornato a casa. Solo che, stavolta, sono io che me lo sento diverso addosso. La vergogna mi sommerge sotto forma di ondate di calore.

"Rispondimi a questo." Mormora quelle parole avvolte dal fumo. Afferro il suo pacchetto di sigarette a terra e me ne accendo una. So già che mi servirà per la prossima domanda che sta per farmi. E per tutte le altre che seguiranno. Inspira profondamente, e tutti i muscoli contratti del suo viso si rilassano. Rimango a guardare i cerchi di fumo che gli escono dalle labbra arricciate. "Sei venuta tu qui l'altra sera? Con lo stesso uomo?"

Stringo i denti. "Sì."

Le labbra gli si sollevano in un ringhio, mentre si sporge in avanti, afferrandomi per il mento e sollevando il mio viso verso il suo. La posizione in cui mi trovo adesso non mi avvantaggia, dato che sembro il cagnolino perfetto ai suoi piedi. Proprio quando penso che stia per dire qualcosa, mi stritola il mento, prima di spingermi via da lui ed alzarsi in piedi.

"Royce," lo sgrida Wicked da dietro a me. Quando la porta sbatte alle spalle di Royce, mi sfugge la prima lacrima. Ormai non le combatto neanche più. L'emozione che mi si sta arrovellando dentro è incontenibile.

Mi porto le ginocchia al petto e vi poggio sopra la testa. Mi ardono le guance per la vergogna, un bisogno di protezione mi fa incurvare le spalle.

"Duchessa," mormora Storm, poggiandomi una mano sulla spalla. "Tu lo sai che noi…"

"Ma chiudi quella fottuta bocca, Storm!" Orson mi solleva da terra e mi fa accomodare sul divano accanto a lui. Io mi asciugo le lacrime dal viso, mentre Orson esce da un altro lato della stanza e rientra con una coperta di lana per me.

Me la avvolge attorno al corpo e mi allunga una bottiglia di whiskey. "Penso che possa servirti."

Annuisco ed avvolgo le labbra attorno al collo della bottiglia, mentre sento Wicked che si muove da dietro e viene a sedersi, prima di stendere il suo braccio sul bordo del divano alle mie spalle. "Eri tu?" La domanda scivola fra le mie labbra spaccate, dopo un bel po' che vi è passato il whiskey, lasciandomi la sua macchia in gola. Faccio correre la punta del mio indice sulla pelle immacolata del suo braccio, tracciando il percorso delle linee bluastre delle sue vene. È così pallido.

Wicked mi posa l'altra mano sull'anca e mi attira più vicino a sé. "Sì."

Deglutisco ruvidamente. "Beh, sono sollevata che almeno non fosse uno di questi cazzoni."

"Ehi!" ride Storm, mettendosi seduto sul palco, mentre Orson si viene a sedere dall'altro mio lato. "Ma vero." Lui ed Orson si scambiano un sorriso triste, poi mi sento gli occhi di entrambi addosso.

"Duchessa," mi chiama Orson con dolcezza. "Chi è quell'uomo con cui stavi? Che ci fai qui?"

"Mmm," pondera Royce dal capo opposto della stanza, e a me si drizza di scatto tutta la spina dorsale. "Che ci fai qui, Duchessa, e chi cazzo è quell'uomo?" Quando rientra nella stanza con una bottiglia di whiskey mezza svuotata e ciondolante fra le dita, si va a sedere sul palco e poggia la schiena contro il palo, poi si porta le gambe al petto e vi poggia sopra un braccio, lasciandolo a penzoloni.

"Non posso rispondere a questa domanda," spiego, ignorando lo sguardo di Royce. Lui mi ha ferita più volte di quante ne riesca a contare ma, in confronto a stasera, mi sembrano tutte superficiali. Come quando un amico ti fa stare male alle elementari, e a te passa nell'arco di qualche giorno.

Ma questa è un'altra storia. Ho paura che lui non mi vedrà mai più allo stesso modo, ora che sa che non solo abbiamo già fatto sesso, ma che l'ho fatto anche con Wicked.

"A che stai pensando, Duchessa?" mi tormenta Royce, ed io mi asciugo rapidamente un'altra lacrima che mi è appena colata sulla guancia. "Fuori tutti di qui. Ora."

"Io?" chiede Wicked. Noto, con la visione periferica, che gli si contraggono i muscoli del braccio.

La risatina grave di Royce spalanca una crepa dritta al centro della mia spina dorsale. "Specialmente tu."

Orson e Storm sono i primi a lasciare la stanza, prima che Wicked si allontani controvoglia da me e si accodi agli altri. Quando la porta si chiude, e tutti i rumori vengono lasciati fuori, noto che la musica sta ancora andando in diffusione, ma ad un volume molto più basso.

"Jade." Royce esige la mia attenzione, ed io, alla fine, mi risolvo ad alzare lo sguardo verso di lui. La spossatezza mi incatena i muscoli. Sono prosciugata. Ho le ciglia umide ed appiccicose per tutte le lacrime che ho versato, e mi fa male la gola, un dolore che si estende fino al bruciore ardente che ho nei polmoni. "Chi è lui?"

Mi tremano le labbra. "Roy, io non..."

"Fanculo, Jade!" sbraita, scagliando la

bottiglia mezza vuota dall'altro lato della stanza, che si schianta contro il muro, facendo schizzare schegge di vetro, intrise di liquido ambrato, su tutte le pareti opache. "Non tenermi nascosta tutta questa merda!"

"Io non posso!" grido, ma le mie dannatissime, stupide emozioni mi fanno uscire ogni sillaba fra un singhiozzo e l'altro. "Io non posso proprio…" *singhiozzo…* "dirtelo, Royce!"

Lui si alza dal punto in cui si trova, ed avanza spavaldo verso di me. Mi infila un dito in bocca. "Devo infilare il mio cazzo fra queste labbra, perché si ricordino che possono uscirgli delle cose cattive?" gongola, chinandosi, finché le sue labbra sono ad un soffio delle mie. "O forse devo riempire la tua fica col mio cazzo, e scoparti talmente brutalmente che i tuoi segreti supplicheranno di fuggire via da me."

Resto immobile. Il pugno che mi ha appena dato in mezzo allo stomaco palpita di un dolore insostenibile. Una ventata gelida mi soffia nel sangue, ed il mio corpo trema per il freddo. *Mi sta già giudicando.* "Vaffanculo!"

Mi tiene una mano attorno al mento ed il naso premuto contro il mio. "Dimmi chi cazzo è il tuo fidanzatino, Jade, e ti prometto che non ti farò restare a guardare mentre lo faccio in tanti piccoli pezzi e sparpaglio le sue membra in giro per il cazzo di Oceano Pacifico."

Mi spingo via dalla sua presa. "Lui non è il mio fidanzato. Io non posso dirti nient'altro, Roy. Non mi puoi far parlare."

Espira, tira fuori un'altra sigaretta e se la infila fra le labbra, proprio nel momento in cui si apre la porta in fondo e Wicked scivola dentro, stavolta con il suo giubbotto del club addosso, al di sopra della sua felpa.

"Abbiamo un problema," interrompe Wicked, lanciandomi una rapida occhiata da capo a piedi, prima di rivolgersi di nuovo a Royce. "Il fidanzato ci ha sentito parlare di quello che è appena successo. Prima che riuscissi a mettergli le mani attorno al collo, si è dato alla fuga."

Resto a guardare inorridita mentre il colore svanisce dal volto di Royce, e le sue sopracciglia scure e folte gli si incurvano attorno agli occhi. Gli si dilatano le pupille, e sfodera i denti affilati. La sua ira crepita come una tempesta fra le pareti della stanza.

"Royce…" Mi sporgo per prendergli la mano. Ho bisogno di lui. Ho bisogno di sentire il suo perdono, anche se, tecnicamente, in questo momento non me lo vuole dare.

Si scosta via da me. "Tu adesso torni nella mia cazzo di casa, e non te ne vai se non a bordo della mia fottuta moto, o in macchina mia." Ruota la sua faccia completamente verso di me. Gli pulsano i muscoli della mandibola, e gli tirano i tatuaggi sulla pelle del collo. Io rimango momentaneamente assorta davanti alla constatazione di quanto Royce sia cambiato nel corso degli anni. La sua pelle è rimasta liscia, ed i suoi lineamenti fin troppo belli, ma i tatuaggi e i muscoli forgiano il suo aspetto, facendolo apparire letale ed infiammabile. “Sono stato chiaro?”

La stanza ritorna al presente, quando gli faccio cenno di sì con la testa. “Sì, okay.” Non voglio acconsentire ad una cosa del genere, ma c’è una piccola parte di me che vuole restargli accanto in questo preciso momento, ed un’altra parte di me che spera di riuscire a calmarlo. Anche se è la paura a dominare la parte più grande del combattimento che si sta scatenando dentro di me in questo istante. Ho il sincero terrore di ciò che James potrebbe farmi, ora che sa che io ho scoperto che qui dentro c’è Royce.

Ma lui sapeva già che quell’uomo fosse Royce?

I muscoli del mio viso si rilassano all’istante, e la bocca mi si schiude leggermente.

“Che c’è?” sbotta Royce. “Che cazzo ti sta frullando per la testa adesso?”

Mi schiarisco la voce. “Niente.”

Mentire non mi è mai sembrato tanto sbagliato.

20

ROYCE

Guardo Wicked in cagnesco, mentre torno da Jade. Lei mi sta nascondendo della fottuta merda. Lo so.

Lo sa Orson, lo sa Storm e, cosa più seccante di tutte, lo sa pure Wicked.

Jade si alza dal divano, e tutti gli occhi sono su di lei, quando si muove. "Bagno?"

Con un cenno della testa, le indico un punto alle mie spalle. "Stanza sul retro. Se non esci in quattro minuti, butto giù a calci la cazzo di porta."

Jade mi ignora, sfilandomi accanto e sparendo al di là dell'uscio.

"Sei sempre così duro con lei?" mi domanda Wicked.

Inclino la testa da un lato e lo studio attentamente. Ho due opzioni in questo momento. Posso risbatterlo nel posto da cui sembra essere così opportunamente strisciato fuori, pur restando in grado di salvaguardare quello che resta della nostra amicizia, oppure posso prenderlo per il culo.

"Oh, si vede che sei nuovo nel settore," ridacchia Storm da dietro al bancone. "Questo è niente rispetto a quello a cui lei è abituata."

Dal capo opposto della stanza, Orson resta in silenzio. Ma la mia attenzione non si sposta nemmeno per un attimo da dosso a Wicked.

In questo momento sono come uno squalo che sta fiutando l'odore del sangue. Ed è da Wicked che quel sangue sta spillando.

"Non hai notato il modo sprezzante con cui quella ragazza lo tratta?" aggiunge alla fine Orson. "È il risultato del callo che si è dovuta fare nel sopportare, per anni e anni, Royce Kane e tutta la sua stronzaggine."

Sollevo il medio verso di lui. Non ha torto.

"Sta nascondendo qualcosa," fa notare Wicked, appoggiandosi alla parete. "Dobbiamo scoprire cosa."

"Questo lo so," sibilo, un po' troppo alla svelta. So perché mi sento più minacciato da Wicked che da qualunque altro qui dentro, ed è perché gli altri due hanno sempre considerato Jade come una sorella. Nessuno di loro ha mai provato a stare con Jade, né lo farebbe mai. Jade Olivia Kane ha portato il mio nome stampigliato sul suo fottuto culo dal giorno in cui è venuta al mondo, e non c'è mai stato un cazzo di niente che potesse fare per levarselo. Io lo sapevo. I nostri amici lo sapevano. Cazzo, i nostri fottuti genitori lo sapevano. "Nessuno conosce Jade meglio di me."

"Sul serio." Wicked sta tastando un terreno su cui sarebbe davvero meglio che non si avventurasse. "E allora perché non sai cosa sta nascondendo?"

"È semplice, davvero." Jade mi sbuca da dietro, ma io non mi sposto. Conto mentalmente fino a venti per riuscire a fermarmi in tempo, prima di avventarmi sulla gola di Wicked e strappargliela via dal collo. *Inspira, espira.* Jade riprende: "Adesso so come tenergli dei segreti."

Raccatta il suo cellulare dal divano, ed io guardo le sue dita che avvolgono la custodia nera.

Unghie bianche, perfette. Semplici e pulite, eppure le dita di una che sa esattamente cosa farci. L'unica cosa peggiore di una donna innocente è una donna che sa perfettamente come usarla per far cadere il male in ginocchio. Non so perché il bianco mi colpisca tanto, ma è così. Attira la mia attenzione prevalentemente perché Jade è tutt'altro che quella purezza che sta provando tanto a decantare, dipingendosela sulle unghie. È un dato di fatto.

"Vogliamo andare?" aggiunge Jade, ed io mi alzo in piedi e mi avvicino a Wicked.

Quando so che nessuno è in grado di sentirci, digrigno i denti e lo inchiodo col mio sguardo furioso.

Wicked è un carrarmato, e sa bene come

picchiare e farsi valere, ma che sia chiara una cosa: io posso fargli il culo. Da' ad un uomo qualcosa per cui combattere, e lui lotterà fino alla morte. E Jade è l'esca che fa scattare la lotta in me. Sventolatemi il suo culo sexy davanti ed io sterminerò chiunque osi anche solo avvicinarsi a lei.

"Se dobbiamo avere una questione in sospeso per via di lei," gli faccio un ghigno, mentre mi accosto al suo orecchio e poggio lo sguardo sulla sua spalla. "Dimmelo subito. Perché preferisco versare del sangue in questa stanza, piuttosto che a casa mia."

Wicked fa un passo indietro, ed i suoi occhi marroni cercano i miei. Mi fa cenno con la testa di uscire dalla stanza. "Due parole."

Sollevo le dita per fermare gli altri. "Dateci un secondo."

Una volta che siamo fuori, nel foyer, Wicked si volta per guardarmi in faccia. "Punto primo: vaffanculo. Io non faccio mai niente senza una cazzo di ragione, e tu lo sai. Secondo punto: tu non vedi più un cazzo quando hai a che fare con lei. Lei è il tuo punto cieco. Ovunque si trovi lei, e ovunque sia tu, Royce cessa comunque di esistere. Diventi un povero coglione. Lei ti riduce ad un povero coglione. E io sono qui per assicurarmi che tu non sia soltanto un povero coglione." Resto a fissare la sua bocca che si muove, e devo trattenermi fisicamente per non dargli un destro dritto in mezzo alla mandibola.

"Non sono cieco, fratello, sono fottutamente

concentrato. Tu fai penzolare quella ragazza davanti a qualunque cosa tu pensi che io non sia in grado di uccidere, fottere o battere, e puoi scommettere fino al tuo ultimo dollaro che la massacrerò, la sventrerò e la annienterò. Lei non è affatto il mio punto cieco." Ridacchio, passandomi il dito sul labbro inferiore. "Lei è il cazzo di interruttore della mia ira. Lei è ciò che mi rende fottutamente pazzo. Lei è la ragione per cui *scuoio*. Quindi te lo chiederò un'ultima volta e, fratello o no, io ti ucciderò lo stesso."

Wicked scuote la testa, si passa una mano dietro la nuca e stringe la mandibola. "Royce. Io non sono tuo nemico. Tu ti fidi di me. È per questo che tutti voi mi avete fatto entrare ne L'artisianant."

Rimango in silenzio e rifletto sulle sue parole. È essenzialmente la verità. Io mi fido di lui. Parecchio. "La fiducia non è qualcosa che posso negoziare, quando si tratta di Jade."

"Porca puttana." La fronte di Wicked si aggrotta per la sorpresa. "In tutta la mia vita, io non penso di aver mai visto un uomo non solo volere, ma aver bisogno di una donna a questo punto."

"Si vede che mi conosci da poco." È una battuta, ma è anche la verità. Sebbene conosca Wicked da anni ormai, lui non ha mai assistito a come sono con Jade.

Mi poggia una mano sulla spalla. "Fratello, fidati di me. Qualunque cosa io farò con lei, o per lei, sarà sempre e comunque per il tuo bene."

Stringo gli occhi. "Non ti avvicinare a lei."

"Quindi… la vuoi?" indaga.

Faccio una risatina arrogante. "Coglione, stai facendo la domanda sbagliata."

"E che cosa dovrei chiederti?" Se un qualunque altro uomo avesse pronunciato quelle parole, l'avrei sfondato. Ma si tratta di Wicked. Devo cercare di calmarmi all'idea che sia nei dintorni di Jade.

"Non quello."

"Perché?" insiste, ed ora so che ha voglia di essere picchiato.

"Perché qua la questione non è se io voglio lei o se lei vuole me." Tiro una boccata di sigaretta, finché il fumo non mi esce dalle narici. "Ci siamo solo lei ed io, e nessun altro."

Wicked annuisce. "Ricevuto. Non mi avvicinerò a lei in quel senso, ma voglio scoprire che cosa sta tenendo nascosto."

Su quello, è in buona compagnia.

Più tardi, quella stessa sera, una volta che siamo tornati a casa mia e che io mi sono assicurato che Jade sia a letto - addormentata - convoco messa nel mio salone. Ho bisogno di sfogarmi su quello che ho scoperto stasera, e magari, dando voce a tutte quelle novità, riuscirò a rimettere insieme un po' di pezzi del puzzle.

"Perché non la leghi semplicemente al letto, e te la trombi finché non te lo dice, oppure la torturi?" consiglia Gipsy.

È un ragazzo giovane. Lo so. Debbo tenermelo costantemente a mente, altrimenti lo ammazzerei e finirei per avere dei problemi con Lion. "Perché con lei non funziona così."

Gipsy si passa le mani fra quei suoi capelli stile One Direction e fa spallucce. "Era solo un suggerimento."

Scuoto la testa. Sono orgoglioso di quanto questo ragazzo stia crescendo e si stia adattando alla vita che lo circonda. Per quanto abbia avuto una bella sfortuna del cazzo nel momento in cui ha lasciato lo scroto di Lion.

Lion si sporge in avanti e poggia i gomiti sulle ginocchia. "Occorre che lei ti dica chi è. C'è una ragione per cui questo tizio la sta portando al tuo sex club."

"Perché la devi mettere in questi termini?" scherzo, strizzandogli l'occhiolino. Lion non ha mai colto i dettagli de L'artisaniant che quasi tutti gli altri vedono. Con Lion, è tutto bianco o nero. O fotti, o uccidi.

Lion fa una risatina sommessa, strofinandosi la barbetta incolta che gli sta ricrescendo sulla mandibola. "Perché è quello che è."

Allungo una gamba ed osservo Wicked, che va a prendersi una sedia dalla cucina e la ruota al contrario, per sedersi con lo schienale di fronte. "Di chiunque si tratti, lei lo sta proteggendo per un motivo." Non mi sono ancora fatto chiarezza su cosa provo nei confronti di Wicked e del suo gioco con Jade. So di fidarmi di lui e delle sue intenzioni, ma la consapevolezza che se la sia sbattuta non mi va proprio a genio.

Anzi, mi fa prudere le cazzo di dita. Mi viene voglia di stringerle attorno alla sua gola. E a quella di lei.

"Non ne dubito," rimarco, facendomi roteare l'accendino attorno alle dita. "Perché sa che io lo ucciderò."

"Eh, ma che hai fatto all'epoca, quando lei era al liceo, coi suoi fidanzati?" borbotta Gipsy. "Per la puttana, Sicko, sei psicopatico con lei."

Silenzio. "È carino che tu pensi che io le abbia consentito di avere dei fidanzati."

"Poveraccia," schernisce Gipsy, cambiando posizione sulla sua sedia.

Lion si alza dal divano. "Ti sono stati mandati altri video?"

Stringo i denti, ed il mio sangue spegne le fiamme che mi stanno bruciando nel petto. "Sì. Me ne sono stati mandati due."

Lion si sfila le chiavi dalla tasca. "Tieni d'occhio i video, e nel frattempo prova a controllare la tua donna. Te la senti di andare domani a quella cosa, o vuoi che mandi qualcun altro?"

Sollevo il medio in direzione di Lion. "Vaffanculo. Sto bene."

Lion ridacchia e si avvia verso la porta. Mi lancia un'ultima occhiata prima di varcare l'uscio con Gipsy, Wicked e Slim al seguito. Si ferma sulla soglia. "Non ti ho mai chiesto in che modo è diventata tua sorella."

"Mmm," mormoro. "Perché non è una cosa che solitamente racconto in giro." Mi sporgo fino ad affondare i gomiti nelle ginocchia. "È stata lasciata davanti alla porta di casa nostra."

Lion piega la testa da un lato, ed incrocia le braccia davanti a sé. "Non avete affrontato un normale procedimento di adozione?"

"No. Cioè, dopo che è stata lasciata, mamma e papà hanno fatto ciò che dovevano per trovare la sua famiglia, ma lei non era stata registrata all'anagrafe. Grazie a papà, che ha oliato qualche meccanismo, sono riusciti a riconoscerla legalmente, dopo che è stato dichiarato lo stato di adottabilità."

"Lei lo sa?"

Mi reclino all'indietro. "No. Pensa di essere stata lasciata in un orfanotrofio, e che abbiamo proceduto in quel modo all'adozione."

"C'è qualcosa che non mi convince," riflette Lion, accigliato. "Lascia stare il lavoro di domani. Cerca di andare in fondo a tutta questa storia e di capire che le sta succedendo."

"Lion," ringhio. Lui sa fottutamente bene quanto questo club significhi per me, come sa che non ho mai consentito a nulla di interferire col club o coi miei fratelli. *A parte il fatto che, per poco, non ti è venuta voglia di far fuori Wicked per Jade.*

Lion scuote la testa ed alza le mani. So già che non c'è verso di far ragionare quel vecchio, ostinato bastardo. "Sicko, prenditi cura della ragazza. Lei è la tua famiglia, il che significa che è anche la nostra famiglia. Le cose al club vanno alla grande in questo periodo. Nell'ultimo anno non abbiamo avuto nessuna guerra per le mani. Fa' tutto quello che devi fare."

Gli sfodero un sorrisetto, mentre mi faccio rotolare uno stuzzicadenti in bocca. "Ma io voglio lo stesso quell'incarico."

"Ma porco cazzo. Perché?" borbotta Lion, esasperato.

Mi sfilo lo stuzzicadenti dalle labbra e lo lancio sul tavolino. "Perché ho un fottio di rabbia dentro, che in un modo o nell'altro è destinata ad uscire lo stesso."

"Vuoi cominciare una guerra?" mi domanda Lion, con un sopracciglio inarcato.

"Naa, non stavolta." Gli faccio l'occhiolino mentre lui mi manda affanculo con la mano, prima di richiudersi la porta alle spalle con un tonfo. E a quel punto sono solo io.

E lei.

In una casa in cui non dobbiamo essere fratello e sorella.

Ringhiando, stringo forte gli occhi e provo a scacciare i ricordi di com'è stato averla avviluppata intorno al mio cazzo quella sera. Avrei dovuto capirlo da solo. Come cazzo ho fatto a non accorgermi che era lei?

21

JADE

Tre del mattino. I numeri rossi che brillano sul comodino mi scrutano di rimando.

Facendo dondolare le gambe sul letto, mi passo le dita fra i capelli, e me li tolgo da davanti alla faccia. Mi paralizzo non appena mi sovviene dove sono.

Royce.

Lenzuola di seta nera, coperte scure come l'inchiostro, e cuscini bianchi. C'è una sola opera d'arte appesa alla parete. Una tela vuota. Bianca. Non c'è nulla dipinto sopra. Un grosso televisore occupa la maggior parte della parete opposta, alla quale è appeso in cima ad una cassettiera.

Inspirando ed espirando, provo a ricompormi. Afferro il cellulare poggiato sul comodino e sfoglio la schermata home.

Niente.

Nessuna chiamata persa, nessun messaggio

da James. Il fatto che non abbia provato a mettersi in contatto mi fa frusciare di paura. Mi spingo fuori dal letto e mi incammino verso la porta. La apro e lancio un'occhiata nel lungo corridoio. C'è una luce accesa in fondo, così mi avvio in quella direzione, calpestando il pavimento freddo a piedi nudi. Il cuore mi scoppietta nel petto, lo stomaco mi si aggroviglia per il disagio. Non so come sarà Royce con me, quando me lo ritroverò davanti.

Faccio i due passi che mi conducono nel salotto e nella zona cucina, e mi blocco quando lo trovo appoggiato contro lo schienale del divano, con un braccio buttato sulla faccia e la testa reclinata contro il bordo. È a torso nudo, con nient'altro addosso che i suoi jeans sbottonati e leggermente calati sui fianchi, che lasciano in bella vista i suoi boxer di Calvin Klein. È la prima volta che ho la percezione di riuscire a vedere tutti i suoi tatuaggi.

Sono più che altro teschi e volti demoniaci di varia sorta, ma c'è anche un 2000 tatuato sul petto. Il mio cuore va in cortocircuito quando leggo quel numero - il mio numero - l'anno in cui sono nata io, disegnato sulla sua pelle con lo stesso font da graffiti che ha usato per dipingere la parete rocciosa di Orson, quand'eravamo bambini.

Mi addentro ulteriormente nel salone, afferro la bottiglia di whiskey poggiata sul tavolino e mi porto l'anello alle labbra. Bevo un sorso, accarezzando col palmo della mano la maglietta di Royce che porto indosso. C'è sopra la scritta Wolf Pack MC, assieme al loro emblema col lupo e, al di sotto, la parola California.

Ripongo la bottiglia sul tavolino e mi strofino il labbro inferiore col pollice, asciugando il liquido in eccesso, mentre mi concedo un'altra lunga occhiata a Royce. I suoi addominali scolpiti, i tatuaggi in giro sulla sua pelle, le sue braccia intessute di muscoli ed avvinte dalla forza. Lui è totalmente negativo. Tutto ciò che c'è di sbagliato viene in dotazione nel pacchetto con Royce Kane. Ma è un pacchetto che lui non apre mai accanto a me.

Mai.

Ha le ginocchia divaricate. Il suo petto sale e scende ad un ritmo soave. Le sue labbra sono appena schiuse. Sembra tranquillo. A prima vista. So che ce l'ha con me per via di Wicked, e so anche che, semmai dovesse scoprire la verità a proposito di James, probabilmente mi metterebbe da parte come un giocattolo usato ma, per il momento, ho bisogno di lui.

Provo verso Royce ogni forma possibile di desiderio di cui, nel corso degli anni, lui mi ha privata fino all'agonia.

Circondo le sue gambe con le mie, mi abbasso lentamente sul suo grembo, e lui si irrigidisce all'istante sotto di me.

"Jade."

Gli premo un dito sulle labbra. *Ho bisogno di lui.*

Chinandomi su di lui, faccio correre la lingua

lungo il bordo delle sue labbra.

Gli scivola via il braccio da sopra la faccia, e a me cade il cuore fuori dal petto. È così fottutamente bello. Ha i capelli tutti scarmigliati in cima alla testa, i suoi occhi sono fermi su di me. "Duchessa, si suppone che siamo fratello e sorella..."

Traccio con la lingua il contorno affilato della sua mandibola, seguendo i tatuaggi che la abbelliscono. "Mmm, ma fratello e sorella non conoscono il sapore l'uno dell'altra."

Il suo corpo si tende sotto al mio e, quando temo che stia per scaraventarmi via da lui, il suo braccio mi aggancia la parte bassa della schiena, tenendomi in ostaggio. Mi porta l'altra mano dietro la nuca, e me l'afferra con violenza. Attira il mio viso verso il suo e sogghigna sulle mie labbra. "Da questo non si torna più indietro."

Deglutisco. "Lo so." Mi abbasso per baciarlo, quando lui invece si scosta e mi solleva da sotto le braccia, come se non pesassi nulla, prima di poggiarmi sul tavolino di fronte al divano.

Mi allarga le ginocchia, poi mi fa salire le mani lungo l'interno delle cosce. "Ti sta bene la maglietta."

Sospiro. "Sta' zitto e toglimela."

"Naa, per ora te la lascio addosso." La sua testa sparisce in mezzo alle mie cosce, e le mie dita trovano i suoi capelli. Mi appoggio sui gomiti, e resto ad osservare le sue spalle, ed il trapezio che gli si contrae ad ogni movimento. Mi tiene entrambe le mani attorno alle cosce, e mi attrae di più nella sua bocca. La mia testa cade all'indietro, quando la sua lingua mi colpisce il clitoride.

Mi struscio con forza contro la sua bocca, mentre la sua lingua rimane nello stesso posto, dandomi ovunque delle leccate bagnate e succhiando al contempo la mia eccitazione. Mi infila un dito dentro, poi un altro. Sono così vicina all'orgasmo. Non riesco a respirare abbastanza velocemente per riprendere fiato. Proprio quando sto per venire, mi lascia, e mi fa scivolare la lingua nel punto in cui il mio sesso incontra le cosce. Guaisco, quando i suoi denti mi affondano nella pelle, e gli spingo le spalle. La sua bocca torna su di me, e le sue mani scivolano sotto le mie natiche. Mi solleva dal tavolino e si drizza sulla schiena. Io mi aggrappo ai suoi capelli e gli stringo le gambe attorno al collo.

"Royce, non farmi cadere."

Ridacchia in mezzo alle mie cosce. "Non accadrà." La sua bocca si apre sul mio clitoride, mentre ci riporta nel corridoio da dove sono passata, e nella camera in cui mi sono svegliata. Mi lancia sul letto, inclina la testa da un lato e si strofina la bocca col polpastrello del pollice, mentre con l'altra si stringe il pene gonfio.

"Toglila."

"Cosa, questa?" domando candidamente, sbattendo le ciglia, e pizzicando al contempo la sua maglietta.

Stringe gli occhi. "Subito."

Mi sfilo via la maglietta, e rimango con nient'altro che il reggiseno addosso, prima di strisciare all'indietro sul letto.

I suoi occhi lanciano un lampo rovente, che mi manda a fuoco le guance.

Gli infilo un dito nell'elastico del jeans e lo attiro verso di me, mentre lui mi affonda le mani nei capelli. "Duchessa." Lo dice con una tale semplicità che quasi non mi viene di rispondergli.

"Mmm?" Gli lancio un'occhiata da sotto le ciglia, mentre gli abbasso i pantaloni, scoprendo il suo pene. Ho bisogno di montarci sopra. Ho l'acquolina per la necessità di sentirne il sapore in bocca. Ne ho bisogno. Di lui, di qualunque cosa voglia darmi. È tossico, ma io affogherei nel suo veleno. Mi strattona per i capelli, tirandomi la testa all'indietro, e reclina la sua. "Alzati in piedi."

Mi sollevo barcollando, e mi debbo infilare le labbra in mezzo ai denti per frenare il mio ghigno. *Preso.*

"Tu pensi di essere stata scopata in passato, ed è questo il problema."

"In che senso è un problema?" domando con circospezione, sapendo che sono in bilico sulla sua pazienza.

Mi afferra per la nuca e strattona il mio viso verso il suo. "Noi ci uccideremo a vicenda. Tu lo sai questo, sì?"

"A me va bene." Gli sfioro la curva rigida della mandibola con la punta del dito. "Scopami come se volessi uccidermi."

La bocca gli si incurva in un ghigno sinistro. "Oh, ma io lo voglio."

"Mi hai già scopata, Roy. Sai il modo in cui mi piace."

Si affonda i denti nel labbro inferiore. "Touché."

Mi porta l'altra mano alla gola. "Un'altra cosa. Mi eccito col viola."

Corrugo la fronte e, prima che i vari punti mi si colleghino nella testa, la sua presa attorno alla mia gola si fa sempre più salda, e mi occlude qualunque via respiratoria. *Ricevuto.* Forte e chiaro. Allenta la presa, ed io infilo le dita al di sotto dell'elastico dei suoi boxer. Mi abbasso a terra, portandomi dietro le sue mutande, finché non sono faccia a faccia con la sua erezione. La pelle tesa gli tira attorno alla punta. Sulla cappella c'è una piccola sfera argentata. Mi inumidisco le labbra e le chiudo attorno alla punta del suo pene, avvolgendolo da sotto con la lingua e spingendomelo più a fondo in bocca.

"Cazzo," geme, impugnandomi i capelli con più veemenza e facendo scattare in avanti i fianchi. "Inarca la schiena." Seguo le sue istruzioni e, quando geme di nuovo, glielo prendo ancora più a fondo. Lo faccio scivolare fuori, prima di fargli ruotare la lingua attorno al piercing. Lo succhio di nuovo a fondo, facendo oscillare la testa avanti e indietro. I suoi fianchi guizzano di nuovo verso di me. Mi pizzica lo scalpo per quanto mi sta tirando i capelli.

Mi prende per il collo e si sfila dalla mia bocca, prima di spremermi le guance e chinarsi su di me. Sfrega la punta del mio naso con la sua. "Nel secondo in cui infilerò coscientemente il mio cazzo dentro di te, sarà fatta. Fine dei giochi."

Annuisco, leccandomi via dalle labbra il suo liquido pre-eiaculatorio. "Intesi."

Si abbassa e mi morde il labbro inferiore, poi si rialza e mi fa girare di spalle. Affondo sul materasso con un tonfo, prima che lui mi monti sopra. "Suppongo che tu prenda la pillola…"

Annuisco, spazzando via i capelli da sopra la spalla. "Sì."

Rimane a contemplare il mio corpo, con un pugno in bocca. "Gesù Cristo." I suoi occhi volano sui miei. "Quanti uomini ti sei trombata?"

"Royce…" frigno, alzando gli occhi al cielo. "Non ti penso proprio adesso."

"Rispondi," mi incalza e, quando mi sta sospeso sulla schiena, piega la testa da un lato, mentre mi fa scivolare una mano lungo la spina dorsale. "Magari non adesso, ma me lo dirai."

Sono quasi sicura di no.

I suoi denti affondano nella mia nuca. "Ti dovrò solamente fottere abbastanza forte da lasciare impresso il bordo duro del mio cazzo in fondo alla tua fica."

Usa l'altra mano per agguantarmi il fianco e sollevarmi, finché non sono a quattro zampe, poi mi afferra i capelli con una mano, mentre mi avvolge tutto il sesso da dietro con l'altra. Il suo dito fa dentro e fuori, roteando e spargendo i miei stessi umori intorno al mio ingresso. Essere così esposta a Royce mi basta per farmi restare bagnata per giorni, ma lui continua lo stesso a torturarmi. Finalmente, sento la sua punta che sfrega contro la mia fessura. È più grosso di quanto ricordassi. Massiccio, e rabbioso. Affonda dentro di me ed io stringo le lenzuola fra i pugni, cacciando un urlo attraverso le mie corde vocali graffiate, mentre lui continua a riempirmi fino al limite.

Lascia i miei capelli e mi afferra da dietro la nuca, per aumentare il ritmo. Ad ogni affondo, io sbatto all'indietro contro di lui. Inesorabile, è così che mi fotte. La sua tenaglia si fa sempre più stretta attorno al collo, mentre la mia fica canta come una cazzo di sirena, in cerca del suo orgasmo. Royce diminuisce la velocità, ma aumenta l'intensità delle spinte. Sbattendomi in avanti, mi frantuma, spingendo dentro di me, mentre il fuoco si increspa nelle mie vene, ed i miei muscoli liberano quella tensione che avevano trattenuto finora. Delle gocce di succo umido mi colano lungo l'interno coscia.

Con le mani sudate, si sfila da me e mi spinge per farmi sdraiare di nuovo sulla schiena. I miei capelli lunghi si sparpagliano su tutte le sue lenzuola. "Ho sempre saputo che, un giorno, mi saresti stata sotto..." Mi fa un sorrisetto, ed io non riesco nemmeno a sorridere, talmente sono esausta.

Si arrampica sopra di me, divaricandomi per bene le ginocchia, mentre il suo cazzo è di nuovo all'ingresso. Cerco i suoi occhi, che sono proprio sospesi sui miei, e devo soffocare l'emozione che sta rombando verso la superficie. Una volta che scoprirà la verità, mi odierà.

Mi porta una mano sulla gola, mentre le sue labbra affondano sulle mie. Mi bacia proprio nel momento in cui sprofonda dentro di me. Non è un bacio violento, né veloce, né precipitoso. Le sue labbra si muovono in perfetta sincronia, come se baciare fosse la sua arte, ed io la sua studentessa. Le nostre labbra non si separano mai e, quando esce per poter rientrare bruscamente dentro di me, io gemo nella sua bocca, e le sue dita mi stringono la morsa attorno alla gola. Ed è così che succede… i baci, lo schiocco di due corpi sudati che rimbomba per la stanza, i gemiti rochi, gli schiaffi che mi dà in faccia, l'odore del sesso contaminato dal fumo di sigaretta. Non mi sono mai sentita tanto bene e tanto in colpa allo stesso tempo. È come se sapessi che è così che ci si sente a casa... proprio qui, con lui dentro di me. Ma al contempo il senso di colpa, che mi si insinua nelle ossa, mi ricorda che sto mancando di onestà con lui. Lui mi ha sempre protetta, ed io so che, nell'esatto momento in cui scoprirà che ha fallito nel peggior modo possibile, se ne addosserà la colpa. Quindi, per ora, finché ho lui con me, annegherò nel suo veleno e pregherò che la morte sopraggiunga presto.

I suoi fianchi premono contro i miei, mentre continua a cavalcare il mio corpo ancora, e ancora. Di tanto in tanto stringe la presa intorno alla mia gola, finché non mi sento la testa delle dimensioni di un pallone, ma poi la allenta, e mi morde, affonda i denti nel mio collo come un vampiro, fendendo la pelle, finché il sangue non mi gocciola lungo le curve della gola.

"Royce," gemo senza sosta, serrandogli le gambe attorno alla vita. I nostri corpi sono scivolosi, viscosi. Sono vicina ad un arresto cardiaco.

La sua bocca torna sulla mia ed io perdo del tutto il controllo. Tutti i miei organi interni si trasformano in fuoco liquido, ed innescano il mio orgasmo. Delle scosse di eccitazione mi fanno sgocciolare lungo la sua erezione e su tutto il mio interno coscia.

Royce soffoca i suoi grugniti mordendomi il labbro inferiore, mentre pulsa dentro di me. Il suo petto si accascia sul mio.

Come se fossi sotto sedativo, lo cingo con un braccio, quando lui si sfila e mi attira contro il suo petto.

Mi dà un bacio sulla testa. "Mi dirai chi è quell'uomo, Duchessa, ed io mi assicurerò che lui sappia esattamente con chi si è appena messo a fare lo stronzo."

22

ROYCE

Ho fatto una stronzata ieri sera, mi sono fatto sfuggire le cose di mano. Quando ho a che fare con Jade, il mio autocontrollo è del tutto immaginario e, non appena lei mi ha piazzato quel suo piccolo culo sexy sul grembo, è stato come se qualcuno avesse sventolato un'esca davanti ad un lupo famelico. Era ovvio che avrei affondato i denti, cazzo. Sono stato debole, ma non è stata una cosa sbagliata. Dovrebbe esserlo, ma ho passato tanto di quel tempo a fantasticare su come sarebbe stato averla sotto di me che, una volta che è finalmente successo, questa cosa ha finito soltanto per consolidare i sentimenti che già provavo.

Dei sentimenti che, sicuro come la morte, io non posso permettermi di provare nella mia vita.

"Ho fatto una cazzata," commento a Wicked, non appena parcheggia dietro di me alla clubhouse.

"Te la sei scopata di nuovo." La sua non è una domanda. È un'asserzione.

"Sì, e sai cos'è peggio?" aggiungo, lanciandogli un sorrisetto, mentre mi infilo le chiavi in tasca. "Che adesso non la lascerò più andare via."

Wicked ridacchia e scuote la testa. "Sei proprio un povero coglione. Per anni, non sei mai riuscito a trovare pace con la fica, non ti sei mai trombato la stessa puttana due volte - ad eccezione di Bea - e adesso, tutto d'un botto, sei pronto per farti una mogliettina."

Gli sollevo il medio. "Non ho detto questo. Voglio solo dire che lei mi manda a puttane il cervello. Ho sempre captato il potenziale che avrebbe potuto avere con me, ed è in parte anche per questo che, da ragazzino, ho giurato a me stesso che non le avrei mai messo un dito addosso. Anche se sono stato fottutamente tentato. Cazzo, ci sono state delle volte, quando eravamo piccoli, che ci è mancato davvero pochissimo che non buttassi tutto e le andassi dietro in quel senso, ma…" Faccio una pausa quando raggiungiamo il bordo delle scalette, e lancio un'occhiata da sopra la mia spalla. "… ma lei è la mia cazzo di sorella."

Wicked fa spallucce e saltella su per i gradini. "Beh, sarebbe potuta andare peggio. Avrebbe potuto essere una parente di sangue."

Entriamo in casa e troviamo Lion, Gipsy e qualche altro fratello già assiepati attorno al tavolo della cucina. Lion stringe gli occhi e me li punta addosso. "Riesco a sentire il profumo di fica da qui."

"Ah sì? È passato tutto questo tempo dall'ultima volta che Bonnie ti ha permesso di infilarglielo fra le labbra?"

"Stronzo."

Gli lancio un bacetto, e intanto prendo posto alla sua destra. "Che cazzo sono tutte queste facce serie?"

Lion si risistema sulla sedia. "È successa una cosa stanotte, e ho aspettato che arrivassi tu, prima di aggiornare anche tutti gli altri."

Tiro fuori una sigaretta e me la stringo fra i denti, mentre rimedio il mio accendino. "Ti ascolto."

Lion fa scrocchiare il collo. "Il fornitore di cui si serviva tuo padre è stato ritrovato morto davanti alla porta d'ingresso del ritrovo del cartello della droga."

Faccio uscire una nuvola di fumo. "A me suona come un problema di mafia, non di un club per motociclisti."

"È un problema *tuo,* il che lo rende un problema di tutti noi."

Resto un attimo in silenzio, faccio correre lo sguardo sui presenti attorno al tavolo, che tengono tutti gli occhi puntati su di me. "E perché mai?" Aspetto che venga sganciata la bomba.

Lion si sporge in avanti, con una cazzo di scintilla negli occhi che gli scatta solo quando sa che un omicidio grava su di noi. "Perché è stato *scuoiato*."

Faccio un'altra pausa, lasciando fuoriuscire lentamente un'altra boccata di fumo attraverso le labbra. "Beh, non è roba mia."

Lion serra la mandibola. "Sicko, è tuo."

"No." Scuoto la testa, facendo cadere la cenere dalla punta della mia sigaretta. "Non sono stato io. Io non scortico più nessuno da..." Rifletto un secondo sul mio ultimo assassinio. "Da tre settimane."

Lion si appoggia contro lo schienale, e mi studia con curiosità.

Gipsy si passa una mano fra i capelli. "E allora, cazzo, c'è qualcuno che ti copia."

"Questo è un problema, perché il cartello pensa che sia stato tu a far fuori il loro uomo, e adesso abbiamo fra le mani una probabile guerra."

È la prima volta in assoluto che mi si presenta un caso analogo al mio. Non che, in generale, io pensi che non ci possa essere qualcuno in grado di copiare il mio stile, ma l'arte con cui io lascio il mio segno non è qualcosa che, di solito, la gente fa volentieri. Mai.

"Convoca un incontro con loro."

"Royce." A Lion sfugge il mio vero nome. "Questo è un cazzo di cartello di colombiani. Hai mai visto *Scarface*? Non è gente che scherza."

Mi reclino sulla mia sedia e passo al vaglio tutte le opzioni che abbiamo a disposizione, quando, all'improvvviso, le parole di Lion mi lasciano di sasso. "Chi cazzo hai detto che hanno ucciso? Di solito la terza parte di questi scambi è un fottuto *falco*."

Falco è il modo in cui alcuni cartelli - prettamente ispanici - chiamano in gergo quelli che gli fanno da occhi e orecchie. I pali, che non fanno altro che andare a sniffare qualche culo e poi tornare di corsa dai loro Capi per raccontargli che odore avesse.

Lion fa una risatina, strofinandosi la barbetta arruffata con la mano raggrinzita. "Era un Capo."

Stringo i denti e chiudo gli occhi, provando a riflettere sul significato che un gesto del genere possa rivestire non solo per me, ma anche per il mio club. E ora che Jade è tornata nella mia vita, io non sono in vena di giocare d'azzardo. Che è esattamente il motivo per cui non avevo alcuna voglia che rientrasse nella mia vita. Lei è un fottuto bersaglio che cammina, per chiunque abbia una questione in sospeso con me.

"Dobbiamo cercare di far ragionare Jorge Carlos. C'è qualcuno che sta scavalcando entrambi, ed io farò in modo che lui lo sappia chiaramente. Porta tua sorella."

"Col cazzo!" sbotto, con la voce velata di irritazione. Mai neanche per il cazzo trascinerò lei in tutto questo casino. "Perché dovrei?"

"Portala alla clubhouse, cazzone. Ci barrichiamo tutti dentro, finché non avremo rimesso a posto questa situazione di merda col cartello. Solo familiari diretti. Conoscete tutti la procedura."

Dopo un giro di *Run Wild, Live Free*, il nostro motto, escono tutti dalla stanza, lasciando Wicked, Lion e me da soli. Una volta che i loro culi attaccabrighe sono troppo lontani perché ci possano sentire, commento: "Non mi ha dato alcun nome."

Lion si accarezza arrendevolmente la barba, facendo frusciare, ad ogni movimento, la pelle del suo giubbotto. Si piega in avanti e poggia entrambe le mani davanti a sé, sul tavolo. "Portala qua. Ci possiamo lavorare."

Scuoto la testa. "Restate fuori da questa storia. Ci penso io. Sto solo dicendo che c'è qualcosa che non mi quadra." Tiro fuori il cellulare dalla mia tasca e mando un messaggio a Slim e Fluffy, che in questo momento sono impegnati a fare i babysitter, dicendogli di portarla qui.

"Forse non ti farà piacere sentirlo, ma io penso che dietro a questa storia ci sia molto di più di lei che ha un fidanzatino col pallino delle chiavate di gruppo in una residenza d'alto bordo."

"Mmm," mormoro, passandomi il dito sul labbro superiore. "Forse."

23

Jade

Ho sempre sentito che fosse giusto stare con Royce, ma non sono così ingenua da persuadermi che possa essere proprio io la donna che lo catturerà, in nessun altro modo se non in mezzo alle mie cosce. A prescindere da ciò, il pensiero fisso di non aver ancora ricevuto notizie da James mi ha instillato abbastanza terrore da tenermi con la testa fra le nuvole. Oramai avrebbe già dovuto mettersi in contatto con me. Sta architettando qualcosa, e so che farei meglio a raccontare io stessa a Royce di lui e di tutto ciò che so, prima che lo venga a scoprire per vie traverse – magari proprio tramite James. Potrebbe tornare in qualche modo utile a Royce, ma le mie paure sembrano annegare la mia logica. Non riesco proprio a scrollarmele di dosso. Il rifiuto, la negazione. E se non mi credesse, e facessi la figura della pazza? Se James fosse in grado di manipolare tutta la verità e mi facesse sbattere in un manicomio? In tutta onestà, ne sarebbe più che capace.

Svoltiamo nel parcheggio della clubhouse, che stavolta ha un aspetto differente. Ci sono un paio di bambini che scorrazzano, e delle donne vestite in modo diverso da come stavano le sere in cui sono venuta qui - entrambe le volte. Abbranco il borsone che ho preparato nella mia camera del college, dentro cui ho buttato tutto ciò che mi potesse servire per sopravvivere una settimana nelle modalità che, a quanto pare, Royce mi ha fatto sapere tramite Slim e Fluffy.

"Jade, seguici," ingiunge Fluffy, aprendo lo sportello. Fluffy è un ragazzone, ma la pelle liscia che ha sul viso mi dichiara che non deve avere più di vent'anni.

"Fluff, è già qui, non occorre che le ordiniamo dove andare. La missione è compiuta, lei è al sicuro e di nuovo nel nostro territorio."

Fluffy gli dà un pugno sul braccio. "Lei non è come tutti gli altri."

Slim gli lancia un'occhiataccia dal posto del passeggero. Slim è l'esatto opposto di Fluffy. È secco allampanato, nanetto e ha gli occhi perennemente cerchiati di rosso. Sembrano due buoni amici, anche se mi ricordano un po' quella coppia di cartoni animati, Ren e Stimpy.

"Ovvio," ribatte Slim.

Io alzo gli occhi al cielo, mi isso il borsone in spalla e chiudo lo sportello con un calcio, lasciando quei due a discutere nell'abitacolo.

Idioti.

Mentre mi avvio verso la casa, tiro fuori il cellulare e faccio uno squillo a Sloane. Mi sento uno schifo per non averle più scritto neanche un messaggio da quando le cose con Royce hanno cominciato a prendere una piega diversa. Non mi risponde, il che può significare solo una cosa, e cioè che, con buona probabilità, è nel bel mezzo di una lezione. C'è poco da scherzare: o mi metto sotto con lo studio, o dovrò prendermi il resto dell'anno sabbatico, prima di rischiare di restare troppo indietro.

Le mie dita volano sui tasti dello schermo per scriverle un messaggio.

Io: Mi dispiace di non averti scritto. Tutto a posto con Royce. Chiamami quando sei libera. Baci

Rinfilo il cellulare in tasca e sento Silver prima ancora di vederla. Esce fuori dalla porta saltellando, con i suoi ricci selvaggi in testa. I suoi occhi azzurri si schiantano contro i miei. "Sei qui, benone! I lockdown sono una figata!"

"Davvero?" domando, senza darle troppo credito. Non riesco a pensare a nulla di peggio che stare barricata in una casa piena di motociclisti per giorni e giorni.

Silver annuisce con la testa. "Sì! Vieni, portiamo la tua valigia su, in camera di Sicko. Devi conoscere Kara e Boujee!"

Attraversiamo il salone principale e, quando passiamo davanti alla zona adibita a cucina, mi sento un centinaio di occhi addosso. Mi volto, e scorgo Royce all'istante.

Lui continua a lanciare delle occhiate pesanti a Lion, e ha la mandibola tesa. Il panico e la paranoia si sedimentano dentro di me, e non si spostano più. *Glielo devo dire.* Ma non adesso. Silver mi prende per mano e mi trascina su per le scale.

"Tanto per la cronaca, la ragazza con cui Sicko se la fa è qui," annuncia, mentre io varco dietro di lei la porta della camera da letto di Royce. "Non è esattamente una ragazza del club perché, tecnicamente, è solo una parente di uno dei fratelli, ma pensavo che dovessi saperlo."

"Bea?" Alzo gli occhi al cielo alla menzione del suo nome. Non avevo affatto realizzato che, in sostanza, fosse parte della famiglia.

"Già," conferma Silver, voltandosi verso di me. "È la sorella minore di Karli, che è la signora di Justice."

"La signora?" domando disorientata, poggiando il mio borsone a terra. Non ho una gran dimestichezza con la terminologia all'interno di un club per motociclisti, né ho mai visto un episodio di *Sons of Anarchy* o di *Mayans*. La mia conoscenza televisiva si ferma a dei tristi show di cucina.

Silver infila i suoi capelli sregolati dietro le orecchie, guidandomi verso il bagno. "Pensa ad una moglie, e poi moltiplicala per cento. Ci possono essere svariate mogli, ma ci sarà sempre e solo una signora." Ha senso, in un modo che non ha senso. "E parlando di questo, Bea era strasicura che sarebbe diventata lei la signora di Sicko. Non so come o su che base si fosse persuasa di questo, visto che lui, in passato, non è mai stato altro che un pezzo di merda con lei." Silver si mette seduta sull'ampio letto matrimoniale, rimbalzandovi delicatamente, come se stia testando le molle. "Gli unici momenti in cui Sicko è tollerante con lei è quando beve e, pure lì, nei limiti. E al di là di quello," prosegue Silver, appoggiandosi su un gomito. "Non è l'unica che lui si tromba." Stira tutte le labbra. "Ops. Scusa. Posso anche smetterla di parlare. Probabilmente non ti fa piacere sentire queste cose."

La liquido con un gesto della mano, tirando fuori dalla valigia il mio giubbetto di pelle. Stamattina andavo di corsa, quindi mi sono buttata addosso un paio di jeans neri skinny ed un top corto bianco di Dolce & Gabbana. "No, non è nulla di nuovo per me. Royce ha sempre avuto fame di patata."

Mentre io infilo le braccia nelle maniche strette del mio giubbetto, Silver increspa la bocca in un sorriso. Poi scoppia a ridere, togliendosi via le scarpe con un calcio e piegando le gambe per infilarsele sotto al culo e sedere sui talloni. "Non riesco nemmeno ad immaginare Sicko senza tutti i tatuaggi e la sua reputazione da duro."

"Oh," mormoro, sfilando una sedia da sotto una vecchia scrivania. "Anche all'epoca aveva una certa reputazione, ma era… non lo so." Mi guardo attorno per la stanza, e mi cade lo sguardo sulle cornici per fotografie vuote e sulle vecchie bottiglie di whiskey. C'è un grosso letto, una scrivania, una cassettiera ed un piccolo stereo portatile. Se questa è la stanza di Royce, è evidente che non ci resti spesso a dormire. "Era diverso."

"Mmm," mi stuzzica. "Beh, sono felice che non sia imbarazzante." Si risistema gli occhiali trasparenti che tiene poggiati sul setto nasale ed infila di nuovo i piedi nelle scarpe. "Vieni. Dobbiamo andare a dare una mano alle altre in cucina. Riesco quasi a sentire mamma che mi sta urlando."

Non appena scendiamo di sotto, troviamo la cucina gremita di donne. Ne avevo già conosciute un paio, altre no. Silver non ha perso tempo a presentarmi a tutte e a dire con chi stessi: cosa che non ha fatto che peggiorare l'umore di Bea, che è rimasta per quasi tutto il tempo a fissarmi in cagnesco, con le mani nelle tasche del suo giubbetto e le gambe stese davanti a sé ed incrociate alle caviglie.

I Metallica stanno suonando di sottofondo, ora che Karli, la "signora" di Justice, sta ondeggiando i fianchi da un lato all'altro e mescolando varie tipologie di insalata in una grossa ciotola marrone. Ci siamo io, Silver, Bonnie, Karli, Bea, Kara - la signora di Roo, nonché ex Miss Australia - Lilac, la figlia di quattro anni di Karli e Justice, e Boujee, che in questo momento è seduta in braccio a Silver. Sta andando la musica, ed un paio delle ragazze stanno ridendo fra loro e bevendosi una birra. Sembrano una famiglia molto più di qualunque altra gang di cui abbia mai sentito parlare. Ciò a cui ho assistito con James è molto, ma molto peggio di questo. Mi si gonfia il cuore nel petto, riempiendo di calore tutte le parti vuote all'interno di me. Non riesco ad ignorare l'allentamento della tensione che avverto nei muscoli quando sono in mezzo a questa gente. Ha un che di familiare. Le mura che tengono su questa vecchia casa hanno un sapore di casa infinitamente più della villa multimilionaria in cui sono cresciuta. Sento queste donne molto più di famiglia della mia stessa madre.

Sento la mancanza soltanto di Sloane.

Con un tremolio nella pancia, tiro fuori il cellulare dalla tasca, mentre bevo un sorso della mia birra.

0 nuovi messaggi.

Porco cazzo.

"Tutto bene, Jade?" mi domanda Silver, con gli occhioni azzurri sgranati e brillanti, in attesa che risponda a qualunque cosa mi abbia appena chiesto.

"Che?" Poggio il telefono sul tavolo, e butto giù l'ennesima sorsata di birra. Le telefonerò dopo cena. A quell'ora deve rispondermi per forza.

Uno sbuffo si leva da qualcuno dal capo opposto del tavolo, e la mia testa scatta verso Bea, che mi sta pugnalando con gli occhi. "Che vuoi che ne sappia lei."

Silver la ignora, ed io comincio a percepire la netta sensazione che non abbia una particolare predilezione per Bea. Non sono sicura del motivo. Ma c'è qualcosa sotto. "Sai, il film di cui parlano tutti in questo momento, in cui recita quel manzo. È tipo... spagnolo o qualcosa del genere e, oh..." Si ferma, facendo roteare gli occhi.

"Ho capito il film di cui state parlando." Faccio un sorrisetto a Silver. "Quello in cui lui la porta nella sua baita nel bosco?"

"Ma quanto cazzo è sexy quello!" Silver boccheggia, facendo saltellare Boujee sul suo ginocchio.

"Beh, è..." Da dietro, mi arriva una mano sulla gola, e rimango momentaneamente tramortita dagli spasmi di energia che mi sento alle spalle. Mi viene strattonata la testa all'indietro finché non mi ritrovo a guardare in alto verso Royce, che mi sta dietro, con le sopracciglia inarcate.

"È cosa, Duchessa? Continua la frase che stavi per dire, e vedi che succede."

Lì per lì resto ancora paralizzata dalla sua sfacciata possessività, ma poi riesco finalmente a ricompormi. Mi lascia andare il collo e muove qualche passo per andare a buttare un'occhiata nel frigo che mi sta di fronte, senza smettere nel frattempo di lanciarmi il suo broncio da sopra la spalla. Per tutto il giorno non ci siamo rivolti parola, da dopo che abbiamo scopato ieri sera. E la prima cosa che fa è maltrattarmi davanti a tutti i suoi amici - o famiglia - o qualunque cosa siano per lui.

Richiude lo sportello del frigo con un calcio e, proprio quando sta per sorpassarmi, si china sul mio orecchio, di modo che possa sentire solo io le sue parole. Le sue labbra mi sfiorano il lobo, e tutto dentro di me, dannazione, per poco non va a fuoco. "Tu di' che un altro uomo è sexy, ed io ficcherò il mio cazzo talmente a fondo nella tua piccola gola graziosa che dovrai mangiare con una cannuccia per un mese intero." Mi prende il lobo fra i denti e si accosta ancora di più. "Il Royce che conoscevi non è il Royce che stai per conoscere. Ti scoperò fino a che non sarai in fin di vita solo per dare una dimostrazione, Duchessa." E se ne va, lasciandomi con le guance in fiamme, le cosce serrate fra loro ed una pozza di eccitazione proprio al centro.

Perché sono fatta come sono fatta?

Gli credo. In nome di Dio, gli credo. Che è con buona probabilità ciò che renderà tutta questa situazione in un certo qual modo divertente.

"Gesù," borbotta Silver, mentre guarda Royce uscire dalla cucina e tornarsene dove si trova la maggior parte degli uomini. "Sicko è anche peggio di quanto avessi immaginato."

Bea si alza dalla sua sedia e vola fuori dalla porta in un accesso di rabbia. Sono riuscita a percepire letteralmente la sua ira che mi ha penetrata, mentre se ne andava.

"Vedrai che o gli metterà il muso, o andrà ad assillarlo."

Io mi tiro fuori dalle loro conversazioni, e provo a tenere a freno il mio impulso di uscire ed andarmi ad assicurare che lei non stia andando da Royce.

Royce ha ragione. Io non so più com'è fatto, ed è questo che mi fa venire la nausea. Se lui ed io avessimo dato inizio a qualcosa a suo tempo, quand'eravamo più giovani, io sarei stata in grado di erigere un'architettura sulla base di qualunque connessione esistente fra di noi. Il problema è che, adesso, non ne capisco più le fondamenta. Mi fa stare in tensione, a disagio e, al di sopra di ogni altra cosa, sto continuando a mantenere un segreto che potrebbe porre fine a lui, a me e a qualunque chance possiamo mai avere. E questo mi procura un dolore maggiore di quanto potrebbe fare una stilettata in mezzo al cuore.

"Silver," le dico, proprio quando Kara e Bonnie cominciano a trasportare i vassoi col cibo fuori dalla cucina. È ancora abbastanza presto, il sole sta appena cominciando a tramontare. "Hai qualcosa di un po' più forte?"

"Tipo vodka, o tequila?"

Mi faccio piccola per la vergogna. "Quanti anni hai?"

Silver piega la testa da un lato. "Diciassette."

Karli rientra dalla porta principale. Ha i capelli corti, castani, e degli occhi nocciola. C'è una delicatezza in lei che non avrei mai pensato di trovare in una clubhouse di motociclisti. Karli si ferma e piantona entrambe le mani sui suoi fianchi larghi. Ha delle forme per cui molte donne darebbero un dito. Tutte le curve al punto giusto. "So cosa ti serve, e non è quello."

Mi prende per mano e mi tira su dalla sedia. Io acchiappo al volo il mio cellulare e lancio una rapidissima occhiata a Silver, prima che Karli mi porti fuori dalla porta sul retro, che conduce dove sono stata la seconda sera in cui sono venuta alla clubhouse.

La porta si chiude dietro di noi e, tutto d'un tratto, ci ritroviamo solo lei, io ed il brusio chiassoso degli uomini e della musica che continua ad andare di sottofondo dall'altro lato della casa.

Karli si volta verso di me ed affonda le dita nella tasca posteriore. "Bea non è così terribile, una volta che la conosci un po' meglio."

Io sono scossa da un brivido, e mi strofino su e giù le mani lungo le braccia, mentre lei apre una piccola custodia argentata, prima di tirare fuori quella che suppongo sia una canna. Non so come Karli abbia fatto ad intuire che avessi bisogno proprio di questo, ma ci ha preso. È decisamente ciò che mi occorre per placare un po' i nervi. Karli ne infila un'estremità fra le labbra sottili ed accende quella opposta.

"Io non mi preoccupo di Bea," dichiaro alla fine.

Lei continua ad arroventare lo spinello, tirando delle boccate corte, prima di allungarmelo. Fa uscire una densa nube di fumo grigio, che riempie l'aria del profumo dolce e terroso della marijuana, e ridacchia. "Oh, e non occorre che tu lo faccia, da' retta a me. La prima volta che ho conosciuto Justice, aveva una ragazza del club che gli teneva il cazzo in caldo. Lei si rifiutava di lasciarlo andare. Gli stava attaccata alle palle coi denti." Mi strozzo col fumo in gola, e mi risale una risatina dal fondo della pancia. Ripasso velocemente la canna a Karli, mentre mi batto il pugno sul petto - sperando intanto di non morire per colpa di questa cazzo di erba letale - e dico: "Grazie per l'immagine. Ti assicuro, non serviva."

Lei mi ignora e si va a sedere su uno dei gradini. Io la seguo, e mi metto su quello appena sopra il suo. Riesco già a sentire gli effetti del THC, che si sta facendo una placida nuotata nel mio sangue, riscaldandomi da dentro e buttando tutte le mie preoccupazioni dritte nel secchio.

"E comunque, quella è stata una ragazza di cui mi sono dovuta preoccupare. Ho avuto un sacco di rogne con quella puttana."

"Che fine ha fatto?" le domando, quando lei mi ripassa la canna.

Silenzio. "L'ho uccisa."

Faccio una risatina leggera, tirando un'altra boccata. Ho avuto a che fare con un sacco di oscurità nella mia vita, ma non con la morte. È difficile immaginare una come Karli collegata ad una tale malvagità, come può essere un delitto. "Beh, non preoccuparti. Io non ucciderò tua sorella."

La risata di Karli è talmente schietta da farle tremare le spalle. "Ascolta, io non ti biasimerei se lo facessi. Sembra che Bea riesca a spegnere la sua sete solo con Sicko. Non che sia l'unica. In passato c'è stata per lui una lotta fra lei e Taylor, un'altra ragazza del club. Ha vinto Bea. Ed era convinta di stare in cima a tutte le altre, finché non sei arrivata tu."

La canna è finita e, quando ci rialziamo in piedi, Karli mi avvolge una mano fra le sue. "È solo una questione di tempo prima che tu sia parte di tutti noi, e che porti ricamato con fierezza sulla schiena il nome di Sicko, che ti porrà immediatamente su un livello superiore rispetto a Bea. Sicko è il Vicepresidente, ed il più grande motivo d'orgoglio di Lion." Alza gli occhi al cielo, ma non per il fastidio. Più che altro lo sta sfottendo. "L'unica cosa che ti chiedo è di non darle troppo peso."

"Karli, io non..." Scuoto la testa. "Come faccio a spiegartelo? Bene, okay." Lei aspetta che io le risponda, ed io cado leggermente nel panico all'idea di dover raccontare a questa donna, che per me resta essenzialmente una sconosciuta, i sentimenti che ho sempre provato verso Royce, e tutto quello che lui mi ha fatto nel corso degli anni. Specialmente quand'eravamo bambini. "Io non mi spavento facilmente, quando si tratta di Royce. La mia soglia del dolore è piuttosto elevata per quanto riguarda lui. Ho provato dei sentimenti per lui dal momento in cui ho capito cosa fossero i sentimenti e, nonostante ciò, sono sempre rimasta sospesa fra lui e la fila delle sue nuove fiamme a scuola, come se vedere un'altra ragazza sotto il suo braccio, nel suo letto o seduta in braccio a lui non mi abbia distrutta un pezzo alla volta. Quindi, credimi, io non sono preoccupata di Bea, e non sono una persona gelosa in quest'ambito."

Karli si arriccia le labbra fra i denti, una volta che siamo entrambe in piedi. "L'erba ti rende piuttosto emotiva, eh?"

Sbuffo. "No." Mi volto, e sto per dirle che avevo solo bisogno di concedermi questo sfogo, quando lo sguardo furioso di Royce mi inchioda sul posto. E a me sprofonda il cuore.

"Mmm," mormora Karli, dandomi una pacca sul culo. "È un bene, no?"

Cerco di ingoiare, malgrado i nervi mi formino un groppo che mi ostruisce la gola. *Dannazione, Karli.*

Non appena lei sparisce, e rimaniamo solo lui ed io, Royce mi fissa a bocca aperta. "Tu cosa?"

"Cosa… cosa?" ribatto innocentemente, scendendo con cautela un gradino, che mi porta nel punto in cui era seduta Karli poco fa. Mi serve un piano di fuga. Potrò anche non conoscere più il Royce di adesso, ma il modo in cui mi sta addosso è sempre lo stesso. Riesco a vederlo già da come gli occhi gli si induriscono per la rabbia, come se fossero intagliati nella roccia.

Risponde al mio passo facendone uno anche lui. "Tu provavi dei cazzo di sentimenti di questa portata per me, e non hai mai pensato di dirmi nulla?"

"Che vuoi dire, Roy! Tu lo sapevi!" O almeno, ne sono quasi certa. "Altrimenti perché mi avresti dato contro ad ogni singola fottuta occasione che ti si è presentata davanti!" Scendo un altro gradino.

E lui ne sale un altro. "Duchessa, ti darò un po' di vantaggio per cominciare a scappare, nel tentativo di placare i miei cazzo di nervi. Dopodiché, il tuo culo sarà mio."

Giro di corsa sui tacchi, e le mie gambe mi fanno scattare in avanti, mentre una scarica di adrenalina mi pulsa nelle vene. Delle braccia mi abbrancano per la vita, sollevandomi da terra, mentre io grido a perdifiato, prima di tapparmi la bocca con la mano. "Roy! Mettimi giù!"

Non lo fa. Non prima di aver fatto qualche altro passo. E, quando finalmente mi poggia a terra, mi ritrovo in bella vista, davanti a tutti quelli che stanno all'aperto, di fronte alla clubhouse, accanto alla buca per i falò. È buio, non c'è altro che il corpo massiccio di Royce che mi sta tenendo in gabbia. Le pieghe dei suoi muscoli si increspano sulle sue braccia, mentre mi tiene in ostaggio.

Piega la testa da un lato. La sua voce è talmente cavernosa da resuscitare i morti. "Perché non me l'hai detto?"

"Perché..." bofonchio, senza sapere che scusa tirare fuori. Non mi sta toccando, ma la sua presenza basta a blandire ogni singolo centimetro della mia anima indomita. I suoi occhi divorano da soli tutto lo spazio che separa i nostri corpi, come se fosse un lupo famelico, in ritardo per il suo banchetto.

"*Perché* non mi basta."

"Avrebbe fatto una qualche differenza?" sospiro, puntando lo sguardo nel suo, ed appoggiandomi alla parete di metallo. Sono riuscita a dedurre che ci troviamo in un piccolo capanno. Odora di olio motore, e di erba appena tagliata. Non ci sono porte, quindi, se qualcuno realmente volesse, con buona probabilità potrebbe spiarci in mezzo al tagliaerba e agli altri attrezzi da giardino.

"Che vuoi dire?" mi incalza e, non appena comincia a far correre la punta del suo indice lungo la mia gola, faccio un respiro profondo, per tenere a freno l'euforia che mi si abbatte addosso, e che rischia di mandarmi in una miriade di piccoli frantumi.

"Voglio dire che... tanto... te ne saresti andato lo stesso..."

Scatta e mi inchioda alla parete coi suoi fianchi, prima di stringermi una presa salda attorno alla gola. "Ti ho già detto di tenere quella cazzo di bocca chiusa su questa storia,

Duchessa."

"Beh, magari!" protesto, con tutto che ho la gola serrata. "Non ne ho voglia!" Le sue labbra sono sulle mie in un lampo, ed un magma rovente mi si riversa nel sangue. Mi tremano le gambe sotto il mio peso. Royce mi solleva per la parte posteriore delle cosce e me le fa avvolgere attorno alla sua vita, senza mai rompere il nostro bacio. Mi risbatte contro la parete con uno schianto, mentre la sua bocca si fa un giro su ogni centimetro di carne che riesca a trovare. Le mie mani sono nei suoi capelli, dietro il suo collo spesso, fino a scendere lungo la parte frontale del suo giubbotto di pelle. Sfioro con le dita le scritte ricamate sul petto, mentre lui mi strappa la giacca di pelle e si china sotto il mio top, facendo scendere la testa sempre più in basso, finché la sua bocca non si aggancia al capezzolo di un mio seno. Strattona quella perla sensibile fra i denti, ed un pizzicore acuto mi si dirama nei seni.

Si ferma, e drizza la schiena. "Ma chi cazzo ti ha fatto rifare le tette?"

Oh, merda.

"Ah. Mamma."

"Che?" sbotta. "E per quale cazzo di ragione?"

Faccio spallucce. "Perché mi sono lamentata che le mie erano troppo piccole."

"Perché non ti credo?"

Stringo le dita attorno al colletto del suo giubbotto e lo attiro a me. "Tu scopami e basta."

E così, con quelle semplici parole, lui mi sta già sbottonando i jeans, e la sua mano vi sta sprofondando dentro. Non appena avverto il suo palmo contro il mio sesso nudo, gemo, e getto la testa all'indietro. Mi preme il pollice contro il clitoride, facendo dei lenti movimenti circolari, mentre tiene poggiato il viso nell'incavo del mio collo. "Hai idea di quanto cazzo io voglia ucciderti in questo momento? Per tutti questi anni, avrei potuto avere la mia bocca su questa fica, e tu me ne hai privato." Aumenta la pressione, ma i movimenti circolari rallentano. "Adesso ti darò una botta rapida e come si deve qui e, più tardi, ti ritroverai ad augurarti che avessi continuato a scoparti come sto per fare ora."

Mi mordicchio il labbro inferiore, mentre lui infila un dito nella mia fessura.

"Ho bisogno di sentirti dentro di me."

"Dillo di nuovo..." ringhia, con un gemito gutturale.

"Ho bisogno di sentirti dentro di me."

Mi sfila via la mano dagli slip e mi poggia a terra, prima di abbassarmi i pantaloni fino alle caviglie e di togliermeli. Se non fossi strafatta e su di giri, mi assicurerei prima che nessuno ci stia guardando in questo istante, ma non lo faccio. Non me ne frega niente. L'unica cosa che mi importa è che io ho lui e lui ha me, e che ho bisogno di stargli più vicino. Ho bisogno di sentirlo dentro di me, che mi possiede, che mi sprofonda dentro, montandomi e leccandomi su tutto il corpo. Una leggera brezza di vento mi sfiora il clitoride, mentre Royce si slaccia la cintura e mi riprende in braccio, flettendo le sue dita attorno alle mie cosce.

La sua bocca è di nuovo sulla mia, la sua lingua scivolosa si insinua fra le mie labbra. Reprimo l'impulso di gridare. Il mio corpo risponde a tutti i segnali fisici che Royce sta lanciando, come se sappia esattamente come rispondere alle azioni di lui.

Mi scaraventa con ferocia contro la parete ed affonda dentro di me, unendo di nuovo le nostre labbra. Il mio corpo si imbeve di un fuoco sempre più torrido ad ogni singolo affondo. Ogni volta che Royce ondeggia dentro di me, la mia vagina si contrae attorno alla sua erezione spessa, risucchiando ogni suo movimento.

Esce fuori, mi fa girare e mi dà una sculacciata vigorosa, rientrandomi da dietro con una forza immane. I capelli mi rotolano tutti su una spalla e, con quello, scorgo dalla distanza il punto in cui sono tutti seduti. In preda al mio estremo stordimento dettato dall'erba e dal sesso, sono in un certo senso lieta di constatare che nessuno ci stia guardando, finché gli occhi non mi cadono su Wicked. È seduto, con la schiena poggiata contro lo schienale, e si sta facendo rotolare uno stuzzicadenti fra le labbra turgide. Il suo sguardo è smorto, glaciale, privo di qualunque emozione. Royce mi afferra per i capelli e mi strattona la testa all'indietro. "Sarà meglio che tu non stia guardando chi penso io…"

Deglutisco. Non ho voglia di rispondergli.

Mi molla i capelli prima di artigliarmi un fianco con una mano, stringendo abbastanza forte da graffiarmi tutta la pelle, mentre mi afferra la gola con l'altra. "Pagherai anche per questo."

Mi stritola e mi sbatte da dietro. Il suo pene si schianta contro le pareti del mio sesso, mentre la sua mano si chiude abbastanza da tagliarmi qualunque apporto d'ossigeno.

Porto una mano sulla sua, mentre lui affonda dentro di me, senza tregua. Dentro e fuori. Dentro e fuori. Contemporaneamente stringe la presa e, ogni volta che mi soffoca, sembra che duri un po' di più. Dei piccoli puntini luminosi mi danzano nel fondo degli occhi, e mi vengono le vertigini. Nel momento in cui le mie gambe si stringono fra loro, ed un gemito mi sfugge di bocca, il mio orgasmo sgocciola fuori dal mio corpo, colandomi lungo le gambe. E, attorno a me, si fa tutto nero.

Quando riprendo conoscenza, mi sento del terriccio e delle briciole di calce attorno alla bocca. Royce mi sta poggiando di nuovo a terra, e sta sghignazzando al punto che gli si scuotono le spalle.

"Roy!" ansimo. "Che è successo?"

"Può darsi che tu abbia chiuso un attimo gli occhi o qualcosa del genere…"

"Già," grugnisco. "O qualcosa del genere… *o ho perso i cazzo di sensi.*"

Mi lancia i miei jeans e le mie mutande, ed io me li rimetto addosso, prestando attenzione a non alzarmi in piedi troppo alla svelta. "Almeno è successo dopo che sono venuta?"

"Sì." Sta ancora ridendo, quando tira fuori una sigaretta dal suo pacchetto.

"Smettila di ridere!" lo sgrido, per quanto stia cercando di soffocare io stessa il mio sorriso.

Sbuffa. "Mai." Accende la sigaretta, se la infila fra le labbra e mi attira sotto il suo braccio. Proprio quando sta per riportarci fuori dal capanno, intreccia le sue dita con le mie e mi fa ruotare, finché non vado a sbattere contro il suo petto duro. "Un'altra cosa."

Alzo gli occhi verso di lui, ipnotizzata dal modo in cui le sue ciglia folte svolazzano sulla sua pelle abbronzata. "Cosa?"

Il fumo gli sgorga dalle labbra carnose. "Qualunque cosa ci sia fra te e quel cazzone, ho bisogno di saperlo. È una cosa seria, Jade. È qualcosa che valica il mio atteggiamento possessivo e la mia mania del controllo su di te, mi stai ascoltando?"

Mi si spegne il sorriso e, quando le sue dita mi avvolgono il mento, sollevando la mia faccia verso la sua, so che ha colto tutto.

"Duchessa, che sta succedendo?"

Apro la bocca, e so che le parole mi stanno quasi per cadere dalle labbra. *Sono proprio sull'orlo.* Ma poi la vergogna sbatte la sua mano ripugnante sulla mia bocca, ed io ingoio quel potenziale rifiuto come un alcolico da quattro soldi. Come farò a dirglielo? Come gliela metto? Da dove parto? "È una storia davvero molto lunga, ma te la racconterò."

Si acciglia, e le linee della preoccupazione solcano la sua fronte liscia. Sospira, ed allenta la presa. "Più tardi."

Annuisco, offrendogli un piccolo sorriso finto. "Certo, più tardi." Quando mi poggia di nuovo il braccio attorno alle spalle e mi porta nel punto in cui sono tutti seduti, io ignoro la fitta di cordoglio che mi palpita nel petto.

La stessa fitta che continua a pulsare quando rivedo uno scorcio del vecchio Royce, mentre manda a quel paese con la mano alcuni dei suoi fratelli che si sono messi a fischiarci.

Quel dolore che si fa sempre più intenso, quando mi metto seduta a tavola, in braccio a lui, e Royce mi allunga un piatto pieno di carni succulente e di patatine fritte croccanti. Quando abbasso lo sguardo su di lui, e scopro che i suoi occhi si illuminano nel guardarmi, mentre tiene un braccio rilassato attorno alla mia vita, come avrebbe sempre dovuto essere.

Quel Cazzo. Di dolore. Mi pulsa dentro.

Quando setaccio con lo sguardo i presenti attorno al tavolo, e colgo il modo in cui tutti si muovono con coloro che amano, e come si spostano sulle loro sedie, e ridono e chiacchierano gli uni con gli altri. Il dolore mi *pulsa* dentro. Questo non è solo un club per motociclisti, è una famiglia. Non c'è da stupirsi che Royce non sia mai più voluto tornare a casa, dopo averli trovati. Non avrei voluto neanch'io. Non mi sono mai sentita tanto al sicuro, così al posto giusto, come quando sono qui, addosso a quest'uomo talmente pazzo da mandarmi su tutte le furie, seduta a questa tavolata esageratamente lunga, a mangiare questo cibo deliziosamente preparato. La tristezza mi inonda, quando realizzo che è tutto un sogno. Presto dovrò svegliarmi e l'incubo, che è la mia realtà, sarà lì ad aspettarmi dall'altra parte.

"Tutto bene?" mi domanda Royce, dandomi un morso sul lato del collo.

Io affondo i miei denti nella carne grassa, e mi succhio il pollice unto, guardandolo. Il modo in cui mi scruta è talmente intenso da paralizzarmi. Lui mi paralizza. Ogni singola emozione che provavo da bambina si è decuplicata. "Alla grande."

Lentamente, un angolo della bocca gli si solleva in un ghigno sexy. "Alla grande, eh?" Si sporge ed avvolge le labbra attorno al pollice che ho appena leccato ma, anziché succhiarlo, lo morde. Forte.

Strillo, ma non se ne accorge nessuno, perché stanno tutti sghignazzando e chiacchierando a voce alta. "Ahia, Royce!"

Royce ridacchia, e le sue labbra morbide si poggiano sulle mie per un istante. "Già," commenta, leccandosi le labbra. "Non ti perderò mai di vista. Mai più." Il cuore mi deflagra nel petto, facendo schizzare delle schegge che mi rimbalzano nella carne. Subito dopo l'esplosione, la razionalità della mia situazione mi fa girare la testa e precipitare lo stomaco. Mi volto di scatto per impedire al mio viso di sgretolarsi. Le lacrime mi si accumulano dietro agli occhi mentre, dentro di me, faccio il conto alla rovescia, a partire dal venti.

Inspiro, espiro. Ogni secondo in più che passo con lui non fa che spalmare, sul mio dolore, il senso di colpa. Così tanto senso di colpa.

Come diavolo faccio a dirgli che infrangerò il coprifuoco?

24

Royce

Ho lasciato Jade fuori, sul retro, con le ragazze, mentre Lion ha convocato messa dopo cena. Ci siamo scambiati gli ultimi aggiornamenti, lui ha raccontato a tutti che non aveva ancora avuto notizie da parte del cartello, e adesso se ne stanno andando tutti, chi si sta ritirando nella propria camera da letto, chi nelle tende montate alle spalle della casa. I lockdown sono sempre una seccatura per le nostre routine, ma sono necessari. Sono ciò che ci tiene al sicuro.

"Ti ricordi il giorno in cui ci siamo conosciuti?" mi domanda Lion, aspirando dal suo sigaro.

Ridacchio. "Cazzo se me lo ricordo..."

Quattro anni prima

Ho svoltato nel parcheggio di Patches. Il rombo del

mio V8 mi ringhiava rabbioso sotto al culo. "Per come la vedo io, è un posto di merda," ho mormorato fra me e me. La puttana probabilmente mi aveva tirato un pacco.

Ho preso in mano il cellulare e ho mandato un messaggio ad Orson e a Storm. Sono rimasto un attimo titubante prima di digitare i loro nomi. Quello che avevamo passato il giorno precedente sarebbe stato sufficiente a far saltare una qualunque amicizia. Ma la nostra non era un'amicizia qualunque. Un giorno, avremmo trasformato quello che ci era capitato in qualcosa di buono. Di quello ero fottutamente sicuro.

Io: Se dovessi morire, il bar in cui mi trovo si chiama Patches.

Ho rinfilato il cellulare nella tasca dei jeans e mi sono tirato su il cappuccio, prima di scendere dall'auto. Quel posto ricordava una casa vecchio stile, con un portico sgangherato ed un legno invecchiato che rivestiva l'ingresso. Il nome Patches era iscritto sulla vernice tutta scheggiata, la porta di legno si apriva col vento. Dopo aver compiuto i passi che mi servivano per arrivare davanti all'ingresso, ho spinto la porta, che si è spalancata con un cigolio, prima di richiudersi con un tonfo alle mie spalle.

La temperatura nel locale era decisamente più rigida rispetto all'esterno, e non per colpa del clima. La sala era divisa in due gruppi.

Da un lato c'era un branco di motociclisti, delle più svariate forme e misure, con indosso dei giubbotti di pelle spessi e pesanti. Mentre, dall'altro lato, con un contegno tutto sommato pacato e controllato, c'era un gruppo di uomini più maturi, vestiti di tutto punto e grondanti di oro. Mi sono sentito come se fossi appena entrato in un episodio dei Soprano, incrociato con Sons of Anarchy.

"Ah..." ho commentato, ma era troppo tardi. Hanno cominciato a partire gli spari. Io mi sono immediatamente accovacciato dietro un tavolo, per ripararmi. "Cazzo!" Era probabile che stessi per morire, e tutto perché avevo dato ascolto ad una stronza qualunque che mi aveva detto di andare in un bar in culo al nulla più assoluto. I proiettili schizzavano da ogni parte, fracassando bottiglie e bicchieri. Una volta che gli spari sono cessati, io mi sono affacciato da dietro un angolo, e ho visto un tizio della gang di motociclisti in ginocchio, con le mani sollevate dietro la testa, mentre il boss mafioso e tutti gli altri che stavano con lui tenevano le armi puntate su quelli del MC.

Merda.

Ho tirato fuori la Glock dall'elastico dei miei pantaloni e l'ho puntata addosso all'uomo che, all'apparenza, sembrava quello più importante, visto che era lui che stava tenendo puntata la pistola sull'uomo più anziano a terra.

"Ti ho detto di restare fuori dai miei affari, Lion."

Bang!

Ho premuto il grilletto, ed il tizio si è accasciato a terra, dopo che il mio proiettile gli si è conficcato in un lato della testa. Non avevo mai ucciso nessuno prima di quel momento. Quella era la mia prima volta, ma qualcosa, dentro di me, sapeva che era opportuno che salvassi quell'uomo. Quel giorno. Ad ogni costo. I motociclisti hanno sguainato tutti le loro pistole e hanno sparato agli altri due uomini che erano col boss della mafia. Mi sono avvicinato di più ai corpi, studiandoli con circospezione. Speravo di poter fare qualcosa. Qualunque cosa.

"A che stai pensando, figliolo?" mi ha chiesto l'uomo più anziano, Lion, tenendo senza ritegno la sua attenzione fissa su di me.

Ho scrollato le spalle. "Solo che… se questa è gente cattiva, e se aveste potuto, non avreste voluto fargli qualcosa in più?" I miei occhi hanno incontrato i suoi. "Nel senso, la morte è il rifugio dei codardi. Il divertimento dovrebbe cominciare prima che siano morti. Andrebbero umiliati. Bisognerebbe mostrargli che non hanno controllo. Non più." La rabbia che sentivo dentro di me stava tracimando oltre la soglia del mio controllo, e non mi piaceva. Ma vedere il sangue e i corpi a terra mi aveva fatto ripensare a Diamond, e a quanto avrei ucciso solo per potere avere la sua sopravvivenza premuta sotto la canna della mia pistola.

Lion mi ha lanciato un sorrisetto tronfio, sfoderandomi il suo dente d'oro. "Mmm, dove hai detto che eri diretto?"

Oggi

"Sì, me lo ricordo come se fosse ieri." Ridacchio e scaccio via quei pensieri. "Abbiamo dato fuoco a quel cazzo di posto fino a raderlo totalmente al suolo."

"Cosa che è stata piuttosto ardua, visto che quel bar aveva un valore sentimentale per questo club."

Quella frase mi coglie alla sprovvista, e suppongo che sia qualcosa che avrei dovuto chiedergli molto tempo fa, ma che mi è sfuggita di mente in mezzo a tutti quei corpi, al sangue, e al fatto che sono stato introdotto nel club subito dopo.

Mi poggio sullo schienale della mia sedia, e stiracchio le gambe, divaricandole. Sto provando ad impedire ai miei pensieri di correre da Jade, addormentata al piano di sopra, fra le mie lenzuola. Il cazzo mi si gonfia e mi preme contro la zip dei jeans al solo, fottuto pensiero. "Un giorno me ne parlerai..."

Lion si schiarisce la gola, tira fuori un sigaro dal suo humidor e se lo infila fra le labbra screpolate. Gli anni non sono stati clementi con questo vecchio stronzo. Tuttavia, all'epoca d'oro, aveva decisamente il suo perché. "C'era una ragazza."

Ci scambiamo un'occhiata e scoppiamo entrambi a ridere. "Non ce n'è sempre una?"

Lion accende la punta del suo sigaro. "Questa era diversa." Non gli ho mai chiesto del perché Bonnie sia solo sua moglie, e non la sua signora. Ora che ci penso, non gli ho mai chiesto un sacco di cose, ma con Lion funziona che, semmai dovessi sapere qualcosa sul suo conto, la sapresti, perché sarebbe lui a dirtela. Scavare nella sua vita non farebbe altro che farlo incazzare, e Lion è uno che è decisamente meglio non far incazzare. Gli anni non sono stati l'unica cosa inclemente con lui: lo è stata anche la pazienza. "Lei era la mia signora."

Rimango immobile, con le dita avvinghiate attorno alla mia sedia. Senza riempire il silenzio con delle stronzate superflue, resto zitto, aspettando che sia lui a riprendere il discorso.

E lo fa. "L'ho conosciuta quando avevamo entrambi poco più di vent'anni. Lei era una strega misteriosa, di cui mi sono innamorato all'istante. Mio padre - all'epoca il presidente del MC - mi ha messo in guardia da lei. Mi diceva parole come... *Sta' alla larga dalle ragazze coi capelli scuri e gli occhi vispi. La loro anima sarà in un'eterna lotta fra il bene e il male.*" Scuote la testa e si strofina il viso con le mani avvizzite, facendo tintinnare i suoi anelli d'oro. "Avrei dovuto dargli ascolto, cazzo. E invece non l'ho fatto. Mi sono innamorato. Lei è scappata dalla sua famiglia piena di problemi per venire a stare con me qui. E poi, un giorno, semplicemente..." Smette di respirare. "È sparita. Ho provato ad aspettarla per anni, ma non è mai più tornata. Proprio il giorno che ti ho conosciuto, avevo appena scoperto che la sua famiglia aveva dei cazzo di legami stretti col cartello colombiano, e che ero solo un coglione, se pensavo di poterla ritrovare. Tutti buchi nell'acqua. Ogni fottuta volta." Fa cadere la cenere dal suo sigaro e si appoggia contro lo schienale, facendo scricchiolare il legno sotto il suo peso. Tira una lunga boccata, facendosi rotolare il tronchetto marrone in mezzo alle labbra. “Ho rinunciato. Ho scoperto che Bonnie ed io aspettavamo quella piccola merda, Gipsy. Le ho detto che non sarebbe mai stata la mia signora, perché ne avevo già avuta una.”

È la verità, noi concediamo quell’onore ad una donna sola e, a sentirlo parlare, quella donna lo era stata per Lion. Anche ora che ne parla, riesco a scorgere l’evidente dolore nei suoi occhi, gli spasmi delle sue dita attorno al sigaro, dettati dalla rabbia, e quel tono friabile che gli ho sentito adoperare solo parlando di lei.

Di tanto in tanto, l’ho visto puntare lo sguardo in lontananza, come se stesse rivivendo un ricordo. O un incubo. Non riesco a decifrare quale dei due.

“Mi dispiace, fratello,” gli mormoro con la voce ruvida, sfilandomi dalla tasca una canna già rollata. “L’hai mai più trovata?” A questo punto sono totalmente assorbito dalla storia d’amore finita male di questo cazzone. Mi suona tanto come un Romeo e Giulietta in chiave moderna.

Getta la testa all’indietro, mentre dalla gola gli si strappa una risata. “Neanche per il cazzo. La puttana resterebbe chiusa a chiave nella mia stanza per giorni e giorni, se ci riuscissi.”

“E se un giorno dovessi ritrovarla?” Gli faccio la domanda a cui sono sicuro che non avrà mai voglia di rispondere. “Ti sei mai chiesto quale delle due sceglieresti?"

I suoi occhi incontrano i miei e, per la prima volta da quando conosco Lion, i muscoli del suo viso si contraggono per la tristezza. Non c'è il minimo accenno di un sorriso. In questo momento emana una pericolosità assordante. "Ogni fottuta volta."

25

JADE

Le sue mani mi avvolgono i capelli, e li tirano con violenza, mentre le sue labbra trovano il punto che congiunge il mio collo alla spalla. "Ti spetta una dose di botte, Duchessa." Mi infilo le labbra fra i denti, e premo il mio sedere contro di lui, mentre la sua erezione scivola in mezzo alla fessura fra le mie natiche.

Porto la mano dietro la schiena, finché le mie dita non trovano la pelle liscia del suo pene, attorno a cui le avvolgo, tirandoglielo languidamente, e poggio all'indietro la testa contro il suo petto.

La sua risatina penetrante mi fa tremare. Royce affonda il viso nei miei capelli. "No, no…" Mi scaccia via la mano e, anche se so che non mi può vedere, gli pianto un fottuto muso. Tira via il lenzuolo dai nostri corpi, per quanto siamo totalmente immersi nell'oscurità – ad eccezione di un piccolo spiraglio fra le tende, in cui la luna piena sta cercando di infiltrarsi - e schiaccia il mio corpo contro il materasso, a pancia in giù, premendo una mano sulla parte bassa della mia schiena. Con delle lente carezze circolari, mi blandisce il sedere, finché non mi racchiude una natica con entrambe le mani.

"Royce." Mi contorco sotto la sua presa.

Con uno schiocco sonoro, il suo palmo affonda bruscamente sulla mia natica sinistra, ed io ho un sussulto per la fitta di dolore. Mi avvampa il sangue fino alle guance, e le mie cosce si chiudono fra loro con uno spasmo. "Non parlare, o ti imbavaglio."

Mi sposto i capelli da un lato, e lancio un'occhiata a Royce da sopra le mie spalle. Sono accecata dalla coltre della notte, ma il contorno della sua sagoma muscolosa mi dà abbastanza indizi per capire dove si trovi, al di sopra del mio corpo. Pronto a prendersi ciò che vuole. *Ciò che gli appartiene.* Sono completamente alla sua mercé, ed è una cosa che solo i nostri corpi sanno già. Si riconoscono a vicenda.

"Ma..." La sua mano si abbassa verso il pavimento, dove è poggiata la sua bandana del Wolf Pack MC, e me la fa schioccare accanto al viso, prima di infilarmela in bocca.

"Mordi. È una cosa che ti riesce fottutamente bene." I miei denti affondano nel tessuto che ho in bocca. Il retrogusto piccante di acqua di colonia e di sigaretta mi danza sulla lingua. Me la annoda stretta dietro la testa. "Wicked ti eccita?"

Sono sconvolta dalla sua domanda, motivo per cui la risposta mi resta appiccicata in fondo alla gola.

Mi solleva per i fianchi e mi fa mettere a quattro zampe, divarica le mie cosce e mi pigia il viso contro il letto. *Slap.* Lo spasimo si irradia fino all'ingresso del mio sesso. "Rispondi alla mia domanda, Jade. Ti eccita?"

La saliva mi si accumula agli angoli della bocca, e la mia fronte si corruga per la confusione.

Ma che cazzo sta facendo? Non può dire sul serio, in questo momento.

Scuoto la testa, per rispondere alla sua domanda.

Slap!

Un'ennesima fitta mi bersaglia il fondo della mia vagina, solo che stavolta si va ad accumulare attorno all'ingresso del mio ano. Lancio un singulto acuto per il dolore. L'altra sua mano torna sulla parte posteriore del mio collo, che preme ancora più a fondo contro il materasso.

"Portati le mani dietro la testa ed incrocia le dita."

Oh, Dio. Faccio come mi dice, in primo luogo perché non penso di voler mettere troppo alla prova questo lato di lui. Anche se c'è un'altra parte di me che vuole testare quanto in là io possa spingerlo. Accende una lampada sul comodino, ma fa una luce fioca. Troppo fioca.

Regala alla stanza solo una leggera tonalità color seppia.

"Lasciati andare. E lo senti questo?" Del metallo freddo scorre in mezzo alla fessura fra le mie natiche, ed io mi tendo. I miei muscoli smettono di funzionare quando mi ricreo un'immagine mentale di cosa si tratti. Royce appiattisce la lama del coltello, di modo da coprirmi tutta la vagina ed il sedere, e si china su di me, finché la sua bocca non è proprio dietro il mio orecchio. "Sarà uno dei molti modi in cui ti dimostrerò quanto tu non sappia più chi sono." Toglie il coltello ed io sento la punta del suo pene che preme contro il mio ingresso. "E un'altra cosa? Non verrai, a meno che non sia io a dirti che puoi venire."

Mi dimeno sotto la sua morsa, prima di lasciare che il mio corpo lo inghiottisca completamente. La testiera del letto sbatte contro la parete, mentre io tengo i miei occhi inchiodati nei suoi, guardandolo da sopra la spalla. Lui mi fa un sorrisetto, poi si porta una mano alla bocca, ed io resto a contemplarlo affascinata mentre la sua lingua sbuca fuori e lecca il palmo della sua mano, prima di farlo scivolare sul buco del mio sedere. Continua a pompare dentro di me con degli affondi crudeli, finché non sento le sue palle che mi picchiano contro il clitoride, e delle goccioline di sudore che mi imperlano il bordo superiore delle sopracciglia. Mi infila un dito nel sedere, mentre il suo membro continua a farsi strada dentro di me. Mi pulsa il clitoride ogni volta che sento la punta di lui che incontra la mia cervice. Mi fanno male le braccia a forza di tenere la stessa posizione, e mi tremano le ginocchia sotto il peso che stanno tentando di sostenere. Il mio corpo è in preda alla confusione dettata dalla miriade di sensazioni che stanno sfrecciando dentro di me. Assieme alle pugnalate di dolore che si riverberano dentro il mio corpo, ad ogni secondo che corrisponde ad una sua spinta, si scatena anche un moto di piacere. Ho voglia di urlare, quando il mio corpo si contrae ed i miei muscoli si tendono. Piagnucolo sommessamente, mentre il mio orgasmo mi tiene in ostaggio, e resto in attesa di quell'ultima spinta finale che mi getti al di là del precipizio.

Lui si ferma. Le lacrime mi pizzicano gli angoli degli occhi, il sudore mi gocciola sotto al viso ed impregna il materasso, prima che lui riprenda a sbattermi con violenza, con prepotenza. Con dei gesti controllati. Quando rallenta il ritmo, la sua bocca si china sulla mia nuca, e mi affonda i suoi denti affilati nella pelle.

"Fammi vedere quanto sei mia, Duchessa..."

Con quelle parole, sussurrate con un tono profondo e baritonale, fra i suoi gemiti grezzi ed animaleschi, io perdo totalmente il controllo.

La frequenza dei battiti del mio cuore schizza, il mio sangue si trasforma in lava e tutto là sotto è scosso da un tremore, quando il mio fluido spilla fuori ed il mio corpo collassa sotto la presa di Royce, incapace di tenersi ancora dritto, dopo la tortura che ha patito.

Deduco che Royce sia uscito da me, perché diversi spruzzi di sperma caldo mi inondano la schiena, mentre scioglie con lentezza il nodo del bavaglio dietro la mia testa. Fa scorrere le dita lungo il suo liquido tiepido, prima di portare quelle stesse dita alla mia bocca. "Tieni a mente questo sapore, la prossima volta che ti troverai a poggiare quei tuoi deliziosi occhietti addosso a Wicked. Di che sa, Duchessa?"

Sto ancora ansimando, faticando ad accettare tutto ciò con cui il mio corpo sta provando a fare i conti. "Di sperma."

La sua risata oscura è come ghiaccio che mi scivola lungo le curve della mia spina dorsale. "Sbagliato. Ha il sapore di un uomo che ucciderà chiunque si metta sul suo cammino, mentre sta andando a caccia di te." Infine, mi lascia andare e, dopo aver usato la bandana per asciugarmi la schiena, la scaglia sul pavimento, da un lato del letto. "Vieni qui."

Con una smorfia per il dolore che avverto nelle braccia, nelle gambe e nella vagina adesso rigonfia, mi volto verso di lui, e trovo la pace nelle braccia di un uomo che mi cagiona tutto questo caos.

Traccio con un polpastrello il percorso delle linee intagliate dei suoi addominali e dei bordi spessi dei suoi tatuaggi o, com'è ovvio che sia, del numero 2000. "Io non penso che qualcuno si metterà mai su quel cammino, Roy."

"Mmm?" mi domanda, con la voce ubriaca

di sonno, mentre compie dei piccoli cerchi sul mio braccio con la punta del dito. Ho realizzato che il Royce assonnato è il mio Royce preferito.

"Nessuno si metterà mai su quel cammino."

"Perché dici così?" indaga soporifero. Le sue labbra rilassate ora sono poggiate contro la mia fronte.

"Perché basterebbe una sola occhiata ad entrambi e la gente si renderebbe conto che, su quella strada, non c'è posto per altri che per noi due."

Il suo dito smette di muoversi, prima che Royce prema le sue labbra soffici sulla mia fronte, mandando all'assalto un cazzo di esercito di farfalle, che si librano nella mia pancia. "Dormi, Duchessa."

"Perché *di doman non c'è certezza*?" scherzo, con le palpebre pesanti.

"Ogni singolo giorno in cui respirerò io sarà un giorno di cui avrai certezza. Dormi."

Mi si chiudono gli occhi, mentre un grosso sorriso è stampato sul mio volto. Non lo lascerò mai andare senza combattere, questo è poco, ma sicuro. Ma se il combattimento dovesse essere con lui?"

26

ROYCE

Lei mi rende vulnerabile. Lo so. Ero conscio dell'effetto che avrebbe avuto su di me fin dal primo giorno in cui l'ho vista, quand'era ancora una bambina. Ma ora... questo... il timore crescente, che ho seppellito in fondo alle mie viscere, si sta solo intensificando.

"Sei riuscito a cavarle qualche informazione?" mi domanda Lion da sotto la sua moto, dove sta armeggiando con dei pezzi di ferro. Non so perché quell'ostinato pezzo di merda se ne stia lì a giocare col suo motore, quando abbiamo una potenziale guerra alle porte. Da quando sono entrato nel MC - e cioè da quel giorno da Patches - i nostri rapporti col cartello sono sempre stati un po' turbolenti. Eppure, dopo che abbiamo fatto fuori tre dei loro uomini, Lion ha trovato una specie di accordo con loro. Sento che c'è della merda che

Lion tiene nascosta nella manica per quanto riguarda il cartello e, adesso che sono venuto a sapere della sua signora, sono persuaso che in qualche modo c'entri lei.

Mi lascio uscire di bocca il fumo denso e velenoso. "No. Ma stasera ci riuscirò."

Lion scivola fuori da sotto il motore in sospensione e mi lancia un'occhiataccia. "Smettila di pensare col tuo cazzo."

Lascio cadere la testa all'indietro, mentre uno sbuffo divertito mi scappa di bocca. "Da che cazzo di pulpito." Vorrei sbattergli in faccia tutta la storia del cartello, ma sono ancora io quello che loro pensano che abbia ucciso uno dei loro pezzi grossi.

Lion si alza in piedi e si strofina le mani con uno straccio. "Vaffanculo."

Io gli lancio un bacetto nello stesso momento in cui Bonnie esce di casa, ondeggiando, con in mano una scatola di muffin. "Ho fatto quelli all'arancia, con le gocce di cioccolato, visto che sono i preferiti di Jade," mi annuncia con un sorriso leggermente aggressivo. Gesù Cristo, stanno già sparlando di me?

"Grazie..."

Bang! Bang! Bang! Il sorriso di Bonnie si spegne, e tutto il colore le si prosciuga dagli occhi, mentre dei proiettili schizzano in ogni direzione. Sembra muoversi tutto al rallentatore, quando Lion si lancia in avanti, agguantando Bonnie fra le sue braccia. La camicetta bianca di Bonnie si intride di sangue all'altezza del petto, mentre collassa fra le braccia di lui.

Io mi volto di impeto. Il mio istinto prende il sopravvento, mentre sfodero la pistola che porto attaccata intorno alla vita. La sollevo, e premo il grilletto.

Bang!

Bang!

Bang!

I miei piedi si mettono a correre. Mi scaglio verso il cancello principale. Mi si offusca la ragione. Voglio sangue. Necessito sangue. Non mi importa di nient'altro che di catturare chiunque si trovi dietro quella cazzo di pistola.

Fino a che non avverto l'energia di lei che mi pulsa alle spalle. La sua paura cerca violentemente conforto dentro di me, ed io mi volto per ritrovarmi Jade rannicchiata a terra accanto a Bonnie. Lion tira fuori il suo kalashnikov da sotto la porta del garage.

"Jade!" ruggisco talmente forte che mi si contrae la gola per le fitte. "Entra subito dentro!" Le indico la porta, ma quella piccola puttana scuote la testa. Afferra Bonnie da sotto le braccia per trascinarla al riparo.

La ucciderò, cazzo.

Mi volto di nuovo quando Slim apre i cancelli, e ci lanciamo in strada nel momento in cui una Range Rover si lancia a tutta velocità e sparisce dietro l'angolo.

Abbasso la pistola e tiro fuori la lingua per passarmela sulle labbra. Il sapore forte del metallo mi drizza i peli sulla parte posteriore del collo.

"Lion," dico con la voce roca, facendo un passo in avanti. "Lei potrebbe aver bisogno di te in questo momento."

Un'espressione angosciata gli trapassa il viso. "Non posso perderla."

Punto il dito in direzione della macchina che è appena sparita, ma Fluffy e Wicked ci sfilano a fianco, sulle loro moto rombanti.

"Vi raggiungo!" urlo a loro due, prima di tornare a guardare Lion. "Sono venuti a romperci il cazzo sul nostro territorio. Adesso moriranno tutti quanti. Tu va' là dentro e prenditi cura della tua donna, e pure della cazzo di donna mia, già che ti trovi," commento con un tono piatto, puntando dritto verso la mia moto. Lancio un'ultima occhiata a Jade, che ha le dita imbrattate del sangue che sta schizzando fuori dalla bocca di Bonnie.

Gli occhi di Jade si incatenano ai miei. Preoccupazione, dolore, cordoglio.

Sono così fottutamente arrabbiato con lei che mi si incrocia la vista. E non importa che Bonnie stia esalando i suoi ultimi respiri a terra.

Faccio partire la mia moto e mi scaravento fuori, accompagnato da un rombo tonante, sapendo che, quando tornerò, avremo un membro in meno nella nostra famiglia.

Recupero Fluff e Wicked, e svicoliamo tra diverse strade trafficate, a caccia della Range

Rover. Scorgo il culo del SUV coi vetri oscurati a qualche macchina di distanza davanti a noi, e mi volto appena per fare cenno a Wicked di passare dalla strada sul retro. Sono venuti a fotterci a casa nostra, ma hanno fatto una grossa cazzata, pensando di cavarsela sulle nostre cazzo di strade. La gente, qui, si muove attorno a noi. Noi siamo i *proprietari* di questa fottuta città perché, per generazioni, siamo stati noi a proteggerla.

Wicked sterza a destra. Delle sirene spiegate e dei clacson strombazzano dalla distanza. Fluff si infila al centro. Io svolto a sinistra e spingo il motore ancora di più. Il ferro della mia nove millimetri mi brucia sul fianco. La Range svolta a sinistra, in direzione di una rimessa per barche, che per noi va alla grande, visto che non c'è un cazzo di nessuno lì attorno.

Le nostre moto danno gas nel momento in cui due teste di cazzo scendono dai sedili del guidatore e del passeggero, e si lanciano di corsa verso il molo, dove li sta aspettando una barca, con un altro uomo al timone. Dopo essere balzato giù dalla mia moto, alzo la pistola, puntandola dritta verso l'uomo al volante della barca, e premo il grilletto. Al primo sparo, il sangue gli schizza da dietro la testa, ed il suo corpo esanime si accascia a terra.

Gli altri due stronzi continuano a sfrecciare verso la barca, quando io mi lancio all'inseguimento.

I miei stivali impattano contro il pavimento di legno, quando carico e mi scaglio da dietro addosso al cazzone un po' più grasso dell'altro, facendolo schiantare al suolo. Wicked continua a correre, provando ad acchiappare l'altro e ad evitare che la barca prenda il mare. Ma quello lo stacca, salta sulla barca e prende il posto dell'uomo dietro al timone, a cui ho appena sparato, prima di allontanarsi dal pontile.

"Cazzo!" urla Wicked, spostando i suoi occhi furiosi da una parte all'altra, in cerca di qualcosa da poter usare per inseguire l'imbarcazione.

"Lascia perdere," gli faccio io. "Abbiamo tutto quello che ci serve."

Le iridi argentate di Wicked diventano scure come l'ardesia, quando le punta contro il coglione di merda sotto al mio corpo. "Lion non riuscirà a mantenere la lucidità. Ci andrà giù con troppa rabbia, e rischierà di rovinare tutto."

L'uomo sotto di me si contorce e si dimena, ed io gli premo ancora più forte un ginocchio in mezzo alla parte bassa della schiena.

"Io non vi dirò un cazzo! Mai!"

Facendomi girare la saliva in bocca, gli sputo nella sua. "Chiudi quella cazzo di bocca."

Fluff ci fa un fischio dal parcheggio e punta il pollice alle sue spalle, mentre Justice smonta dal posto di guida. I suoi occhi marroni cadono mesti a terra, e gli si incurvano le spalle. Sento quello che mi sta comunicando.

Bonnie è morta.

La rabbia e la collera mi ribollono in superficie, quando infilo le dita nella bocca del tizio e gliela spalanco. Lui mi fulmina con due occhi sgranati. "Tu adesso vieni con me e, quando avrò finito, rimpiangerai che non ti abbia ucciso all'istante, come ho fatto col tuo amico."

Carico il suo culone pesante sul retro del van coi finestrini oscurati e sbattiamo il portellone. Fermo Wicked prima che riparta con la sua moto. Fluff e Justice sono in piedi alle mie spalle.

"Non possiamo riportare questo tizio alla clubhouse. Non voglio che sia in alcun modo nei paraggi di Jade e, allo stesso tempo, Lion non riuscirà ad usare la ragione. Non lo vorrà lì, ad infestare la casa di Bonnie."

Sia Justice che Fluffy concordano con me e, quando mi volto di nuovo verso Wicked per vedere cosa ne pensi, annuisce anche lui. "D'accordo, ma Lion vorrà metterci le mani personalmente."

"Lo so," confermo, allungandomi verso la mia moto ed afferrando il casco. "Potrà farlo, una volta che avremo ottenuto quello che ci serve. Lo finirà lui."

Dico a Justice di portarlo nel seminterrato di uno dei club di proprietà del MC. Sarebbe una scelta azzardata, se non avessimo piena fiducia nei confronti della nostra squadra che si occupa delle pulizie. Monto in sella e faccio cenno con la testa a Wicked di seguirmi.

Sta per succedere un gran casino. Ma io ci sto dentro al cento per cento.

27

JADE

Mele candite. Mi ricordo che le adoravo da bambina. Royce, Orson e Storm mi trascinavano tutti gli anni al luna park, e tutte le volte che facevano una capatina a Stone View, io li pregavo di prendermi una mela candita. C'era qualcosa nel modo in cui il caramello rosso e appiccicoso mi solleticava la lingua… Lo zucchero, la prima droga che bramavamo.

Abbasso lo sguardo sul liquido scarlatto e gommoso che ho su mani e vestiti, e separo le dita finché non sono più appiccicate fra loro. "Mi dispiace."

Lion è rannicchiato sul corpo senza vita di Bonnie, i cui occhi ora sono chiusi, anche se il sangue sta continuando ad inzuppare la sua camicetta bianca. Sangue fresco. Non più tardi di qualche secondo fa era viva, e adesso non c'è più. *"Adoro il tuo top, Bonnie! Dove l'hai preso?"*

Difficile a credersi che le abbia fatto proprio questa domanda mezz'ora fa, mentre stava tirando i muffin fuori dal forno. I muffin che ora sono disseminati attorno al suo corpo, imbevuti di sangue.

"Non dispiacerti." La voce di Lion si spezza, ed io mi scosto una ciocca randagia di capelli dal viso. "Devi entrare in casa, Jade. Royce non vorrà saperti qua fuori, e dobbiamo mettere in atto una procedura a cui non è detto che tu voglia assistere."

Mi tremolano le labbra, mentre il lutto mi risucchia come in un mulinello nel bel mezzo di un placido oceano. Che mi porta a fondo, silenziosamente, con maestria. "Okay." Mi alzo in piedi e sento le gambe che mi si liquefanno, e comincio a crollare, proprio quando Slim mi arriva alle spalle e mi sorregge da dietro la schiena.

"Un giorno sarai un buon medico, Jade. Non mollare i tuoi studi." Il commento di Lion mi lascia completamente tramortita, in mezzo a tutto questo. Ma, quando riabbasso lo sguardo su di lui, che sta tenendo Bonnie stretta fra le sue braccia, con gli occhi colmi di dolore e puntati addosso a me, capisco perché me lo abbia detto. Forse avrei potuto salvarla, se solo fossi già stata a conoscenza delle nozioni che sto per imparare. Lion ha ragione. Questo è tutto uno sbaglio. Non voglio mai più avvertire la sensazione che avrei potuto salvare qualcuno, se solo avessi saputo cosa fare.

Giuro a me stessa e a Bonnie che mi laureerò in medicina. Lo farò per lei.

Una volta che siamo rientrati in casa, Slim mi scorta verso la scala, mentre le auto di pattuglia della polizia varcano i cancelli. Gipsy è in silenzio, in un angolo della cucina, poggiato sulle ginocchia, con la testa appesa fra le braccia. Il mio cuore si contrae nel vederlo così giovane, che ha appena perso un genitore. Avrei potuto solo sperare di avere anch'io un genitore affettuoso ed amorevole come Bonnie, anche soltanto vagamente. Gemo, con le labbra tremanti. Avrei voglia di stringerlo fra le mie braccia e di portargli via il suo dolore.

La porta d'ingresso si chiude. Il silenzio all'interno della casa è assordante.

"Vado su a fare una doccia." Sorpasso Slim ed ignoro le ragazze sedute sui divani in salone, coi loro piagnucolii ovattati e i loro sussurri sommessi.

Una volta che sono di nuovo al sicuro, nella camera da letto di Royce, tutto sembra abbattermisi addosso all'improvviso. È come se sia mentalmente consapevole di essere al sicuro, in una situazione di stabilità, e adesso posso sgretolarmi, con Royce attorno a me. Corro verso il bagnetto e la zona doccia, sollevo il coperchio della tazza e mi chino, prima di vomitare tutta la colazione di stamattina. Muffin. All'arancia, con le gocce di cioccolato. Il dolore si abbarbica al cordoglio, e delle lacrime fresche mi sgorgano dagli occhi. Incurvo le spalle, ed il petto collassa su sé stesso. Mi aggrappo alla porcellana del bagno, lasciando uscire, fra un singhiozzo e l'altro, dei lamenti rabbiosi. Non ho conosciuto Bonnie per molto tempo, ma lei mi ha dato il benvenuto in questa famiglia e mi ha fatto sentire importante. Il mondo aveva bisogno di più Bonnie. Non di meno. Porterò per sempre un pezzo di lei nel mio cuore.

Tiro lo sciacquone e resto a guardare mentre tutta la torbida poltiglia arancione viene spazzata via dall'acqua e risucchiata giù nella tazza, prima di rialzarmi in piedi e di togliermi i vestiti di dosso.

È stata una doccia pesante. Ho pianto a dirotto, mentre mi strofinavo via di dosso il sangue, e sciacquavo via i segni della morte dal mio corpo. Dopo aver messo degli abiti puliti, un paio di pantaloni da yoga grigi ed un top corto bianco, mi infilo un paio di calzini e butto in una busta tutti i vestiti insanguinati. L'olezzo di quello che è appena successo è intessuto nelle cuciture dei miei jeans preferiti. Dopo essermi spazzolata i capelli lunghi ed averli avvoltolati e legati in uno chignon alto, agguanto il cellulare e riapro la porta. Mi paralizzo nel ritrovarmi Bea dall'altro lato dell'uscio, che mi sta fulminando con due occhi orlati di rosso. Ha una minigonna bianca, e delle calze a rete smagliate in più punti. Il mascara le sanguina lungo le guance candide, mentre i suoi capelli platino le penzolano come coltelli lungo la schiena.

"Perché non l'hai salvata?"

Stringo il sacchetto che ho in mano, del tutto spiazzata dalla sua domanda. "Ci ho provato."

Fa un altro passo verso di me e, proprio quando penso che stia per dirmi qualcosa di offensivo, o magari per picchiarmi, le sue spalle si afflosciano per la sconfitta. "Mi dispiace." I suoi occhi volano al di sopra della mia spalla, in direzione della stanza di Royce. Un diverso tipo di dolore le passa sul viso, prima che lei riporti il suo sguardo su di me. "Lui ti farà sua."

"Che?" sbotto, quasi stizzita per il fatto che stia tirando fuori questa storia proprio adesso. Come se voglia davvero intraprendere questa discussione dopo che Bonnie mi è appena morta fra le braccia. Vorrei strapparle le ciocche di quei capelli finti e scavarle con le unghie le orbite degli occhi.

"Ho visto com'è con te. Differente. Si muove come un animale possessivo tutte le volte che sei nei paraggi. Io sono stata condivisa con altri, ma non riesco ad immaginare che lui possa fare una cosa del genere con te."

Mi strofino la guancia col palmo della mano, per evitare di stringerla in un pugno e colpire Bea accidentalmente. "Perché mi stai dicendo questo, e proprio ora fra l'altro, di tutti i momenti?"

I suoi occhi azzurri si abbassano su di me, giacché io sono di diversi centimetri più bassa di lei. "Perché io non penso che tu lo meriti. Quell'uomo strapperebbe la carne da dosso alla gente solo per assicurare la tua incolumità, eppure tu..." Si ferma, ed ora le mie dita si arricciano nel palmo della mia mano. "Tu non riesci neanche ad essere onesta." Ruota su sé stessa prima che io faccia in tempo a colpirla e sparisce dietro un'altra porta, che poi si risbatte alle spalle. Quella puttana non sa un cazzo di niente di Royce e me, ed io non debbo dare spiegazioni proprio a nessuno.

Ma ha ragione?

Con delle nuove preoccupazioni, ora fresche nella mia mente, torno al piano di sotto, in cucina, dove trovo Slim seduto assieme a Roo. Vengo distratta da un movimento attraverso uno spiraglio in mezzo alle tende, e scruto la polizia che sta mettendo il nastro giallo attorno alla scena, con Lion e Gipsy ancora all'esterno.

"La polizia?" Non so perché, ma è la prima cosa che mi passa per la mente. Mi suona strano che dei fuorilegge facciano entrare gli sbirri in casa loro.

Roo strofina il pollice massiccio sulla sua tazza, ed annuisce. "Sì, sono tutti dalla nostra parte, ad eccezione di quella piccola rossa del cazzo che continua a guardare verso la cucina. Ha avuto una storia in passato con uno dei nostri fratelli di un'altra sezione. Quel culo stretto non ce l'ha banalmente con noi, le stiamo proprio sul cazzo."

Non do seguito al suo commento. Slim

indica la busta di plastica che ho in mano. "Vestiti?" Si alza dal tavolo e me la toglie dalle mani. "Me ne sbarazzo io."

"Grazie" gli mormoro, nell'esatto momento in cui mi vibra il cellulare nell'elastico dei pantaloni.

(immagine)

Ora è il tuo turno di giocare. Fatti trovare fuori, davanti all'ingresso, fra quattro minuti. E non portare niente.

Mi si drena via tutto il sangue dal viso, e le ginocchia mi diventano di gelatina.

"Ohi, tutto a posto?" si informa Roo, tenendo lo sguardo addosso a me, prima di abbassarlo sul mio cellulare.

Mi stringo il telefono al petto. "Sì. Ah, è solo... mi serve un minuto." Torno di fretta e furia al piano di sopra e mi infilo le Vans, prima di saltellare giù lungo le scale.

"Jade, tesoro, resta dentro casa," sento che mi dice qualcuno, ma lo ignoro.

Ignoro chiunque provi ad impedirmi di lasciare questa casa.

Ignoro gli agenti di polizia che mi stanno lanciando delle strane occhiate, mentre gli passo accanto.

Ed ignoro Lion che continua a chiamarmi, ed allungo il passo, fino a schizzare fuori dal cancello. Non ho altri che la mia migliore amica davanti agli occhi. Una sorella in pericolo. Probabilmente staranno pensando tutti che sia uscita pazza dopo quello che è successo con

Bonnie, il che è parzialmente vero. Ma niente - e vi assicuro niente - potrebbe avermi mai preparata alla foto che ho appena visto.

Niente.

Dunque, quando scorgo una Maserati nera che mi è così familiare, a folle accanto al marciapiede, le corro incontro. Mi ci scaglio ad una tale velocità da farmi bruciare i polmoni e seccare le lacrime negli occhi. Apro lo sportello, monto in macchina ed affronto James con una rabbia del tutto inedita.

"Dove cazzo è lei?"

28

Royce

La tortura è un'arma, non un colpo mortale. È un'arte, e si dà il caso che sia qualcosa che mi riesce magistralmente. Si può sacrificare un corpo umano. L'unico scopo del corpo umano è quello di rigenerarsi. È stupefacente, se ci si sofferma davvero a pensarci. Io non lo faccio. Comunque, non di frequente. Ma quando ho qualcuno appeso al soffitto di un seminterrato per le mani legate, col sangue che gli spilla fuori dalla bocca e dal naso, ed il tessuto dei jeans tutto inzuppato di chiazze di piscio, è l'unica cosa che mi viene in mente.

Mi piazzo una sigaretta in mezzo alle labbra, do un calcio all'uomo con la suola del mio stivale pesante e sghignazzo. "Sei uno stronzo fortunato che non sia stato io quello a cui hai fatto girare i coglioni oggi."

Il seminterrato è ordinato, con pareti di

mattonelle lucide, montagne di fusti di birra e di casse di alcolici e vino. Questo bar non è il classico night club con giri strani, né una bettola da quattro soldi. Questo è un posto di prima categoria. L'Allure è un cocktail bar nel cuore di Los Angeles, che attrae uomini e donne con le tasche profonde. È così che si muove il Wolf Pack MC. Non compiamo mai la scelta scontata. Siamo i lupi in agguato, all'ombra della ricchezza. Mi vibra il cellulare contro la coscia, e mi asciugo il sangue con la mia bandana - la stessa con cui ho scopato Jade ieri sera - prima di sbloccare lo schermo. Mi tolgo la sigaretta di bocca e lascio uscire il fumo. "È pronto per te. Ho scoperto che il cartello gli ha detto di sparare dei colpi di avvertimento, ed il coglione qua ha preso e ha aperto il fuoco alla cieca."

"Sto arrivando, ma c'è qualcosa che devi sapere." Il suo tono stridente non mi preoccupa, né mi mette in allarme. Sua moglie gli è appena morta fra le braccia.

"Che cosa?"

"Jade è fuggita da qualche parte. Non ho visto dove. È stata troppo veloce perché chiunque di noi riuscisse ad acchiapparla."

"Cosa?" abbaio, ma poi conto fino a dieci nella mia testa, quando mi rendo conto che devo chiedere a qualcuno, che non sia Lion, dove cazzo è andata Jade. "Va bene, okay, io torno alla clubhouse. Siamo all'Allure." Attacco il telefono ed afferro al volo le chiavi della moto.

"Te ne vai?" mi domanda Wicked dal capo

opposto della stanza, facendosi girare distrattamente gli anelli d'oro attorno al dito.

"Sì. Jade è scappata."

"Cosa?" Wicked scatta in piedi, con la fronte corrucciata. "Vengo con te."

"Perché?" Apro la porta, mollando Fluffy nel seminterrato col povero coglione, e lasciando la stanza dall'uscita d'emergenza sul retro.

Wicked monta sulla sua moto. "Perché sono giorni che sto provando a farmi chiarezza su tutta la merda che mi passa per la testa, e c'è qualcosa che continua a non tornarmi. Voglio essere lì, quando chiederai in giro, e vedere se riesco a carpire qualcosa."

Giro la testa verso di lui, facendo cadere la cenere della mia sigaretta sul brecciolino. "Dici che c'entri qualcosa col suo fidanzatino?"

"Sì," conferma Wicked, ed accendiamo entrambi le nostre moto.

***

"Qualcuno mi dica qualcosa!" sbotto, non appena siamo di ritorno alla clubhouse ed io ho parcheggiato la mia moto. Mi dirigo verso il primo uomo che incrocio che, per caso, è Roo. Lui avanza lentamente verso di me, con le sue spalle larghe e le sue grosse gambe tozze.

"Sì, fratello. È scesa giù in cucina dopo la sua doccia, tutta tranquilla. Aveva in mano una busta di plastica con dentro i suoi vestiti sporchi di sangue. Ha ricevuto un messaggio o qualche altra stronzata sul suo telefono ed il suo atteggiamento è completamente cambiato. L'ho vista andare in tensione, e i suoi occhi mi hanno letteralmente fulminato quando le ho chiesto cosa avesse che non andava. Si è premuta il telefono contro il petto ed è schizzata via. Io ho provato ad inseguirla, sono arrivato fino al cancello, ma lei era già montata su una Maserati nera senza targa."

"Nera?" gli domando, mentre un panico per me inconsueto mi contrae le budella. "Sei sicuro che fosse nera?"

Roo alza il medio verso di me. "Sì. Non sono daltonico."

Agguanto il mio cellulare in un istante, trovo il suo numero e spingo il tasto verde.

"Pensi che sia la macchina del suo fidanzato?" mi chiede Roo, con un sopracciglio inarcato.

Digrigno i denti, quando parte la segreteria telefonica. "Non lo so."

"Non ti importa che lo abbia appena chiamato il suo fidanzato?" Roo ha la tendenza a fare dell'umorismo in ogni circostanza e, in altri momenti, lo apprezzerei, ma non penso che sia quello che sta facendo adesso.

"Non me ne fotte un cazzo," sbuffo, premendo di nuovo il tasto *chiama*.

"Com'è questo improvviso cambio di mentalità?" Roo continua ad incalzarmi, e adesso sta cominciando a darmi seriamente sui cazzo di nervi.

Lo rimetto a posto. "Perché sono io il suo cazzo di uomo."

"Okay, Tarzan," mi sfotte Roo.

Gli occhi di Wicked si concentrano su Roo. "Quindi lei se n'è andata senza nient'altro che quello che aveva addosso?"

Roo annuisce, ed io resto ad osservare il loro scambio, mentre provo incessantemente a richiamarla.

Dopo la quinta volta, riabbasso il telefono per scriverle un messaggio, ed in quello stesso momento mi arriva una chiamata su FaceTime da un numero sconosciuto. So già chi è, quando si tratta di un numero sconosciuto. Mi scappa di bocca un grugnito che gorgoglia di frustrazione. Mi secca che Diamond abbia scelto proprio questo fottuto momento, di tutti quelli plausibili, per scocciarmi coi suoi giochetti del cazzo. Premo il dito sul video e nell'inquadratura appare una ragazza con un vestito nero elegante, che mi sta di spalle. È la stessa ragazza che lui usa sempre nei video che mi manda.

Ha i capelli liscissimi, che le arrivano fino in fondo alla schiena, ma non è questo che cattura il mio interesse sulle prime. Sono le lunghe orecchie da coniglietta attaccate alla mezza maschera che ha indosso. Le dita sottili della ragazza si flettono da dietro, mentre lui indietreggia. Il silenzio è talmente fragoroso da perforarmi i timpani. Stavolta percepisco qualcosa di diverso.

"Coniglietta." La sua voce ora è bassa, più intima. Si sente anche attraverso questa stronzata che usa per alterarla. "Girati per me, da brava bambina."

"Ehi! Io non ho…" Sono imbottito di terrore, quando la ragazza si volta lentamente, ed il suo profilo laterale attraversa le lenti della fotocamera. Una volta che si è girata del tutto, e che i suoi occhi verdi mi sbucano davanti da sotto la maschera di pelle nera, la rabbia prende il sopravvento su di me, ed il mio pugno vola sul lunotto posteriore della mia auto. "Cazzo!" sbraito, stritolando il cellulare nella mia mano.

Wicked e Roo mi si accostano, ma tutto il resto, al di fuori di quello che sto guardando sul mio schermo, cessa di esistere.

"Lo vedi, Royce? Lei sa essere una coniglietta deliziosa, non sei d'accordo?" Sposta la fotocamera lungo il corpo di lei, che nel frattempo cade in ginocchio. Ha delle corde legate dietro la schiena. Gli occhi le si fanno vitrei, vacui, sottomessi, mentre lui le fa correre un dito lungo la maschera nera, e giù sul suo viso minuto. "Avevo programmato di porre fine a tutto questo in un'altra maniera, ma tu non sei riuscita a stare al gioco. Non è così, Coniglietta?" Il completo di Diamond entra nell'inquadratura, quando le fa scendere ancora di più la mano, fino all'altezza del seno. I muscoli della mia mandibola scattano, e mi si drizzano le spalle, mentre una furia concentrata ribolle fin sulla superficie della mia pelle.

Cerco di regolarizzare il mio respiro. Ho la vista distorta. "Ora hai fatto una cazzata."

Diamond emette una risata fragorosa che mi schizza dritta nelle orecchie e, uscendo di nuovo, va a colpire tutti i punti della mia collera. La sua faccia compare sullo schermo, solo che sta indossando un passamontagna dietro cui occultarla. "Ci contavo."

La furia affonda i suoi artigli nella mia pelle, mentre il video continua ad andare. I vestiti di lei non sono strappati. Un abito nero si aggrappa addosso alla sua figura esile. Sembra che sia vestita per una serata. Mi prudono le mani madide di sudore. Il calore mi inonda tutto il corpo. Io ucciderò questo pezzo di merda.

Sento Wicked che si affaccia da dietro di me per vedere il video. La sua energia cambia così drasticamente che mi blocco ed alzo lo sguardo di scatto per vedere che problema abbia. È cadaverico, tutto il colore gli è svanito dalla pelle. Tiene gli occhi incollati sullo schermo, con la mandibola serrata. "Gesù Cristo." Scuote la testa, barcollando all'indietro. "Avrei dovuto saperlo."

"Sapere cosa?" sbotto, mentre la chiamata è ancora in corso nella mia mano.

"È lei, cazzo." Si affonda le mani nei capelli, tirandoseli per la frustrazione. "Avrei dovuto capirlo," gracchia.

"Sto perdendo la mia fottuta pazienza," esplodo, con gli occhi inchiodati nei suoi.

Wicked si schiarisce la voce. "Lei era nel

Covo."

Mi immobilizzo, e mi si gela il sangue. "Hai sbagliato persona. Questa storia riguarda me. Diamond l'ha presa per me."

Wicked scuote la testa con fermezza, ed il suo comportamento si ammorbidisce. So che non sta dicendo stronzate. "Lei è stata nel mio covo. Dopo che ve ne siete andati tutti."

Chiudo la bocca. Mi occuperò di questo più tardi. In questo momento abbiamo i minuti contati. Ho bisogno di sapere che cazzo sta succedendo.

"Che cazzo vuoi?" chiedo nella fotocamera.

La sua risata è talmente tonante da farmi tremare la terra sotto i piedi. Tocca che io tenga la mia rabbia sotto controllo. Che la metta in pausa. Che mi ci aggrappi come se fosse una pistola carica, e che faccia fuoco solo quando avrò lui alla mia portata. L'inquadratura si sposta ed io colgo un movimento in un angolo, in cui è rannicchiata un'altra ragazza. Quando solleva lo sguardo verso la telecamera, mi accorgo immediatamente che si tratta di Sloane. *Ma che cazzo.* Che motivo aveva di prendere anche Sloane? Jade era molto più che sufficiente per spingermi a fare tutto il cazzo che avesse voluto.

Sloane ha un aspetto diverso da Jade. Niente vestiti. Niente maschera. Il terrore che è impresso sul suo viso rende lampante che non è mai stata ferita in questo mondo.

Perché Jade non ha la stessa aria impaurita?

I miei occhi tornano su Jade. Placida. Vuota. Stoica. Immobile. Morta dentro. *Ora torna tutto.* Wicked sta dicendo la verità. C'è dell'altro in Jade, oltre a quello che mi ha raccontato, e decisamente molto di più rispetto a quello che so io. Questa testa di cazzo si è approfittato anche di lei, da quando me ne sono andato io?

"Ti troverò, ti smaschererò e scoprirò la tua identità, e poi ti sbuccerò tutta la carne dalle ossa."

"Eh, eh, eh." Mi schernisce, sventolando il dito davanti allo schermo. "Davvero, non dovresti fare minacce mentre io ho il tuo…" Fa una pausa alle spalle di Jade, infilando le mani nello spacco del suo vestito. Io stringo il cellulare nel mio palmo, mentre osservo il movimento al di sotto del tessuto. "Bene più prezioso." La sua risatina ansimante aleggia nell'aria. "È bella, e bagnata. Quanto sai sul conto della tua innocente, piccola Duchessa, Royce? Sai che richiede un certo livello di dolore perché le dia piacere essere scopata?" Si alza dalla sua posizione e si asciuga il dito sul suo completo. "Il che, in effetti, è il motivo per cui io faccio sempre l'amore con lei in modo tanto, tanto dolce. È tutto un gioco di tortura. Allora lascia che ti chieda una cosa," va avanti, puntandosi addosso, finalmente, la telecamera. "Ti va di giocare?"

"Tu di' di sì," ringhia Wicked al mio fianco. Punto su Wicked uno sguardo torvo, ma lui mi mima con le labbra: "Lo uccideremo."

Riporto gli occhi sullo schermo. "Sì, ci sto." Sbircio in direzione di Slim, che mi lancia un'occhiata da sopra il suo laptop, poggiato al momento sul cofano della mia macchina. "Lo hai preso?"

"È stato difficile. Ha usato tutti i tipi possibili di codici e di stronzate anonime collegate alla sua posizione. È stato bravo." Slim mi fa un sorrisetto. "Ma io sono più bravo di lui."

"Piccolo stronzetto intelligente."

Wicked apre lo sportello del passeggero e si infila nell'auto, mentre Slim, Roo, Fluffy e Fury si lanciano tutti verso le loro moto. La giornata di oggi passerà alla cazzo di storia come una delle peggiori mai esistite. Ho bisogno di riportare indietro Jade, sana e salva. Se lei tornerà a stare fra le mie braccia o meno dipenderà tutto da come andrà a finire questa storia.

Siamo sull'autostrada con Slim, Fury e Fluff in marcia dietro di noi. Roo e Fury si sono separati per imboccare direzioni differenti ed andarsi ad appostare nella loro posizione. L'aria fra Wicked e me è tesa. Più tesa che mai. Tiro fuori il mio cellulare e chiamo Lion. Risponde al quinto squillo.

"Sì?" Riesco quasi a percepire la soddisfazione nella sua voce. Dev'esserci un bagno di sangue bello profondo in questo momento nel seminterrato.

"Jade è nei casini. Ha a che fare con Diamond. Mi ha mandato un fottuto video di lei legata e imbavagliata, con una cazzo di maschera sulla faccia."

Silenzio.

Continuo. "A quanto pare, Wicked dice che era con lei nel covo."

"Hai abbastanza uomini con te?"

"Sì, penso. Tu, comunque, fa' girare la voce alla sezione del Nevada. Potrebbe darsi che mi serva il loro intervento, se dovessimo sforare verso sud. Non so quanta gente Diamond abbia a sua disposizione."

Lion grugnisce dall'altro capo della linea. "Sono già qui. Sono quasi arrivati alla clubhouse. Insieme a quelli del New Mexico e dell'Oregon. Volevano unirsi anche l'Idaho ed il Texas, ma li ho fermati per il momento. Nei prossimi giorni gireranno per la clubhouse un sacco di figli di puttana imbufaliti."

"Bene." Digrigno i denti, mordendo l'appagamento che mi dà la notizia. "Perfetto."

"Sistema la tua donna." La voce di Lion è gravida. "E Royce, non fare l'idiota del cazzo con lei. Non entrare con le pistole spianate, pronto a farla a pezzi. Lascia che si spieghi."

Riattacco il telefono senza rispondergli. Non mi serve nessun altro nella mia testa, quando si tratta di Jade. Lei occupa già da sola tutto lo spazio che ho a disposizione.

"Ha ragione," mormora Wicked.

"Chiudi quella cazzo di bocca. Raccontami tutto."

Wicked si sposta sul suo sedile. "Ti ricordi il giorno in cui siete stati tutti portati nel mio covo?"

Eh già…

"Non dovremmo scappare, né opporci. Qualcosa mi dice che chiunque sia questo malato figlio di puttana è anche uno sveglio. Più sveglio perfino di Storm," ha detto Orson, facendosi rimbalzare la palla in mezzo alle gambe e passandomela.

Io ho scrollato le spalle. "È un fottuto umano, amico. Se gli diamo il potere ora, chi cazzo sa in che tipo di merda ci trascinerà negli anni a venire." Ho dato un colpetto col polso e ho fatto un tiro da tre.

Orson ha acchiappato il mio rimbalzo. "Io dico di stabilire subito come cazzo ci vogliamo muovere."

Avremmo dovuto essere fuori dalla Bay Area già dal giorno precedente e, per quanto io volessi ribellarmi a quel pezzo di merda, chiunque fosse, qualcosa mi diceva che era uno con cui era meglio non fare troppo gli stronzi.

"Sempre che non stiamo mettendo a rischio Jade ed il resto delle nostre famiglie." Vado a rubare la palla ad Orson da sotto al canestro e palleggio all'indietro per andare a tirare.

"Io penso che dica solo un sacco di stronzate." Storm. Questa era la frase più lunga che avesse formulato da quand'era iniziata tutta questa storia.

Mi sono fermato a metà campo. "E perché?"

"Perché noi? Perché? Sta solo provando a farci uno scherzo, o a farci cagare sotto. Io dico: che se ne vada affanculo." Si è abbassato gli occhiali da sole a goccia per coprirsi gli occhi.

"E va bene," ha sancito Orson, asciugandosi il sudore dalla fronte e rilanciando l'asciugamano sulla sdraio da piscina. "Dovremmo dirlo ai nostri genitori. Sono persone potenti. Approfittiamone."

Mi sono girato la collanina d'oro attorno al collo e ho annuito con la testa. "Sì. Mio padre è in ufficio. Cominceremo con lui."

"Tuo padre ha ragione," ha riflettuto Orson, una volta che abbiamo lasciato il suo ufficio e siamo tornati in camera mia. Jade non era ancora rientrata in casa, il che mi rendeva irrequieto. Le ho mandato un messaggio veloce per chiederle a che ora sarebbe tornata, e per rimarcarle che era in ritardo. Qualche minuto dopo, mi ha risposto con un emoji con il medio alzato. Le mie dita sono volate sulla mia tastiera, prima di inviarle la parola: ***mocciosa****.*

Mi sono rinfilato il cellulare in tasca e ho poggiato le gambe sulla scrivania. "Sì. Non vuole che diciamo niente ai vostri genitori. Ha detto che sistemerà lui la cosa. Mi fido di lui."

"Ti fidi?" ha mormorato Storm con un tono piatto, aprendo il suo laptop.

"Perché non dovrei? È mio padre." La sua risposta mi è suonata strana, ma si trattava di Storm.

Ha fatto spallucce. "È solo che non ne sono così

sicuro."

Orson ha afferrato la palla da basket accanto al mio letto e ha cominciato a farsela roteare sulla punta del dito. "E così, adesso, aspettiamo."

"Aspettiamo."

Non ricordavo nulla. Degli spazi bianchi riempivano la mia memoria. Ho alzato una mano per toccarmi la testa. Avevo una benda sugli occhi. "Cazzo!"

"Roy?" mi ha chiamato Orson, da qualche parte nei dintorni.

"Sì, fratello. Sono io. Storm?"

Storm ha emesso un grugnito roco alle mie spalle. "Qui."

"Siete bendati anche voi?"

"Sì," ha strepitato Orson. Ho avvertito il fruscio dei suoi jeans che strusciavano contro il pavimento. "Ti ricordi nulla, da dopo che eravamo nella tua stanza?"

"No," ho risposto secco. I miei muscoli erano in trazione, a forza di strattonare le corde che mi tenevano bloccati i polsi. "Niente, da dopo che mi sono addormentato." Alla fine, eravamo crollati tutti nella mia camera da letto, in attesa che mio padre sistemasse lui la cosa.

Delle mani si sono infilate sotto la mia benda e me l'hanno strappata via. Un ragazzo, su per giù della mia età, con delle spalle larghe e i capelli corti, mi stava scrutando dall'alto con due occhi freddi e distanti. "Non provate a ribellarvi a nulla," ha dichiarato. "Assecondatelo e basta."

Io mi sono scansato da lui, ringhiando. "Come faccio a sapere che non sia tu Diamond?"

Wicked mi ha fissato con uno sguardo vacuo. Apatico, imperturbato. "Perché non lo sono."

"E noi dovremmo darti retta?" ha domandato Orson, digrignando i denti. "Ragazzo, toglimi la benda dagli occhi."

"Io gli darei ascolto," ho detto, sputando il sangue che mi si stava accumulando in bocca. Lui si è mosso verso Orson, gli ha tolto la benda dagli occhi e i lacci dai polsi, prima di spostarsi su Storm.

"Io sono Lenox, e non sono affatto lui."

Alla fine, è tornato da me, e mi ha sciolto le corde strette attorno ai polsi. Io ho avvolto le corde su loro stesse, in cerchio. Dagli altoparlanti è provenuto un suono forte e gracchiante, proprio mentre mi stavo dando, finalmente, un'occhiata in giro per la stanza in cui eravamo finiti. Pareti scure, un letto, una sola sedia. Niente finestre, né specchi. Una porta – con una piccola feritoia sopra. Odorava di candeggina e di profumo costoso. Probabilmente eravamo in un laboratorio all'interno di una casa.

"Benvenuti, ragazzi. Dal momento che avete deciso di sfidarmi ed avete provato a scappare, considerate questo tanto il vostro avvertimento che la vostra punizione." La sua voce era sempre la stessa. Il tono metallico artificiale di sottofondo era la conferma schiacciante che il bastardo, chiunque fosse, non volesse farsi riconoscere. "Vi farò patire la fame finché non sarete in fin di vita, poi vi nutrirò di qualunque cosa mi vada di somministrarvi. Finché sarete qui dentro, farete come vi dico io, altrimenti comincerò ad

uccidere ognuno dei vostri parenti, a cominciare da Jade." Mi si è gelato il sangue un'ennesima volta. "Farete tutto quello che vi dico io di fare e, se soddisferete tutte le mie richieste, vi libererò il sedicesimo giorno, vi ridarò i vostri veicoli, il vostro occorrente, ma non la vostra dignità. Vi verrà richiesto di svolgere delle attività per accontentare le mie esigenze. I compiti debbono essere portati tutti a termine. In questo covo non avrete altro che voi stessi. Non vedrete altro che voi stessi. Non fotterete altro che voi stessi. E non avrete altro che voi stessi da mangiare. È questo che succederà, se non mi presterete ascolto. Altrimenti, potrei anche mostrarmi magnanimo e darvi da mangiare qualcuno che tengo conservato nel mio freezer."

Io sono rimasto in silenzio. Ci siamo messi tutti a rovistare in cerca di cibo in giro per la stanza e, di tanto in tanto, i nostri sguardi si sono poggiati su qualcuno di noi.

"Sono un uomo potente. Non mi credete? Quando uscirete da qui – se uscirete da qui – vi ribadisco di andare a cercare Diamond su Google. Vi farete un'idea."

Stritolo il volante dell'auto, rifiutandomi di rivivere i sedici giorni che abbiamo passato insieme in quello che Diamond chiamava il Covo. "Che è successo dopo che ce ne siamo andati?" La mia voce è fredda, distaccata.

Vorrei poter dire che gli abbiamo obbedito

dal secondo in cui siamo stati rapiti e trascinati nel Covo, ma cazzo, ovvio che non l'abbiamo fatto. Lui ha tenuto fede a tutte le promesse che ci aveva fatto, però. In un certo senso, penso che sia per questo che noi quattro abbiamo formato un legame ancora più forte. Ce ne siamo andati il sedicesimo giorno, ma Wicked è rimasto lì. Non è stato rilasciato fino al ventunesimo giorno, che è anche il motivo per cui stiamo avendo ora questa cazzo di conversazione tesa. Io ero parecchio fuori di testa, dopo che era successa tutta quella storia. Il club mi ha curato. Lion mi ha salvato. Avrei potuto smarrirmi, quel giorno che sono entrato da Patches, e invece mi sono ritrovato. Ho trovato una nuova famiglia. Ho provato comunque ad andare in terapia, perché ero giovane, e appena uscito dal club dei ragazzini milionari. Quella era la risposta a tutto, quando si cresceva. C'è qualcosa che i tuoi genitori non sono in grado di affrontare? Via, da uno strizzacervelli pacchiano che prosciugherà le tasche di mamma e papà, facendoti sentire, nel frattempo, come uno svitato colossale. Ma non ti serve la terapia, quando hai delle persone attorno che non ti fanno sentire solo, né pazzo, né fottuto nel cervello solo perché sei sopravvissuto alle stronzate che hai fatto.

Wicked si schiarisce la voce. So già che non mi piacerà nulla di quello che gli uscirà di bocca. Ma visto che ho un debole per il dolore, ho bisogno di sapere. Ho bisogno di conoscere ogni singolo, fottuto dettaglio.

"Ne vuoi parlare sul serio ora?" mi chiede Wicked mentre io schiaccio l'acceleratore, prendendo velocità.

Le motociclette svicolano, entrando e uscendo dallo specchietto retrovisore, e ci raggiungono dopo poco.

"Sì. Voglio parlarne ora, cazzo. Anche se non posso prometterti che non farò schiantare questa cazzo di macchina e che non ci ammazzerò entrambi."

Wicked non risponde. Dopo un attimo di silenzio - un lungo, fottuto attimo di silenzio - le parole che non avrei mai voluto sentire lasciano la sua bocca. "Mi ha costretto a farle delle cose di merda. L'ha portata nel mio covo. Solite regole. Ha detto che lei era carne fresca..." Wicked si ferma, ed il mio respiro affannoso si fa più veloce. Le pulsazioni nel mio cervello si stanno intensificando, la mia gelosia sta alzando la sua cazzo di testa. "... a cui soltanto lui aveva già dato un morso."

Il mio controllo si spezza. Sterzo sulla corsia a fianco e premo ancora di più il pedale, aumentando ancora la velocità.

"Fratello, ho bisogno che tu sappia che io non avevo alcuna scelta."

Riesco a sentire la circospezione nella sua voce. Il modo in cui la posizione della sua testa passa da frontale a laterale, spostando lo sguardo dalla strada a me. Dalla strada a me.

"Va' avanti, fratello." Ho bisogno di ricompormi, se voglio avere una possibilità di sopravvivere a questa storia, dal momento che so già cosa mi aspetta. Conosco Diamond, e come cazzo si muove. Potrò anche non sapere l'identità dell'uomo dietro a quella maschera, ma conosco le sue caratteristiche. Il suo sapore. Il solo pensiero che Jade sia invischiata con lui mi scatena istinti fottutamente assassini. Tre parole continuano a lampeggiarmi nella mente con una cazzo di luce al neon.

Senso. Di. Colpa.

Wicked non lesina particolari. "È arrivata vestita con dei pantaloni della tuta ed un cazzo di reggiseno. Aveva i capelli tutti ordinati, era truccata di tutto punto. Lei..."

Lo interrompo. "... tanto per la cronaca, non sto dicendo che lo sapessi, perché ovviamente non è così. Ma lei aveva quindici cazzo di anni." Lo fulmino con lo sguardo. "Quindici, Lenny!"

Wicked ha una faccia da poker che potrebbe sbaragliare Las Vegas, ma scagliargli addosso il suo nome gli fa scattare un tic alla guancia.

"Non lo sapevo." Scuote la testa, passandosi la sua grossa mano fra i capelli. "Cazzo!" Dà diverse botte sul mio cruscotto di pelle. "Cazzo!" Non ho mai visto Wicked perdere il suo sangue freddo. Mai. È famoso per essere uno che mantiene sempre la calma. Sempre composto. A differenza di tutti noialtri, squilibrati bastardi.

"Non è colpa tua," commento con un sospiro. Ho bisogno che continui a parlare, ma non voglio che si dia alcuna colpa. Anche Wicked aveva una sorella minore, un tempo. Sa cosa si provi. Non si scoperebbe mai e poi mai, in coscienza, una minorenne. La vicenda della sorella minore gioca un ruolo importante nel motivo per cui non gli piace che la gente lo chiami Lenny.

Si schiarisce la gola, ed io so già che il resto della storia uscirà fuori accompagnato da una grande sofferenza. "È entrata. Aveva in faccia una tonnellata di trucco ed una maschera da coniglietta. Non aveva minimamente l'aspetto di una cazzo di quindicenne."

Lo studio da sopra la mia spalla, e finalmente decelero. "Avrebbe fatto qualche differenza? Non avresti comunque sottratto che qualche altro giorno..." Mi fermo, sapendo che non dovrei andare a parare lì, ma che mi serve, per far passare bene il mio concetto. Ho bisogno di Wicked al cento per cento, quando entreremo in guerra. Perché questa guerra sarà un vero e proprio cataclisma. "... alla vita di lei." Non ho voluto pronunciare il suo nome. Cazzo, se si fosse trattato di Jade, avrei strangolato le corde vocali di chiunque avesse anche solo osato sussurrare il suo nome.

Wicked fa un sospiro. La sua sconfitta è pesante nell'aria. "Sì. Comunque, è entrata. Lui ha ordinato a lei di farmi delle cose, e a me di farle a lei. Mi ha detto di scoparla come se ne fossi innamorato. Era assurdo, ma nulla di nuovo, rispetto alla merda che ci era toccato affrontare."

Sbuffo divertito. "Già. E com'è stato scoparsi

finalmente una ragazza, stavolta?" Tirarlo fuori per la prima volta a voce alta riempie lo spazio fra di noi di una sgradevole tensione. Ma non me ne frega un cazzo. Ormai sono stufo di permettere a quello stronzo di accedere alla mia infamia. "Fratello, quello che è successo fra noi là dentro non significa un cazzo di niente."

Wicked si agita sul sedile. "Non è quello. Voglio dire, non il sesso. Io non sono un cazzo di gay…"

Alzo entrambe le mani. "… neanche io! Ma sappiamo tutt'e due che il sesso è sesso."

Wicked si fa scivolare il labbro inferiore fra i denti. Abbiamo avuto dei rapporti sessuali. Nessuno di noi ha mai più deliberatamente messo un solo dito addosso all'altro, dopo quello che lui ci aveva fatto fare nel Covo. Ci siamo sentiti tutti degradati. L'atto di per sé è stato difficile da digerire, perché non rientra nelle mie preferenze sessuali, ma non è questo che ci ha fatti sentire come se fossimo stati violati. Era il fatto che ci fosse stata tolta la libertà di scelta. Non eravamo più noi stessi. Abbiamo messo su L'artisaniant per due ordini di motivi. Beh, se devo essere onesto, tre.

Il primo ed il più importante di tutti era quello di sfilare un po' di soldi a delle ricche teste di cazzo e metterli nelle tasche di un gruppo clandestino e anonimo di disadattati che era in procinto di sventare il traffico illecito di bambini negli Stati Uniti. Era qualcosa a cui Wicked era diventato molto sensibile, da quando sua sorella era stata presa.

Lei non era una bambina all'epoca, ma era giovane, come Jade. Il governo non sembrava fare un cazzo, ma questo drappello di civili è riuscito a far luce su alcuni dei casi più famigerati non solo in giro per gli Stati Uniti, ma anche in Europa. Hanno ottenuto l'accesso a file, riprese video, foto, e le hanno pubblicate sul loro sito, salvaguardando l'identità dei bambini. Nessuno sa chi siano. Nessuno. Nemmeno noi, anche se li sovvenzioniamo.

Il secondo motivo era quello di attirare Diamond e le sue pratiche sessuali. Non ha mai funzionato, cazzo. Lui non ha mai messo piede lì dentro. Tutti i nomi delle persone che entravano venivano regolarmente inviati ad Anonymous, perché controllasse nei propri registri. Consegnavamo nelle loro mani tutti quelli che varcavano L'artisaniant e che erano al contempo sui loro fascicoli. Era una rete per incastrare i predatori sessuali.

Il terzo motivo erano i nostri personali bisogni sessuali. Avevamo tutt'e quattro un appetito allo stesso livello, anche se cambiavano i gusti. Su questo siamo dei bastardi egoisti. Tutto quello che succede all'interno de L'artisaniant è fra adulti maggiorenni e consenzienti. Sfruttare un club sessuale di lusso per attrarre dei maniaci era il nostro modo di umiliarli. In aggiunta, il denaro fluiva direttamente nelle tasche del gruppo che stava lottando contro di loro, e che avrebbe poi distribuito i fondi fra le vittime che era riuscito a salvare.

Wicked non risponde al mio commento. "È durata fino a che non me ne sono andato. Lui me l'ha fatta addestrare. Ha detto che era questo il motivo per cui non mi aveva fatto andar via insieme a tutti voi. E ha aggiunto che, se avessi provato a scappare, avrebbe ucciso…" Fa una pausa. "Poppy." Non sentivo più il nome di sua sorella, da quando mi ha raccontato la storia di lei e di com'è finita nelle mani di Diamond.

Poppy aveva quattordici anni, quando ha conosciuto Diamond.

Ne aveva quindici quando è morta.

Sulle prime, Wicked si era convinto che fosse morta già a quattordici anni, ma non è andata affatto in questo modo.

La storia di Poppy e del suo ultimo anno di vita è stata molto più nefasta di così. Quando Wicked ha scoperto che era ancora viva, lei aveva quindici anni. Ha provato a salvarla. Con tutte le sue forze. Non ci è riuscito.

"Così, ho fatto quello che voleva lui, e Jade è sembrata stare al gioco, per la maggior parte. Sarò sempre molto sincero con te, Royce. Ero convinto al cento per cento che lavorasse *con* Diamond, e che per questo le fosse consentito di entrare e uscire da quel posto. Aveva sempre un bell'aspetto. Molto curato. Indossava i vestiti più costosi e non si toglieva mai la maschera. Non diceva mai una parola. Non parlavamo fra di noi, e penso che preferissimo entrambi così."

"Cosa avete fatto insieme..." Prendo la svolta successiva, e controllo che i nostri fratelli siano ancora dietro di me.

"Tutto."

Stritolo di nuovo il volante.

"Lui mi ha lasciato andare dopo che ha detto che avevo completato l'addestramento di lei, e mi ha detto che Poppy era già morta e che..." Si ferma di nuovo, ed io so che la prossima cosa che dirà farà male. La rabbia incarta le parole che gli escono subito dopo di bocca. "Ha detto che *lei* sarebbe stata il nostro ultimo pasto."

Il sangue mi si congela al punto da intirizzirmi le membra. Do di nuovo gas, e schizziamo in avanti. Ho bisogno di dare inizio a questa partita. Ho bisogno di sentire l'odore del sangue nell'aria, ed il suono della carne che viene pestata. "Mi dispiace, fratello."

"Oggi è il cazzo di giorno," sussurra lui, ma io non mi volto a guardarlo. Voglio concedergli la sua privacy.

"Oggi è il giorno."

"Royce," mormora Wicked, proprio quando stiamo svoltando in una delle stradine sul retro, che conduce ad un complesso residenziale situato all'angolo di un incrocio di strade nel cuore della città.

Porto i miei occhi su di lui. Su questo grosso figlio di puttana, a cui è stato portato via il cuore il giorno in cui ha scoperto che sua sorella era morta, e che adesso se ne va in giro come il guscio vuoto del ragazzo che era un tempo.

"Sì?" So che ucciderei per lui. Morirei per lui. So di non potercela avere con lui per quello che è successo fra lui e Jade, né perché se l'è scopata a L'artisaniant. Se non altro, questa presa di coscienza mi porta un minimo di pace. Di tutti quelli che avrebbero potuto stare in quel covo a scoparsela con Diamond, avrei comunque preferito che fosse Wicked. Anche se mi fa venir voglia di uccidere sia lei che lui. Le due persone per cui morirei sono le stesse che avrei voglia di ammazzare.

E mi dà terribilmente al cazzo che lei sapesse già chi fosse Wicked, fra l'altro. Se mi ha tenuta nascosta una cosa del genere, chissà che cazzo di segreti ha infilati nella manica.

Wicked scuote la testa. "Sta' in guardia da lei. Non sai quanto è addentro a questa storia."

Stringo forte la maniglia dello sportello. "Sì. Lo so, cazzo."

29

JADE

Una bugia ben architettata continuerà a bruciarti sulla punta della lingua anche molto dopo che ti sei cibato della verità.

Mi fremono le dita, il mio cervello si muove così lentamente che potrebbe essere doppiato da una lumaca. La lingua mi si appiccica al palato come una spugna che abbia un disperato bisogno di acqua, o di qualunque altro fluido. In questo preciso momento, una Coca Cola ghiacciata potrebbe dissetarmi a livelli imparagonabili rispetto all'acqua.

"Jade?" gracchia Sloane da un lato, ed io mi volto per guardarla. È sdraiata a terra, con un vestito bianco, l'esatto opposto di quello nero che indosso io, ma nello stesso stile. Ha i capelli piastrati, che le cadono lungo la schiena, mentre i miei ora sono mossi, in onde morbide che mi arrivano al sedere. Porto ai piedi delle scarpe alte con la suola rossa, a punta, scintillanti. Come quelle di Sloane.

"Stai bene?" le domando, ma le parole mi scivolano dalle labbra come un groviglio di lettere, che si rifiutano di restare in fila.

Lei annuisce e si mette seduta sul letto coperto di lenzuola di cotone egiziano e di petali di rose. "Che sta succedendo? Mi sento drogata..."

"Lo sei," le sibilo, già sapendo la stanza in cui mi trovo. Nel complesso residenziale, in centro. È di proprietà di James ma, al posto dei soliti inquilini che abitano nella maggior parte di questi condomini, il suo è occupato da una sola persona per ogni piano. Ci sono dodici piani, ognuno dei quali è abitato da qualcuno che gronda malvagità. Ho incontrato il male nel corso della mia vita, e tutte le volte è stato proprio qui, nel seminterrato di questo complesso residenziale. Un inquilino è un politico, un altro un ingegnere di software. Sospetto che un altro ancora lavori sotto copertura in un qualche settore giuridico. Quando James, una volta al mese, organizza un evento, sistema tutti gli acquirenti in una stanza. Alcune sono facce già conosciute, altre mai viste prima. La tratta di esseri umani è andata peggiorando nel corso degli anni, ma ciò che James offre è qualcosa su cui non molti possono permettersi di mettere le mani.

Giovani, belle e, alle volte, vergini. *Giovani. Giovani.*

"Conosco ogni angolo ed ogni pertugio di questo posto," commento a Sloane, inginocchiandomi di fronte a lei, con le mani poggiate sulle ginocchia. "Ti tirerò fuori da qui."

Le lacrime le pizzicano i bordi degli occhi, mentre si rialza in piedi, barcollando. "Che cos'è questo posto?"

Prendo la sua mano nella mia. "È un complesso residenziale proprio nel cuore di Los Angeles."

Perché James sa il fatto suo. Lui non fa i suoi affari in qualche squallido edificio. Ha preso ciò che tutti pensavano di sapere a proposito del traffico di esseri umani e l'ha perfezionato, portandolo al centro della città, e proprio dietro l'angolo del Los Angeles Police Department. Non ci arriverebbe mai nessuno. Che siano svegli o stupidi, o una combinazione di entrambi. Non sono mai riuscita a decidermi. Ma di una cosa sono certa: James Doe è un tiranno.

Prendo entrambe le sue mani nelle mie. "Ascoltami molto attentamente, Sloane." Non riesco a sentire se ci sia qualcuno proprio dietro la nostra porta, o se stiano per entrare. Le pareti sono insonorizzate, e niente finestre. Solo un monolocale con una camera da letto, arredato con tutto quello che troveresti in un qualunque appartamento. Niente che esuli dall'ordinario. Nella stanza ci sono un letto, un armadio, una grossa TV e qualche vestito casual. Sembra un monolocale vissuto, proprio come tutti gli altri, ma non lo è.

Lo scopo del Complex è puro orrore, malgrado la sua apparente suntuosità. Le cose sono cambiate. Il traffico illecito non ha più le sembianze di una volta. Le persone sono salite di livello. Si nascondono dietro la facciata della normalità, di modo che nessuno possa cogliere alcunché di anomalo. È quello che lo rende così pericoloso oggi.

"E tu?" mi domanda, stringendomi la mano.

La porta alle mie spalle si apre, ed entra il braccio destro di James, con le mani infilate nelle tasche del completo.

"È ora."

Sorrido a Sloane, sperando di alleviare un po' della sua paura, ma mi sento come se la stia ingannando. Non so cosa stia per accadere. L'unica cosa che so è che ho bisogno di salvare lei, a tutti i costi. Lei non l'ha chiesto. Di stare qui, immischiata in questo mondo. Lei è qui per causa mia.

Mi volto, assicurandomi di mettermi in piedi di fronte a Sloane, e poggio il mio sguardo su Isaac. "Quanto tempo siamo rimaste prive di sensi?"

La prima volta che ho conosciuto Isaac, avevo quindici anni.

Mi facevano male le gambe. Non avevo voglia di muoverle. Non volevo scendere dalla macchina ed entrare in quella cazzo di casa. Sapevo cosa mi aspettasse: altre torture. Altra crudeltà. L'unica cosa che lui voleva fare era infliggere dolore nei modi più docili possibili. Perché? Chi può dirlo. Non saprò mai perché abbia profuso tutti questi sforzi per rendere la mia esistenza un vero e proprio inferno. Stava punendo me? O qualcun altro, attraverso me?

Volevo solo che tutto quello finisse.

Ho osservato il mio riflesso nello specchietto retrovisore della macchina. Lui non portava alcuna maschera, ma io riuscivo comunque a vedere solo i suoi occhi. Il modo oscuro in cui si aggiravano, fino a che non si sono posati su di me. Duri. Ferali.

L'uomo seduto sul sedile posteriore accanto a me ha distratto la mia attenzione. "Ti permetterà di uscire dal giro quando tutti i tuoi compiti saranno stati portati a termine." La macchina si è fermata al di fuori di un cottage di piccolo taglio, a circa un'ora di strada da dove vivevo io. L'uomo accanto a me ha aperto lo sportello posteriore, fino a spalancarlo del tutto. Io gli sono andata dietro, senza ribellarmi, e mi sono ritrovata all'aperto, all'ingresso di un vialetto. Non c'erano altre abitazioni attorno a noi. Il cottage era completamente circondato da un'alta recinzione bianca di metallo, e da siepi che offrivano ulteriore privacy.

"Come ti chiami?" ho chiesto all'uomo che mi stava conducendo fin davanti la porta d'ingresso del cottage.

"Isaac." Aveva più o meno l'età di James. Era più forte, più alto, con delle spalle tornite e dei capelli a spazzola. Non sapevo molto di cosa facesse James ma, ad ogni ora in più che passava dalla prima volta in

cui mi aveva messo le mani addosso, avevo cominciato a realizzare che, di qualunque natura fosse, la sua era comunque un'attività malvagia. E, per fare del male, occorre circondarsi di persone cattive. Quindi Isaac era una persona cattiva.

Né più, né meno di James.

Isaac ha continuato a farmi strada in un lungo corridoio. La casa era disabitata, disadorna, ma profumava di fresco. Come di candeggina, e di un'altra nota di fondo che non riuscivo del tutto a identificare.

La sua mano si è poggiata su una maniglia, che ha abbassato delicatamente. Il suo Rolex d'oro ha catturato la luce fioca di un candelabro di cristallo che penzolava sopra le nostre teste.

Mi ha lanciato un'occhiata da sopra la spalla. "Fa' quello che ti dice, Jade." A quel punto ha aperto la porta e mi ha spinta dentro, ed io sono caduta in ginocchio. La porta si è chiusa alle mie spalle con un tonfo, ed i miei occhi hanno cominciato a vagare per la stanza.

Un letto scuro. Lenzuola nere. Niente finestre. Il tanfo di candeggina era talmente forte che mi ha bruciato i peli delle narici.

Qualcuno è emerso dalle tenebre in un angolo. Il suo corpo era ampio, la sua mascella quadrata.

Per un brevissimo secondo, ho pensato che fosse bellissimo, finché non ho compreso che stavo osservando un cadavere.

Non ho aperto bocca. Nessuno dei due ha parlato. L'unica cosa che sapevo era che avrei dovuto portare a termine il mio compito, tutte le volte che fossi stata lì dentro, e che mi sarebbero venuti a riprendere solo una volta che avessi finito.

Non so il perché.

Probabilmente non saprò, né capirò mai perché James volesse che io e lui facessimo quello che abbiamo fatto. La prima volta che ho visto Wicked, l'ho riconosciuto all'istante. All'inizio avevo paura che anche lui se ne fosse accorto, ma non è stato così. Aveva messo le mani su ogni centimetro del mio corpo, mi aveva scopata in ogni singolo posto in cui un essere umano possa essere fottuto, ma non mi ha riconosciuta.

Non penso.

Isaac è nello spazio che occupa l'ascensore, e sta rubando tutta l'aria disponibile in quella piccola cella. Isaac non è mai stato di molte parole. Ma quando ha aperto bocca, lo ha sempre fatto con cognizione di causa. Mi sono sempre chiesta perché o cosa gli sia capitato per spingerlo a diventare malvagio, o se piuttosto non sia proprio come James, nato già così.

I numeri sullo schermo dell'ascensore decrescono.

11.

10.

9.

8.

7.

6.

5.

4.

Finché non arriviamo al pianterreno.
E poi continuiamo a scendere.

Il simbolo che appare al posto del numero sullo schermo è semplice. Eppure, la sola vista di quel segno luminoso scatena delle sensazioni dentro di me che provo a reprimere.

Il marchio di Diamond.

Le porte di metallo si aprono e sento Sloane che fa, alle mie spalle, dei respiri lenti e profondi.

Mi volto verso di lei, mentre Isaac esce dall'ascensore, restando in nostra attesa. "Rilassatevi, okay? Andrà tutto bene."

Non appena mi giro nuovamente, vengo subito investita da un mare di ricordi e di immagini di tutte le volte che ho messo piede qui dentro nel corso degli anni. È una stanza buia, con delle panche, foderate in cuoio, allineate lungo le pareti. Al di sotto delle sedute ci sono delle luci a LED arancioni, che rischiarano l'atmosfera altrimenti fosca. Al centro della stanza c'è un bar circolare e, in tutt'e quattro gli angoli dell'ampio spazio, ci sono delle piattaforme rialzate, circondate da luci a LED bianche. I palchi sono cruciali. È lì che vengono esposte le ragazze. Ci sono tre mandate di esibizioni in una sola serata, per un totale di dodici ragazze. Di tutt'e dodici, almeno una è vergine.

Non tutte le ragazze vengono vendute per il sesso. Qui stiamo parlando di tratta di esseri umani. Può essere per pratiche schiaviste, per il sesso, per averle come amanti, per portarle all'inferno – potrebbe essere per qualunque scopo voluto dall'acquirente. Ci sono perfino mariti e mogli che vengono qui insieme. Ci sono persone che potrebbero presenziare ad un'esposizione, e che potresti ritrovarti sedute accanto in chiesa la domenica.

Il viso del barista è coperto con una benda davanti alla bocca, di modo da nascondere la sua identità, mentre la gente se ne va in giro a socializzare. Una musica soft ed ossessionante va di sottofondo. Un organo, i cui tasti vengono premuti con un po' troppo vigore. Mi rievoca l'oceano, ed i Pirati dei Caraibi. Mi ricorda Davy Jones ed il suo forziere.

Comincio ad incamminarmi verso la tenda dove so che si trova James, quando la mano di Isaac mi si poggia sul braccio e mi blocca. "Non c'è bisogno che tu vada là dietro stasera."

Abbasso lo sguardo sul suo braccio, prima di riportaglielo in faccia. "Perché?" Il terrore mi farcisce le ossa, già molto prima di fargli quella domanda, e mi viene a mancare il terreno da sotto i piedi. Se accadrà quello che penso che stia per accadere, allora non sarò in condizioni di aiutare Sloane. Nemmeno un po'. La sua unica via di fuga era al di là di quella tenda, attraverso la stanzetta da cui James può fuggire in caso d'emergenza.

Gli occhi di Isaac guizzano ma, prima che io riesca a cogliere quel lampo, è già svanito. "Lo sai perché, Jade."

"Io?" gli chiedo con un filo di voce. "Preferirei morire." Strappando via il braccio dalla sua presa, ruoto di scatto e mi metto a correre verso la tenda, lasciandomi dietro Sloane. Sarà comunque più al sicuro qua dentro, finché non mi sarò fatta chiarezza su quello che ha in progetto di fare James. Spalanco la tenda. La stanzetta è vuota. Entro e mi do un'occhiata in giro. La poltrona di pelle nera, i monitor, il carrello coi whiskey, ed il sigaro ancora acceso poggiato nel posacenere di cristallo.

Non appena giro sui tacchi per accalappiare Sloane e darci insieme alla fuga, urto contro il petto di James e, proprio quando sto per gridare, mi conficca un ago sotto la giugulare, e vedo tutto nero.

Sono tornata alla prima volta in cui sono stata portata qui, solo che ora è diverso. Ha un sapore familiare, mentre i sussurri dei fantasmi delle persone che sono passate di qua aleggiano in giro per la stanza.

Ero in ginocchio. In attesa di ciò che James aveva in programma di fare. Non riuscivo a togliermi l'immagine di quella ragazza dalla testa, però. Mi stava disturbando. Non sapevo perché, ma era come se ci fosse uno specchio alle mie spalle ed io stessi osservando il mio stesso riflesso.

"Jade." James è entrato, nudo da capo a piedi. Da sotto le panche, delle luci a LED illuminavano blandamente la stanza di arancione. C'era il bar al centro, a cui erano seduti alcuni uomini presenti in questa stanza. Forse era un'area più intima, rispetto a quello che succedeva al di fuori.

Gli uomini erano molto diversi fra loro: in

completo, grassi, magri, giovani. Perché erano lì?

Mi sono voltata verso James, che ha afferrato il suo grosso pene in mano. "Mostragli come succhi un cazzo."

Io ho stretto le mie dita attorno alla sua erezione, ricacciando indietro la bile che mi stava risalendo in gola. Non volevo farlo. Ma sapevo di doverlo fare. Il mio corpo e la mia anima lo repellevano, eppure io ho continuato a pompare. Visto che non aprivo la bocca per accogliere la sua pelle liscia, la sua mano si è posata sulla parte posteriore della mia testa e me l'ha diretta sulla punta del suo pene. Un sale appiccicoso mi si è attaccato alle labbra come colla, quando le ho schiuse per prendermelo tutto in bocca.

Le lacrime mi si sono accumulate dietro agli occhi. Mi aveva rubato tutte le mie prime volte, che avrei dovuto offrire a qualcuno che amavo. Qualcuno che mi facesse sentire nel modo in cui mi faceva sentire Royce, soltanto non così proibita. Tutte le volte che lui affondava nella mia bocca, la voragine al centro del mio cuore si slabbrava sempre di più.

Una volta che ha finalmente terminato, mi ha fatta voltare e mi ha strattonato le mutande da dietro, facendomele scivolare lungo il sedere. I miei occhi si sono sollevati sugli uomini che erano qui dentro. Ora ce n'era uno in piedi, con una mano nascosta dietro l'elastico dei pantaloni.

Un altro era seduto a gambe divaricate, e si strofinava la pancia budinosa. Compiva col dito dei cerchi attorno all'ombelico, e gli si è annebbiato lo sguardo. Un altro ancora è rimasto passivo. Tranquillo, in un angolo, ma riuscivo a sentire i suoi grugniti da qui.

L'ultimo era nella stessa posizione, con gli occhi intensamente poggiati su di me. Ho realizzato che era Isaac, e non so se lui se ne sia reso conto, ma ho perfettamente notato il modo in cui è impallidito. Sembrava sul punto di vomitare.

"Era vergine, e ha ancora solo quindici anni. Ma non vi preoccupate," ha dichiarato James, stampando dei baci soffici sulla mia nuca. Il mio stomaco si è contorto e ha cominciato a ruotare su sé stesso come un tornado, minacciando di riportare a galla tutto il contenuto della mia pancia. Non toccarmi in quel cazzo di modo. "Lei ha ricevuto il suo addestramento, ed il ragazzo che se n'è occupato si è dimostrato egregio."

Ho le braccia pesanti, gli occhi appiccicosi. I capelli mi ricadono in grovigli annodati attorno alle spalle. Ho degli spasmi muscolari ogni volta che muovo le braccia. Guardo a terra.

Plop.

Plop.

Il sangue sta sgocciolando lentamente, scrosciando sulle mattonelle nere e scintillanti. Provo ad alzare il braccio per coprire i fasci accecanti di luce bianca. È tutto confuso.

Mi porto la mano davanti al viso, ma ogni cosa va al rallentatore. I mobili e le persone si fondono assieme, dando vita a delle forme indiscernibili. Ci sono quattro baristi, ma penso che, in realtà, ce ne sia solo uno. Sono scossa da un brivido. La mia pelle è esposta a degli occhi affamati. Voglio fare qualcosa. Aiuto. Voglio gridare. Trovare Sloane, ma sembra che non riesca a muovere gambe e braccia, oltre che per stare in piedi e sbandare da una parte all'altra come una Barbie floscia. C'è una fame profonda al centro della mia pancia, ma non so di cosa. Più tempo passo da sveglia, più mi rimbomba la testa, al punto che ho bisogno di stringere forte gli occhi per riuscire a placarmi.

Dopo un po' riesco a guardarmi le braccia. Ci sono dei puntini che tracciano l'interno dei miei gomiti, ma non è da lì che proviene il sangue. Un taglio fresco mi squarcia la pelle dal gomito fino al polso. Sembra grave.

Non mi importa. Mi serve qualcosa, qualunque cosa per riuscire a mandar via questo mal di testa, per farmi sentire bene.

"La ragazza successiva è la mia coniglietta caduta in disgrazia. Probabilmente alcuni di voi la riconosceranno." La voce di James pulsa attraverso gli altoparlanti. "So bene quanti di voi le abbiano messo addosso gli occhi nel corso degli anni, quindi l'offerta di partenza per lei è cinquecento."

Una lucetta verde lampeggia in un angolo, dove qualcun altro ha appena rilanciato.

"Cinquecentootto." Le risate gutturali di James tuonano in giro per la stanza.

Mi si chiudono gli occhi.

Plop.

Plop.

Bang! Degli spari assordanti esplodono dietro di me, ma io non riesco a muovere il mio corpo. Intravedo di sottecchi che tutto ciò che c'è nella stanza si rimescola drasticamente. Le persone si disperdono, probabilmente in direzione dell'uscita di emergenza.

Mi serve qualcosa.

I colori si confondono fra loro nell'oscurità. I muscoli delle mie gambe si intorpidiscono ed io caracollo a terra. Il pavimento si avvicina sempre di più alla mia faccia. Ora il dolore nella mia testa è lancinante, come se degli artigli seghettati si siano conficcati nella poltiglia del mio cervello. I proiettili cadono a pioggia sopra di me, mentre io rotolo sulla schiena. Delle urla, delle colluttazioni, e dei vetri che si frantumano, schegge che volano per aria. Sono pronta a morire.

Un'ombra mi si para davanti, e delle braccia si infilano al di sotto del mio corpo, sollevandomi da terra. La mia testa pende dalle sue braccia. Sono incapace di chiamare a raccolta tutta la forza che mi serve per tirarmi su.

Viene richiusa una tenda, ed io vengo appoggiata con cura su un divano in una stanza.

I monitor dei computer.

Il sigaro ormai consumato sul posacenere di cristallo.

Ora c'è un'altra ombra davanti a me, non la stessa di prima, ed io alzo lo sguardo per incontrare delle braccia ossute, dei jeans sbiaditi, ed un giubbotto di pelle... "Slim?"

Gli occhi di lui mi guardano dall'alto, le sue sopracciglia sono incurvate per la preoccupazione. Si inginocchia davanti a me, mentre io provo a rimettermi seduta sul divano.

"No, Jade. Resta qui. Dobbiamo metterti dei punti."

Mi aggrappo alla pelle lucida del giubbotto di Slim. Il suo non è neanche lontanamente liso, rispetto a quello di Royce. Lo attiro verso di me. "Dov'è Royce? Ho qualcosa che non va."

I suoi occhietti vispi volano sul mio braccio. "Ti ha iniettato dell'eroina. Aspetta di smaltirla, okay?"

Mentre passano i minuti, la lucidità diffonde sempre più consapevolezza nella mia mente, ed io mi ritrovo lentamente in grado di concentrarmi meglio. Il mal di testa non è ancora passato, ma non è più così forte. Ora comincio a sentire il bruciore al braccio, in quella ferita aperta che dovrò ricucire.

Proprio quando riesco finalmente a rimettermi seduta, Wicked entra nella stanza portando in braccio Sloane, con una faccia accesa ed animata. È furioso. Feroce.

I capelli biondi di Sloane sono fangosi, le sanguina la fronte. Scatto all'istante in piedi dal divano, come se abbia ritrovato all'improvviso tutte le mie forze. "Sloane!"

Wicked la sdraia sul divano su cui ero io. Il viso di lei è pallido, immobile. Ha indosso slip e reggiseno bianchi, mentre i miei sono neri, proprio come i nostri vestiti. Le sue Valentino sono ancora allacciate attorno alle sue caviglie.

Alzo gli occhi verso Wicked. "Cosa c'è che non va?!"

Wicked scuote la testa. Il suo sguardo rimane di pietra e passivo sul colpo intirizzito di lei. "È viva, penso che sia solo svenuta."

Non appena dice quelle parole, Sloane si stiracchia appena, ed apre lentamente gli occhi. "Jade?"

Io scoppio in lacrime, del tutto incapace di contenere le emozioni che stanno deflagrando dentro di me. "Grazie a Dio!"

Le tende si aprono di nuovo e stavolta entra dentro Storm. I suoi occhi vagano convulsi, finché non trovano me. Me li fa correre su e giù per il corpo, per controllare come sto, prima di compiere i passi che gli servono per prendermi fra le sue braccia. Mi attira contro il suo petto e mi dà un bacio sulla testa.

"È quasi finita."

Vorrei che fosse vero, ma non ho il cuore di rivelargli che non c'è modo di porre fine a questa storia. Che James sarà sicuramente scappato attraverso quell'uscita d'emergenza e lungo quel cunicolo e che, probabilmente, oramai sarà già arrivato al suo aeroporto privato. D'istinto, mi volto verso la porta rossa.

"Non è possibile," sospiro, tirando su col naso che mi goccia.

Proprio quando pronuncio quelle parole, Orson compare sull'uscio della porta d'emergenza. Le sue spalle larghe divorano tutto lo spazio disponibile. I suoi occhi incontrano i miei e si addolciscono, prima di spostarsi su quelli di Storm. "Porta le ragazze fuori di qui."

"Che?" sbotto, intromettendomi fra loro due. "Perché?"

Orson scuote la testa. "Sarà meglio che tu non assista a quello che sta per succedere."

Drizzo le spalle e stringo forte i pugni. Il bruciore al braccio sta peggiorando. So di dover disinfettare rapidamente la ferita, prima che si infiammi e che l'infezione penetri in profondità. "Se n'è andato! Quella...!" Indico la porta che ha appena varcato Orson. "È la sua uscita. Solo io so dove si trova, ed è per questo che lui bandisce le aste da qui dentro. Se non è passato dalla sua uscita di sicurezza segreta, allora avrà usato quella collettiva che..." Isaac spunta sull'uscio alle spalle di Orson, col completo imbrattato di chiazze di sangue. Sul momento penso che l'abbiano ferito loro, finché non rivolge uno sguardo a Wicked.

"Jade, Orson ha ragione. Non dovresti restare qui."

"Che sta succedendo?!" grido, con la frustrazione che mi si sta avvinghiando ai nervi. "E dove cazzo è Royce?"

"Royce sta arrivando. Ma, per ora, devi prendere l'uscita principale e portare la tua amica con te. Dei miei amici passeranno da quelle porte fra mezz'ora, e non c'è abbastanza tempo per portare a termine quello che sta per succedere."

"E cosa sarebbe?" sbraito.

Isaac mi fulmina con lo sguardo. "Generare un suicidio."

Faccio correre lo sguardo su tutti loro, quando Royce finalmente compare dalla stessa uscita d'emergenza. "Che cazzo!"

Si rifiuta di guardarmi. Lo vedo dal modo in cui sta tenendo gli occhi su Wicked.

"Royce," ansimo, e odio il fatto di sentirmi vulnerabile. Esposta. Il silenzio mi fa solo infuriare di più, e le mie gambe cominciano a portarmi verso la porta su cui si trova lui. Qualcuno mi prende per il braccio per fermarmi, ma Royce scuote la testa, per lasciarmi andare da lui.

Gli do uno spintone. "Dimmi a cosa stai pensando!" Riesco a sentire il dolore che mi sta montando nel petto. Gli anni di abusi, in cui sono stata spogliata della mia innocenza e delle mie scelte, non sono nulla a paragone dell'agonia incommensurabile che provo nel venir scaricata da Royce, come sta facendo adesso.

Lui continua a non incrociare il mio sguardo. "Va' a ripulirti. Parleremo più tardi."

La realtà affonda i suoi orribili artigli dentro di me, intagliando i bordi della mia spina dorsale. "Tu pensi che io stessi con lui *consensualmente*?" Lo spintono di nuovo, visto che non mi risponde. "Testa di cazzo! Pensi che io volessi che tuo padre mi stuprasse ogni singolo, fottuto giorno da quando te ne sei andato?"

Nella stanza cade improvvisamente il gelo. Non ho riflettuto troppo sulle parole che mi sono appena volate via di bocca, perché ho dedotto che l'avessero già scoperto tutti.

"Jade," ringhia Isaac, con le labbra contratte in una linea sottile.

"Vaffanculo!" inveisco contro Isaac, prima di voltarmi di nuovo verso Royce.

Ha il viso smorto, ma non in un modo che lo faccia sembrare debole. I suoi occhi assumono una tonalità quasi nera, tanto gli si dilatano le pupille. "*Che cos'hai appena detto?*" Le vene sul collo gli pulsano al di sotto dell'inchiostro dei suoi tatuaggi, le sue labbra soffici si arricciano in un ringhio. Prima che io riesca a fermarlo, si è già voltato e si sta lanciando di nuovo verso l'uscita.

"Royce!" urla Wicked, scattando in avanti per inseguirlo.

Sto già correndo anch'io nel lungo corridoio d'uscita, quando vado a sbattere contro la schiena di Royce, ammantata dalle tenebre del tunnel. È un cunicolo che sbuca su una strada dal capo opposto del centro della città. Abbasso lo sguardo nel punto in cui lo sta tenendo puntato Royce, ed il mio corpo si pietrifica.

James è incatenato, col passamontagna che gli copre ancora il volto, e mani e piedi legati.

Mi si apre la bocca, ma la richiudo prontamente. Il mio intero mondo sta per crollare e so che, con buona probabilità, perderò Royce per sempre. Ma occorre che lui sappia. Sono stufa dei segreti, e sono stanca di vivere all'ombra di un'altra vita che mi è stata gettata addosso.

Royce si accovaccia, infila un dito al di sotto del passamontagna e glielo sfila via. Chiudo gli occhi nello stesso momento in cui Royce barcolla all'indietro per lo shock.

James Doe alias Kyle Kane.

Io non avevo controllo su ciò che mi ha fatto per tutti questi anni, così ho deciso di cambiargli nome. James Doe è l'equivalente di Jane Doe. Con quale nome migliore chiamarlo, se non con quello di un corpo senz'anima?

"Cristo santo!" Wicked si affonda le mani nei capelli. "Questo non l'avevo minimamente sospettato."

La faccia di Kyle è calma, ha gli occhi chiusi. Ha degli ematomi su una guancia ed il naso insanguinato, ma so che non è morto. Lo riesco a carpire dal modo in cui si gonfia e si sgonfia il suo petto.

Royce crolla a terra, si porta una mano alla bocca e comincia a scuotere la testa. Con estrema lentezza, alza lo sguardo verso di me. Ha gli occhi vitrei, e la faccia contorta dal dolore. "Io…" Deglutisce, e chiude gli occhi, mentre altri passi sopraggiungono dal seminterrato del complesso, picchiettando sul cemento del tunnel.

"Royce," sussurro con un filo di voce, mentre le lacrime mi colano lungo le guance. Ora ho perduto la sensibilità della mano, ma mi sembra del tutto ininfluente, quando l'uomo che amo è rannicchiato a terra, dopo aver appena scoperto che suo padre è il famigerato K Diamond. L'uomo dietro la maschera, e dietro il peggior traffico di esseri umani e di droga negli Stati Uniti d'America dal diciannovesimo secolo. Qualcuno mi prende per mano, ma io tengo gli occhi fissi sulla sommità della testa di Royce. "Io non lavoravo con lui."

"Lo so," dichiara finalmente Royce, con la voce roca. Si alza in piedi e mi viene incontro.

Mi poggia una mano dietro la nuca. "Ma..." Non riesce a trovare le parole, ma i suoi occhi stanno raccontando un intero romanzo. Li lancia al di sopra della mia spalla e scuote la testa. "Lei ha bisogno di prendere parte a tutto questo. Molto più di chiunque altro." Mi prende in braccio, sorreggendomi da dietro le gambe, e mi culla nel suo petto, riportandomi indietro da dove siamo venuti. "Portate quel bastardo con voi."

30

JADE

Vendetta o perdono. Sono due parole che si trovano sui due piatti di una bilancia, mentre decidi da che parte aggiungere il tuo peso. Ho pensato molto a questo giorno. L'ho sognato. Non avevo mai creduto che sarebbe accaduto, perché ero convinta che Royce fosse morto e, se così fosse stato, nessun altro mi avrebbe mai salvata.

Né Orson.

Né Storm.

Né io stessa.

Isaac si accosta al punto in cui sono di nuovo seduta sul divano. Slim ha portato via Sloane, su ordine di Wicked, e gli unici qui dentro siamo io, Isaac, Royce, Orson, Storm e Wicked. Ci sono altri uomini che vagano coi loro giubbotti di pelle addosso, e che stanno facendo la guardia alla tenda, ma non li conosco.

"Hai un quarto d'ora, Royce," gracchia Isaac.

Royce si toglie giubbotto e maglietta e dà un rovescio in faccia a suo padre col dorso della mano. Non riconosco questo lato di Royce adesso. È terrificante. "Ho delle domande. Svegliati, cazzo."

Kyle riprende i sensi. La sua pelle lentigginosa è escoriata, i suoi occhi trovano Royce.

Nulla.

Espressione piatta.

Poi, lentamente, un ghigno gli solleva gli angoli delle labbra. "Eh, eh. Ormai le carte sono state scoperte." Dopodiché, la sua attenzione si sposta su di me, ed il suo sorriso si spegne. "Sfortunatamente sei ancora viva, Coniglietta."

Le mani di Royce schizzano alla gola di suo padre. "Ho quindici minuti per porre fine alla tua vita." Royce si sporge ancora, finché le sue labbra non incontrano l'orecchio di Kyle. "Ma me ne basta solo uno." Si riallontana. "Quindi mi dirai tutto quanto, e lo farai ora."

Kyle riporta il suo sguardo su Royce. "Quante cose da dirti, e quanto poco tempo. Perché non mi porti da qualche altra parte… così possiamo affrontare questa conversazione. Preferibilmente in un posto in cui c'è anche Lion."

Royce lancia un'occhiata da sopra la spalla verso Isaac.

Isaac scrolla le spalle, e fa un gesto verso Kyle. "Se lo porti via da questa scena, nessuno saprà mai chi è K Diamond. Non ci sarà risonanza. Nessun processo. Non riceverà l'attenzione dei media, e resterà nascosto. Essenzialmente, la rabbia che provi adesso si smorzerà, e a quel punto non ti rimarranno altro che le chiazze di merda che ti avrà lasciato sulle mani, ragazzo. Potresti ucciderlo qui ed ora, e lasciare che la mia squadra si occupi del resto, ma dovrai vivere senza mai sapere cosa stesse nascondendo, oppure puoi portarti lui e le macchie che ti resteranno addosso col suo assassinio."

A Royce non occorre pensarci due volte. Si mette una sigaretta in bocca e ne accende l'estremità. "Ho già abbastanza macchie per dipingere una cazzo di opera di Helen Frankenthaler, Isaac. Scelgo la prima opzione."

Torniamo alla clubhouse poco dopo. Storm si è preso questo tempo per ripulire i server che mostravano il coinvolgimento del Wolf Pack. Su un piano giuridico, sarà una specie di carneficina ma, nel frattempo, Storm ha detto che è riuscito a trasformarlo in qualcosa di diverso.

Ho addosso il giubbotto di pelle di Royce, che mi arriva fino alle cosce, mentre mi incammino su per le scalette che portano alla clubhouse. I miei tacchi pesanti tintinnano contro il pavimento. Svoltando a destra, mi accorgo che a terra si vedono ancora le macchie del sangue di Bonnie. Il cuore mi brucia daccapo. Non riesco a contenere il dolore che mi cagiona averla perduta. Quello che ho dovuto affrontare oggi – al di là dell'uccisione – è qualcosa che mi tocca sopportare regolarmente con Kyle. Quindi, nel corso degli anni, ci ho fatto il callo.

La perdita di Bonnie è nuova, invece, è fresca, e la fitta della sua morte si fa sempre più pungente ogni volta che mi giro.

Apro la porta ed entro in casa, singhiozzando silenziosamente, e sperando che nessuno mi riesca a sentire.

"Jade?" mi chiama Karli da sopra la scala, lasciando cadere lo strofinaccio che aveva in mano e lanciandosi giù per i gradini. Mi getta un braccio attorno alle spalle, e mi accompagna di nuovo su per la scalinata. Io perdo ogni forma di controllo. I singulti, che mi sconquassano tutto il corpo, mi strattonano il petto e mi infiacchiscono le ossa. Delle ondate di un dolore schiacciante mi prendono a schiaffi in faccia, mentre un'àncora mi si avvinghia attorno alla gola, trascinandomi sempre più in basso negli abissi senza fondo di un'acqua maledetta. Mi si costringe la trachea al punto che faccio fatica a respirare, proprio nel momento in cui Kara entra e mi aggancia con una mano dall'altro lato della schiena.

"Vieni, ragazza. Ti rimettiamo in sesto noi." Vorrei dir loro *grazie, ma no,* che ho bisogno di stare da sola. Ma non riesco a racimolare l'energia necessaria per spingerle via. Hanno appena visto morire la loro migliore amica.

Dubito che abbiano voglia di stare a gingillarsi con me.

Kara apre la porta della camera di Royce e mi guida verso il bagno di lui. Aziona la doccia al massimo del calore. I singhiozzi si sono fermati, ed il mio viso è immobile. Mi sento congelata, con gli occhi morti. La gamma di emozioni che ho dovuto attraversare nelle ultime ore non è una cosa con cui ho una gran dimestichezza.

Mi serve qualcosa.

Qualcosa che mi faccia allentare la tensione.

Kara apre il mobiletto del bagno, mentre Karli mi ruota il braccio.

"Dobbiamo pulire questa, prima di metterti sotto la doccia. Penso che abbia smesso di sanguinare, ma possiamo metterci comunque qualche cerotto a farfalla."

Kara, alla fine, trova il kit di pronto soccorso, ed io la sento vagamente rovistare fra le provviste.

"Sta andando in astinenza," sussurra Karli a Kara.

Kara si blocca. "Ma no! Non è una cazzo di tossica, Karli!"

"Non ho detto questo!" sbotta Karli. "Ma tu dimentichi quello che ho passato io. Sta. Andando. In astinenza."

"Andrà tutto bene," balbetto, fra le labbra tremolanti. Afferro le salviettine disinfettanti, ma mi tremano le mani. "Cazzo." So di essere abbastanza forte per superare il down. "Questa è stata la prima volta che mi ha fatto una cosa del genere."

"La prima volta?" mi domanda Karli, tenendo i suoi occhi fissi nei miei ed afferrando alla cieca una salvietta. "Lo supererai molto alla svelta…" Un pizzicore gelato mi erompe nella carne, mentre Karli mi strofina via i germi. "Io ho un passato buio. Ed ora lo posso affermare: meglio una sola volta piuttosto che mille." Io rimango in silenzio. Non ho voglia di parlare, di mettermi a chiacchierare, né di fare alcunché. La mia bocca è asciutta come il cotone, e ho gambe e braccia molli. "Sotto la doccia!"

Karli mi fa strada, ed io mi punto lo sguardo sul braccio, e noto che mi ha messo i cerotti a farfalla alla perfezione. Karli toglie il giubbotto di Royce dal mio corpo mezzo nudo, lo piega e lo poggia sul bancone.

Kara mi arriva alle spalle e mi sbottona il reggiseno, prima di sfilarmi gli slip e di aiutarmi ad entrare nella doccia. "I ragazzi torneranno presto, okay? Royce sarà di ritorno non appena avranno finito di fare quello che devono."

Cominciano entrambe a lavarmi, dai capelli, al corpo, di nuovo ai capelli, stando per tutto il tempo attente a non urtare la ferita. Una di loro gira la manopola e mi avvolge un asciugamano soffice e tiepido attorno, mentre esco dalla doccia.

"Kara ti ha preparato qualche vestito."

Prendo il giubbotto in mano, prima di rientrare in camera. Ho bisogno di averlo accanto a me.

Mi blocco quando vedo Royce seduto sul letto, con le mani che gli coprono il viso.

Kara e Karli si scambiano un'occhiata, fanno un cenno con la testa e lasciano la stanza, richiudendosi la porta alle spalle. Io stringo il giubbotto di Royce fra le dita, restando immobile.

"Lui è sul retro. Pronto a spillare tutti i suoi segreti." La voce di Royce è tesa, esausta. Faccio i passi che mi servono per raggiungerlo, mi inginocchio e gli porto un dito sotto al mento, per far sì che lui mi guardi negli occhi. Vedermi sbattuta davanti la sua sofferenza lampante è come un proiettile sparato dritto in mezzo al cuore. Ha gli occhi lucidi, le ciglia umide.

"Roy, sono io."

I suoi occhi si sgranano per un istante, e gli si distendono i muscoli del viso.

Poggio il suo giubbotto sulle mie cosce e gli prendo il viso fra le mani. Mi allungo verso di lui e poso le mie labbra sulle sue. "Viviti il tuo momento, ma vivitelo con me."

Resto a guardare quando la sua prima lacrima gli sfugge dall'angolo dell'occhio, e tira su col naso.

"Io me ne sono dovuto andare per forza, cazzo. Non potevo restare… tu… ha usato te! Era tutta una bugia. Un gioco. Lui…" I suoi occhi si fanno convulsi, mentre gli crollano le spalle. Espira, scuotendo la testa e tenendosela a penzoloni in mezzo alle spalle. "Era il mio cazzo di *papà*, Jade."

"Ehi." Gli riporto le mani attorno alle guance, accarezzandogli col pollice il labbro inferiore. "Guardami." Lui lo fa, con la mandibola rigida. "Ora sei qui. Ora siamo insieme. Andremo là fuori, lui ci dirà tutto quanto, tu dirai tutto quanto a me, ed io, te e…" Faccio una pausa, raccolgo la sua uniforme e gliela poggio sulle spalle forti. "… noi affronteremo tutto questo insieme." Non appena il suo giubbotto è di nuovo indosso a lui, mi aggancia con la mano e mi attira in braccio a sé.

Gli cingo il collo con un braccio e faccio correre la punta del mio naso contro la sua. "Ce la faremo."

Mi dà un bacio sulla bocca. "Rivestiti." Il suo corpo si indurisce sotto al mio, e lo sguardo gli si fa di pietra. Non per me. Ma per Kyle. "Il tempo di papino è scaduto."

31

ROYCE

Se i rumori bianchi fossero una sensazione, sarebbe esattamente ciò che mi si sta rimestando dentro in questo istante, nel tenere lo sguardo addosso all'uomo che ho idolatrato per tutta la mia cazzo di vita. I ricordi mi guizzano nel cervello, mentre lui mi osserva camminare avanti e indietro in mezzo al vialetto sul retro. Solo che, ad ogni ricordo che mi torna alla mente, mi si forma anche un'immagine di tutte le cose che ha fatto a Jade - almeno quelle di cui sono a conoscenza.

"Dov'è Lion?" mi domanda, ma non con il tono a cui sono abituato io. Ha una voce diversa.

Non rispondo.

Wicked, Orson, Storm e Jade sono dietro di me, ed io riesco quasi a percepire fisicamente il coraggio che lei mi sta infondendo. Lei non è solo la mia roccia, lei è tutto il mio cazzo di mondo. L'ho saputo fin dal primo giorno. La mia vita è iniziata con lei, e con lei finirà.

"Lasciami indovinare." Kyle ridacchia. "Sta mettendo una taglia sul cartello..." I suoi occhi incontrano i miei. "Peccato che non siano stati loro ad uccidere la piccola, vecchia Bonnie. Sono stato io."

Smetto di camminare. "Cosa?"

"Beh, vedi, io ho ucciso il loro Capo, poi ho lasciato la tua firma caratteristica, prima di assoldare un paio di idioti per venire a sparare sul vostro territorio. Ho dato avvio ad una guerra fra voi due. In verità, è stato per riprendere Jade..."

Il mio pugno vola dritto in mezzo alla sua faccia, ed il suo sangue mi schizza tutto addosso.

"Non ti permettere di pronunciare il suo nome." Stringo le dita attorno al manico di cuoio del mio pugnale e glielo porto in cima alla gola, appena al di sotto dell'orecchio. "Questo punto di pressione, proprio qui, è ideale per uccidere qualcuno lentamente. Se lo premi come si deve..." Faccio ruotare leggermente la lama, ma poi la ritraggo. "Fa morire qualcuno dissanguato, nell'arco di diverse ore. Ma io non ti ucciderò così. Sarebbe un modo fin troppo piacevole per morire."

"Perché?" Sento Lion tuonare alle mie spalle, e mi blocco, colto alla sprovvista dal suo intervento. "Perché?"

Lion si avvicina, finché non è proprio di fronte a Kyle. "Sapevamo che fossi tu. Anche il cartello. Lo sapevamo tutti." Lion indica con la mano la gente alle sue spalle. "Vedi i ragazzi di fronte alla casa? Tutti quei rinforzi erano per sventare il tuo piccolo complesso perverso. Non servivano per una guerra contro il cartello." Lancio un sorrisetto a Kyle, facendo qualche passo indietro.

"Ma vedi," aggiunge Lion. "Abbiamo un piccolo problema, perché tu devi qualcosa a tutti noi. Hai preso qualcosa da ognuna delle persone qui presenti oggi." Lion si accomoda su una sedia di fronte a Kyle, abbastanza vicino da averlo alla sua portata. "Perché?"

Kyle sposta di nuovo i suoi occhi su Lion. "Lei era la mia migliore."

"Chi?" domanda Lion, ed io vedo che la sua pazienza si sta assottigliando. Se Kyle pronuncerà il nome di Jade una sola cazzo di volta in più, gli ficcherò il pugnale al centro del cranio. E fanculo col giochetto della tortura.

La bocca di Kyle si curva all'insù, rivelando i suoi denti impregnati di sangue. "Olivia. Snow."

Lion scatta dalla sedia ed afferra Kyle per il colletto, fino a tirarlo su in piedi. "Che cosa hai detto, figlio di puttana?"

Porco cazzo. Mi intrometto fra loro due, risbattendo Kyle sulla sua sedia e lanciando un'occhiataccia a Lion. "Fratello, ti capisco, ma dobbiamo smezzare questo banchetto."

"Qui non riguarda più solo Bonnie," dichiara Lion, fulminando Kyle con lo sguardo. "Lui era coinvolto in qualche modo con Olivia."

"E chi cazzo è Olivia?" gli faccio, mentre tutti gli altri, di sottofondo, rimangono in silenzio. Buona scelta. Questo genere di scenate con Lion non vanno mai a finire bene. I suoi occhi, finalmente, incontrano i miei. "La mia signora."

Le sue parole si sedimentano ed io mi volto verso Kyle. "Basta così. Di che cazzo sta parlando?"

Kyle mi sorride, e sposta ad intermittenza i suoi occhi fra me e Lion. Si sta gustando il dolore che sta infliggendo a tutti noi in questo momento. "Vi dirò tutto quello che volete sapere. Dopotutto, non ho altro che i miei segreti."

"Perché!?" sbraito. "Perché fare la parte del padre perfetto per tutta la mia vita, per poi trasformarti nel nemico?"

"Olivia Snow è stata la mia prima donna, e la mia unica donna, fino a Jade." Sono costretto a stringere forte il pugno per evitare di strangolarlo. Sentire il nome di lei pronunciato da quelle labbra spregevoli mette alla prova tutto l'autocontrollo che già *non* ho. Kyle continua. "L'ho avuta fin da quando era solo una bambina. Ero perdutamente preso da lei, anche se era solo di qualche anno più giovane di me."

"Olivia non avrebbe mai e poi mai camminato di sua spontanea volontà al tuo fianco," ringhia Lion. Ora Wicked è in piedi dall'altro lato di Lion, e lo sta trattenendo. Qui c'è qualcosa che mi sfugge.

"Beh." Il modo in cui le labbra di Kyle si

arricciano al di sopra dei suoi denti mi fa scattare delle fantasie su come sarebbe farglieli cadere tutti quanti. "L'ha fatto, finché le cose non hanno preso una piega più bieca, e lei ha scoperto quanto fossi malvagio. Ma oramai era troppo tardi. Era. Troppo. *Tardi*."

"Cosa le hai fatto?" domanda Lion con la voce tirata. Il suo tono raggiunge degli abissi glaciali.

"Io? Nulla." Gli occhi di Kyle guizzano su Jade. "Lei, invece?"

Ci voltiamo tutti verso Jade, che ci sta fissando sotto shock. "Io non ho idea di cosa stia parlando."

Vedo la sua onestà. Ci siamo promessi sincerità reciproca.

Kyle sbuffa divertito. "Siete tutti così rapidi a puntare il cazzo di dito. Non che lei abbia ucciso Olivia. O meglio, non esattamente." Resto a guardare gli angoli della bocca di Kyle che si sollevano in un sorrisetto, mentre riporta lo sguardo su Lion. "Dimmi, non ti sei mai domandato perché gli occhi di Jade sembrassero così familiari?"

Ma di che cazzo sta parlando adesso?

Lion si pietrifica. "Che cazzo stai dicendo?"

"È tua figlia, Lionel. Olivia era incinta, quando ti ha lasciato. Incinta, e stava provando a scappare."

Lion si rialza dalla sua sedia e barcolla all'indietro. "Stai mentendo, pezzo di merda."

Oh, cazzo.

"Proprio no. Fai pure un test, ma sono sicuro che non ti servirà, quando guarderai in quegli occhi." Un ronzio acuto si fa sempre più insistente dietro le mie orecchie. "Ho permesso ad Olivia di frequentarti perché, quando si è innamorata di te, io nel frattempo avevo altri piani e stavo mettendo su il Complex. Avevo molto da fare, e tu la scopavi come si doveva e la tenevi felice. Ed i miei gusti, nel frattempo, stavano diventando sempre più esigenti, in tema di età. Me la tenevi fuori dalle scatole, ma non avresti dovuto metterla incinta."

Mi strofino la guancia col palmo della mano. Essere schiaffeggiato dall'onestà è più duro di quanto avessi previsto.

"Cosa?" Finalmente irrompe la voce tremolante di Jade, che si sta avvicinando a Kyle. Ma la mia mano scatta all'infuori e blocca qualunque suo ulteriore avvicinamento. "Che cazzo vuoi dire, Kyle? Tu mi hai detto che sono stata abbandonata davanti alla porta di casa vostra."

"Beh, che cazzo." A Kyle escono gli occhi fuori dalle orbite. "Magari sarò un bugiardo anch'io?"

Digrigno i denti, e decido di accantonare quest'informazione per dopo. "Perché? Perché mi hai cacciato via dalla città? E Orson, e Storm!"

Un tuono invisibile rimbomba nel cielo, nel momento in cui io sento la prima goccia di pioggia che mi cade sulla punta del naso. Stasera, l'odore di omicidio e di asfalto bagnato è una combinazione che mi dà alla testa.

Kyle non esita. "Per allontanarti da Jade. Sapevo che avresti rappresentato un problema nell'esatto secondo in cui ho colto l'amore che entrambi provavate l'uno per l'altra. Non potevo permettere che tu prendessi ciò che era mio di diritto. Lei è *mia*."

Faccio ruotare il coltello fra le mie dita e glielo pianto nella coscia. Mi chino su di lui, poggiandogli la mano libera sull'altro ginocchio. Mi avvicino sempre di più, fin quasi a sfiorargli il naso con la punta del mio. "Lei non sarà mai tua. Potrai anche essere riuscito a portarmi via da lei, ma è il mio nome che ha sussurrato la sera prima di dormire, è il mio nome che grida quando sto in mezzo alle sue cosce, ed è il mio nome che porta inciso sul cuore. Tu non hai fatto altro che fare lo stronzo con il destino." Lascio il coltello dov'è, e mi riallontano da lui.

"Hai fatto quello a tutti quanti noi per tenerci lontani da Jade..." ripete Storm, come se gli serva perché quelle parole gli si depositino nel cervello. "Ha senso."

Kyle digrigna i denti, ed io colgo il dolore per la mia pugnalata che gli passa sul viso. "Lei stava per diventare meglio di quanto non sia mai stata Olivia. E, per un brevissimo momento, lo è perfino stata..."

"... finché non sono tornato io." Sogghigno a Kyle, e vado a sedermi sulla sedia su cui stava Lion, proprio di fronte a lui.

"Mmm," grugnisce Kyle. "E come mai?"

Mi sporgo in avanti. "Perché non puoi fare lo stronzo con il destino."

32

JADE

Lion è mio padre, e mia mamma è morta. I miei veri genitori. Persone che non avrei mai immaginato di conoscere. Non riesco a non mettermi a studiare ogni singolo centimetro del volto di Lion, quando non mi sta guardando. Gli lancio delle occhiate furtive ogni volta che ne ho l'occasione. Non mi frega più nulla di Kyle e del male che dimora in lui. Ho passato tanti di quegli anni ad essere toccata ed accarezzata da quel male che adesso… adesso che è alla nostra mercé, non ho voglia di avvicinarmici. Mi sono augurata così tante volte che arrivasse questo giorno nel corso degli ultimi anni che ora che è finalmente qui, davanti a me, e mi sta fissando dritta in faccia, non suscita nemmeno più il mio interesse. La rivelazione dell'identità del mio padre biologico ha catturato tutto il mio interesse, e adesso è l'unica cosa che mi interessa sapere. Voglio sapere tutto su di lui.

Fanculo Kyle.

La spossatezza mi sta infossando sempre più in me stessa, ma io non mi muoverò da qui. Non perché mi occorra assistere alla violenza che sta per verificarsi giacché, onestamente, non mi serve. Ma perché ho promesso a Royce che sarei stata qui, proprio accanto a lui, fino alla fine. Essere questo tipo di persona per lui è una cosa che debbo sia a Royce che a me.

"Sei tornato per lei? Che cosa dolce," ridacchia Kyle. Royce ha mantenuto la calma per la maggior parte del tempo. "Mi hai disobbedito!" tuona Kyle, i cui occhi ora lampeggiano di rabbia. "E stavi per pagarne le conseguenze!"

"Ti ho fottutamente disobbedito." Royce comincia a tagliare la parte frontale dei vestiti di Kyle, finché la camicia non gli si spalanca davanti, lasciandogli scoperto il petto. Poi passa a strappargli i pantaloni. Dà una sensazione stranamente gradevole vedere Kyle così impotente, per una volta. In tutti gli anni in cui ho dovuto patire i suoi abusi, c'è stata un'immagine di sé che lui non ha mai mostrato.

Quella dell'impotenza.

Vorrei fare delle domande. Ad esempio, cosa intenda Royce quando ha detto che Kyle ha cacciato dalla città lui, Orson e Storm, e chi fosse sul serio mia madre. Ma so già che non vorrei che mi venissero dati altri punti di vista su mia madre, al di fuori di quello di Lion.

Ma sono curiosità che possono aspettare.

"E perché?" incalza Kyle, guardando Royce.

"Perché sono tornato?" chiarisce Royce, facendo un passo indietro, senza togliere gli occhi di dosso a Kyle. Piega la testa da un lato. "Per via di Jade."

"Sicko!" grida qualcuno alle nostre spalle, e ci voltiamo tutti all'unisono per vedere di chi si tratti.

Roo va incontro a Royce di corsa, e si accosta per sussurrargli qualcosa nell'orecchio, poggiando frequentemente i suoi occhi su di me.

Royce sposta la sedia e si rimette seduto, quando Roo sparisce di nuovo da dov'è venuto. "Perché piuttosto non parliamo del motivo per cui tu hai fatto tutto questo?"

Quando Kyle non risponde, Royce solleva il piede e lo affonda sul manico del coltello che spunta dalla coscia di Kyle.

Kyle grida e contrae il viso in una smorfia. I suoi occhi si poggiano su Royce, mentre gli cola la saliva dalle labbra arricciate. "Perché cosa? Te l'ho già detto. Jade era mia."

Royce ridacchia, prima di chinarsi in avanti, sfilando il coltello dalla coscia di Kyle, per conficcarglielo nell'altra. "Ultima chance." Royce si accosta ancora, e a me si mozza il respiro.

"Lo ha fatto perché è un uomo crudele, Royce. Tutto là." Faccio un passo verso di lui, poggiandogli una mano sulla spalla. So se è la verità? No. Posso permettere a Royce di addossarsi anche solo un minimo della colpa per il fatto che suo padre è un mostro malato e perverso? Nemmeno. Poggio anche la mia seconda mano sulla sua altra spalla e mi sporgo in avanti, tenendo gli occhi fissi su Kyle, che sta osservando il modo in cui Royce ed io ci innestiamo l'uno all'altra. "Alle volte, le persone sono semplicemente cattive. Non c'è una ragione per cui lo siano, né un momento specifico che abbia fatto scattare in loro la cattiveria. A volte sono crudeli e basta."

"Mmm," mormora Kyle, spostandosi sulla sedia. La luce del giorno sta cedendo il posto alla notte, mentre le nuvole si stanno ammassando nel cielo. Lo sfinimento che mi sento addosso dalla giornata è pesante. "Se solo fosse così semplice."

Gli occhi di Lion si direzionano su di me. "Me ne sarei dovuto accorgere prima. Quanto le assomigli." Colta alla sprovvista dall'ammissione di Lion, mi ritrovo ad inciampare sulle parole che vorrei dirgli in risposta.

Grazie? Mi dispiace?

Guardo Kyle. "Cosa le è successo?"

Kyle sputa del sangue dalla bocca, e mi guarda in cagnesco da sotto le sue ciglia. "Lei… diciamo che… è sparita senza lasciare traccia."

"Ma…" Un tonfo assordante esplode dalla parte frontale della clubhouse, ed io cado a terra. I rumori entrano ed escono dalla mia testa. Dei granelli di pulviscolo si depositano tutti attorno a noi, sotto forma di nubi grigiastre di fumo. Mi pulsa la testa, mi brucia la pelle. Sul mio corpo c'è qualcuno di pesante, che grida e sbraita in lontananza. Non riesco a distinguere le parole, perché il ronzio acuto nelle mie orecchie sovrasta qualunque altro rumore, ma penso che stia dicendo qualcosa del genere: "Scappa!"

33

JADE

Ho tutto il corpo indolenzito. Ogni singola volta che mi muovo, mi si contraggono i muscoli. Faccio una smorfia e mi sposto dal divano all'interno della clubhouse, strofinandomi il viso con le mani. Se esistesse un punto al di là della stanchezza e della spossatezza fisica, l'ho raggiunto io.

"Ehi," dice Kara, allungandomi una tazza fumante e venendosi a sedere di fronte a me.

Soffio sul liquido e sorrido. "Grazie." La totale assenza di testosterone si percepisce chiaramente. "Dove sono tutti?"

Kara si risistema sul divano. "Sono andati all'inseguimento di Kyle."

"È scappato?" strido, mentre l'orrore avanza coi suoi artigli dentro di me.

Kara sospira, facendo di sì con la testa e sfoderando un sorriso mortificato. "Già.

Qualcuno ha fatto saltare in aria il cancello e, mentre i ragazzi erano tutti presi ad assicurarsi che gli altri stessero bene, lui si è dato alla fuga. Royce ha detto che avevano tenuto le corde allentate per tutto il tempo, e che avrebbe potuto scappare in qualunque momento, ma che voleva stare lì." Fa una pausa, ed io poggio la mia tazza sul tavolino da caffè di fronte a me. Non riesco a mettere alcunché sullo stomaco al momento. "Sembra una persona davvero cattiva."

"Kyle?" le domando. "Oh, lui è molto peggio di così."

La porta d'ingresso si apre ed i miei occhi guizzano all'insù, per incontrare Slim che sta entrando in casa con un kalashnikov allacciato al petto. "Ancora nulla."

Gemo, chinandomi in avanti e massaggiandomi le tempie. "Non lo troverete mai, a meno che non sia lui a volersi far trovare."

Il telefono di Slim squilla nella sua tasca e lui lo tira fuori, prima di rispondere. Sono ancora scioccata dalla notizia che Kyle sia libero là fuori, aspettando di ucciderci a sua totale discrezione.

Slim mi passa il telefono, ed io lo afferro, per portarmelo all'orecchio. "Sì?"

Silenzio. "Stai bene?"

Mi schiarisco la voce. "Non proprio. Dov'è Sloane?"

"Sta dormendo al piano di sopra, in camera di Wicked. Troveremo Kyle, e stavolta lo ucciderò e basta. A te va bene, o vuoi partecipare anche tu?"

Rimango un attimo in silenzio, stringendo le dita attorno al telefono. "Penso di poter passare, Roy." Non sono riuscita a tener fuori il sarcasmo dalla mia voce.

"Sto solo chiedendo, perché ho la sensazione che tu sia stata più di chiunque altro la vittima delle sue merdate da pervertito, e ha preso anche tua mamma."

Rifletto sulle sue parole. Ha ragione. Probabilmente è così. Non so con certezza cosa possa aver sopportato mia mamma per mano sua, ma ho modo di credere che sia più o meno quello che ho patito io. Se non qualcosa in più.

"Non è da me, Roy. Puoi occupartene tu. Ma hai sentito tua mamma?"

"Sì, l'ho sentita. È convinta che lui sia fuori per uno dei suoi soliti viaggi di lavoro. È del tutto inconsapevole. Sapeva qualcosa?"

Scuoto la testa, anche se so che non può vedermi. "No. Non aveva il minimo sospetto."

"Beh, continueremo a tenerla all'oscuro."

"Potresti semplicemente dirle che il suo sottomarino è andato a picco o qualcosa del genere," scherzo, poggiandomi sullo schienale.

"Cosa? Il suo sottomarino?"

"Era proprietario di una compagnia di sottomarini. Come facevi a non saperlo?"

Silenzio. "Ci sono tante cose che non sapevo."

Non so se fosse una specie di stoccata diretta a me o meno. Conosco Royce e, anche se non ho le minime riserve sui sentimenti che prova nei miei confronti, so anche che sarà parecchio scocciato con me per molte cose, una volta che tutta questa storia sarà finita. Tanto per cominciare, per il fatto che avrei dovuto dirgli tutto fin dal principio. So per certo che ci toccherà affrontare una grossa discussione. E sono già sfinita.

"E dov'è la piattaforma di imbarco?"

"Beh, questa è la questione più spinosa."

"Sputa il rospo, Duchessa. Non sono davvero del cazzo di umore adatto."

"È alla base navale della Marina. Non potete entrare senza la sua tessera d'accesso o senza un tesserino militare."

"Resta alla clubhouse. Sono serio, Jade. Non muovere il culo da lì."

"Okay." *Che fa, a questo punto, una bugia in più.* "Tu sta' attento, d'accordo? Per favore."

Non mi risponde. Riattacca e mi lascia seduta lì, con delle contrazioni nervose in fondo alle mie budella.

Kara si alza dal divano. "Non gli accadrà alcunché di male. Fidati di me."

Il problema della fiducia è che può essere tradita.

34

Royce

Siamo entrati nella base navale senza grossi sforzi, grazie a Lion e alle sue influenze. Il cartello si è mostrato molto più che entusiasta di darci una mano nei nostri spostamenti, una volta che sono venuti a sapere chi fosse realmente K Diamond, e la sua connessione con Olivia. L'uomo dietro la maschera. Tutte le volte che ripenso agli scambi fra lui e me, mi ritrovo profondamente in collera per non essermi accorto di nulla. Niente di tutto questo sembra avere alcun senso e, in questo preciso momento, non ho la lucidità mentale per decifrare alcunché.

Ci sono quattro autotreni, carichi di alcuni dei pezzi di merda più sanguinari che abbia mai conosciuto, e tutti per un solo uomo. Un uomo con cui sono cresciuto. Un uomo che chiamavo papà.

Cazzo.

Lion ferma la macchina in prossimità della banchina per l'imbarco, tira su il freno a mano e lancia un'occhiata torva in direzione dell'oceano sconfinato. Wicked e gli altri ragazzi che sono venuti con noi si radunano fuori dalla nostra macchina, lasciando Lion e me da soli per la prima volta, da quando quelle rivelazioni sono venute a galla.

"Debbo raccontarti una cosa. Conosco tuo padre dai tempi del liceo." Tira una boccata d'aria, prima di risputarla fuori. Vorrei interromperlo e chiedergli come, e perché, e soprattutto *come cazzo è possibile?* Ma non lo faccio. Non ancora. "Era il mio migliore amico. Eravamo io, lui, un altro paio di ragazzi e Jenny Smith."

"E non hai mai pensato di dirmelo?" gli faccio presente, seccato che mi sia stato tenuto nascosto proprio dal mio dannato presidente.

"Avrei voluto dirtelo, ma poi Kyle ed io abbiamo deciso che meno avresti saputo a proposito della sua storia, meglio sarebbe stato. Lui mi ha preso in giro, ha detto che non voleva che tu sapessi del suo passato oscuro. Ovviamente erano tutte stronzate."

Incrocia il mio sguardo, ed io colgo la preoccupazione che gli solca la fronte, quando gli escono le parole successive. "Tutto quello che ho fatto è stato per proteggerti, figliolo. Niente di più, niente di meno."

Annuisco, perché mi fido di lui. Ho fiducia

in cuor mio che, anche se mi ha mentito, lo ha fatto nel mio miglior interesse.

"Eravamo tutti dei fottuti migliori amici. Tu, Wicked, Orson e Storm mi avete sempre ricordato quello che avevamo avuto noi. Solo che la nostra vicenda è stata un po' più turbolenta delle vostre storielle del liceo. Jenny e Kyle erano la coppia per eccellenza della scuola. Si sono innamorati quasi subito, e sono rimasti così fino alla notte in cui lei è morta. Kyle ha amato quella ragazza più di quanto abbia mai amato chiunque altro e qualunque altra cosa in tutta la sua vita."

"Che è successo?"

Lion sbuffa, tamburellando col dito sulla coscia. "Una sera eravamo ad una festa, in periferia, e stavamo bevendo. C'erano alberi, e ghiaia, lungo tutta la strada. La musica era assordante, la gente rideva. Jenny era seduta in braccio a Kyle, perché non c'erano abbastanza posti per tutti. Io ho perso il controllo dell'auto, ho sbandato e sono andato a sbattere contro un albero. Jenny è morta fra le braccia di Kyle. Lui non si è mai ripreso. Ho pensato che ce l'avrebbe avuta con me, ma non mi ha mai dato la colpa. Mai. E invece, per tutto questo tempo, non ha fatto altro che preparare il piatto della vendetta da servirmi. Ha messo Ollie nella mia vita, e poi me l'ha uccisa. Non ho il minimo dubbio in proposito." Lion si infila una mano in tasca e tira fuori un portafogli di pelle tutto consunto, lo apre e mi porge una foto. "Motivo per cui appena entreremo lì dentro, io lo ucciderò. Intesi? Fanculo le risposte. Sono stufo di chiacchierare."

Studio la fotografia con attenzione. La donna assomiglia talmente tanto a Jade che mi verrebbe di picchiare Lion per non aver fatto due più due da solo. I capelli scuri, la mandibola squadrata, le labbra carnose. Mi sembra che abbia un aspetto familiare, ma in questo momento riesco solo ad imputarlo al fatto che è identica a Jade. È una fotografia vecchia, evidentemente scolorita attorno ai loro sorrisi sbiaditi.

"Sì, ricevuto." Gli ripasso la foto. "Tu pensi che abbia messo Olivia sul tuo cammino per una qualche ragione specifica?"

Ridacchia. "Solo per potermela strappare via."

"Ma questo non spiega per quale cazzo di motivo sia stato così determinato nel voler trascinare me all'inferno con lui."

"Potrebbe essere per pura gelosia nei confronti di Jade, o potrebbe darsi che avesse qualche motivazione più truce." Lion poggia una mano sulla maniglia, ed apre lo sportello. "In ogni caso, hai più o meno quattro secondi per scoprirlo, prima che mi metta in azione io."

Trovare la sua imbarcazione non è stato difficile, visto che c'era un solo sottomarino ormeggiato in questo porto. Il portello è aperto su delle scalette che conducono verso il basso. I nostri cecchini sono già posizionati a tutt'e quattro gli angoli del sottomarino.

Mi vibra il telefono.

Isaac: Se siete alla base, vi avviso che stiamo arrivando anche noi. Ho avuto una soffiata. Se non avete già fatto, muovetevi e poi andatevene.

"È Isaac," commento a Lion, mostrandogli lo schermo. "Dobbiamo fare alla svelta."

"Parli come se, in questo preciso momento, non abbiamo un intero esercito al nostro seguito."

Il sottomarino è tutto color acciaio. Ci sono dei computer allineati lungo la parete del passaggio stretto che conduce fino a poppa. Wicked e qualche altro ragazzo sono alle spalle di Lion e me. Io non vedo altro che rosso dappertutto, cazzo.

Nient'altro.

Ci infiliamo nella porticina sul retro, e troviamo Kyle seduto in fondo alla nave. Fa ruotare la sua sedia per guardarci.

"Beh, proprio quando pensavo di essere sul punto di scappare…"

Mi cadono gli occhi sui suoi pantaloni, il cui tessuto si sta ancora impregnando di sangue fresco.

"Chi ti ha aiutato a venire qui?" sbotto, puntandogli la mia pistola e sparandogli sul braccio destro, prima che gli venga in mente di muoversi.

Kyle ringhia per il dolore. Lion fa il giro della sua sedia e gli preme il coltello contro la gola. "Perché mi hai portato via Olivia?"

"Non l'ha fatto," dichiara una voce alle nostre spalle, e ci voltiamo tutti per veder entrare una donna di mezz'età, coi capelli scuri e gli occhi verdi. Ha un vestito bianco addosso, e i capelli legati in uno chignon ordinato in cima alla testa.

Lion barcolla all'indietro, e deve reggersi con entrambe le braccia. "Ollie?"

Olivia viene avanti, senza togliere gli occhi di dosso a Lion. "Mi dispiace, Lionel. Io… io non ho avuto scelta."

"Sei tu la donna che mi ha detto di andare in quel bar… quel giorno…" sussurro distrattamente.

Porco cazzo.

Olivia si volta verso di me. Averla di fronte a me è come uno schiaffo dritto in faccia. Mi ricorda talmente tanto Jade, che mi troverei a disagio se dovessi porre fine alla sua vita, nel caso in cui facesse parte anche lei della squadra del fottuto Kyle.

"Mi dispiace anche per l'esplosione. Dovevamo tirarlo fuori da lì prima che tutti voi lo faceste fuori."

"Da dove cazzo sei spuntata?" ribolle Kyle, sputando a terra.

"Lei era con me," afferma un'altra voce, mentre una ragazza che non conosco si fa strada attraverso i ragazzi. È bassa, minuta, con un viso tondo e degli occhioni da cerbiatta. Ha i capelli scuri alla base e biondi sulle punte, ed i suoi occhi azzurri sono scontrosi come l'oceano. Non ho idea di chi sia, né mi pare di riconoscerla.

La ragazza si rivolge a Wicked.

Io sposto lo sguardo fra lei e Wicked, confuso.

"Ehi, fratellone..."

Resto di sasso.

Wicked le poggia entrambe le mani sulle guance, e sbatte le palpebre per ricacciare indietro le lacrime che stanno per scendergli dagli angoli degli occhi. "Poppy?"

"Sono io." Gli sorride, ed io vedo subito l'adorazione che prova per Wicked, mentre si concede di farsi coccolare dalle mani di suo fratello. "Ti spiegherò più tardi."

Poppy si volta di nuovo verso Kyle, drizza le spalle e digrigna i denti. "Può darsi che tu non lo sappia, Signor K, ma tutti questi anni..." Poppy gli gira attorno, mentre Olivia rimane accanto a Lion. Probabilmente per assicurarsi che Lion non ammazzi Kyle. Che gran situazione del cazzo.

"Statemi a sentire!" sbraito io. "Mi sono rotto il cazzo di tutti questi ritardi. A me occorre del fottuto sangue, quindi adesso aspetterete tutti che io abbia finito, e poi potrete anche appendervi al collo i suoi organi. Affare fatto?"

Poppy mi guarda con un'espressione piatta. "Tu devi essere Royce." La sicurezza con cui lo afferma mi è sufficiente per mettermi a tacere. Come se lei sappia sul mio conto molto più di quanto vorrei che sapesse. "Mi ha parlato tanto di te."

"Chi?!" grido io, stringendo i pugni lungo i

fianchi.

"Io," mormora Jade dall'uscio, e mi volto di scatto, coi denti scoperti per la furia.

"Io te lo avevo, cazzo! Che cosa ti avevo detto, Jade? Ti avevo detto di tenere il culo nella stracazzo di clubhouse, cosicché potessi occuparmi io di questa merda!"

Jade si schiarisce la voce, e mi viene incontro con un sorrisetto angelico, che le resta immacolato sulle labbra. "Ti amo. Lo sai, vero?"

"Ma che stai facendo?" mi lagno, esasperato. Se non l'amassi a questo dannato livello, le scaricherei un proiettile in mezzo a quegli occhietti deliziosi solo per porre fine alla mia miseria. Lei è sempre stata il fulcro della mia sofferenza ma, attorno a quel fulcro, lei ed io abbiamo una vita assieme.

"Come stavo dicendo, per anni un angelo ha lavorato al tuo fianco," riprende Poppy, rivolgendosi di nuovo a Kyle.

Tutto il sangue defluisce via dalla faccia di Kyle, che sbianca. Ed io sto ancora in piedi qui, fottutamente sconcertato davanti a tutto il cazzo che mi sta sfuggendo.

"Io," annuncia Jade, come se sia a prova di una qualunque bomba. Si avvicina a Kyle, e la mia mano scatta subito per intrecciarsi con la sua.

Lei si volta verso di me. "Roy, ho affrontato molto più di quello che immagini nel corso di questi anni. Lascia che me la veda io. Ti prego."

C'è una battaglia interiore che mi sta

dilaniando il petto. C'è la parte di me che vuole proteggerla a tutti i costi e non lasciare che nessun altro le si avvicini mai più nella vita, e poi c'è l'altro lato di me. Il lato che ha realizzato, nel giro di qualche giorno, quanto Jade sia cresciuta. Per mano di mio padre, ha sopportato il dolore, la sofferenza, e la perdita. E questo solo per quanto ne sappia io. So che c'è ancora così tanto che lei mi deve raccontare. Ma, assieme a quel dolore e a quella sofferenza, è arrivata anche la tenacia.

Le lascio andare la mano, mentre stringo il mio altro pugno talmente forte che le unghie mi si conficcano nei palmi.

"Per tutti questi anni, non ho fatto che liberare ragazze," dichiara Jade, con le spalle dritte. Lion fa qualche passo indietro verso di me, per lasciare le donne in prima linea. Noi restiamo alle loro spalle come dei lupi famelici, in attesa che i nostri alfa ci dicano che è ora di banchettare.

Mi sta bene così.

Jade continua. "La prima ragazza che ho liberato è stata Poppy. Dopo che l'ho vista la prima volta che tu mi hai portato al tuo complesso, in lacrime, rannicchiata in un angolo. È stato proprio in quel momento che ho capito che non avrei concesso al mio ruolo nella tua vita di passare invano. Lo avrei sfruttato a fin di bene."

Gesù Cristo. In questo preciso momento me la vorrei scopare fino a tirarle fuori tutto quel buono che c'è in lei.

Jade si sporge in avanti, poggiando entrambe le mani sui braccioli della sedia. "Pensavi di essere così furbo, eh, Kyle. Ma, in tutta questa situazione, a quanto pare ti sei dimenticato di una cosa."

"E sarebbe?" sibila Kyle, ed io resto a guardare la sconfitta che gli trasuda via dagli occhi.

"Io sono stata il tuo punto debole. Tu mi hai addestrata a sederti accanto come un cagnolino, cosa che ho fatto. Ho dovuto lottare con un sacco di senso di colpa dentro di me, ma c'è sempre stata una cosa che ha sovrastato l'abuso, ed è la forza che mi sono costruita. Volevo la vendetta. Volevo aiutare queste ragazze. E così, ad una ad una, le ho liberate tutte, prima ancora che salissero sul podio. Avrei voluto salvarle tutte, ma ho sempre dato la precedenza a quelle più giovani." Jade si spinge via dalla sedia. "Poppy si è messa in contatto con me il giorno che ho iniziato l'università. Mi ha detto che avevano messo su un gruppo d'élite di donne. Ed erano tutte ragazze che io avevo salvato nel corso degli anni." Mi lancia un'occhiata da sopra la spalla. "E, con l'aiuto di alcuni ricchi coglioni, sono state in grado di fornire un aiuto molto più concreto alle vittime." Mi ronza il cervello. *Anonymous?* Jade torna a guardare Kyle. "Quando sono venuta a saperlo, ho acconsentito a continuare. A stare al tuo gioco, finché non fosse giunto il momento opportuno." Drizza la schiena. "Ma poi è arrivato Royce, e tu mi hai rapita."

"Tu sapevi che tua mamma fosse viva?" le chiedo a denti stretti. "Sto provando a non essere incazzato con te in questo preciso momento, baby, ma tu me lo stai rendendo fottutamente difficile."

"Scusa," sussurra, lanciandomi un'ennesima occhiata di sfuggita. "Deduco che abbiate tutti quanti un conto da regolare con Kyle." Si volta verso tutti noi. "Wicked, per quello che ha fatto a te e a me, e a Poppy." Sposta l'attenzione su Olivia. "Mia mamma, che ha ricevuto il peggio del peggio, e ha dovuto simulare la sua stessa morte, mentre consentiva a sua figlia di fermare l'uomo più pericoloso di tutta la storia. Capisco perché non mi abbia detto che Lion è mio padre. Mi avrebbe distratta." Jade si avvolge le braccia attorno al busto, e noto che le trema il labbro. "Capisco tutto il dolore che ha causato. Volete tutti la vostra vendetta. Ma le donne in piedi dietro di me, e le molte altre che sono con loro, sono soltanto la punta dell'iceberg. Possiamo togliere lo spacciatore dalla strada, ma questo non fermerà il giro di droga." Cammina verso di me, ed io le ringhio.

So già quello che sta per chiedermi.

"Royce." La sua voce da sola ha un filo diretto con ogni cazzo di emozione che risiede dentro di me. "Lasciamoglielo prendere. Isaac ha bisogno di lui per fermare tutti i compratori. Ce n'erano parecchi, Roy. Kyle ha dei legami con le maggiori bande di trafficanti non soltanto in America, ma in tutto il mondo. Lo dobbiamo a tutte quelle che si sono viste rubare l'innocenza, perché venga fatto qualcosa di meglio di un semplice omicidio."

Scuoto la testa. "Non posso, baby. Non posso permettergli di lasciare questo posto, a meno che non sia solo la sua pelle ad andarsene da qui, e sulle mie spalle."

Mi poggia una mano sulla guancia, prima di stringermi le dita dietro al collo, per attirarmi verso di lei.

"Puoi," mi sussurra. "Ti sto solo chiedendo *non ancora*. Lascia che loro ottengano le informazioni che gli occorrono. Ti prometto - te lo giuro - che Isaac ti lascerà intervenire. Solo..." Sospira, e le lacrime le scendono lungo le guance. "Lascia che questo sia qualcosa in più che una semplice vendetta. Lascia che sia un cambiamento." Tutto il suo dolore tracima fuori da lei, ed inonda me.

Ed io lo assorbo fino all'ultima goccia, nel desiderio di sottrarglielo, già sapendo dannatamente bene che darò a questa ragazza tutto quello che cazzo vuole.

"Un mese."

"Sei," ribatte lei semplicemente, con le labbra poggiate sulle mie.

"Quattro," contrattacco, mordendole il labbro inferiore.

Lei mi bacia. "Nove."

"Va bene." Quello era il cazzo di bacio della

morte. "Hanno nove mesi, poi è mio."

"Okay."

Non appena quella parola lascia la sua bocca, Isaac e i federali fanno irruzione nel sottomarino. Jade è infilata sotto al mio braccio, mentre Olivia arretra e si va a mettere accanto ad un Lion rigido e nervoso. Nel giro di qualche ora, il mondo di Lion si è totalmente capovolto. Tutti noi, in un modo o nell'altro, abbiamo perso il senso della realtà.

Jade monta sui sedili posteriori del SUV, assieme a Poppy e Wicked, ed io le richiudo lo sportello e vado da Isaac, che mi sta scrutando da vicino alla sua auto di servizio.

Gli faccio un cenno col capo. "Quanto tempo hai passato sotto copertura?"

Isaac scuote la testa. "Da quando è arrivata lei."

Guardo da sopra la mia spalla. Non riesco a vedere Jade attraverso i finestrini oscurati, ma so che ci sta osservando con attenzione. "Sette mesi, Isaac. Le ho detto nove, ma ti do sette mesi."

Quando mi volto di nuovo per guardarlo, incontro i suoi occhi affaticati. "Ho già abbastanza informazioni sulla maggior parte dei suoi clienti, quindi me ne basteranno sette."

"Questa storia del traffico clandestino. Ci è fottutamente legata."

Isaac si infila le mani in tasca. "Quella ragazza, Royce… quella ragazza ha dovuto sopportare il peggio del peggio. Non mi darei pensiero della sua salute mentale. È forte. In qualche modo è riuscita a costruirsi un muro di mattoni per arginare al di fuori la vita che aveva con Kyle, e tenerla separata dalla sua giovane esistenza che conduceva al liceo. Ma muoviti con attenzione con lei. Ci sono state diverse volte in cui io stesso stavo per gettare la spugna per salvarla da Kyle. Ma non l'ho fatto. Non potevo farlo."

Il pensiero di Jade in difficoltà per un qualunque motivo è sufficiente per farmi ribollire il sangue. "Ha detto che c'erano anche dei bambini."

Isaac si appoggia alla sua volante, ed incrocia una caviglia sull'altra. "Non spesso. Quelle più giovani che arrivavano spesso venivano cedute dai genitori per saldare dei debiti, in cambio di denaro. I bambini a cui faceva riferimento lei non erano vittime di una tratta a scopo sessuale o di schiavitù. Erano legati al giro illecito di adozioni. C'è un sacco di gente ricca là fuori, che non può avere figli, ma che ha fin troppo denaro per aspettare il proprio turno." Mi poggia una mano sulla spalla, e la strizza. "Sette mesi. Riceverai un messaggio da me. Segui le mie istruzioni, e verrai accontentato. Nel frattempo..." I suoi occhi si spostano sul SUV, ed io li seguo, con il medesimo senso di colpa che mi corrode lo stomaco. "Sta' vicino alla tua ragazza, e a tua mamma, amico. Ne avranno bisogno." Fa per andarsene, e mi riavvio anch'io verso il mio SUV, quando all'improvviso mi fermo.

"Isaac?" lo chiamo, voltandomi.

Incrocia il mio sguardo. "Sì?"

"La soffiata… da chi l'hai avuta?"

Resto a guardare mentre un sorriso gli incurva sinceramente le labbra. "Beh, diciamo solo che è stato *Anonymous*."

Porca puttana. I miei pensieri si annodano fra di loro, arrovellandosi sul modo in cui riuscirò a fare i conti non solo con tutto quello che è stato appena svelato, ma su come farò ad affrontare l'unica cosa per cui non sono sicuro di avere abbastanza forza.

Il senso di colpa.

Jade è l'unica persona sulla faccia di questa terra per cui, a cuor leggero, ucciderei, morirei, piegherei, spezzerei e farei qualunque altra cosa. Lei mi ha fatto cadere ai suoi piedi. Sono pronto a fare tutto quello che vuole. Ma se quello che vuole fosse che io vada via?

35

Jade

Mi ricordo la prima volta che ho avuto paura nella vita. È stato quando ho visto Royce cadere dallo skateboard. Si è sbucciato le ginocchia al punto che gli si vedeva l'osso. Ho pianto per giorni, perché pensavo che sarebbe morto.

Dopo un'ora, siamo di rientro alla clubhouse. Il realismo di tutta la situazione ammanta il SUV come una nube pesante. Nessuno ha aperto bocca durante il tragitto e Royce, accanto a me, non ha proprio battuto ciglio. Al momento provo la stessa paura che avvertivo quand'ero bambina. *Ti prego, non lasciarmi.*

Wicked spegne il motore ed usciamo tutti dalla macchina. Ho le ginocchia molli e gli occhi appiccicosi per la stanchezza. Prende a suonarmi il cellulare in tasca e, quando lo tiro fuori, leggo il nome di Sloane sullo schermo.

Faccio scorrere il dito per rispondere. "Ciao."

"Oh mio Dio! Ho appena visto il telegiornale."

Deglutisco, ma un groppo di nervi mi chiude la gola. Ed ecco che comincia la seconda fase di quello che ci toccherà affrontare. La vergogna. La pena. Il *oh mio Dio, chissà che le ha fatto!* Ma niente di tutto questo riveste la minima importanza per me.

"Lo so." È tutto quello che riesco a dire, con la gola arsa e le labbra screpolate. Mi prude la pelle per il bisogno di una doccia. I miei occhi bramano disperatamente un po' di riposo.

"Stai bene?" mi domanda, ed io la amo per questo. La genuinità dell'amicizia fra Sloane e me ha giocato un ruolo molto importante nella mia sopravvivenza nel corso di questi anni. Lei mi ha aiutato a restare coi piedi per terra, mi ha dato un'esistenza normale, quando invece non l'avevo affatto con Kyle.

"Starò bene. Ti chiamo domani, okay?"

"Ti voglio bene, Jade."

"Te ne voglio anch'io." Attacchiamo entrambe ed io mi prendo un momento per osservare i reali danni che sono stati procurati alla clubhouse. La sparatoria nel punto in cui si trovava Bonnie, il sangue a terra per tutto il percorso lungo cui è stato trascinato Kyle verso il retro della casa, i cancelli di metallo all'ingresso tutti divelti per via dell'esplosione.

"Royce," subentra Lion, ma io sono ancora

sperduta nel bel mezzo di tutto quel caos, e non mi rendo conto delle lacrime che mi stanno rigando le guance. "Portala a casa, e tornate domani."

Royce è accanto a me, mi prende per mano e mi porta verso la sua macchina. "Andiamo."

Mentre io scivolo sul sedile del passeggero, Wicked fa da lontano: "Noi ci facciamo dare un passaggio."

Dimentica del fatto che Wicked, finora, ha vissuto con Royce, mi passo la cintura di sicurezza davanti al petto e poggio la testa contro il finestrino gelato. Mi tengo le braccia strette attorno al torso per proteggermi, mi tremano le labbra. *È finita.* Non riesco a credere a queste parole, anche se i miei muscoli si rilassano al pensiero. Non mi fido che non evaderà e che non si metterà a darmi la caccia, per ributtarmi nel suo mondo.

Lo sportello si chiude dietro di me.

Il V8 romba sotto il mio sedile.

Chiudo gli occhi, ed allungo alla cieca una mano verso la radio. Avrei voglia di parlare con Poppy, ma in questo preciso momento l'unica cosa che mi serve è la musica, che riempia i vuoti di me stessa. La musica è l'unica cosa abbastanza potente da poter colmare le lacune della tua anima. La musica parla il linguaggio della guarigione, mentre *I'll Survive* di Seether rimbomba attraverso gli altoparlanti.

Arriviamo alla baita poco meno di un'ora dopo. Varcare la porta di legno è come tornare a casa per la prima volta. Mi sfilo le scarpe con un calcio e le lascio accanto alla porta, poi comincio a spogliarmi e a lanciare i miei vestiti prima ancora di aver raggiunto il corridoio che conduce alle camere da letto.

"Aaah," si lagna Royce da qualche parte alle mie spalle. "Ho capito che Wicked ti ha vista in ogni salsa, ma dovremo comunque fissare dei paletti."

Lo ignoro, e tiro dritta verso la sua camera da letto, dove mi schianto sul materasso. So che dovrei farmi una doccia. Puzzo di morte. Ma prima che riesca a lottare con me stessa per rialzarmi, i miei occhi sono già chiusi, e l'oscurità prende il sopravvento.

Il mio cellulare riporta le 3:04. Le tre del mattino. Dondolando le gambe sul letto, nel tentativo di non svegliare un Royce immerso nel sonno, cammino a piedi nudi fino al bagno ed accendo la doccia. L'intera parete è a vetri, e dà sull'oceano. Al centro della stanza c'è una vasca coi piedini, mentre, alle spalle, c'è una doccia a pioggia senza pareti, né tende. Il lavandino del bagno è sospeso, fissato direttamente alla parete. Devo mandare un messaggio ad India e farle i complimenti per l'arredamento della baita di Royce. I suoi piccoli tocchi danno proprio il senso di casa.

Getto i miei vestiti in un angolo e mi infilo sotto la doccia, sospirando, quando il getto d'acqua bollente mi bombarda la pelle. L'acqua ai miei piedi assume lentamente una colorazione marroncina, mentre mi lavo via la giornata di dosso. Spruzzo del sapone e me lo spalmo sulla pelle, poi lo sciacquo, prima di passare ai capelli - sono grata che Royce abbia uno shampoo ed un balsamo decenti. Bravo ragazzo.

Delle mani mi si piantano da ambo i lati della testa, ingabbiandomi contro il muro, proprio mentre mi sto sciacquando il resto del balsamo dai capelli. Le sue labbra sfiorano il punto della pelle in cui il mio collo incontra il braccio. "Sono piuttosto incazzato con te in questo preciso momento, Duchessa."

"Idem," mormoro, lanciandomi i capelli dietro la spalla con nonchalance.

Ora la sua mano è sul mio basso ventre, e sta premendo il mio sedere contro di lui. Sento la sua erezione contro la mia schiena. Mi avvolge i capelli attorno al suo pugno e mi piega la testa da un lato. "Ah sì?" ringhia, mordendomi il collo. Le sue labbra raggiungono il lobo del mio orecchio. "Mostramelo."

Mi fa ruotare e mi sbatte contro il muro, tenendomi una mano attorno alla gola. Io mi lecco le labbra, e lo guardo da sotto le ciglia. "Sputami addosso."

L'angolo della sua bocca si solleva in un ghigno. "Mi stavo domandando quando me lo avresti chiesto." Si china, leccandomi dalla mandibola fin sopra la guancia. "Quando ne avrò voglia." Mi solleva per il sedere e mi fa scendere sul suo membro. Io gemo, mentre le mie unghie scavano nelle sue spalle. Mi afferra per il collo con una mano e stringe con vigore. Pompa dentro e fuori, finché il suono di noi che scopiamo non pervade tutto l'ambiente. La sua bocca è sulla mia, le nostre lingue sono intrecciate. La mia schiena gratta contro il muro, mentre le sue dita affondano nella mia pelle. Mi poggia di nuovo coi piedi a terra, tenendo ben salda la presa attorno alla mia gola, e mi fa abbassare, finché non sono in ginocchio. Gli si arriccia la lingua, ed un sorrisetto gli increspa le labbra, nel momento in cui mi sputa in faccia, mentre io mi sporgo verso la sua erezione.

Bloccando la mia iniziativa, mi spinge fino a farmi sdraiare sul pavimento, e mi monta sopra, scivolando in mezzo alle mie cosce.

Cavalca il mio corpo in maniera selvaggia, mentre io gli cingo la vita con le gambe. Le sue dita risalgono lungo il mio mento, e mi stritola con forza le guance, mentre il suo cazzo sbatte contro ogni nervo all'interno del mio corpo. Mi sputa di nuovo in faccia, ed io mi faccio in pezzi, mentre l'orgasmo mi dilania il corpo, coi suoi fremiti selvaggi.

Lui va avanti, rallentando il ritmo. Continuando a lavorarsi il mio corpo al di là di una soglia oltre la quale non pensavo di poter andare. Sento che mi sta montando dentro un altro orgasmo, quando mi poggia una mano sulla guancia e mi dà uno schiaffo leggero. "Non venire finché non lo dico io. Te ne ho già dato uno."

Si sporge verso di me e si infila il mio labbro inferiore fra i denti. Mi fa sollevare una gamba fino a premergliela direttamente contro il petto, mentre mi divarica l'altra. Arpionandomi con entrambe le mani, mi tiene saldo il corpo e mi sbatte contro il suo pene.

Io grido. Le soglie del piacere e del dolore stanno per traboccare. La sua bocca è sulla mia coscia, i suoi denti sono conficcati nella mia carne fino a farmi uscire il sangue, mentre continua a muovere il mio corpo contro il suo, implacabilmente. È così forte. Mi fa impazzire. Le sue mani sono sui miei fianchi, e li stanno mordendo, quando mi fa girare a pancia in sotto. L'acqua continua a scrosciarci addosso. Mi fa mettere a quattro zampe e mi dà uno schiaffo vigoroso sul sedere. "Niente più bugie, Duchessa..."

Un grido di dolore mi si strappa dalla gola. "Okay!"

Mi schiaffeggia di nuovo. "Cosa?" Riesco a sentire la risatina nascosta nella sua voce.

Mi dà qualche altro affondo, ed io mi contraggo attorno al suo membro. Poi si sfila e mi tira all'indietro, finché non sono seduta di spalle su di lui. Mi tiene una mano sulla gola, ed io lo cavalco con ardore. Sono così vicina a raggiungere quell'orgasmo di cui il mio corpo ha bisogno. Mi stritola di nuovo e mi fa voltare, tornando a sdraiarsi sopra di me e riportandomi la mano attorno al mento, mentre il suo corpo monta il mio. Mi si gonfia il clitoride, tutto dentro di me minaccia di esplodere.

"Picchiami." Le mie unghie solcano la sua schiena, graffiandolo lungo le costole tatuate.

Lui fa una risatina talmente profonda che mi vibra lungo il collo, e solleva la testa, per incrociare i suoi occhi coi miei. La sua mano vola su una mia guancia, proprio mentre affonda dentro di me con ferocia, sorreggendosi con l'altro braccio poggiato a lato della mia faccia.

"Più forte," lo supplico, serrandogli le cosce attorno alla vita.

"Scopami, Jade."

Lui sa come mi piace, e quello che mi serve. *Lo sa.* Io gli grido in faccia, sono così vicina che mi mancano pochi secondi per raggiungere il picco dell'eccitazione. "Royce!" sbraito. "Ti prego!"

Mi tiene per il mento, attanagliandomi con le dita, mentre rallenta l'andatura, dandomi degli affondi brutali e cadenzati. Il suo osso pelvico mi struscia contro il clitoride, e a me sfugge un gemito sommesso. "Royce."

"Chiudi quella cazzo di bocca, Duchessa!" sbotta, stringendo la morsa attorno alle mie guance. "Guardami."

Io non lo faccio. Ho solo bisogno che mi dia uno schiaffo. Che mi faccia del male.

Mi strattona il viso. "Guardami immediatamente, cazzo."

Ora lo faccio, incatenando lentamente i miei occhi nei suoi. Mi si aggroviglia lo stomaco, e mi si gonfia il cuore. Sopraffatta dall'emozione, sento che mi salgono le lacrime agli occhi. Lui continua a pompare dentro di me. In maniera non docile, ma lenta. "Royce, divento emotiva se non riesco a venire."

Lui sorride, mostrando i suoi denti bianchi. "Con me non ti serve quella merda. Ci siamo intesi?"

"Lo so che non mi serve! Mi piace e basta."

Royce scuote la testa, poggiandosi su un gomito, di modo che ora è direttamente sopra di me, con le sue labbra contro le mie. "Non ti darò mai più un cazzo di schiaffo qui." Mi morde la guancia così forte che ora so che mi verrà un livido. "Ti farò altro, ma non ti schiaffeggerò più. A parte sul culo. Andata?"

Gli stringo le braccia attorno al collo. "Andata."

Fa ondeggiare il corpo, pressandolo dentro di me, mentre tiene le sue labbra sulle mie, e la sua lingua in fondo alla mia gola. Mi colpisce la lingua con la sua, mi mordicchia il labbro, ma non rompe mai il nostro contatto visivo. "Lasciati andare, baby."

Io mi lascio andare, mentre lui si svuota dentro di me con delle pulsazioni violente.

Crolla accanto a me, mentre entrambi riprendiamo fiato.

"Gesù..."

"In realtà penso che un giorno finiremo per ucciderci a vicenda, a letto. E non sto scherzando." Ridacchia, rialzandosi in piedi.

"Verosimilmente." Striscio lentamente per rimettermi in piedi anch'io, e mi rinfilo sotto al getto per sciacquarmi al volo prima di chiudere l'acqua.

"Duchessa." Il suo richiamo mi fa bloccare, proprio quando afferro un asciugamano e me lo avvolgo attorno. Lo osservo attraverso lo specchio, mentre i suoi occhi si abbeverano del mio corpo, prima di tornare ad incrociare i miei. "Dobbiamo parlare."

"Lo so." Strizzo l'acqua in eccesso dai miei capelli, li giro in uno chignon e me li fisso dietro la testa. "Però ho fame."

Dopo che lui è andato a prendere qualcosa da sgranocchiare, io mi sono infilata la sua maglietta del Wolf Pack MC, mentre lui è rimasto parzialmente nudo. Ci siamo sdraiati sopra le sue coperte. Il sole del primo mattino infiamma il cielo dietro di me, dandogli una sfumatura di un arancio leggermente bruciato. È rassicurante sentirsi il tepore del sole sulla schiena, dopo tutto quello che è successo.

Royce si allunga e mi passa il pollice sul labbro inferiore. "Mi dispiace di non esserci stato. Mi dispiace di essermene andato. All'epoca ho pensato di farlo per salvarti, ma ho finito per farti solo del male."

"Royce, non è colpa tua." Sospiro, infilandomi i polpastrelli fra i capelli e poggiando la testa contro il palmo della mia mano. "Avrei potuto dirtelo quando sei tornato a casa. Penso che stessimo entrambi facendo delle cose che ritenevamo giuste per l'altro."

Royce sorride. "Sì, immagino di sì." Mi infila il pollice fra le labbra, ed io alzerei gli occhi al cielo per l'ovvia allusione sessuale, se sapessi che quello non finirebbe per eccitarlo. "Ti devo chiedere una cosa, e mi occorre che tu sia del tutto onesta con me."

Annuisco.

"Hai in progetto di scappare via da me nel breve termine?"

Scuoto la testa, e gli do un morso sul pollice.

"Bene."

"Perché?" gli domando, una volta che mi ha sfilato il dito dalla bocca.

Fa spallucce. "Non mi va di mettermi a dare la caccia a nessuno, ma a te la darei, se scappassi."

Afferro il pacchetto di patatine che ha accanto, lo apro e ne mastico una. "Spero che staneranno tutti i suoi clienti."

"Lo faranno," conferma Royce, puntando lo sguardo verso il soffitto. Guarda di lato, prima di tornare a fissare me. "Sai quante vite hai cambiato facendo quello che hai fatto?"

Mi succhio via il sale dal pollice e faccio un sorriso triste. "Vorrei averne potute salvare di più."

Mi attira contro il suo petto, e poggia le labbra sulla mia testa. "Sai già cosa farai con l'università?"

"Sì," gli rispondo, lanciando a terra la busta di patatine. "Prenderò la mia laurea in medicina per Bonnie."

"Mmm," mormora Royce, stringendomi ancora più forte fra le sue braccia. Da fratello, ha salvaguardato la mia incolumità fisica. Ma da amante, salvaguarda la mia salute mentale. "Royce?"

"Sì?" mi sussurra fra i capelli.

"Cosa siamo noi?" È una domanda su cui avrei dovuto riflettere molto più spesso di quanto io non abbia fatto.

Silenzio. Sento che gli stanno tremando le spalle, ed è solo quando mi scosto leggermente da lui e gli lancio un'occhiataccia da sotto che mi accorgo che sta ridendo.

"Che hai da ridere?" Gli do uno spintone.

"Oh, niente," ribatte con disinvoltura. "È solo che trovo divertente che tu abbia pensato di poter mai avere una vita all'infuori di me."

"Questo non mi è di grande aiuto, Royce..." bofonchio.

Il suo braccio scivola in mezzo ai nostri corpi, il suo dito si poggia sotto al mio mento, per sollevare il mio viso in direzione del suo. "Tu sei mia, Duchessa. In ogni cazzo di modo in cui è possibile che una donna sia posseduta da un uomo. Sei mia."

"Tipo... come ragazza... o tipo... come una signora, o una fidanzata ufficiale?"

Chiude gli occhi per provare a soffocare la sua risata.

Gli do un'altra spinta. "Piantala, Roy! Il tuo mondo è strano."

Ha la voce roca per le risate. Il suo petto è duro contro il mio. “Jade.” Mi bacia. “In tutt’e tre i sensi.”

E dentro di me si scioglie tutto quanto.

36

Royce

Vorrei poter dire di non aver mai pensato a Jade seduta in braccio a me, tutta avvinghiata al mio corpo, ma mentirei. Lei ed io. Era inevitabile. Era destinato a succedere, era solo una questione di quando il tempo avrebbe combaciato col destino.

Jade si sporge in avanti, poggia le carte sul tavolo e racimola tutti i soldi di Lion. "Avrei dovuto avvisare che ero brava a questo gioco…"

"Hai preso da me," commenta Lion, con un sorrisetto tronfio sul viso. Sono passate due settimane da quando Kyle è stato portato via, e a me prudono le cazzo di mani per il desiderio di mettergliele addosso. Ho pensato ad un migliaio di modi diversi di ucciderlo, e adesso so come lo finirò. *Cazzo se lo so.* Mia mamma si è tenuta occupata con la ristrutturazione della nostra casa di famiglia, per non doversi fermare troppo a pensare su chi è saltato fuori che mio padre fosse realmente. Jade ed io andiamo giù domani in macchina, per passare un po' di tempo con lei. Per farle compagnia. È stata tutto il tempo a bere e ad arrovellarsi per il senso di colpa anche nei confronti di Jade, ed io penso che, se lei e Jade si mettessero sedute a parlare un attimo, forse questo potrebbe aiutarla a mettere una specie di punto sulla situazione.

In un primo momento, vedere Lion ed Olivia insieme è stato strano, così a ridosso della morte di Bonnie. Ma se lui prova per lei anche solo la metà di quello che io provo per Jade, allora ci sto. Anzi, lo capisco perfettamente. Bonnie è stata importante per lui e per il club, ma Olivia è la sua Jade e, al di là di quello, per Jade è un modo per conoscere sua mamma e suo papà. Insieme. Dopo tutto quello che ha dovuto passare, se lo merita. C'erano dei punti ancora fumosi sul modo in cui Jade era finita a casa nostra, finché non ce li ha chiariti Ollie. Ollie ha dovuto inscenare la sua morte per consentire a loro di far naufragare il piano di lui. Mi sono anche persuaso che Ollie sia una - se non l'unica - delle teste di Anonymous. Lei non l'ha ammesso, e probabilmente non lo farà mai, ma quello che ha affrontato ed il modo in cui se ne va in giro a testa alta mi fanno pensare a qualcuno a capo di un esercito, piuttosto che ad una donna perduta e spezzata dentro. Non lo dirò mai a Lion, ma è evidente che Jade abbia ereditato da sua madre la forza ed il cuore. Olivia ci è stata alle costole per tutti questi anni, e ha vegliato su sua figlia.

Non appena ha messo al mondo Jade, Kyle l'ha fatta immediatamente *far fuori*. Ha fallito, perché Isaac l'ha aiutata a scappare. Ho la netta percezione che la sua sia una storia piena di ombre, con tutti gli anni che mancano all'appello fino al momento in cui ha unito le forze con Poppy ed il resto delle ragazze che Jade aveva liberato.

A proposito di Poppy, Wicked non l'ha più persa di vista. Nemmeno per un secondo. Quel figlio di puttana è un cazzo di iperprotettivo nei suoi confronti. Non aiuta il fatto che sia una bella ragazza, e tu metti una come Poppy nei paraggi di uomini come Gipsy ed avrai sicuramente qualche rogna, per quanto ora lui si stia scopando Silver all'insaputa di Fury. Potranno anche prendere in giro Fury, ma io glielo leggo sulle loro faccette compiaciute.

Jade si allunga e scompiglia con la mano i capelli di Lion. "Possiamo lavorare per farti migliorare."

Lion lancia un'occhiata ad Olivia e scuote la testa. "È una stronzetta, come te."

Olivia ride. "Oh, ne sono sicura.".

37

JADE

Oggi è il giorno in cui seppelliamo Bonnie James. Ho il cuore molle, ed un dolore ruvido. Bonnie è stata la prima donna che mi ha fatto sentire di appartenere a questo posto, un'amica. Rileggo i pochi messaggi che mi ha mandato quand'era in vita, e non riesco a smettere di riflettere su quanto sia caduca la vita umana. Non sapremo mai quando la fine è vicina. Dobbiamo limitarci a vivere ogni giorno nell'oblio, restando in attesa che il destino si presenti alla nostra porta con un bouquet di fiori appeso sulla sua falce.

Dopo che sono montata sulla moto di Royce, gli premo un bacio sulla nuca, e lui poggia la sua mano sulla mia, che tengo pressata sul suo stomaco. Le moto rombano tutte all'unisono, pulsando fragorose lungo la via deserta, mentre Royce dà gas e cominciamo il nostro viaggio insieme, un ultimo giro prima di seppellirla alle spalle della clubhouse. Ollie è in sella dietro a Lion. Stanno marciando proprio di fronte a noi, mentre Wicked è sulla destra di Royce e me, con Gipsy a seguire, dall'altro lato di Wicked. Ho imparato che lo schieramento con cui vanno in moto corrisponde alla loro posizione nel club. Un club che, per me, è diventato molto più una famiglia di quanto avrei mai ritenuto possibile.

Il vento mi colpisce la pelle, i capelli mi svolazzano dietro le spalle, mentre Royce ci fa sfrecciare in avanti, al seguito del carro funebre che sta procedendo sull'autostrada, in direzione del vecchio quartiere di Bonnie.

38

ROYCE

"Royce, sto bene," mi dice mamma, dandomi qualche colpetto sulla mano che le tengo poggiata sulla spalla. Lancia un'occhiata smarrita fuori, in direzione del prato sul retro della casa, mentre il suo nuovo cagnetto corre in cerchio attorno al campo da basket. Orson, Storm, Sloane e le mogli di Orson e Storm sono tutti qui. India, la moglie di Orson, è incinta del loro secondo figlio. Jade ed io siamo arrivati a casa da mamma un paio di giorni fa, proprio quando anche Orson e Storm hanno annunciato che sarebbero tornati in città. Naturalmente, quello aveva da subito voluto dire che ci sarebbe dovuta essere anche Sloane. Mamma non sta bene. Sta affrontando una battaglia difficile, e tende a rispondere soltanto a Jade. Lo capisco. Jade è stata la bambina che è sempre stata qui, o probabilmente mamma si sente di essere in debito con lei. Nessuno avrebbe mai potuto immaginare quanto fosse oscuro Kyle Kane. Nessuno. L'ha nascosto egregiamente. Fanno tutti così. La gente si aspetta che i mostri vengano solo negli incubi, e per questo si dimenticano di proteggere i propri sogni.

"Passala allo zio Roy!" Il piccoletto di Orson, Timmy, comincia a palleggiare verso di me, saltando India, Sloane, Jade e un'amica di Storm, Lisa, che, ad occhio, sembra ancora più nerd di lui.

Io prendo in braccio quel piccolo ometto e me lo faccio saltellare sul ginocchio, sorridendo ad Orson e Storm, mentre mamma esce all'esterno e viene a sistemare dei cracker e delle bevande sul tavolo da giardino. "Chi è il tuo zio preferito?"

Timmy guarda suo padre, poi sposta lo sguardo di nuovo su di me, e poi su Storm. Torna a guardare me e punta il dito. Io ghigno, indicandomi. "Io?"

Lui si lascia scappare una risatina contagiosa, gettando all'indietro la sua testolina per ridere di gusto. Gli faccio il solletico sulla pancia, prima di farlo scendere dalle mie gambe. Si mette a correre per giocare con quella specie di topo che mia madre si è presa come cane.

"Sei bravo coi bambini, Roy," mi sfotte Sloane, ed io mi volto verso tutti loro, per ritrovarmi Jade che mi sta fissando con uno sguardo assente.

"Sta' zitta, Sloane."

"Non c'è di che," continua quell'insolente, infilandosi un bastoncino di carota in bocca ed abbassandosi gli occhiali da sole al di sotto degli occhi. State attenti alla donna di cui vi innamorate: ogni donna ha una migliore amica sciroccata. E se non ce l'ha? Vuol dire che la migliore amica sciroccata è lei.

"Vieni qui," mimo con le labbra a Jade, che fa il giro del tavolo e si viene a sedere in braccio a me. Continua ad avere quello sguardo vacuo che aveva anche mentre osservava me e Timmy insieme. Le faccio raggomitolare le gambe sopra le mie e le porto le labbra all'orecchio, di modo che possa sentirmi solo lei. "Sei incinta?"

Nove mesi dopo

Oggi è un buon giorno per morire, se ti chiami Kyle Kane. Isaac si è fatto vivo allo scadere dei sette mesi e mi ha detto che gli sarebbe servito un altro po' di tempo, prima di potermi consegnare Kyle. Sono riusciti a smantellare altri due grossi giri a livello globale, e adesso hanno attivato una task force specifica per combattere il traffico di esseri umani. La gente è convinta che siano cose che succedono solo nel terzo mondo, ma non è così.

Scendo i gradini che portano nel seminterrato dell'Allure, e faccio scrocchiare il collo da un lato e dall'altro, finché non sento che scricchiolano tutti gli ossicini.

Wicked è dietro di me, con Lion alle calcagna. Siamo noi. Noi e Kyle Kane.

Entriamo tutti nella stanza ed io mi tolgo di dosso il giubbotto del MC, prima di poggiarlo sul bancone dal capo opposto della sala. Chiudo gli occhi e conto fino a dieci.

Incrocio lo sguardo di Lion e Wicked. "Pronti?"

Lion sogghigna.

Wicked si avvicina a Kyle, che è legato e seduto su una singola sedia al centro della stanza. Le urla di Kyle perforano la stanza, mentre Wicked si mette all'opera. Accendo il sound dock che si trova sul bancone, lo collego al Bluetooth del mio cellulare e metto il volume talmente alto che il metal rabbioso di *Walk with Me in Hell* di Lamb of God elettrizza tutta l'energia nella stanza. Mi appoggio al bancone e rimango a guardare mentre Wicked opera la sua magia. L'arte con cui Wicked uccide non è adatta ai deboli di cuore, ma adesso non sta uccidendo Kyle. Sta solo facendo in modo che gli ultimi momenti in cui Kyle esalerà i suoi respiri su questa terra siano anche i minuti più strazianti che avrà mai vissuto. Abbiamo stabilito che Wicked contribuirà con la sua tortura, Lion con la sua ira, ed io col mio marchio di fabbrica. L'adrenalina mi pulsa nelle vene, mentre rimango impassibile in fondo alla stanza. Wicked tira fuori una vite da una cassetta per gli attrezzi a fianco di Kyle e la porta al centro.

Prende anche un martello ed inchioda il piede di Kyle a terra. Le vene del collo di Kyle schizzano fuori rabbiose, la sua carne è di un rosso brillante. Wicked non si ferma. Continua a muoversi attorno a Kyle, piantandogli diversi chiodi in tutti i lati del corpo. Questa è una questione personale per Wicked. È una questione personale per tutti noi.

Spingo il tasto *repeat* sulla canzone, mentre Wicked finisce la sua parte, togliendo uno ad uno i denti di Kyle, a cui ora sta schizzando tutto il sangue fuori dalla bocca. Wicked ha ricevuto l'ordine tassativo di non uccidere Kyle. Quella parte spetta a me. Così ha dovuto aggirare la morte, farla sentire come la fine dei giochi. Kyle non è così fortunato.

Lion subentra una volta che Wicked si scansa, con gli occhi vuoti e i denti scoperti. Io sorrido, sfilando una sigaretta dalla mia tasca ed accendendola. Lion non sta lì a perdere troppo tempo, e l'eccitazione si impossessa di me, quando mi rendo conto di quanto io sia vicino a prendermi finalmente quello che voglio.

Quello che ho sognato.

La parte di Lion è semplice. Infila il coltello in mezzo alle gambe di Kyle, dove affonda con violenza la lama ed asporta con un taglio secco le palle e il pene. Una risata mi scoppia dalla gola, sovrastata dalla musica assordante, e getto la testa all'indietro. *Oh, dolce, fottuta vittoria.* La testa di Kyle ora è piegata in avanti. Il dolore è chiaramente insopportabile. Mi spingo via dal bancone e compio i passi che mi servono per raggiungerlo.

Sfilo il coltello dalla parte posteriore dei miei jeans e me lo faccio ruotare attorno alle dita, mentre mi continuo ad avvicinare alla faccia di Kyle, con la sigaretta che mi penzola ancora dalle labbra. Le palpebre gli si sollevano debolmente. Il sangue gli sgocciola dagli angoli degli occhi. Io sarò l'ultima cosa che vedrà prima di morire. Io. Gli porto il mio coltello dietro il lobo dell'orecchio e faccio scivolare lentamente la lama lungo la sua pelle, restando ad osservare il modo in cui si fende ed il sangue che spilla dalla ferita. Senza battere ciglio, continuo la discesa. Mi sfilo la sigaretta di bocca, tenendola con una mano, mentre trascino giù la punta della lama lungo tutta la metà del suo corpo.

Passo nel centro del palmo, sotto il braccio, lungo le costole, giù per tutto il lato esterno della gamba, e proseguo fino in fondo, attorno al collo del piede, prima di risalire lungo l'interno coscia. Una volta che raggiungo il punto in cui Lion lo ha evirato, affondo la lama nella sua ferita cruda, all'altezza dell'altra gamba, e ricomincio a seguire lo stesso percorso della prima metà del corpo, finché non sono di nuovo vicino all'altro orecchio. Sangue e fluidi gli sgorgano da ogni dove, ma i suoi occhi sono ancora nei miei e la sua bocca, da cui cola sangue, è spalancata.

È a malapena vivo, e forse, in circostanze normali, sarebbe già morto. Circostanze che non coinvolgano l'uso di una qualche specie di agopuntura da parte di Wicked, con l'intento di tenerlo in vita più a lungo possibile.

Io non mi fermo. Finalmente faccio scorrere la mia lama lungo la pelle sottile dello scalpo, dritta fino all'altro punto da cui ho cominciato. Una volta che le due estremità del taglio sono congiunte, lascio cadere il coltello, mi rimetto la sigaretta in bocca ed arriccio le dita al di sotto della pelle del suo scalpo. Della materia cerebrale mi si infiltra fra le dita, mentre gli sbuccio lentamente via la pelle dal corpo. La faccia è la parte più ostica, visto che bisogna separare una pelle molto sottile dai muscoli e dal tessuto adiposo. La strappo giù con forza e, nel giro di cinque minuti scarsi, gli ho scuoiato integralmente il corpo. Lascio cadere la sigaretta sul pavimento ricoperto di sangue, dove ora si ammassano, in una pozza ai suoi piedi, tutta la sua pelle, assieme al resto dei suoi organi e dei fluidi del suo corpo.

Wicked, infine, spegne la musica, ed è solo a questo punto che sento che sto inspirando ed espirando pesantemente.

"Gesù," mormora Lion. "Vederti scuoiare è qualcosa a cui non riuscirò mai ad assuefarmi."

Mi volto verso di loro, con le labbra arricciate ed il cervello in preda alle convulsioni. L'adrenalina che mi scorre nel corpo dopo aver scuoiato qualcuno mi crea dipendenza. Vorrei poter dire che provo a non finire sempre in quel modo quando uccido qualcuno. Ma voi datemi una chance, ed io non saprò rinunciarvi.

"Facciamo venire la squadra per le pulizie," dichiara Lion, sporgendosi ed infilando il dito nel muscolo cremisi fiammante della coscia di Kyle. Contrae tutto il viso. "Sei uno psicopatico bastardo. Lo sai, giusto?"

Faccio un sorrisetto, passandomi la lingua sulle labbra ed ingoiando il sangue che mi era schizzato addosso. "Non a caso mi chiamano Sicko."

Mi vibra il cellulare nella tasca dei jeans, ed io lo tiro fuori. "Ehi, baby."

"Roy," ansima Jade nel telefono. "Sono in travaglio."

EPILOGO

JADE

UN ANNO DOPO

Il sole tramonta in lontananza, andandosi a tuffare dietro una delle tante montagne ai margini dell'oceano, che si vede da quella che adesso è la nostra casa. Il club dei motociclisti, le nostre famiglie ed i nostri amici più cari sono venuti tutti a cena da noi. La carne sta grigliando sul barbecue in fondo, mentre le persone sono tutte sparpagliate qua e là, intente a bere e a chiacchierare. Royce ha la nostra principessa seduta in braccio a lui accanto al falò, e tiene gli occhi incollati ai miei, mentre la piccola gli stringe l'indice tutta contenta. Il cuore mi si riempie di calore nel vederli insieme. Non mi ci abituerò mai. La sera in cui sono entrata in travaglio, ero alla clubhouse, e stavo aiutando mia mamma e Kara a preparare da mangiare per il banchetto a base di maiale che era in corso. Era arrivata un'altra sezione del MC in città, quindi, com'era ovvio, erano passati tutti per il club. Mi si sono rotte le acque proprio lì, in cucina. La mia dottoressa mi aveva detto che avrei avuto tutto il tempo di arrivare in ospedale, e che quindi non avrei dovuto preoccuparmi.

Si è sbagliata.

Ho dato alla luce Wolf Jade Kane esattamente dieci minuti dopo che mi si sono rotte le acque. Non abbiamo fatto in tempo neanche ad uscire di casa che ho partorito sul pavimento del Wolf Pack. Questo ha reso orgoglioso suo padre, ed ancora di più suo nonno.

Royce le dà un bacio sulla sommità dei capelli biondi, e gli occhi verdi di lei mi cercano dall'altro lato del tavolo.

"Sai, siete entrambi in dei grossi guai con lei," commenta Sloane, seduta su una delle sedie accanto a me, mentre Orson e Storm preparano la barca, lanciandovi sopra le wakeboard ed i giubbotti salvagente.

"Oh, lo so bene," concordo, sorridendo. "Ma guarda come si tiene stretta il suo papino con le dita."

"Mmmmm," scherza Sloane. "Non è solo il suo papino. Ora ti tocca condividerlo."

Alzo gli occhi alla sua battuta idiota proprio mentre Royce si avvicina e passa Wolf a Sloane. "Vuoi venire a farti un giro?"

Scuoto la testa. "Sto bene così." Non sono più uscita in barca da quand'è nata Wolf. È escluso che esca proprio stasera, dopo qualche birra.

"Sicura?" Si china, ed i muscoli delle braccia gli si rigonfiano quando strizza entrambi i braccioli della mia sedia. "Sei sempre stata entusiasta di farti una bella cavalcata sulla mia tavola."

Gli do uno spintone. "Va' a giocare. Io resto qui."

"D'accordo, baby." Mi dà un bacio sulla testa, prima di darne un altro a Wolf e di sparire verso il pontile.

"Voi due siete talmente belli che è quasi disturbante, eppure mi dà anche una bizzarra soddisfazione," ammette Sloane, alzando le gambe per poggiarle su un tronco, proprio mentre Kara, Karli, Silver, Poppy, mia mamma e mio papà ci vengono incontro.

"Io penso che fosse destino." India mi dà una piccola spinta sulla spalla. Il tono scherzoso nella sua voce è plateale, mentre si mette seduta accanto a me.

Ridacchio, reclinando la testa all'indietro ed osservando tutti i fratelli disseminati in giro, a bere e a mangiare il cibo che abbiamo cucinato per tutto il giorno. Questa è la mia famiglia, ed è questa la sensazione che dà averne una.

"A che stai pensando, bambina?" mi domanda papà, prendendo il suo più grande orgoglio dalle braccia di Sloane.

Tiro un sospiro. "Solo che la vita non potrebbe essere molto meglio di com'è in questo preciso momento."

Poppy affonda su una delle sedie di fronte a me, con Wicked che le si tiene a non troppa distanza. Quell'uomo è esattamente come Royce, quando si tratta di Poppy. Rido fra me, pensando alla palese cotta che Gipsy si è preso per lei. Nei suoi sogni. Quando Wicked le si avvicina, Billie lo segue.

Poppy ed io abbiamo avuto modo di parlare molto da quando è successa tutta quella storia. Lei mi ha aggiornata su tutte le parti che ancora ignoravo, e mi ha offerto una posizione all'interno di Anonymous. I ragazzi non sanno che lei ci sta dentro. Penso che sospettino qualcosa, ma non hanno modo di provarlo. Mamma è a capo di quel gruppo di donne come una fiera regina. Ora stanno lavorando gomito a gomito anche con Isaac, mentre si servono di Storm e Slim quando hanno bisogno di rintracciare, codificare o far sparire qualcosa.

"Beh, è questa la tua vita adesso, principessa. Prenditela," annuncia papà, con un sorrisetto sulla bocca. Io sorrido a lui e a tutte le persone che sono qui.

Papà ha ragione.

Me la prenderò.

"Baby!" mi urla Royce da dietro.

Mi volto, con gli occhi sgranati. "Che c'è?"

Mi lancia una palla da basket, ed io la acchiappo al volo con un tonfo, mentre lui mi viene incontro con delle grosse falcate. I miei polpastrelli scivolano su una piccola protuberanza attaccata con del nastro adesivo alla palla. Mi blocco, e mi sprofonda lo stomaco a terra quando scorgo il solitario d'oro bianco, con un diamante che scintilla sotto la luce color arancione bruciato del sole.

"Ro..."

"Sss." Mi poggia un dito sulle labbra, mentre spunta un ghigno sulle sue. "Smettila di parlare per un cazzo di secondo."

"Okay," sussurro, con la gola che mi pulsa per l'emozione.

Si poggia su un ginocchio, con un sorrisetto impertinente sulla bocca, mentre i suoi occhi sbirciano da sotto verso di me. "Jade Olivia Kane, non vedo l'ora di scoparti, amarti e *mangiarti* per il resto della tua vita. Mi vuoi sposare?"

"Sì," balbetto, fra le lacrime soffocate, poggiando le mani sulle sue guance.

"Oh, ma dai. Davvero?" dice papà. "Che stronzetti."

Scoppiamo tutti a ridere, mentre Royce mi prende in braccio, sollevandomi da dietro le gambe e caricandomi sulla sua spalla.

Se dovessi attraversare daccapo l'inferno solo per avere il mio uomo finalmente sotto di me, lo rifarei altre cento volte. Cento. Royce è stato la mia famiglia prima di chiunque altro. Lui e mamma mi hanno accolta nei loro cuori e mi hanno fatta sentire come il pezzo mancante della loro famiglia. A volte, non conta niente il sangue.

Conta chi ti rimane a fianco dopo averti vista nei tuoi momenti peggiori.

Io amerò quest'uomo per il resto della mia vita. E quando, infine, moriremo entrambi, le nostre anime continueranno a trovarsi l'un l'altra, ovunque andremo a finire.

Perché non si può fare gli stronzi con il destino.

www.virgibooks.com
www.amojonesbooks.com

Seguici sui nostri profili social:

Instagram: @virgibooks
Twitter: @VirgiBooksUK
Facebook: Virgibooks

Printed in Great Britain
by Amazon